Outi Pakkanen

Party-Killer

Kriminalroman

Aus dem Finnischen von
Regine Pirschel

grafit

Die Autorin

Die gelernte Volkswirtin Outi Pakkanen ist eine der erfolgreichsten finnischen Kriminalschriftstellerinnen. Alle ihre temporeichen, psychologisch dichten Geschichten spielen in der High Society von Helsinki. Bisher erschien auf Deutsch ihr Roman *Macbeth ist tot* (Grafit 2001).

Freitag, 17. Januar

»Wenn du keine Angst vor der Einsamkeit hast, dann heirate.« Laura Halonen machte eine Kunstpause. Sie wendete eine saftige Champignonhälfte in der Pestosoße, musterte sie kurz und schob sie dann zwischen ihre dunkelroten Lippen. Ihre stark geschminkten Augen verengten sich hinter der flügelförmigen Hornbrille fast zu Schlitzen. »Rat mal, von wem die Erkenntnis stammt! Ich gebe dir einen Tipp: Es ist eine bereits verstorbene literarische Größe, kein Finne.«

Tero Tuomela runzelte der Form halber die Stirn, obwohl er sich am liebsten mit der Serviette den Schweiß heruntergewischt hätte. Ihn plagte ein besonders schwerer, geradezu welterschütternder Kater. Am Morgen hatte er geglaubt zu sterben, und jetzt, am Nachmittag, fürchtete er, dass es doch nicht der Fall sein würde. Er hatte nicht einmal gewagt, seinen täglichen Konditionslauf zu absolvieren, so heftig waren beim Aufwachen der Schwindel im Kopf und der Druck im Magen gewesen. Und am allerwenigsten interessierte ihn in diesem angeschlagenen Zustand der Ursprung eines auswendig gelernten, vorgeblich tiefsinnigen Zitates.

»Keine Ahnung«, brachte er heraus. »Oder wart mal, ich versuche es wenigstens. Strindberg? Shaw? Oder vielleicht doch irgendeine finnische Größe – Paasilinna, und zwar Erno P.? Nein, du hast ja gesagt, dass es keiner der unsrigen und er außerdem schon tot sei.« Tuomela breitete die Arme aus, sodass der Geruch seiner schweißigen Achselhöhlen herüberwehte und Laura sich schnell abwandte. »Ich weiß es nicht, ich gebe auf. Wer?«

»Tschechow«, sagte Laura lachend. »Ich habe den Satz kürzlich irgendwo gelesen, allerdings in einer Zeitung, und nicht in seinen Werken. Ich habe zu den russischen Klassikern nie den richtigen Zugang gefunden, sie sind irgendwie zu ... zu schwerfällig für meinen Geschmack. Ich wünsche mir auch in Büchern Tempo und schnelle Wechsel, dazu Leidenschaft und Erotik.« Die langen Fingernägel, die genau die gleiche Farbe wie die Lippen hatten, trommelten auf den Tisch.»Aber es ist trotzdem großartig ausgedrückt, oder?«

Tuomela nickte und fingerte an seinem Rekorder herum. Ob sie diese Aphorismen und all die anderen Klischees systematisch sammelt und sie dann in ihren einsamen, schlaflosen Nächten auswendig lernt? grübelte er. Zumindest während dieses Interviews hatte sie solche Sätze in regelmäßigen Abständen von sich gegeben und ihn damit weidlich genervt.

Laura Halonen hatte nicht einmal nebenbei eine originelle oder zündende Bemerkung gemacht, die auf ihrem eigenen Mist gewachsen war, nichts, das wirklich inspirierte und Stoff für ein interessantes Gespräch bot. Die ganze Frau war sozusagen ein einziges großes Klischee, aber Jesses, in welcher Verpackung: üppig, blühend und strahlend, genau nach Tuomelas Geschmack. Lieber hätte er sich mit ihr in ganz anderer Kulisse gesehen, als hier am Tisch sitzend bei einem braven Interview. Wenn man eine Frau wie Laura Halonen aufs Bett warf und an den Korsettschnüren zerrte, kam Leben in die Bude ...

»Und ich gedenke übrigens, die Anweisung auch zu befolgen.« Das französische Mineralwasser rann sprudelnd in ihr Glas, was Tuomela dazu anregte, den Kellner herbeizuwinken und sich ein neues Bier zu bestellen. »Das heißt, niemals zu heiraten – ich meine, niemals wieder«, sagte sie lachend. »Da hast du die Antwort auf deine Frage.«

Tuomela erschrak. Welche verflixte Frage? Er spulte schnell sein inneres Tonband zurück, und da fiel es ihm ein. Sie hatten über Lauras Beziehungen zu Männern gesprochen, oder eigentlich hatte er versucht, ihr etwas darüber zu entlocken. Private Einzelheiten sollten die zentrale Rolle in dieser Folge der Reihe *Der Koffer meines Lebens* spielen. Nicht dass es Tuomela in irgendeiner Weise persönlich interessierte, aber die Chefredakteurin hatte es verlangt, und einem Freiberufler blieb da keine Wahl.

»Wenn eine Karrierefrau im Alter von vierzig Jahren plötzlich ihre florierende Firma verkauft, um Schriftstellerin zu werden, möchten die Leser natürlich wissen, wie sie jetzt lebt – und vor allem mit wem«, hatte die Chefredakteurin analysiert, wobei die Rechenmaschine in ihrem Kopf gerattert hatte. »In allen bisherigen Interviews hat die Halonen erzählt, dass ein innerer Zwang sie zum Schreiben getrieben hat, das kennen wir also schon. Sie hat es auch Hermunen als Nachtmahl vorgesetzt, ganz zu schweigen von Timo T.A., der am Schluss der Sendung so konfus war, dass er der Lady beide Hände küsste, falls du es zufällig gesehen hast. Aber in unserer Zeitung will ich ein Ganzkörperporträt von Laura Halonen, ich will wissen, wie sie wirklich ist und wie sie lebt. Diese Folge muss die beste und zugkräftigste der ganzen Serie werden! Die Halonen wurde ja schon vor Jahren geschieden, also lautet die aktuelle Frage: Wer ist heute der Mann an ihrer Seite? Irgendjemanden muss es da geben, und du gehst hin und findest es heraus, neben allem anderen natürlich. Platz haben wir genug, du kriegst mindestens zwei Doppelseiten.«

»Aber sie hat jede Menge Kohle«, hatte Tuomela eingewandt. »Sie hat ihre Firma schließlich nicht für wohltätige Zwecke gespendet, sondern sie an irgendein schwedisches Unternehmen verkauft, sodass bestimmt ein paar Mille auf einer hübschen Bank auf den Cayman-Inseln schlummern und ihr schöne Zinsen einbringen. Sie braucht keinen Kerl im Hintergrund.«

»Trotzdem. Die Partnerbeziehung ist nach wie vor das Thema des Tages, ganz besonders in dieser Reihe. Das ist es, was unsere Leser interessiert. Und denk doch mal, eine Frau mit ihrem Aussehen, attraktiv und im besten – oder zumindest im modischen – Alter. Heute reden ja alle vom so genannten zweiten Erwachsenenalter, das irgendwann mit vierzig oder kurz danach beginnt, falls du zufällig davon gehört hast.«

»Ja, ich weiß«, hatte Tuomela bestätigt. »Wenn sie sich natürlich in eine andere Frau verknallt hätte, ließe sich was daraus machen ... Obwohl mich eigentlich vor allem interessiert, warum dieser heftige innere Zwang sie ausgerechnet zum Schreiben getrieben hat. Warum hat sie nicht angefangen zu malen oder Rock zu singen oder sonst was in der Art. Im Schreiben liegt überhaupt keine Power. Und wer liest heute überhaupt noch Bücher, wo es das Internet und all das gibt?«

»Ziemlich viele Leute«, hatte die Chefredakteurin gesagt und damit die Diskussion beendet. »Zumindest aus den Verkaufszahlen von Halonens Erstling zu schließen. Davon sind tatsächlich schon vor dem eigentlichen Weihnachtsgeschäft mehr als 20.000 Exemplare über die Ladentische gegangen, und das ist für unsere Verhältnisse eine geradezu astronomische Zahl, besonders für eine Debütantin.«

Das ist verdammt wahr, dachte Tuomela neidisch, während er jetzt der frisch gebackenen Erfolgsschriftstellerin im Restaurant *Kynsilaukka* gegenübersaß. Hätte man die Chance, ein solches Opus auf den Markt zu werfen, und sei es nur alle zwei Jahre eins, brauchte man nicht für sein täglich Brot bei den Frauenzeitschriften und anderen so genannten allgemein bildenden Blättern Klinken zu putzen.

Laura Halonens Debütroman *Magische Macht* lag etwas abseits auf dem Tisch. Ein Buch, das etwas größer war als ein gewöhnlicher Roman und auf dessen Umschlagbild ein Tausenddollarschein zwischen vollen, kirschroten Lippen steckte. *Der erste finnische Unterhaltungsroman für Frauen, den auch ein Mann lesen möchte,* hatte eine beachtliche Werbekampagne den ganzen Herbst hindurch getrommelt.

Tuomela blätterte die Titelseite auf. *Für Tero Tuomela, dessen Geschichten stets überraschen. In Liebe, Laura Halonen.* Sie hatte die Worte in ihrer schwungvollen, großen Handschrift mit roter Tusche quer über die ganze Seite geschrieben.

»Dann erzähl wenigstens, wie autobiografisch die Geschichte wirklich ist.« Tuomela wollte später auf die Partnerfrage zurückkommen. »Es ist ja allgemein bekannt, dass besonders ein Debütant aus den eigenen Erfahrungen schöpft, er schreibt also mehr oder weniger über sich selbst.«

»Aber ich nicht«, Laura lachte. »Das heißt, ich schreibe natürlich über die Kreise, die ich kenne, also über die Geschäftswelt und so weiter, aber ich bin nicht selbst dabei. Die Hauptfigur Barbara bin nicht ich. Hast du übrigens das Buch gelesen?«

»Ähm ...« Die blitzschnell hingeworfene Frage brachte Tuomela aus dem Konzept. »Nicht ganz ..., noch nicht ...« In Wahrheit hatte er sich durch die ersten zwanzig Seiten gequält, den Rest durchgeblättert und den letzten Satz gelesen. »Ich sehe mir immer zuerst den ersten und den letzten Satz an, denn sie sind mit Abstand die wichtigsten des ganzen Buches. Man kann daraus auf den Stil und eigentlich auf die ganze Story schließen.«

»Interessant ...« Laura betupfte sich mit der Serviette die Lippen, amüsiert lachend, aber eindeutig ein wenig beleidigt. »Aber lies trotzdem das ganze Buch, und du wirst merken, dass ich tatsächlich nicht Barbara sein kann. Sie ist schön, rothaarig und vor allem schlank«, Laura lachte. »Und da wir gerade beim Thema sind, hole ich mir jetzt einen Nachtisch. Soll ich dir auch etwas mitbringen?«

Tuomela hob sein Bierglas und erklärte, dass ihm das an diesem Tag als Vor-, Haupt- und Nachspeise reiche: »Dies ist übrigens wirklich eine Ausnahme, normalerweise pflege ich durchaus nicht ...«

Er beobachtete unter halb geschlossenen Lidern, wie Laura auf ihren Schwindel erregend hohen Absätzen selbstbewusst durchs Restaurant stöckelte, gerade aufgerichtet, die üppigen Hüften nur ganz leicht schwingend. (Das hat sie garantiert vor dem Spiegel trainiert ...) Doch plötzlich hielt sie inne, nickte in Richtung des Ecktisches und ging in steifer Haltung weiter.

Laura hatte aus dreierlei Gründen das *Kynsilaukka* und den späten Nachmittag als Ort und Zeitpunkt des Interviews gewählt. Erstens wollte sie den üblichen Mittagsandrang vermeiden und zweitens hatte sie, wie sie sagte, unmittelbar nach dem Interview ganz in der Nähe eine Verabredung. Aber vor allem liebte sie das Büfett des Restaurants, das im italienischen Stil gehalten war und herrlich nach Knoblauch duftete, »obwohl die Zwiebelsuppe natürlich französisch und ganz gewöhnlich ist«.

Lange Zeit waren sie fast die einzigen Gäste gewesen, aber vor einigen Minuten hatte sich eine Frau an den Ecktisch gesetzt, zwei Stühle zusammengeschoben und darauf eine Babytragetasche abgestellt. Anscheinend war sie Stammgast, denn der Kellner hatte ihr sofort ein Glas Weißwein und ein zweites mit Wasser gebracht und keinen Versuch unternommen, ihr die Speisekarte aufzunötigen. Als er sich entfernt hatte, hatte die Frau ein Fläschchen aus der Tasche genommen und es dem Baby in den Mund gesteckt, wobei sie leise zu ihm gesprochen hatte. Etwas an der kleinen Szene hatte Tuomelas verkatertes Gemüt tief gerührt. Die Gebärden der Frau wirkten unendlich zart, fast madonnenhaft. Ob er wollte oder nicht, er musste immer wieder zu ihr hinsehen.

»Eine begeisterte Leserin, oder?«, fragte er, als Laura an den Tisch zurückgekehrt war und einen Teller mit Biestkäse und Stachelbeerkompott vor sich abgestellt hatte.

»Wer?« Die Hand mit der Gabel erstarrte auf halbem Wege und eine zerdrückte Stachelbeere fiel auf den Teller zurück.

»Die Frau dort drüben, die du gegrüßt hast«, Tuomela nickte zu dem Ecktisch, wo die Frau inzwischen das Baby hochgenommen hatte, sie drückte es an ihre Schulter und schaukelte es leise.

»Ach«, Laura hob steif die Schultern, »bloß eine Bekannte …, oder eigentlich eine entfernte Verwandte. Sie ist nicht ganz …, sie ist ein bisschen …«, flüsterte sie, während sie sich vorbeugte und sich mit dem Finger an die Schläfe tippte. »Aber wir sind ja nicht alle gleich, Gott sei Dank«, sagte sie dann sorglos lachend und widmete sich ihrem Nachtisch.

Laura leerte ihren Teller, lehnte das Kaffeeangebot des Kellners ab und erklärte dann, dass sie jetzt leider aufbrechen müsse.

»Aber nicht doch«, Tuomela erschrak. »Ich habe noch jede Menge Fragen. Wir haben ja gerade erst angefangen, ich …«

»Wir können nächste Woche weitermachen, meinetwegen gleich am Montag«, unterbrach Laura ihn ein wenig ungeduldig. »Ruf mich gleich morgens an, dann suchen wir eine passende Lücke im Zeitplan. Ich muss jetzt wirklich gehen. Ach, übrigens«, fügte sie hinzu, während sie ihre Kreditkarte aus der Brieftasche zog. Sie wollte unbedingt die Bezahlung übernehmen, und Tuomela protestierte nicht gerade eifrig, denn als Freiberufler konnte er keine Spesen abrechnen und der vergangene Abend hatte ihn buchstäblich Unsummen gekostet. »Ich feiere morgen einen runden Geburtstag, betrachte dich als eingeladen.«

»Aber du bist doch noch keine ...«, sagte Tuomela ungläubig.

»Aber nein«, unterbrach Laura ihn geschmeichelt. »Noch kein halbes Jahrhundert, sondern zehn Jahre weniger. Ich möchte trotzdem gerade jetzt feiern, wo ich sozusagen an der Schwelle eines neuen Lebens stehe. Und wer weiß, wo wir alle in zehn Jahren sein werden, wenn überhaupt irgendwo.«

»Genau«, bestätigte Tuomela, wobei er sich wunderte, wie viele Zufälle es auf der Welt gab. Seine Kopfschmerzen hatte er sich vergangenen Abend – oder eigentlich in der Nacht – auf einer improvisierten Party zu seinem eigenen dreißigsten Geburtstag eingehandelt. Seine Freunde hatten ihn faktisch zu der Feier gezwungen. Sie hatten großzügig die erste Runde spendiert und den Rest der Zeit dann frech auf seine Rechnung getrunken. »Scheint richtig in Mode zu sein.«

»Was?« Laura malte sich so lange und sorgfältig mithilfe des Taschenspiegels die Lippen an, dass Tuomela vermutete, sie prüfe bei der Gelegenheit die Situation am Ecktisch.

»Na, dass man den dreißigsten und vierzigsten Geburtstag groß feiert.«

»Ich finde, man sollte immer feiern, wenn es einen Anlass dazu gibt. Und wenn kein Anlass da ist, erfindet man einen«, verkündete Laura fröhlich, und Tuomela zählte, dass sie soeben ihr zwanzigstes Klischee von sich gegeben hatte. »Also dann morgen im *Rivoli,* von drei bis sechs open house. Die Veranstaltung ist völlig zwanglos, keine Festreden oder dergleichen. Gutes Essen, dazu Getränke und Musik und ein paar Dutzend enger Freunde.«

Aha, dachte Tuomela, an dessen eigener Fete genau sieben Personen teilgenommen hatten, und nicht einmal bei ihnen war er sich der Echtheit ihrer Freundschaft ganz sicher. Die Feier hatte jedenfalls in einem kleinen Handgemenge geendet, aber an den Auslöser für den Streit konnte er sich beim besten Willen nicht erinnern. »Danke für die Einladung«, sagte er. »Ich könnte einen Fotografen mitbringen.«

»Du meine Güte, bloß nicht«, wehrte Laura ab. »Ich lade dich als Freund ein, bester Tero.«

»Ach so, danke«, wiederholte Tuomela und hob sein Glas. »Nenn mich einfach Tuomela. Ich habe meinen Vornamen immer gehasst und würde am liebsten auch meine Artikel nur mit Tuomela unterschreiben. Und vielen Dank auch für das Essen. Ich bleibe noch ein bisschen sitzen und hör mir das Band an. Wenn wir wirklich den Rest am Montag machen, könnte ich dir die fertige Story spätestens am Mittwoch faxen. Die Studioaufnahmen hast du ja schon gesehen, wirklich Klassefotos.«

»Ja, ja, fax mir den Text, wenn du so weit bist.« Laura nahm ihre Schultertasche und den Aktenkoffer vom benachbarten Stuhl. »Und wir sehen uns auf jeden Fall morgen.« Im Gehen winkte sie dem Kellner zu, der in der Tür zur Küche stand, wobei sie es sorgfältig vermied, zum Ecktisch zu blicken.

Kurz darauf beobachtete Tuomela durchs Fenster, wie Laura, das zebragestreifte Handy ans Ohr gedrückt, über die Uudenmaankatu lief, während die Ampel gerade auf Rot schaltete. Sie hielt vor Hagelstams Antiquariat ein freies Taxi an und warf sich, den Saum ihres langen Kamelhaarmantels raffend, auf die Rückbank.

Wozu braucht sie ein Taxi? wunderte er sich. Sie hat doch ihre Verabredung angeblich ganz in der Nähe. Allerdings ist bei ihren Absätzen und dem gegenwärtigen Wetter wahrscheinlich schon ein kurzer Weg zu viel. Und andererseits, wer sagt denn, dass sie wirklich verabredet ist? Eine erfolgreiche Schriftstellerin hat schließlich das Recht, Änderungen im Manuskript vorzunehmen, aber das gilt eigentlich für Frauen generell …

Eben, du bist jetzt eine freie Frau – in jeder Hinsicht, seufzte Tuomela und focht einen Kampf mit sich selbst aus. Der Schwächere verlor, und Tuomela bestellte sich noch ein Bier. Er musste sich irgendeine Strategie ausdenken, wie er der Chefredakteurin erklären sollte, dass die Story höchstwahrscheinlich nicht bis zum Erscheinen der nächsten Nummer fertig sein würde.

Als er sein Bier zur Hälfte ausgetrunken und ein paar vage Notizen gemacht hatte, fiel ihm plötzlich auf, dass die Frau am Ecktisch ihr Weinglas kaum angerührt hatte. Sie saß nur da und starrte durchs Fenster in die Ferne, wobei sie für das Baby, das in ihren Armen schlief, ein leises Lied summte.

Tuomela leerte sein Glas in großen Zügen und suchte in der Tasche das passende Kleingeld zusammen. Im Gehen nickte er der Frau am Ecktisch freundlich zu – und stürzte verwirrt auf die Straße.

Die Frau hielt eine große, blau gekleidete dunkelhaarige Babypuppe im Arm.

»He, Moment, halten Sie hier!«

Das Taxi bremste scharf und schwenkte auf einen eben frei gewordenen Parkplatz ein. Der Fahrer drehte sich ärgerlich um. »Habe ich richtig gehört? Hier wollen Sie schon raus?«

»Genau hier, danke.« Laura zog einen Fünfzigmarkschein aus dem Portmonee, sah sich schnell nach allen Seiten um und drückte dem Mann das Geld in die Hand. »Der Rest ist für Sie. Ich hab meine Pläne geändert ...«

»War ja eine mächtig lange Fahrt«, murmelte der Mann, während er den Schein zusammenfaltete, aber die hintere Tür war schon zugefallen.

Laura stand heftig atmend an der Ecke Lönnrotin- und Annankatu. Sie tippte wieder die vertraute Nummer auf dem Handy ein. Noch immer keine Antwort. Sie blickte zu dem gummigrauen Januarhimmel hoch, steckte ihre Brille in die Handtasche und holte die Sonnenbrille heraus, dann öffnete sie die Knöpfe ihres Mantels und trat durch die Tür des Kaufhauses *Sesto.*

Unmengen von Sonderangeboten, Geschirr, Strümpfe, Hausschuhe, Jogginganzüge, Kinderbekleidung, Spitzenhöschen, alles supergünstig. Laura ging an den Wühltischen vorbei, die von Kundinnen umringt waren, stellte ihren Aktenkoffer in den Einkaufswagen und trat auf das Transportband, das in die Lebensmittelabteilung des Untergeschosses führte. Dort ging sie mit zerstreuter Miene durch die Regalreihen, wählte ein paar Mandarinen aus und wog sie ab, legte einen Kopf Eisbergsalat, eine Tüte Parmesan und ein Paket italienische Pasta in den Wagen und holte sich von der Käsetheke ein Stück Appenzeller.

Schließlich blieb sie zwischen den Regalen mit Konserven und Fertigsoßen stehen, ließ den Blick über die Flaschen und Dosen wandern und studierte die Etiketten, als suche sie nach etwas. Sie stand mit ihrem Wagen ganz still da und sah sich schnell nach allen Seiten um: niemand. Ein Fläschchen Austernsoße glitt tief in die Manteltasche – und im selben Moment klimperte ihr Handy fröhlich eine bekannte finnische Polka.

»Herrgott!«, keuchte Laura starr vor Schreck und wühlte in ihrer Schultertasche. Sie musste dieses idiotische Alarmsignal dringend gegen ein gewöhnliches Klingelzeichen austauschen; es hatte genau hier und jetzt aufgehört, lustig zu sein. Tief durchatmen, tief durchatmen ..., suggerierte sie sich. Und wieder ein schneller Blick in die Runde, obwohl das überflüssig war, denn sicher hatte niemand etwas gesehen.

»Laura Halonen.« Sie machte den Rücken gerade und versuchte gleichmäßig zu atmen.

»Rufe ich unpassend an?«

»Nein ... ich ... ähm, eigentlich kaufe ich gerade Lebensmittel ein.« Ihre freie Hand fuhr in die Tasche und tastete nach der Flasche. »Ich habe gerade überlegt, ob ich Streuselschnecken backen oder vielleicht doch lieber Piroggen machen soll. Schade, dass keine Rhabarberzeit ist, ich ...«

»Wie bitte!? Du überlegst, was du zubereiten sollst? Du kochst doch nie, ich kann mich jedenfalls nicht erinnern ...«

»Es ist nie zu spät, damit anzufangen, oder?«, konterte Laura lachend. »Außerdem ist Backen etwas ganz anderes. Eines Tages überrasche ich das Publikum vielleicht doch noch als Meisterkonditorin mit eigener Fernsehshow.«

»Ins Fernsehen kommst du für ganz andere Verdienste, auch in Zukunft.«

»Ja, sicher. Ich habe übrigens vorhin versucht dich anzurufen, mehrmals sogar.«

»Die Beratung hat sich hingezogen, ich bin eben erst gekommen. Gab es etwas Besonderes, etwas ...«

»Eigentlich nicht«, versicherte Laura eilig. »Ich wollte nur ..., ich habe das Gefühl, dass ich verfolgt werde«, stieß sie dann aus. »Jemand ...«

»Wie, jemand beobachtet dich? Wahrscheinlich ein eifriger Verehrer, der auf deinen nächsten Bestseller wartet.« Wieherndes Lachen dröhnte durchs Telefon, und dann kam in etwas sachlicherem Ton die Frage: »Und wer könnte das sein?«

»Ich weiß nicht ... oder ... ich weiß es wirklich nicht. Das ist alles furchtbar albern, entschuldige. Es ist wohl nur die Aufregung wegen morgen ... Aber könnten wir uns vielleicht heute noch treffen, meinetwegen nur ganz kurz?«, fragte sie dann so drängend, dass sie sich fast schämte. »Kannst du es nicht irgendwie einrichten?«

»Nein, es geht nicht, bedaure.« Die Stimme am Telefon wurde offizieller und irgendwie unpersönlicher, wurde zu einer Stimme, die gewohnt war zu befehlen und Dinge klarzustellen. »Aber morgen treffen wir uns ganz bestimmt, auf deinem Fest. Dazwischen liegt nur noch eine Nacht«, fügte die Stimme hinzu, als spräche sie zu einem kleinen Kind.

Ja, natürlich, morgen treffen wir uns, wiederholte Laura verdrossen in Gedanken. Die Begegnung würde ungefähr so intim werden wie ein heimliches Rendezvous im Kaffeezelt auf dem Marktplatz, mitten im lebhaftesten Samstagbetrieb.

»Kommst du ... kommt ihr beide?«, zwang sie sich zu fragen.

»Wir kommen beide.« Die Worte fielen dröhnend in Lauras Bewusstsein, mit einem großen unsichtbaren Punkt am Ende, dem nichts hinzuzufügen war. »Aber ich kann ja heute Abend noch mal anrufen«, klang es dann schon sanfter. »Ist dir das recht?«

Natürlich ist es mir recht, es ist mir immer recht. Nach dem üblichen Abschiedsgezwitscher schaltete Laura das Handy aus und steckte es wütend zu der Soßenflasche in die Tasche.

Sie riss sich die Sonnenbrille herunter und zischte laut »Scheiß drauf«, ohne sich um den älteren Herrn zu kümmern, der gerade vorbeiging und sich missbilligend nach ihr umdrehte. Der Kerl dürfte kaum zu ihrer Leserschaft gehören, er wirkte zu vertrocknet, um sich für dramatische Paarbeziehungen oder heißen Sex zu interessieren.

Aber an der Kasse wurde sie erkannt.

»Du bist doch Laura Halonen!«, rief die junge Kassiererin begeistert. »Ich hab gerade dein Buch gelesen, in der Bibliothek musste ich erst ewig darauf warten. Es hat mir prima gefallen, viel besser als zum Beispiel die Wälzer von Danielle Steel, und die habe ich alle gelesen. Deine Geschichte ist irgendwie viel flotter und zupackender. Wenn ich das Buch jetzt hier hätte, würde ich dich um ein Autogramm bitten.«

»Danke für das Lob«, Laura lächelte. »Und das Autogramm kriegst du dann ins nächste Buch.«

»Toll! Wann erscheint es? Hast du schon angefangen zu schreiben?«

»Langsam, langsam ...« Laura bezahlte und packte die Einkäufe in ihre Tasche, nahm den Aktenkoffer in die andere Hand und ging hinaus. Das junge Mädchen an der Kasse seufzte so lange hinter ihr her, dass sich der nächste Kunde räuspern musste, um auf sich aufmerksam zu machen.

Draußen vor der Tür überlegte Laura, ob sie ein Taxi nehmen oder es riskieren sollte, auf ihren Stöckelabsätzen nach Hause zu gehen. Sie wählte die sichere Alternative, erklärte dem Fahrer aber, sowie sie im Wagen saß, dass es eine sehr kurze Fahrt werden würde. Er zuckte nur die Achseln und fuhr die Lönnrotinkatu hinunter.

Auf der Rückbank schob Laura die Hände tief in die Taschen, schloss die Augen und lehnte sich zurück. Sie spürte, wie die Spannung allmählich aus ihren Gliedern wich. Sie hatte es geschafft, wieder einmal. Aber ich besaß schon immer ein Siegerpotenzial, sagte sie sich lachend. Das erleichterte vieles.

Wenn Maria Lindén Lauras letzte Gedanken hätte lesen können, hätte sie spöttisch gelacht und dann entschieden protestiert. Nach ihrer Werteskala war Laura Halonen hart und egozentrisch, eine typische Karrieristin und Ellbogentaktikerin, und grausam – vor allem grausam. Diese Frau war keine Siegerin, und bei der großen letzten Abrechnung würde die schillernde Blase nur mit einem gewaltigen Knall zerplatzen.

Maria hatte Laura und den Mann mit den Igelhaaren beobachtet. Der Mann hatte einen kleinen Goldring im Ohr und den treuen Blick eines Cockerspaniels gehabt. Er war anscheinend Journalist, hatte jedenfalls einen Rekorder vor sich stehen gehabt. Seit dem Herbst schon überschlugen sich die Medien wegen dieses Buches und es dauerte noch an, obwohl man annehmen sollte, dass es inzwischen neue Themen gab. Die gab es natürlich auch, aber immer noch begegnete einem Lauras Konterfei auf Schritt und Tritt. Zum Glück sorgte sie selbst dafür, dass ihr Bild, oder zumindest die Überschrift des Berichtes, schon auf der Titelseite erschien, sodass man diese Zeitungen gleich links liegen lassen konnte.

Da hatte Laura gesessen, effizient, elegant und vollkommen – sogar aus ihren überschüssigen Pfunden verstand sie auf sonderbare Weise Kunst zu machen. Aber ihr Rücken hatte sich in der Sekunde versteift, als sie Maria und das Baby entdeckt hatte. Maria hatte in Lauras Blick regelrechte Panik zu erkennen geglaubt, ihre eigene Ruhe war jedoch keinen Moment erschüttert worden. Sie würde Laura nie verzeihen, selbst wenn diese auf allen vieren vor ihr kriechen würde. Und sie würde Laura immer wieder an alles erinnern, mit regelmäßiger Unregelmäßigkeit, sodass jene nie vorher wüsste, wann sie wieder auftauchte.

Maria sah auf die Datumsanzeige ihrer Uhr: 17 Januar. Morgen würde Laura vierzig. Außerdem wäre genau ein halbes Jahr seit dem Tag vergangen, da sie, Maria, beschlossen hatte, Lauras persönlicher Albtraum zu werden …

»Albtraum, welch schrecklich schönes Wort«, murmelte Maria leise, während sie die Babypuppe mit zärtlichem Lächeln in die Tragetasche bettete. »So, mein Liebling, es ist Zeit, nach Hause zu gehen.«

Der junge Kellner eilte mit wehendem Pferdeschwanz herbei, um ihr den Mantel zu bringen, dann öffnete er ihr auch noch die ungewöhnlich schwere Eingangstür. »Hei, und bis zum nächsten Mal.«

Maria steckte ihm ein Zehnmarkstück zu. Sie hatte den jungen Burschen von Anfang an gemocht. Sie würde nie jenes erste Mal vergessen, als er erkannt hatte, was Patrik wirklich war, und sie beide trotzdem ganz normal wie Mutter und Kind behandelt hatte.

Maria stellte die Tragetasche auf einen alten hochrädrigen Kinderwagen und befestigte sorgfältig das Verdeck. Der Berufsverkehr war in vollem Gange und auf der Fredrikinkatu bildeten sich vor den Ampeln lange Autoschlangen. Gehetzte Mütter kamen Maria entgegen, in einer Hand die Einkaufstasche tragend, mit der anderen ein Kleinkind hinter sich herziehend, ein Vater schob stolz einen Zwillingskinderwagen. Maria beachtete die übrigen Passanten nicht, sie registrierte nur Kinder und ihre Mütter und Väter – Familien.

Maria schob ihren Wagen geübt durch den Menschenstrom auf dem schmalen Bürgersteig, nickte einem flüchtigen Bekannten zu und lächelte verschwörerisch ein kleines Mädchen in pinkfarbenem Winteroverall und mit einem Panda-Rucksack an, das sich auf die Straße hatte plumpsen lassen und sich weigerte weiterzugehen. Die entnervte Mutter stand daneben, hatte die Arme in die Seiten gestemmt und versuchte es abwechselnd mit Drohungen, Erpressung und Bestechung. Gesunde Anarchie, gut so, spornte Maria in Gedanken die Kleine an.

»Ich muss noch rasch etwas einkaufen«, erklärte sie bald darauf laut, während sie ihren Kinderwagen auf dem Boulevard vor einem kleinen Gemischtwarenladen parkte. Diesen Laden mochte sie nicht nur, sondern sie liebte ihn geradezu: das begrenzte, aber gute Angebot, die freundliche bebrillte Frau hinter dem Tresen, die alte Einrichtung, den Duft wie in früheren Milchläden. Es grenzte an ein Wunder, dass der Laden überhaupt noch existierte.

»Was darf es sonst noch sein?«, fragte die Verkäuferin, während sie die beiden Nachmittagszeitungen, den Saft, die Schachtel Mentholzigaretten, die Magermilch und die beiden Streuselschnecken in die Kasse eintippte. »Hast du noch genug Babynahrung?«

Maria bejahte. Sie bezahlte, packte die Einkäufe in einen kleinen Korb und verließ den Laden.

»Und jetzt nach Hause.« Maria löste mit dem Fuß die Bremse des Kinderwagens. Im Vorbeigehen warf sie einen Blick in das Restaurant neben dem kleinen Laden. Das *Bulevardia* wirkte auch heute deprimierend leer. Das neue Opernhaus hatte einen großen Teil der Stammkunden abgezogen und andere waren kaum nachgerückt.

Maria bog in die Sinebrychoffinkatu ein. Sie holte die Schlüssel aus der Tasche, schloss auf und schob den Wagen ins Haus. Dann fuhr sie mit der Tragetasche im Fahrstuhl nach oben. In ihrer Wohnung angekommen, stellte sie die Tragetasche vorsichtig im Flur ab und ging, ohne Licht zu machen, ins Wohnzimmer, wo sie sich ans Fenster stellte. Sie musste sich ein wenig schräg nach oben recken, um in die obersten Giebelfenster des gegenüberliegenden Hauses sehen zu können.

Die Wohnung wirkte vollkommen dunkel, aber gerade als sich Maria umdrehen wollte, flammte in den großen Fenstern Licht auf. Eine Gestalt war schemenhaft am Fenster zu erkennen und verschwand dann im Inneren der Wohnung.

Maria sank in ihren großen, weichen Sessel, der wie ein Nest war, und öffnete langsam die Mantelknöpfe. Sie zündete sich eine Zigarette an, vergaß sie aber gleich wieder und ließ sie im Aschenbecher vor sich hin qualmen. Ihr war ein Gedanke gekommen, der immer faszinierender wurde, je länger sie ihn im Kopf hin und her wälzte – schaurig faszinierend.

Plötzlich stand Maria auf und holte ihr Telefonverzeichnis aus der Handtasche. Sie tippte die Ziffern im trüben Licht der Straßenlampe so hektisch ein, dass sie sich verwählte und von vorn beginnen musste. Nach dem dritten Klingelzeichen ertönte die Stimme des Empfängers, der den Anrufer aufforderte, eine Nachricht auf dem Band zu hinterlassen oder ihn auf dem Mobiltelefon anzurufen. Maria holte sich Papier und Bleistift, rief erneut an und notierte sich die angegebene Nummer. Die erste Zigarette glomm noch im Aschenbecher, aber Maria zündete sich eine neue an, holte tief Luft und wählte die Nummer.

Der Mann antwortete sofort. Er wirkte erfreut und

zugleich auch ein wenig überrascht, erkundigte sich nach Marias Ergehen, berichtete von seinem eigenen und verstummte dann, um ihr zuzuhören.

»Der Gedanke ist so verrückt und unsinnig, dass man ihn eigentlich nur ausgezeichnet nennen kann«, sagte er schließlich leise lachend und nach so langem Schweigen, dass Maria schon gefürchtet hatte, er würde ablehnen. »Ich komme, unbedingt.«

Nach dem Telefonat saß Maria lange still da und hielt die Hände im Schoß, dann beugte sie sich vor und nahm ein großes Foto im Holzrahmen vom Couchtisch. Sie starrte es im fahlen Licht der von draußen hereinscheinenden Straßenbeleuchtung an, bis sie durch ihre Tränen nichts mehr erkennen konnte.

Maria kam erst zu sich, als sie aus der Nachbarwohnung gedämpft das Sechs-Uhr-Zeitzeichen hörte. Sie stand auf, legte das Foto umgedreht aufs Fensterbrett, ging durch die Räume und knipste überall das Licht an. Sie glaubte ein vages Triumphgefühl zu spüren, aber die Seelenqual ließ nicht nach.

Anna Laine hasste Programmänderungen, besonders wenn sie durch andere Leute verursacht wurden. Sogar ihre festen Kunden schienen manchmal der sonderbaren Auffassung zu sein, dass ein Freiberufler zu jeder Tages- und Nachtzeit verfügbar war – und dass man ihm jederzeit absagen konnte. Ein freier Künstler muss die Aufträge so annehmen, wie sie kommen, weil er damit sein Geld verdient ... Und wenn es dem Auftraggeber heute nicht passt, dann eben morgen oder vielleicht nächste Woche. Und er kann eine bestellte Arbeit immer noch absagen, denn der Auftraggeber ...

Aus dem Lärm im Hintergrund zu schließen, hatte Laura Halonen mitten aus dem dichtesten Verkehr angerufen. Sie bedauerte es außerordentlich, aber es war ganz überraschend ein wirklich unüberwindliches Hindernis aufgetaucht, und die Ursache lag natürlich absolut nicht bei ihr.

»Verschieben wir doch das Treffen einfach auf übermorgen, irgendwann gegen Abend«, hatte sie in ihrer typischen Art vorgeschlagen, ohne zu bedenken, dass der Sonntag auch im Kalender eines freien Künstlers im Prinzip ein Ruhetag war. Allerdings wirklich nur im Prinzip, wie Anna im Laufe der Jahre gelernt hatte.

»Willst du da schon wieder auf den Beinen sein?«, hatte Anna verwundert gefragt. Sie wusste genau, dass Laura Halonen, wenn sie feierte, das stets lange und ausgiebig tat.

»In einem kleinen Schwips entstehen manchmal ganz umwerfende Ideen«, hatte Laura lachend gesagt. »Treffen wir uns doch zur Abwechslung bei mir, sag das auch Moona, falls sie inzwischen schon bei dir eingetroffen sein sollte. Und morgen sehen wir uns ja auf jeden Fall, das ganze große herrliche Ballett!«

Aber unbedingt, dachte Anna, während sie den Hörer auflegte. Erstens war sie überzeugt, dass die berühmte Küche des *Rivoli* auch diesmal nicht enttäuschen würde. Anna Laine verpasste nie eine Veranstaltung, auf der gutes Essen zu erwarten war. Sie aß ständig und viel und nahm nie zu. Zweitens war sie von Natur aus neugierig und an Menschen und den Schauspielen des Lebens interessiert. Und zu einem Schauspiel würde sich Lauras Fest zweifellos gestalten.

Zur Zeremonienmeisterin der Feierlichkeiten war die persönliche Managerin der Schriftstellerin bestimmt worden, die Kommunikationsberaterin Moona Lahti. Im Grunde genommen war Moona die Frau hinter und vielleicht auch vor Lauras neuer beachtlicher Karriere. Sie hatte den ganzen Medienrummel um den Roman souverän geleitet, sie war gleichzeitig Drehbuchautorin und Regisseurin der Show gewesen und hatte sich nebenbei als treue Allround-Sekretärin, als Anspornerin und strengste Kritikerin der Schriftstellerin betätigt. Da hatte auch der Marketingleiter des Verlages, Ilkka Halme, nicht viel zu melden gehabt, ganz zu schweigen von den Werbestrategen. Laura war es gewöhnt zu wählen, und sie hatte Moona gewählt, die ihrerseits bestimmte, was die Jungs zu tun hatten. Wenn sie das nicht taten, machte Moona es selbst und las ihnen hinterher die Leviten.

Gleich nach Erscheinen des Buches hatte Moona dafür gesorgt, dass es ins Schwedische und Englische übersetzt wurde – »zunächst«. Da, wo die einheimischen Prosaisten chronisch das Desinteresse des internationalen Marktes beklagten, schritt Moona Lahti zur Tat und stürzte sich persönlich auf die ausländischen Agenten.

Moonas letzte gelungene Operation war es gewesen, die Rechte für den Abdruck als Fortsetzungsgeschichte an die größte Frauenzeitschrift des Landes zu verkaufen, zum höchsten Preis, der je bezahlt worden war. In diesem Zusammenhang war das heutige Treffen verabredet worden, denn Laura hatte bei Anna die Illustrationen für die zwölfteilige Serie bestellt, »weil sich auch der Umschlag des Buches so gut verkauft«.

Abgesehen von dem überdurchschnittlichen Honorar lag für Anna kein Reiz in diesem Auftrag. Laura bestimmte sowieso die Linie – und letztlich Moona, deren Geschmack zwar ein wenig simpel, aber publikumswirksam war. Unter Moonas Druck hatte Anna am Ende widerstrebend der Umschlaggestaltung des Buches zugestimmt, das heißt, der Autorenname wurde in geprägten Goldbuchstaben gedruckt, und von dem Hochglanzpapier leuchteten rote Schmolllippen, zwischen denen ein Tausenddollarschein steckte.

»Es ist eine großartige Idee, denn das Bild gibt Rätsel auf«, hatte Moona eifrig versichert. »Wie du zugeben wirst, kann man sich fragen: Handelt es sich um eine Hure, ein weibliches Börsengenie oder womöglich gar um eine Leiche?«

Jetzt lümmelte sich diese Mutter aller großartigen Ideen auf Annas Wohnzimmersofa und trank von ihrem mitgebrachten Sekt. Die runde Kühltasche im schwarz-weißen Dalmatinermuster war so etwas wie Moonas Markenzeichen geworden. Sie fasste genau eine Flasche und passte ihrerseits wiederum ausgezeichnet in Moonas riesige Schultertasche zwischen Mappen und Notizblöcke, den Rekorder, das Handy und diverse Kleidungsstücke zum Wechseln.

»Man muss ja immer darauf gefasst sein, dass einem die Leute gewöhnliches Bier anbieten, wenn überhaupt etwas«, lachte Moona. »Sekt ist das einzige Getränk, das meine Magensäure verträgt. Außerdem kann niemand behaupten, dass es keinen Stil hätte.«

Stil gehörte zu Moonas Lieblingsausdrücken, und einen gewissen Stil hatte sie bei all ihrem manchmal kopflos wirkenden Herumwirbeln zweifellos, allerdings eher einen aggressiv-schwarz-weißen, nach Meinung einiger Konkurrenten. Diese Aggressivität war vermutlich auch einer der Gründe dafür gewesen, dass sie sich, nachdem sie mit wechselndem Erfolg in einigen Werbeagenturen gearbeitet hatte, selbstständig gemacht hatte. Sie hatte es nie ertragen, herumkommandiert zu werden, sondern übernahm lieber selbst das Kommando.

»Kommunikationsberaterin ist bloß ein blödes Modewort«, hatte ein Kollege verdrießlich geäußert. »In der Praxis bedeutet es dasselbe wie arbeitsloser Werbefachmann, oder in diesem Falle Fachfrau.«

Anna saß auf dem Fußboden und skizzierte eine weibliche Gestalt auf einem großen Zeichenblock. Sie versuchte, der Heldin in Lauras Buch ein Gesicht zu geben, aber wie alt sollte diese eigentlich sein? Laura hatte sie in ihrem Buch als attraktiven Rotschopf beschrieben, aber nirgendwo ihr Alter genannt.

»Laura erwähnt in dem Buch gar nicht Barbaras Alter, aber ein Kind kann sie wohl nicht mehr sein«, sagte Anna. »Immerhin liegen schon einige Männer an ihrem Wegrand. Hat Laura mit dir über das Alter ihrer Heldin gesprochen?«

»Barbara ist natürlich vierzig«, Moona lächelte schief hinter ihrem Sektglas. »Oder genau genommen wird sie es am 18. Januar, also morgen ...«

»Ach? Laura hat aber in allen Interviews gesagt, dass Barbara nichts mit der Wirklichkeit oder mit ihr selbst zu tun hat«, wunderte sich Anna.

»Natürlich hat sie das gesagt, weil ich es ihr befohlen habe«, fauchte Moona überheblich. »In deinem Alter solltest du allmählich begriffen haben, dass man dem gedruckten Wort nicht glauben darf. Auf jeden Fall ist Barbara, außer rothaarig, auch die schönste Frau mit dem prachtvollsten Körper der Welt, also genau so, wie Laura selbst gern sein möchte. Sei doch nicht so schrecklich naiv.«

»Nun, in dem Falle muss ich diese Figur jedenfalls blau kleiden«, sagte Anna, die sich wieder einmal ziemlich dumm vorkam. »Königsblau ist Lauras Lieblingsfarbe, das habe ich immerhin schon bemerkt.«

»Je königlicher, desto besser.« Moona reckte sich auf dem Sofa hingebungsvoll wie eine schwarze Katze. Alles an der twiggyhaft schmalen Frau war schwarz, von den mit Nieten verzierten Stiefeletten bis zum perfekt gestylten Pagenschnitt. Nur die schmetterlingsförmige große Brille stach in der Farbe ab, sie hatte ein Horngestell und sah haargenau so aus wie die von Laura.

Wer hat da wohl wen nachgeahmt? fragte sich Anna. Vermutlich Laura ihre Managerin, denn sie hatte ihre Kontaktlinsen erst gegen eine Brille eingetauscht, als sie beschlossen hatte, ihr Übersetzungsbüro zu verkaufen und Schriftstellerin zu werden. Sie glaubte vermutlich, mit der Brille auf der Nase irgendwie tiefsinniger auszusehen, was gut und gern zu dem von Moona entworfenen Image gehören mochte.

»Am Sonntag machen wir also bei Laura weiter, das heißt, wir fangen an«, konstatierte Moona, während sie ihre Sachen zusammensuchte. »Ich muss heute noch ihr Geburtstagsgeschenk abholen«, fuhr sie fort, wollte jedoch partout nicht verraten, was es war. »Es soll eine echte Überraschung werden, sowohl für Laura als auch für das ganze feiernde Volk.«

Anna erklärte, dass sie gleich mit hinauskommen wolle. »Ich muss Justus ausführen.« Sie trug den Skizzenblock zu ihrem Arbeitstisch im Schlafzimmer und kehrte mit einem Rauhaardackel zurück, der gerade auf seinem Lieblingsplatz, dem Kopfkissen seines Frauchens, von seinem späten Nachmittagsschlaf erwacht war.

Die Anschaffung von Justus im vergangenen Sommer war für Anna mehr als nur der Kauf eines Hundes gewesen, sie hatte damit gleichzeitig große Entscheidungen besiegelt. Als der alte gelbe Kater Otto an seinem schnell fortschreitenden Krebs eingegangen war, hatte Anna gemerkt, dass sie sich wieder nach einer dänischen Dogge sehnte, jener Rasse, zu der die verstorbenen Mozart und Salieri gehört hatten. Aber mit einem großen Hund hätte sie täglich lange Strecken draußen laufen müssen, auch wäre ein eigener Hof von Vorteil gewesen, und sie mochte, sogar zu ihrer eigenen Überraschung, nicht mehr aus dem Zentrum wegziehen. Sie hing absolut und vorbehaltlos am Kamppi und dem Markt und der Halle von Hietalahti, sie liebte die Nähe des Meeres und hatte den unbestimmten Traum, dass die Gegend am Hafenbecken und der Werft eines schönen Tages zu einer Oase mit internationalem Flair würde, die von fröhlichen Menschen wimmelte.

Die endgültige Entscheidung hatte Inari Lappi gebracht,

die ihr eine Dachwohnung in einem grünen Jugendstilhaus, nur zwei Häuserblöcke von ihrer eigenen Wohnung entfernt, zu einem geradezu lächerlich günstigen Preis angeboten hatte.

»Die Bude hat für mich so viel Gefühlswert, dass ich sie lieber etwas billiger an jemanden verkaufe, den ich kenne«, hatte Inari erklärt. Inari hatte zwei Jahre gebraucht, sich vom gewaltsamen Tod ihrer Mutter zu erholen und wollte nun das Vergangene vergessen – die Menschen, die Wohnung, ganz Finnland. Es hatte sie tatsächlich in weite Fernen getrieben, denn ihre letzte Karte, die Anna zwischen Weihnachten und Neujahr erhalten hatte, war aus Brasilien gekommen, »wo die Samba klingt und die Männer nach wie vor Machos sind«. Anna hatte ihre eigene Zweizimmerwohnung in der Lönnrotinkatu zum Verkauf ausgeschrieben, war in die Bank marschiert, um einen kleinen Kredit zur Zwischenfinanzierung aufzunehmen, und hatte sich die Zeitschrift *Unser Dackel* gekauft. Anderthalb Monate später, am ersten September, war Justus das erste Mal über die Schwelle der Dachwohnung getrippelt und hatte mit der für seine Rasse typischen natürlichen Selbstsicherheit die Rolle des Hausherrn übernommen.

Moona lief mit klappernden Absätzen die Treppe hinunter. »Jeder Schritt macht fit!«, tönte es von irgendwo aus der dritten Etage. Anna trat mit Justus würdevoll in den Fahrstuhl. Der Rücken eines Dackels verträgt es nicht, ständig Treppen auf und ab zu traben, und dieses spezielle Exemplar hatte zudem die Absicht, auch noch als alter Herr gesund und munter zu sein.

»Hat Laura eigentlich schon das nächste Opus in Arbeit?«, fragte Anna, während sie an der Ecke der Lönnrotinkatu darauf warteten, dass die Ampel auf Grün schaltete. »Letztens tat sie so geheimnisvoll … Hierher, Justus!« Anna zog ihren Dackel zurück, der einer stämmigen Boxerhündin hinterher strebte. Er hatte die hartnäckige Gewohnheit, sich in Hundedamen zu vergucken, die bedeutend größer und älter waren als er selbst.

»Sie hat natürlich einiges ...« Moona fand die Zigarettenschachtel erstaunlich schnell in ihrer riesigen Tasche und zündete sich die Zigarette an der nächsten Ampel an.

»Was sehe ich da?«, neckte Anna sie. »Du hattest dir doch fürs neue Jahr etwas vorgenommen ...«

»Ja, hatte ich auch.« Moona ließ das Feuerzeug, das das gleiche Muster wie die Kühltasche hatte, wieder in ihre Tasche gleiten. »Die sind zum Abgewöhnen, ich rauche fünf Stäbchen am Tag, höchstens. Aber zu Lauras Buch. Das Gerüst steht, und auch einige Seiten sind schon fertig. So viel kann ich wohl verraten, dass die Story in der Provence oder irgendwo da unten spielt. Aber Achtung, das ist absolut vertraulich. Erzähl es bloß nicht weiter, damit sich keiner die Idee krallt. Das Buch wird nämlich ein wirklicher Knaller, viel schärfer als die *Magische Macht.*«

»Aber warum die Provence?«, fragte Anna verwundert. »Will Laura etwa mit Peter Mayle konkurrieren? Außerdem ist die Provence inzwischen fast inflationär, finde ich. Sie ist ein Objekt für den Massentourismus geworden.«

»Aber Lauras Opus wird ganz anders – absolut», schwärmte Moona. »Oder glaubst du, dass dieser Mayle ein Wort wie Sex überhaupt kennt?«

»In seinen Büchern kultiviert er es zumindest nicht, zugegeben. Will Laura damit schon im nächsten Herbst auf den Markt?«

»Unbedingt. Das neue Buch muss noch im Sog des ersten Erfolgs erscheinen; hinterher kann sie vielleicht zwei Jahre pausieren. Sie muss sich ranhalten, das heißt, sie muss nach ihrem Geburtstag raus aus dem ganzen Rummel und sich völlig aufs Schreiben konzentrieren. Aber das ist bloß eine Frage der Organisation, und die wiederum ist mein Revier. Ich kratze die Kurve, man sieht sich, hei!«

Moona verschwand mit ihrer Tasche im *Bulevardia*, Anna bog an der nächsten Ecke in die Albertinkatu und nach zwei Häuserblöcken in die Iso Roobertinkatu ein. Sie hatte den Eindruck, dass auch Justus die Strecke schon kannte, denn nach einem Blick auf sein Frauchen blieb er automatisch vor einem schmalen grauen Haus stehen.

Antiquariat & Videoverleih Forties stand auf dem gelblichen Schild, das im Stil der vierziger Jahre gemalt war. Anna wurde es niemals müde, dieses Schaufenster zu betrachten, die herrlichen alten Kinoplakate, die Einbände der Knabenbücher und Kriminalromane vom Anfang des Jahrhunderts und die prachtvollen Schwarz-Weiß-Fotos früherer Filmstars, die im Vordergrund zu einem künstlerisch nachlässigen Haufen arrangiert waren.

Wenn man mich fragt, so haben sie echten Stil, verglichen mit jemandem, der eine Sektflasche in einer Kühltasche aus Plastik durch die Gegend trägt, dachte Anna fast wehmütig. Wo ist all der gute alte Glamour eigentlich geblieben?

Mitten an der Rückwand des Schaufensters prangte ein gerahmtes Plakat, das nicht verkäuflich war: Rita Hayworth als die unvergessliche Gilda. Anna hatte sich ein paar Mal im Laden nach dem Preis des Plakates erkundigt, und der Besitzer hatte sich freundlich, aber entschieden geweigert, auch nur darüber zu verhandeln.

Während Anna wieder einmal das Plakat bewunderte, wurde ihr schlagartig klar: Sie würde die Barbara der Fortsetzungsgeschichte wie Gilda aussehen lassen! Keine toupierte Löwenmähne, sondern frei flutende, lange glänzende Haare. Sie war so versunken in die Einzelheiten des Plakates, dass sie nicht gleich daran dachte, zu prüfen, ob das Bücher- und Zeitschriftenangebot im Fenster seit dem letzten Mal gewechselt hatte. Während sie Justus zum Weitergehen aufforderte, warf sie rasch noch einen Blick auf die Bücher – und staunte. Zwischen den alten abgegriffenen Taschenbüchern hob sich grell Laura Halonens *Magische Macht* ab, es wirkte irgendwie so, als hätte es sich verirrt und wäre in falsche Gesellschaft geraten.

»Na, so ein Zufall«, murmelte Anna und ließ sich von Justus ziehen. »Außer dass ich noch nie an Zufälle geglaubt habe.«

»Eines Tages bringt mich die Frau noch dazu, mich von meiner herrlichen Gilda zu trennen«, lachte Karri Mäntynen hinter dem Verkaufstisch seines Antiquariats.

»Wer?« Tero Tuomela blickte zum Fenster. »Ach, die mit der Brille, die wie Esa Saarinen aussieht? Die kenne ich, sie macht Werbesachen und Illustrationen für Klatschblätter, Freelancer, genau wie ich. Ich nenne sie immer Saarinens Schwester, rein äußerlich unterscheidet die beiden bloß das Geschlecht.«

Tuomela war auf seinem Heimweg bisher erst zwei Häuserblöcke weiter gekommen. Nachdem er fluchtartig aus dem *Kynsilaukka* gerannt war, hatte er erst mal seine Nerven beruhigen und im *Kultainen härkä* ein Bier trinken müssen. Von dort hatte er dann Mäntynens Laden angesteuert. Wenn alles gut ginge, würde er rechtzeitig zu Hause sein, um die Sieben-Uhr-Nachrichten sehen zu können. Dann ab in die Falle, und am Morgen würde er sich mit frischen Kräften an Laura Halonens Interview machen, ehe er am Nachmittag zum Geburtstag der Dame marschieren würde. Das heißt, wenn alles wirklich gut ginge …

»Erinnerst du dich an Gildas Schlussreplik?«, fragte Karri, nachdem er Gerry Mulligan gegen Erroll Garner ausgewechselt hatte. Hier machte er ein Zugeständnis an die Gegenwart. In seinem Laden lief von morgens bis abends klassischer Jazz, aber die Musikanlage und die Aufnahmen entsprachen dem neuesten Stand moderner Technik.

»Warte mal …« Tuomela legte einen zerfledderten Band der *Modemorde* von Sellars aus der Hand. »Der Film lief erst kürzlich im Fernsehen. Ich weiß, in der Schlussszene verlassen Hayworth und Ford das Kasino, um wieder nach Amerika zu gehen, aber an die letzten Worte erinnere ich mich nicht.«

»Johnny, lass uns nach Hause gehen«, zitierte Karri. »Ein einfacher Satz, aber welch sagenhafte Wirkung! Ich finde es einfach eine Sünde, von Leinwandköniginnen zu reden, denn es hat immer nur eine gegeben – Rita Hayworth, und zwar als Gilda.«

»Und dann die Szene in *Casablanca,* wie Ingrid Bergman sich auf dem Flugplatz von Humphrey Bogart verabschiedet und ihm Gottes Segen wünscht«, schwärmte Tuomela. »Der Blick dieser Frau haut mich jedes verdammte Mal völlig um.«

»Womit der Film übrigens nicht endet, obwohl das fast alle Leute glauben. Im allerletzten Bild verlässt Bogart gemeinsam mit dem örtlichen Polizeichef den Flugplatz und sagt – weißt du noch, was?«

»Verflixt, das ist mir auch nicht mehr geläufig.«

»*Louis, ich glaube, dies ist der Beginn einer wunderbaren Freundschaft*«, zitierte Karri.

Dieses Spiel betrieben die beiden Männer schon lange, praktisch seit dem Moment, da Tuomela zum ersten Mal das Antiquariat betreten hatte.

Wie lautete die erste Replik in Bogarts erstem Marlowe-Film? Wie die letzte? Welchen Hut trug Bette Davis in dem und dem Film? Trat Marcello Mastroianni in der ersten Szene von *Dolce vita* mit oder ohne Zigarette auf? War Orson Welles in der Schlussszene der *Hauslehrerin* barhäuptig? So ging es endlos weiter. Natürlich war Karri fast ein Profi und wusste weitaus mehr, aber Tuomela holte schnell auf. Manchmal erinnerten sich beide nicht, und die Frage musste anhand des Videobestandes im Laden geklärt werden. Auf jeden Fall machte das Ganze Spaß und war viel interessanter als die täglichen zehn Fragen in der Abendzeitung, die sie natürlich auch beantworteten, sofern sie das Blatt zur Hand hatten.

»Ich könnte mir *Gilda* eigentlich mal wieder ausleihen, falls die zweite Kopie gerade frei ist. Ich wollte den Film neulich selbst aufnehmen, aber ich habe natürlich vergessen, die Zeit richtig einzustellen.«

Tuomela war ans Videoregal getreten. Die Auswahl war begrenzt, aber ausgesprochen qualitätsvoll und entsprach dem Geschmack des Antiquariatsinhabers. Ein paar frühe Werke von Godard und Truffaut und einige andere Schwarz-Weiß-Filme, ansonsten aber nur amerikanische und italienische Filme aus den Vierziger- und Fünfzigerjahren sowie die gesamte Produktion von Polanski, »obwohl der Mann leider nach *Chinatown* nichts Anständiges mehr gemacht hat, aber man sollte die Hoffnung nie aufgeben; vielleicht kriegt er eines Tages ein neues *Messer im Wasser* hin«.

Gilda fand sich im Regal. Tuomela steckte sowohl diesen

Film als nach kurzem Überlegen auch de Sicas *Fahrraddiebe* in seine Umhängetasche und holte Lauras Buch heraus.

»Ich habe gesehen, dass dieses heiß diskutierte Opus in deinem Schaufenster liegt. Ein netter Zufall, ich habe die Lady nämlich gerade interviewt. Du hast das Buch wohl nicht zufällig gelesen?«

»Doch, hab ich, aus Neugier.« Karri wollte den Laden für diesen Tag schließen und setzte sich hin, um die Bareinnahmen zu zählen. »Wieso?« Er bündelte die wenigen Scheine, ohne zu Tuomela aufzusehen.

»Und?«

»Was, und?«

»Wie hat es dir gefallen? Ich habe es nämlich nur durchgeblättert. Wie hat es dir also gefallen? Charakterisiere es mal ein bisschen.«

»Müll«, schnaubte Karri. »Mit einem gigantischen Werberummel lancierter Müll.«

»Das ist ja ein hartes Urteil«, lachte Tuomela. Er wunderte sich ein wenig, denn für gewöhnlich verriss Karri nicht einmal schlechte Filme so eindeutig. »Was hat dann das Buch in deinem Schaufenster zu suchen?«

»Es liegt da quasi als Kuriosität«, Karri lächelte schief, während er mit seinem Geld ins Hinterzimmer ging. »Als Beispiel für schlechten Geschmack«, rief er von dort.

»Das ist natürlich auch ein Grund«, murmelte Tuomela, und dann lauter: »Aber die Dame selbst ist durchaus nicht übel, wenn man üppige Frauen mag, so wie ich.«

»Diesen Typ verkörpert Laura Halonen allerdings erst in jüngster Zeit.« Karri kam wieder nach vorn, er trug eine alte Tarnjacke. »Früher war sie beinah zu dünn. Lass uns gehen, ich will Feierabend machen.«

»Was soll das heißen?« Der verblüffte Tuomela steckte das Buch wieder in seine Umhängetasche. »Kennst du die Halonen?«

»Geradeso gut, wie man einen Menschen in einer Ehe kennen lernt, die die klassischen sieben Jahre gedauert hat.«

Der erste Satz, der erste Satz ..., suggerierte sich Laura. Eine wirklich gute Beobachtung von dem Tuomela, dass der erste Satz der wichtigste des ganzen Buches ist, der erste und der letzte. Warum hatte Moona nichts davon gesagt, wo sie doch sonst anscheinend alles wusste und konnte?

Aber wie, zum Kuckuck, könnte der erste Satz lauten?

Die Provence jetzt und immer – würde sich hervorragend auch als letzter Satz eignen. Aber wieso kamen ihr die Worte so seltsam bekannt vor? Mon dieu, es war der Titel von Mayles neuem Roman! Also keine Chance.

Laura saß in ihrem Arbeitszimmer, vor sich den Bildschirm mit einer voll getippten Textseite. Hoffnungsloses Unterfangen. Kein einziger verwertbarer Satz, nur Plattheiten und Gesülze. Sie müsste sich etwas wirklich Spritziges einfallen lassen, etwas ... Sie löschte Textstellen oder änderte aufs Geratewohl die Wortfolge, aber nichts half.

Das Handy klingelte, und einige Blatt Papier flogen zu Boden, ehe Laura das Ding unter dem *Handelsblatt* fand.

»Laura Halonen.« Stille. »Hallo?« Nichts.

Laura drückte das Handy aus und schaltete es bei der Gelegenheit gleich ganz ab. Solche stummen Anrufe kamen neuerdings viel zu häufig. Sie müsste sich wohl für das Handy eine Geheimnummer anschaffen, so wie sie es auch für ihr privates Telefon bald nach Erscheinen des Romans geplant hatte, nachdem ein und derselbe Stöhner zum zehnten Mal in den frühen Morgenstunden bei ihr angerufen hatte. Der Kerl schien beim Betrachten des Vierfarbbildes auf dem Schutzumschlag ihres Buches zu onanieren, und Laura hatte wirklich keine Lust, sich das noch öfter anzuhören.

»Am Montag«, beschloss Laura laut. »Ich erledige das am

Montag. Ich lasse beide Nummern gegen Geheimnummern austauschen.«

Sie empfand es immer noch geradezu als Luxus, Vorhaben hinausschieben zu können, und sei es nur um ein paar Tage. Im Übersetzungsbüro war stets alles brandeilig gewesen, und sie hatte es nie recht verstanden, Aufgaben zu delegieren. »Vertraue dem Besten, nämlich dir selbst«, war ihr Motto gewesen. Sie hatte stets am liebsten selbst gehandelt, statt andere zu beraten und anzuleiten, und so hatte sie bereits anderthalb Jahre nach Gründung des Büros ihr erstes Magengeschwür bekommen.

Das ausgezeichnet florierende technische Übersetzungsbüro war nun schon seit zwei Jahren in den Händen seiner neuen Besitzer, und das Geld, das Laura dafür erhalten hatte, lagerte auf ihrem Konto oder steckte in Aktien, aber immer noch ertappte sie sich manchmal dabei, wie sie überlegte, ob die Mitarbeiter wohl klarkamen. Aber Gefühle von Wehmut, und seien es nur vorübergehende, verbot sie sich strikt. Vergangenes war vergangen, in jeder Hinsicht.

Von der so genannten Freiheit des Künstlers hatte Laura zu Beginn ihrer neuen Karriere recht romantische Vorstellungen gehabt, die schnell und vollständig im Medienrummel um ihr Buch zusammengebrochen waren. Keine Rede davon, dass sie Zeit gehabt hätte, ganze Nachmittage mit klugen Leuten im *Kosmos* oder anderen Kulturkneipen zusammenzusitzen. Sie hatte es anfangs versucht, aber im Grunde genommen hatte ihr Leben hauptsächlich darin bestanden, von einer Veranstaltung zur nächsten und von einem Gespräch und einem Interview zum anderen zu hetzen. Und dennoch war es eine andere, faszinierende Eile, eine gänzlich neue Welt gewesen. Außerdem hatte sie die ganze Zeit einen wandernden Terminkalender zur Verfügung gehabt – Moona Lahti.

»Dabei fällt mir ein ...«, murmelte Laura und wählte eine Nummer auf dem Handy. »Der gewünschte Teilnehmer ist zurzeit nicht erreichbar«, tönte es vom Band. Seltsam. Moona beteuerte immer, dass sie ihr Handy Tag und Nacht eingeschaltet hatte. Nun, vielleicht hatte sie vergessen, den

Akku zu laden, oder das Handy war unter dem ganzen Wust in ihrer riesigen Tasche begraben, sodass sie das Signal nicht hörte.

Nach kurzem Überlegen tippte Laura eine andere Nummer bis zur Hälfte ein und schaltete dann wütend ab. Er hatte ja gesagt, dass er anruft, sowie er es einrichten kann …

Laura versuchte weiter, am ersten Satz des Romans zu basteln, und dann stand sie so abrupt auf, dass der stabile Billnäs-Stuhl beinah umgekippte: »Ich kann mich beim besten Willen nicht konzentrieren!« Sie gestand sogar sich selbst nur ungern ein, dass sie die ganze Zeit ein merkwürdiges Flattern im Bauch spürte. Verflixte Schmetterlinge, warum flogen sie nicht einfach weg?

Ob morgen überhaupt jemand kommt? Und wenn, wer und wie viele werden es sein? Falls die …, dachte Laura verworren, während sie sich ans große Fenster des Esszimmers stellte, um die Lichter der Stadt zu betrachten, die sie nicht einmal wirklich sah. War es vielleicht doch von Anfang an ein tot geborener Gedanke gewesen, morgen zu feiern? Aber Moona hatte ihr zugeredet und sie am Schluss fast gezwungen. Es war angeblich unverzichtbar, vor Erscheinen des nächsten Buches in den Schlagzeilen und in der Öffentlichkeit zu bleiben.

»Und ich feiere ja schrecklich gern«, lachte Laura dann und drehte sich vor dem goldgerahmten hohen Spiegel im Flur. Zumindest unter normalen Bedingungen, fügte sie trocken hinzu, während sie sich von allen Seiten betrachtete.

Das pfauenblaue, sehr tief ausgeschnittene Seidenkleid hing an der Tür des Spiegelschranks. Laura befühlte den matt schimmernden Stoff und war schon drauf und dran, das Kleid zum wiederholten Male anzuprobieren, änderte aber ihre Meinung.

»Ich werde frische Luft schnappen und für morgen Kräfte sammeln.« Sie nahm nicht einmal ihren treuesten Freund, das Handy, mit. »Wir treffen uns wieder, Geburtstagskind!« Sie warf dem Spiegel eine Kusshand zu.

Laura zog das einzige Paar flacher Schuhe an, das sie besaß, und nahm ihren Mantel. Ihre Hand tastete nach den

Handschuhen in der Tasche und stieß auf eine kleine Glasflasche. Ihre Finger schlossen sich fest um den Gegenstand und sie eilte in die Küche. Sie öffnete einen Schrank und stellte die Flasche hinein, wobei sie sich schnell nach allen Seiten umsah. Lächerlich, in der Küche war ja niemand. Und trotzdem schien es ihr die ganze Zeit, als würde jemand über ihre Schulter, durchs Fenster oder um die Ecke lugen.

Als der winzige Fahrstuhl knarrend im Erdgeschoss anlangte, schlug Laura den Mantelkragen hoch, trat auf die Straße und ging zügigen Schrittes in Richtung Eira davon. Hold your horses, sie musste ja nicht gleich im Galopp laufen, schalt sie sich an der Ecke Albertin- und Iso Roobertinkatu und atmete ein paarmal tief durch, ehe sie im ruhigen Spaziertempo weiterging.

Im Schaufenster des Antiquariates brannte nur eine kleine matte Leuchtröhre, aber die roten Lippen der *Magischen Macht* leuchteten dennoch wie Neonlicht zwischen den alten verblassten Bänden. Das Buch war dort vor zwei Tagen aufgetaucht – jedenfalls hatte Laura es zu dem Zeitpunkt dort entdeckt.

Sie hatte Karri in der vergangenen Woche eines ihrer Belegexemplare gebracht. Eigentlich hatte sie vorgehabt, ihm das Buch gleich nach Erscheinen oder spätestens zu Weihnachten zu schenken, aber eine seltsame Anwandlung von Schüchternheit hatte sie jedes Mal zurückgehalten. Im Grunde genommen hatte sie Angst gehabt, dass er sich wundern und Fragen stellen würde, aber noch mehr war sie vor dem Gedanken zurückgeschreckt, er könnte überhaupt nichts fragen – was dann auch der Fall gewesen war.

Als Laura, ermuntert von einem ausgedehnten Essen, schließlich doch ins Antiquariat marschiert war, um Karri das Buch zu überreichen, hatte er es nur in den Händen gedreht, beinah ohne Regung die gefühlvolle Widmung auf der Innenseite überflogen und es dann auf den Tisch gelegt. Sie hatten lange dagestanden und einander angesehen, Karri ruhig wie immer und Laura in steigender Nervosität. Schließlich war sie ein paar Schritte vorwärts gewankt, um ihn zu umarmen, sie hatte ihn hastig zu ihrem Geburtstag eingeladen und irgendwie den Weg nach draußen geschafft, obwohl es ihr vorgekommen war, als wollten sich die Türpfosten auf sie stürzen.

Wer weiß, wie lange es da schon liegt, dachte Laura beleidigt. Komisch, dass niemand das Buch haben wollte. Nun, nach den Auslagen zu urteilen, interessierte sich Karris Kundschaft für ganz andere Literatur. Wenn der Laden noch offen wäre, könnte sie hineingehen und ihn fragen, wie ihm das Buch gefallen hatte. Aber sie würde es sowieso unter keinen Umständen tun, denn sie kannte im Voraus seine Meinung: das Todesurteil.

»Sofern er sich überhaupt die Mühe gemacht hat, das Buch zu lesen«, murmelte Laura im Weitergehen. Aber warum musste er es ins Schaufenster legen und feilbieten, mit der sehr persönlichen Widmung und allem? Er hätte es wenigstens zur Erinnerung an frühere Zeiten ... Obwohl es natürlich eine Tatsache war, dass diese Erinnerungen für ihn keine Bedeutung hatten, jedenfalls keine positive.

Auf ihrem Weg durch die Straßen des Viertels blieb Laura vor jedem Goldschmiede- und Antiquitätengeschäft stehen. Sie suchte in den Schaufenstern nach Elefanten. Im Herbst hatte sie beschlossen, diese Tierchen fortan zu Ehren ihres neuen Lebens zu sammeln. Ein Elefant war natürlich kein besonders originelles Sammelobjekt, aber Moona hatte im vergangenen Jahr so heiß von ihrer Indienreise geschwärmt und erklärt, dass das Land die ideale Kulisse für einen richtig attraktiven Unterhaltungsroman wäre, denn »Indien liegt eindeutig wieder im Trend und ist schwer im Kommen«. Moona hatte ihr das erste Exemplar der Sammlung geschenkt, einen kleinen filigranen Elefanten aus Silber. Er war als Amulett gedacht und sollte an einer Kette getragen werden, stattdessen aber hing er am Spiegel über Lauras Frisiertisch. Laura liebte großen und auffallenden Schmuck, und der kleine Elefant entsprach diesen Anforderungen nicht recht. Außerdem war er nicht einmal aus Gold.

Laura bekam kalte Hände, aber sie beschloss, noch zum Sportplatz zu gehen. Auf der Eisbahn war das Eishockeytraining irgendeiner Juniorenmannschaft im Gange, eifrige kleine Jungen in ihrer plumpen, riesenhaften Ausrüstung, und am Rande des Platzes Väter und vor allem Mütter, die ihre Kinder anspornten. Anfeuerungsrufe, Kreischen und Fluchen, finnische Kraftausdrücke in ihrer ganzen Bandbreite.

Eines Tages werde ich mir Schlittschuhe kaufen, beschloss Laura, während sie ein etwa zehnjähriges zierliches Mädchen beobachtete, das, den Spielern ausweichend, konzentriert und mit gespitzten Lippen Eiskunstlauffiguren übte. Eislaufen war nach Lauras Auffassung die einzige wirklich weibliche Sportart, und sie war unbedingt der Meinung, dass in ihr eigentlich immer eine hauchzarte Eisprinzessin geschlummert hatte.

Als das Mädchen ein paar elegante Kurven gelaufen war, zupfte es am Saum seines dunkelblauen Samtkostüms, strich sich über das glatte, zu einem Ballerinaknoten geschlungene Haar, nahm Anlauf und drehte dann rasend schnell eine Pirouette. Eine Drehung, zwei, drei vier ..., Laura kam bis achtzehn, aber dann kam die Kleine anscheinend aus dem Rhythmus und fiel laut aufkreischend mit dem Hintern aufs Eis.

»Bravo!«, ertönte es vom Rand des Platzes. »Steh schnell auf, Janna! Versuch es noch mal, das war eben ein wirklich guter Anfang!«

Laura hatte sich so darauf konzentriert, das Mädchen bei seinem kunstvollen Lauf zu beobachten, dass sie gar nicht bemerkt hatte, wann und woher der Mann aufgetaucht war. Ein breitschultriger, sich betont gerade haltender Mann im Rollstuhl, den Kragen der Wildlederjacke hochgeschlagen, das ergraute Haar zu einem festen französischen Nackenzopf gebunden. Er rauchte eine dicke Havannazigarre, sein goldener Siegelring blitzte.

Plötzlich drehte er den Kopf und sah Laura in die Augen. Sie atmete schwer und wich ein paar Schritte zurück. Der Mann sagte kein Wort, starrte sie nur scharf an, dann nickte er kaum merklich und wandte sich wieder der Eisbahn zu.

»Gut, Janna, gut!«, rief er mit der Zigarre zwischen den Zähnen. »Das wird noch, prima, nur weiter so!«

Während Laura weiter zurückwich, stolperte sie und fiel

in einen Schneewall. Vereister Schnee drang ihr in die Stiefeletten und ein schneidender Schmerz fuhr ihr durchs Steißbein, doch das hinderte sie nicht daran, mit einem Ruck aufzustehen. Wenn mich jetzt jemand sehen würde, würde er bestimmt denken, ich renne um mein Leben, dachte sie, während sie halb im Laufschritt zur Straße stolperte. Und Recht hätte er …

In der Iso Roobertinkatu angelangt, bemerkte Laura eine weitere Person, mit der sie an diesem Abend nicht unbedingt zusammentreffen wollte. Anna Laine kam ihr entgegen, wie üblich mit großen Schritten. Der muntere kleine Dackel, den sie an der Leine führte, trippelte im Zickzack über die ganze Straße.

Da haben wir ja ein schönes Paar, lachte Laura nervös, während sie unbemerkt in den Zeitungsladen schlüpfte. Hat sie sich den Dackel extra angeschafft, um ihre eigene Größe zu betonen? Allerdings waren Dackel angeblich nette Hunde, intelligent und humorvoll, ähnlich wie Anna selbst.

Für das Wochenende war wieder ein Jackpot im Lotto angekündigt, und hoffnungsvolle Millionärskandidaten standen mit ihren Tippscheinen an der Kasse Schlange. Laura betrachtete prüfend die Zeitungsregale, blätterte zerstreut in einer französischen Einrichtungszeitschrift, beschloss dann aber, nichts zu kaufen. Sie schob sich unauffällig zur Tür vor, die Verkäuferin gab gerade einen Lottoschein in die Kasse ein. Die wartenden Kunden standen mit dem Rücken zu Laura.

Lauras Blick wanderte über den Ständer mit den Schokoriegeln, und sie tat, als ob sie stolperte. Eine Doppel-Daim glitt in ihre Tasche. In der Tür hörte sie mit pochendem Herzen, dass die Verkäuferin etwas rief, aber sie drehte sich nicht um. Erst als sie in ihrem Treppenhaus angelangt war, holte sie die Schokolade aus der Tasche, riss das Papier auf und schlang den ersten Riegel hinunter.

Als Tero Tuomela an jenem Freitagabend um Viertel nach sechs Karris Antiquariat verließ, glaubte er noch daran, dass er zu den Sieben-Uhr-Nachrichten zu Hause wäre, aber wieder einmal wurden seine Pläne über den Haufen geworfen. Das wiederum konnte er praktischerweise Moona Lahti anlasten, die fuchsteufelswild aus dem *Bulevardia* gesaust kam.

»Herrgott, wie ich unzuverlässige Leute hasse«, zeterte sie, während sie versuchte, im ewigen Wind des Boulevards ihre Zigarette anzuzünden. Erst nach dem fünften Knipsen war das Feuerzeug willens, für den kurzen Moment anzuspringen, den die Flamme brauchte, um die Zigarette zu erfassen. »Da sitze ich ewig rum und warte, und der Herr hält es nicht für nötig zu erscheinen. Und antwortet nicht mal am Telefon, dieser Arsch!«

»War es denn ein wichtiger Knabe?«, fragte Tuomela teilnahmsvoll. Er hatte die Hände tief in die Taschen der Lederjacke vergraben, denn selbst für einen Januarabend war ungewöhnlich scheußliches Wetter.

»Ja, aber nicht in dem Sinne, wie du anscheinend denkst. Der Typ sollte mir Laura Halonens Geburtstagsgeschenk bringen. Ich habe es schon vor mindestens hundert Jahren bei ihm bestellt. Jetzt hat er genau bis morgen Vormittag eine Gnadenfrist, sonst ...« Moona fuhr sich mit dem Zeigefinger quer über den Hals und lachte düster.

»Halonen scheint ja heute der Name des Tages zu sein.« Tuomela erzählte von dem Interview, wobei er sich im Stillen selbst schalt. Warum hatte er nicht früher an Moona gedacht? Sie kannte Laura besser als jeder andere, ihr könnte er vielleicht einige Hintergrundinformationen entlocken, wenn er es schlau genug anstellte. Investigativer Journalismus, jawohl!

»Komm, wir gehen ein Bier trinken«, schlug er unumwunden vor. Moona war als Frau alles andere als sein Typ, aber unbedingt eine temperamentvolle Begleiterin, wenn sie in Stimmung war. Und in diesem Fall hoffentlich auch eine nützliche. Er kannte sie gerade so gut oder so schlecht wie die meisten anderen seiner Nachbarn. Sie wohnten beide in der Lönnrotinkatu, zufällig im selben Haus und auf derselben Etage, borgten sich manchmal gegenseitig den Schraubenzieher oder eine Glühbirne, plauderten ein wenig und wussten ungefähr, was der andere beruflich tat. Das war auch alles.

»Überredet.« Moona sog inbrünstig an ihrer Zigarette und steckte eine Hand in Tuomelas Tasche. »Menschenskinder, ich erfriere gleich. Ich hasse den Winter. Was gibt es denn in der Nähe ... Ah, natürlich, gehen wir ins *Angleterre.*«

»Auch diese Kneipe ist nicht mehr das, was sie einmal war«, setzte Moona kurz darauf ihr Klagelied fort, nachdem sie den hohen Hocker am Bartresen erklommen und sich mit dem Barmann siegreich darauf geeinigt hatte, dass man den Sekt auch glasweise bekam und keine ganze Flasche nehmen musste. »Selbst die H.B.G.S. geht mittlerweile ins *Mulligans.*«

»Wer bitte?« Tuomela untersuchte deprimiert den Inhalt seines Portmonees und kam zu dem Schluss, dass er mit knapper Not diese Runde bezahlen konnte, aber auf keinen Fall mehr.

»Die Heilige Bruderschaft des Gepflegten Schwipses«, Moona betonte jedes Wort einzeln. »Eine Art Herrenverein. Betreibt vor allem Wohltätigkeit in eigener Sache und alles andere, was auch nur entfernt mit Bier zu tun hat. Das Motto könnte lauten: Hauptsache, immer lustig ... Die Mitgliederzahl soll ursprünglich genau dem Inhalt einer Bierkiste entsprochen haben, also zwanzig, aber wegen der starken Nachfrage musste sie auf zwei Kästen erhöht werden.«

»Schade, dass sie mich nicht gefragt haben«, lachte Tuomela. »Ich wäre ziemlich gut, zumindest in dem ›S‹.«

»Du, das reicht nicht«, Moona grinste. »Die H.B.G.S. ist ein Klub erfolgreicher Männer, also vergiss die ganze Sache.«

»Aber das bin ich doch, ich hab dich zum Beispiel erfolgreich zum Bier überredet!«

»Na klar.«

In der hintersten Nische saß eine Gruppe von Personen, die anscheinend schon längere Zeit in gemütlicher Runde zugebracht hatten. Ein Mann in kariertem Hemd und mit rotem Schnauzbart begann auf der Gitarre zu klimpern und *Tom Dooley* zu singen. Nach und nach stimmten die anderen ein, laut und ein wenig falsch.

»Der singt fast wie Kris Kristofferson«, bemerkte Moona, nachdem sie eine Weile gelauscht hatte. »Nur sollten die Frauen lieber still sein.«

»Geh hin und sag es ihnen«, Tuomela lachte. »Du hast eine so Furcht erregende Stimme, dass sie bestimmt sofort gehorchen.«

»Vielen Dank.« Moona trank ihren Sekt aus und bestellte sich beim Barmann ein neues Glas. Das kann sie aber selbst bezahlen, dachte Tuomela nervös.

»Was willst du über Laura wissen?«, fragte Moona und Tuomela räusperte sich verwirrt. »Wieso?«

»He, komm schon«, Moona winkte ab. »Deshalb hast du mich doch mitgeschleppt. Du hoffst, quasi kostenlos Insiderinformationen zu kriegen. Und davon habe ich natürlich genug auf Lager ... Eigentlich sollte ich gleich die ganze Story schreiben«, fügte sie dann boshaft hinzu. »Für welches Käseblatt ist sie vorgesehen? He, fall nicht gleich vom Hocker, das war ein Witz! Ich brauche mich nicht in den Job von anderen reinzuhängen, hab' selber genug zu tun. Also jetzt mal im Ernst«, sagte sie halblaut und schob sich so dicht an Tuomela heran, dass er ihren dumpfigen Nikotinatem riechen konnte. »Was willst du wissen?«

»So viel wie möglich«, beschrieb Tuomela vage. »Hintergründe und so was ..., und natürlich etwas über Halonens Männer. Was weißt du zum Beispiel darüber?«

»Sie hat keinen interessanten Hintergrund«, stellte Moona klar, wobei sie die letzte Frage umging. »Laura stammt aus einer ganz normalen, einigermaßen gut situierten Durchschnittsfamilie. Der Vater ist schon im Rentenalter, arbeitet aber immer noch als erfolgreicher Kaufmann irgendwo in Südfinnland. Die Mutter ist tot, ebenso ein Bruder, der vor Jahren bei einem Verkehrsunfall ums Leben kam. Also alles ganz normal, gibt keinen interessanten Stoff ab.«

»Anscheinend nicht«, bestätigte Tuomela enttäuscht. »Aber die Männer? Über die hast du nichts gesagt. Eine Frau, die so aussieht, müsste doch Männer haben wie Sand am Meer, oder wenigstens welche in der Warteschleife, und auf jeden Fall verflossene.«

»Nicht unbedingt«, sagte Moona, nachdem sie sich eine neue Zigarette angezündet hatte. »Laura hat ja immer hart gearbeitet und kaum für etwas anderes Zeit gehabt. Erst an der TU in Rekordzeit zum Diplomingenieur und fast gleich danach eine eigene Firma aus dem Boden gestampft. Da bleibt nicht viel Zeit für Männer.«

»Ich glaube dir nicht«, quengelte Tuomela wie ein enttäuschtes Kind. »Sie war ja sogar verheiratet, und das war eine echte Überraschung für mich ...«, er wurde lebhaft, »ich kenne ihren Ex nämlich.«

»Ach, Karri Mäntynen? Dann hast du ja selbst gesehen, dass zumindest diese Verbindung keine Zukunft haben konnte. Die beiden lebten von Anfang an in ganz verschiedenen Welten, und Karri hat eigentlich nie richtig den Sprung aus den Siebzigerjahren in die heutige Zeit geschafft. Die beiden waren immer ein klassischer Gegensatz wie Tag und Nacht.«

»Oder wie die Schöne und das Biest«, fügte Tuomela, begeistert von seinem Vergleich, hinzu. »Bildlich gesprochen. Aber immerhin hat die Ehe sieben Jahre gehalten, sagt jedenfalls Karri. Viel mehr hat er aber von seiner Exfrau auch nicht erzählt.«

»Die Ehe hat wahrscheinlich deshalb so lange gehalten, weil Laura nicht eher dazu gekommen ist, die Scheidung einzureichen«, lachte Moona. »Nimmst du noch eins, auf meine Rechnung?«, fragte sie plötzlich und fuhr fort, ehe Tuomela pro forma protestieren konnte: »Ich lade dich natürlich ein. Wir sitzen ja im selben Boot, will sagen, ein Freiberufler hat nun mal die Einkünfte eines Freiberuflers.«

Außer dass sie bei einigen wahrscheinlich noch geringer sind als bei gewissen anderen, dachte Tuomela im Stillen und fügte dann laut hinzu: »Wie lange kennst du Laura eigentlich schon?«

»Warte mal ...« Moona suchte in der Tasche nach ihrem Portmonee. »Ich hab zwei, drei Jahre für ihre Firma gearbeitet, ehe sie verkauft wurde. Dann bin ich Lauras persönliche Managerin, oder wie immer man das nennen mag, geworden. Und das seit wohl bald vier Jahren oder so.«

»Das heißt, im Grunde genommen weißt du eigentlich gar nichts von Laura«, rief Tuomela triumphierend. »Alles nur dienstliche Sachen und das, was sie selber erzählt hat.«

»Na und?«, parierte Moona. »Jedenfalls hat sie viel geredet, das kann ich dir versichern, also wirklich viel. Ich könnte da Sachen erzählen ... Und außerdem kenne ich noch andere Kanäle«, fügte sie dann wichtigtuerisch hinzu. »Ohne die kannst du in meinem Job sowieso gleich einpacken.«

»Na gut, aber eine herrliche Frau ist Laura Halonen jedenfalls«, seufzte Tuomela poetisch. »Sie erinnert mich ein bisschen an meine erste Liebe, die übrigens Lehrerin für Kirchengeschichte an unserem Gymnasium war, kannst du dir das vorstellen? Sie war haargenau mein Geschmack, genau wie Laura, groß und weich ...«

»Na, dann nix wie ran, schnapp sie dir.«

»Wie bitte?«

»Ich sagte, schnapp sie dir.«

»Soll das ...« Tuomela richtete sich auf seinem Hocker auf. »Aber eigentlich ein verdammt guter Gedanke! Schließlich ist sie bloß zehn Jahre älter als ich ...«

»Ein deutlicher Altersunterschied in diese Richtung ist *in*, und Laura hat Modetrends immer geliebt. Sie hat absolut ein Auge für solche gut aussehenden, durchtrainierten Typen, die auch einen Humpen stemmen können«, redete ihm Moona zu. »Schnapp sie dir«, wiederholte sie noch einmal.

»Ich könnte es tatsächlich ...« Tuomela war auf einmal so begeistert, dass er fast vom Hocker fiel. »Menschenskinder, was wollen wir wetten, dass ich sie innerhalb einer Woche rumgekriegt habe?«

»Ganz so schnell geht es vielleicht doch nicht«, zweifelte Moona, aber Tuomela sah sich schon als Held in seinem und Lauras Leben.

»Wie viel?«, wiederholte er.

»Ein Tausender. Wir wetten um einen Tausender, bar auf die Kralle.«

»Einverstanden.«

Später am Abend erlahmte Tuomelas Eifer allerdings schon. Nachdem er vor dem Badezimmerspiegel ein wenig besorgt seinen Bizeps geprüft hatte, beschloss er, am nächsten Morgen für zwei Stunden in den Kraftraum zu gehen. Anschließend müsste er sich ein neues Jackett kaufen, was das Limit der Visacard vielleicht gerade noch hergab. Auf jeden Fall musste er auf der Fete in Topform und supergestylt erscheinen. Und am Montag würde er einen Lunch im *Kynsilaukka* oder jeder anderen Gaststätte ablehnen und einen Grund finden, Laura Halonen zu Hause aufzusuchen, um das Interview fortzusetzen – und sich den Tausender zu sichern.

Einmal flachlegen würde ja im Grunde genommen genügen …

Gegen zehn Uhr desselben Abends bekam Laura überraschenden Besuch.

Sie hatte zunächst eine halbe Stunde im Schaumbad gelegen. Anschließend zündete sie ein Feuer im Kamin an, machte sich ein üppiges Sandwich mit Fischrogen zurecht und öffnete eine Weißweinflasche. Wenn sie nur ein, zwei Gläser trinken würde, könnte sie getrost ein einigermaßen starkes Schlafmittel nehmen, um sich einen ordentlichen Nachtschlaf zu sichern. Sie wanderte mit ihrem Glas durch die Wohnung, das Handy in der Tasche des Bademantels. Aber es klingelte nicht, hatte sich noch kein einziges Mal gemeldet, nachdem sie vom Spaziergang zurückgekehrt war.

Laura zog das Handy mindestens zum zehnten Mal heraus, um seine Funktionstüchtigkeit zu prüfen, da klingelte es an der Tür. Großer Gott, um diese Zeit! Und wer konnte überhaupt unten ins Haus gelangen? War es vielleicht doch ...?

Durch den Spion war nur der leere Treppenflur zu erkennen. Laura öffnete die Tür einen Spalt breit. Zuerst schob sich eine Magnumflasche Champagner herein, und dahinter ein etwa fünfzehnjähriges Mädchen mit einer Rastafrisur, bekleidet mit schwarzen glänzenden Kunststoffhosen und klobigen Kommandostiefeln mit dicken Sohlen.

»Hei, ich bin Dora Halme. Ich darf wohl reinkommen?«, fragte sie und kam in den Flur gepoltert, ohne eine Antwort abzuwarten. »Mein Paps schickt dir das hier.« Sie hielt Laura die Flasche hin. »Er hat selber keine Zeit, aber er hat gesagt, du kannst das Zeug vielleicht gebrauchen.«

Laura nickte nur verwirrt, während sie die mittlere Tochter Ilkka Halmes, des Marketingleiters ihres Verlages, ansah. Er hatte insgesamt drei Töchter, die älteste war schon fast erwachsen und die jüngste erst zehn.

»Danke«, sagte Laura endlich und schwenkte die Flasche. »Das war wirklich nicht nötig, aber vielen Dank. Wie bist du überhaupt ins Haus gekommen?«

»Ich hab den Code eingetippt.« Dora hob ihre Schultern in der abgewetzten Lederjacke. »Hab ihn von Paps gekriegt, möchte bloß wissen, woher er den kennt.« Und bevor Laura dazu kam zu sagen, dass ein Marketingleiter seine Autoren natürlich auch ab und zu privat traf, war das Mädchen an den Schrank getreten und befühlte das blaue Seidenkleid, das an der Spiegeltür hing. »Cool. Darin willst du wohl morgen auftreten?«

»Genau. Wie findest du es?«

»Hab ich ja schon gesagt, cool.«

»Du meine Güte«, rief Laura erschrocken und riss den kleinen Umschlag auf, der am Flaschenhals hing. »Diese Überraschungsflasche bedeutet hoffentlich nicht, dass Ilkka morgen gar nicht kommen kann ...«

»Doch, er kommt – und Mama auch. Das hier ist bloß eine ... na, lies die Karte, da steht wohl die Erklärung drauf.«

Gute Nacht, Ilkka. Laura drehte die Karte in der Hand,

steckte sie dann in die Tasche des Bademantels und brachte die Flasche in die Küche. Nach kurzem Überlegen fragte sie, ob Dora ein Glas Wein mit ihr trinken wollte. Einem Mädchen in dem Alter durfte man wohl schon eins anbieten.

»Kann ich machen.« Dora Halme war ohne Scheu ins Wohnzimmer geschlendert und stand jetzt, die Hände in die Seiten gestemmt, am Fenster.

»Klasse Aussicht.« Sie hob das Glas, das Laura ihr reichte. »Danke und Prost. Nicht übel, deine Bude«, fügte sie hinzu, während sie sich umsah.

»Na ja, ursprünglich waren wir hier mal zu zweit«, sagte Laura mit einem kurzen Lachen. »Damals, als ich noch verheiratet war.«

»Ach, du warst mal verheiratet? Wusste ich gar nicht. Davon hat mein Vater nichts gesagt, dabei redet er sonst so viel von dir, dass meine Mutter ihm fast ins Gesicht springt.«

»Berufliches Interesse«, Laura lachte steif. Sie verschluckte sich am Wein und lief in die Küche, um ein Stück Papier von der Küchenrolle abzureißen.

»Kann ich mich mal umsehen?«, ertönte es aus dem Wohnzimmer. »Wirklich klasse hier, fast, als ob man in einem Gutshaus oder Schloss oder so was wohnen würde. Bei uns zu Hause sieht es beknackt aus, bloß gerade Linien und alles schwarz und weiß. Aber es passt eigentlich zu meiner Mutter, die sieht nämlich selber auch nicht viel anders aus als die Möbel. Komisch, dass mein Vater nichts dazu sagt, aber er ist ja sowieso nie zu Hause.« Dora blieb in der Küchentür stehen. »Wie viele Quadratmeter hat die Hütte?«

»Über hundert«, Laura machte eine unbestimmte Geste. »Ich weiß es nicht mal mehr genau. Aber wir können gern einen kleinen Rundgang machen, wenn dich die Räume interessieren.«

Dora durchquerte das Wohnzimmer, ging ins Esszimmer und bestaunte eine Weile das schwarze chinesische Mobiliar und den taubengrauen orientalischen Teppich.

»Geil.« Der Zeigefinger mit dem grün lackierten, abgebissenen Nagel zeigte auf den gewaltigen Kristallkronleuchter, der über dem Esstisch hing. »Wo hast du das Ding her?«

»Ein Erbstück. Mein Großvater mütterlicherseits war Pastor, und zu der Zeit hatte man in den Pfarrhäusern große Räume und entsprechende Möbel.«

»Aha. Und hier entstehen wohl deine Schwarten, oder?« Dora warf nur einen kurzen Blick ins Arbeitszimmer und ging dann durch den schmalen Flur weiter, vorbei am Gästezimmer und durch die angelehnte Tür geradewegs ins große Schlafzimmer.

Laura blieb in der Tür stehen und dachte ein wenig ärgerlich, dass dies nun allerdings Privatsphäre sei.

»Mann, ein Himmelbett! Die Dinger hab ich bisher nur in Filmen gesehen.« Dora drückte die Hände auf das breite Bett, das mit einer gesteppten Seidendecke bedeckt war, und warf sich dann kurzerhand rücklings darauf. »Hier fickt also unser Vater«, sagte sie mit geschlossenen Augen.

Nachdem sie eine Weile auf der elastischen Matratze auf und ab gefedert war, stützte sie sich auf die Ellenbogen und sah Laura, die steif in der Tür stand, an: »Für Vater wäre ein Wasserbett vielleicht die bessere Alternative. Er klagt manchmal über seinen Rücken.«

Sonnabend, 18. Januar

Das Café *Schubert* war für Anna allmählich zur allmorgendlichen Notwendigkeit geworden. Anfangs hatte sie sich hier nur an den Wochenenden einen Café au lait und ein Croissant gegönnt, aber dann hatte sie sich nach und nach angewöhnt, täglich dort einzukehren, wenn sie ihren Morgenspaziergang mit Justus absolviert hatte. Auch der Hund hatte sich schon an die Routine gewöhnt, er setzte sich in aller Ruhe draußen auf den Gehsteig und beobachtete den Verkehr. Wenn er mehrmals hintereinander scharf bellte, bedeutete das, dass eine besonders interessante Hundedame vorbeitrabte.

Zu Annas Wochenendroutine gehörte es, beide Nachmittagszeitungen im Café zu lesen. Wenn sie da bei ihrer Tasse Kaffee und der Zeitungslektüre saß, konnte sie sich mit einiger Anstrengung vorstellen, in Paris zu sein, besonders an warmen Sommermorgen, wenn man auf der Außenterrasse des Cafés sitzen konnte. Jetzt allerdings war es draußen grau und trübe und es fielen große, nasse Schneeflocken. Auch Justus würde es bei dem Wetter nicht lange allein vor der Tür aushalten. Aber die klassische Musik, die leise im Hintergrund spielte, streichelte die Seele beruhigend wie immer.

Oh, es ist Moona gar nicht gelungen, das Titelfoto zu kriegen, sagte sich Anna belustigt, während sie die Titelseite der *Iltalehti* betrachtete. Eine der etwa fünf derzeitigen Anwärter für das Foto, nämlich Linda Lampenius mit ihrer weißen Elektrovioline, prangte dort in Riesengröße. Auf einem bedeutend kleineren Bild am unteren Rand der Seite saß die Erfolgsschriftstellerin Laura Halonen an eine altmodische schwarze Schreibmaschine gelehnt, ihre Löwenmähne war mindestens ebenso üppig wie die der Geigerin. *Laura Halonen: Das Leben ist ein Abenteuer.*

Aha, wollen doch mal sehen, wie dieses Abenteuer so aussieht … Anna blätterte die Seite auf. Große Überschrift fast von einem Rand zum anderen: *»Damit beginnt ein neues Leben«, sagt die attraktive und erfolgreiche Schriftstellerin Laura Halonen.* Eins, zwei, drei … Anna zählte insgesamt sechs Fotos in dem Bericht: Laura in den erstaunlichsten Posen, bekleidet mit einem mintgrünen Trikot, riesigem Hemd und gleichfarbenen Schuhen mit Schwindel erregend hohen Absätzen. Anteil der Fotos mindestens zwei Drittel, aber die Story schien auf der nächsten Seite weiterzugehen. Vielleicht gäbe es dort sogar ein paar Sachinformationen …

Zweifellos Moonas Werk, vermutete Anna, während sie umblätterte, und im selben Moment kam die Bestätigung hereinspaziert.

»Wie findest du die Story?«, fragte Moona, nachdem sie sich an Annas Tisch gezwängt hatte. Sie schüttelte ihren feuchten schwarzen Kunstpelz wie ein Hund sein Fell und warf ihn dann auf den benachbarten Stuhl zu ihrer Tasche und einem viereckigen flachen Paket. »Jesses, ich brauch unbedingt 'nen Kaffee. Thanks heaven gibt es jetzt diese Kneipe in unserer Gegend. Bei mir im Kühlschrank hab ich nie etwas anderes als Licht. Ich vergesse einfach ständig, einkaufen zu gehen.«

»Diese Story in der *Iltalehti* war übrigens eine leichte Übung«, erklärte sie dann, nachdem sie sich Saft, Kaffee und ein Käsebrötchen von der Theke geholt hatte. »Solche großen Farbstorys sind ja neuerdings deren Spezialität, und Laura wiederum posiert wahnsinnig gern. Eigentlich würde sie eine gute Kleiderpuppe für große Mädchen abgeben, aber leider weigert sie sich strikt, jedenfalls vorläufig … Na gut, vielleicht würde das auch nicht richtig zum Image einer ernst zu nehmenden Schriftstellerin passen. Übrigens hab ich versucht, ein ganz offizielles Geburtstagsinterview in der *Helsingin Sanomat* unterzubringen, aber die haben mich abblitzen lassen. Das Mindestalter ist weiterhin fünfzig, sagen sie.«

»Laura erzählt hier nichts Genaues über ihre neuen Pläne, obwohl sie von Abenteuern und dem Beginn eines neuen Lebens schwärmt«, sagte Anna verwundert, nachdem sie den Rest des Textes überflogen hatte. »Sie will unbedingt ihre Schriftstellerkarriere fortsetzen, heißt es hier, aber sie verrät mit keinem Wort, woran sie arbeitet.«

»Ich habe ihr verboten, Einzelheiten zu nennen«, erklärte Moona mit vollem Mund. »Man muss geheimnisvoll sein, sozusagen Vermutungen und Erwartungen schüren. Außerdem habe ich immer die gute alte Regel befolgt, dass man über nicht abgeschlossene Arbeiten nicht öffentlich reden soll. Andeutungen kann man machen, aber mehr nicht. Man weiß nie, wie alles kommt.«

»Das ist wohl das geheimnisvolle Geburtstagsgeschenk für Laura?« Anna befühlte das große Paket in dem braunen Einwickelpapier. Sie hatte die Zeitung auf den Nachbartisch geworfen, und sofort war ein anderer Gast hingeeilt, um sie zu holen. »Nun, es ist jedenfalls eindeutig ein Bild.«

»Es ist jedenfalls eindeutig ein Bild«, wiederholte Moona lachend und leerte ihre Kaffeetasse. »Ich muss los. Mir ist gerade eingefallen, dass ich noch den Partyservice anrufen und die Fressalien für die Nacht bestellen muss. Man muss nämlich auf alles vorbereitet sein, zum Beispiel darauf, dass Laura beschließt, die Hälfte der Leute zu sich nach Hause zu schleppen, um dort weiterzufeiern. Iss die zweite Brötchenhälfte, wenn du magst. Wir sehen uns bald, ciao.«

Moona nahm sich im Windfang des Cafés ein paar der kostenlosen Postkarten aus dem Ständer und hielt draußen an der Straßenecke einen Mann im Jogginganzug und mit Igelhaarschnitt an. Sie wechselte ein paar Worte mit ihm und verschwand dann mit ihrem Gepäck um die Ecke.

Das war doch dieser Journalist ..., erinnerte sich Anna, während sie sich eine zweite Tasse Kaffee holte. Sie nahm sich die Käse- und Tomatenscheiben von Moonas Brötchenhälfte und legte sie auf ihren eigenen Teller. Wie hieß der Kerl doch noch gleich ...? Ah ja, Tero Tuomela.

»Wie kann ein Mensch nur solch einen grässlichen Geschmack haben! Mit so viel überschüssigen Pfunden sollte man sich nicht in der Zeitung spreizen, und schon gar nicht auf Farbfotos. Wofür hält sie sich eigentlich? Stell dir vor, ich würde mich so grell und geschmacklos anziehen, dann würdest du dich bestimmt nicht mit mir ...«

Ilkka Halme versuchte, die Ohren vor dem Redefluss seiner Frau zu verschließen und sich auf seine Papiere zu konzentrieren. Das ging schon so, seit Dalia sich endlich dazu durchgerungen hatte, in den Laden zu trotten und von dort beide Nachmittagszeitungen mitzubringen. Kirsti hatte sich die *Iltalehti* gegriffen, sich Kaffee aus der Küche geholt und die Zeitung auf dem Couchtisch vor sich ausgebreitet. Da hatte das Gezeter angefangen, und ein Ende war nicht in Sicht.

»Würdest du wollen, dass deine eigene Frau so aussieht?« Der magere Zeigefinger pochte auf ein Foto, auf dem Laura Halonen in die Kamera lachte, sie hatte sich vorgebeugt und hielt die Hände auf den Knien, der Hemdausschnitt entblößte die tiefe Spalte zwischen den üppigen Brüsten. »Möchtest du das?«, kam es erneut und nachdrücklicher.

Was sollte er darauf sagen? fragte sich Ilkka unglücklich. Etwa: Na klar, möchte ich das. Ich möchte, dass du dahin verschwindest, wo der Pfeffer wächst, und dort bleibst, und dass Laura ... Jawohl, das möchte ich!

»Laura ist eben eine attraktive Frau, und außerdem eine gute Schriftstellerin«, erklärte er ruhig, woraufhin sich seine Frau noch mehr aufregte.

»Was, eine gute Schrifstellerin? Dieser Schund, fast Pornografie ... Das Buch ist ja nicht mal im Feuilleton besprochen worden. Nur die Frauenzeitschriften haben dafür getrommelt, und selbst diese Artikel hat die Dame vermutlich selbst lanciert und bezahlt.«

Es lebe der Neid und die heilige Einfalt, seufzte Ilkka im Stillen und richtete den Blick an die Decke. »Wenn der Verkauf gut läuft, kann man auf Rezensionen verzichten«, sagte er und sah auf die Uhr. Bald zwölf. Ihm blieb noch Zeit, vor dem Fest kurz in der Firma reinzuschauen, den Lunch würde er auf jeden Fall auslassen. Er musste unbedingt für mindestens ein, zwei Stunden aus diesem Haus verschwinden.

»O ja, der Verkauf läuft gut«, spottete Kirsti und befeuchtete ihren Daumen. Sie blätterte unter demonstrativ lautem Rascheln die Rätselseiten auf, griff sich einen Bleistiftstummel und fing an, das Kreuzworträtsel zu lösen. »Das war dir ja immer am wichtigsten – dass der Verkauf läuft.«

»Das gehört zufällig zu meinem Aufgabenbereich. Dafür werde ich bezahlt.«

»Wofür wirst du bezahlt?«, fragte Dora, die die Treppe heruntergepoltert kam.

Warum müssen diese grässlichen Stiefel auch im Haus getragen werden? schimpfte ihr Vater innerlich, aber laut sagte er nichts, er hatte es längst aufgegeben. »Nun, dafür natürlich, dass das Geschäft floriert und die Leute Bücher kaufen«, sagte er.

»Vor allem das Buch von Laura Halonen«, kam es vom Sofa.

»Ah, Laura«, sagte Dora gedehnt mit Blick auf ihren Vater. »Prima Type. Und eine total geile Bude.«

»So, eine prima Type, ja?«, rief Kirsti, den zweiten Satz ihrer Tochter überhörend, und blätterte wieder die besagten Seiten auf. »Sieh dir das an. Das ist deiner Meinung nach eine prima Type?«

»Ja klar. Echt cool.« Dora warf sich neben ihrer Mutter aufs Sofa. »Du könntest dir einiges davon abgucken.«

»Tatsächlich? Na, vielen Dank!«, schnaubte Kirsti, lachte aber anschließend, sicherheitshalber. Manchmal hatte sie das unbestimmte Gefühl, dass sich der Vater und die drei Töchter gegen sie verbündet hatten. Dann fiel ihr ein: »Schläft Dina noch? Wir müssen sie langsam wecken, sie hat nämlich versprochen, die Schulterpolster in meinem Kleid auszubessern.«

»Stimmt, ihr geht ja heute feiern«, sagte Dora. »Eigentlich hat Laura mich gestern auch eingeladen, also jedenfalls im Prinzip.«

»Und du wirst nicht kommen. Ich weiß nicht mal, ob ich selber überhaupt hingehe«, fügte Kirsti hinzu. Rote Flecken brannten auf ihren Wangen.

»Ach? Warum nicht?«

»Nun … Ich finde es einfach albern, seinen vierzigsten Geburtstag zu feiern.«

»Deiner ist ja auch schon so lange her, dass du dich nicht mehr daran erinnerst«, sagte Dora und sprang vom Sofa auf, ehe Kirsti dazu kam, ihr einen Klaps zu geben. »Eh, fährst du in die Stadt?« Sie hatte bemerkt, dass ihr Vater angezogen im Flur stand. »Ich komme mit! Schmeiß mich irgendwo im Zentrum raus.«

Dina, Dora und Dalia, zählte Ilkka in Gedanken auf, während er den Wagen aus der Garage fuhr. Was waren das nur für Namen. Er hatte alle drei Male entschieden protestiert, aber Kirsti war hartnäckiger gewesen. Sie hatte darauf bestanden, dass die Namen kurz und international sein sollten, trotz des ganz gewöhnlichen, finnischen Nachnamens. Man konnte nie wissen, ob nicht später ein Name mit der Vorsilbe *von* oder *de* an seine Stelle träte, denn die Welt bot netten jungen Mädchen heutzutage Millionen Möglichkeiten, fand Kirsti Halme.

»Was schenkt ihr Laura?«, fragte Dora plötzlich auf der Brücke, nachdem sie zu Beginn der Fahrt wortreich begründet hatte, warum sie unbedingt einen Hunderter oder lieber noch ein paar mehr brauchte.

»Eine Lampe im Tiffany-Stil für ihren Arbeitstisch.«

»Oh, die Dinger kosten einen Haufen Geld.«

»Ist ja auch von der ganzen Firma.«

»Und du …, ich meine, du und Mutter, nichts Persönliches?«

»Wieso?« Ilkka packte das Lenkrad fester. Er warf im Vorbeifahren einen Blick zum Segelhafen hinüber und dachte unbestimmt, dass er, einfach nur sicherheitshalber, nach dem Boot sehen müsste, das unter einer Plane überwinterte. Der Winter war, jedenfalls bisher, sehr ungewöhnlich gewesen. Seit Weihnachten Schnee in rauen Mengen und vom Zufrieren des Meeres keine Spur. »Sollte ich denn noch etwas für sie kaufen … etwas Persönliches?«, fragte er dann leichthin.

»Ich dachte bloß …« Dora sah auf sein starres Profil. »Je

denfalls könnte sie neue Daunenkissen für ihr Bett gebrauchen. Die alten schienen mir ein bisschen abgenutzt. Hast du wohl noch gar nicht gemerkt?«

»Schei...!« Ilkka konnte gerade noch bremsen und so verhindern, dass sein BMW auf einen Kleintransporter auffuhr. Verfluchte Brückenarbeiten, verlangsamten und störten nur den Verkehr ...

»Vielleicht noch die Nachmittagszeitungen?«, fragte die Verkäuferin, die Finger auf den Tasten der Kasse.

»Nein, danke, diesmal nicht.«

Für Maria Lindén hatte ein Blick auf die Titelseite der *Iltalehti* genügt. Das Leben war für Laura Halonen also ein Abenteuer ... Nun, bald wird sich zeigen, was genau daraus wird, lachte Maria innerlich, während sie die Bona-Dosen einpackte. Mehr Einkäufe waren ihr diesmal nicht eingefallen.

Zu Hause verstaute Maria die Dosen im Küchenschrank und ging ins Schlafzimmer. Sie zog der Babypuppe einen blauweißen Strampelanzug im Matrosenstil an, für den sie im Geschäft für Kinderbekleidung auf dem Boulevard einen horrenden Preis bezahlt hatte.

»Heute sind wir aber wirklich brav und quengeln kein bisschen«, plapperte sie, während sie eine neue rüschenbesetzte Decke in die Tragetasche legte. »Dies ist ein wichtiger Tag, du ahnst gar nicht, wie wichtig.«

Maria brachte die Tragetasche in den Flur und ging ins Schlafzimmer zurück, um sich umzuziehen. Sie hatte die Sachen schon morgens auf dem Bett zurechtgelegt: ein schwarzes knöchellanges Strickkleid, schwarze Strümpfe und Handschuhe und einen schwarzen Schleierhut. Der schwarze Wintermantel und die langen schwarzen Stiefel warteten im Flur. Das schmale Blumenpäckchen hing am Türdrücker.

Als sie fertig angezogen war, ging sie ins Wohnzimmer, ohne einen Blick in den Spiegel geworfen zu haben. Sie wollte sich nicht sehen, sie wollte nur erneut den Schmerz und den Hass in ihrer ganzen endlosen Schwärze spüren und auf sich einwirken lassen.

Ihr blieb noch Zeit. Maria saß mit den Händen im Schoß auf ihrem üblichen Platz am Wohnzimmerfenster, aber sie spähte nicht schräg hinauf. Sie wusste auch so, was im Haus gegenüber derzeit geschah. Dort bereitete sich jemand auf sein Fest vor – erwartungsvoll, gespannt, ängstlich …

Als das Telefon klingelte, wollte Maria zunächst nicht antworten, griff aber schließlich doch nach dem Hörer. Sie erkannte die Stimme sofort, obwohl sich der Mann nicht die Mühe machte, seinen Namen zu nennen.

»Ich wollte mich nur vergewissern, ob du wirklich kommst«, sagte er. »Ob dich nicht auf den letzten Metern die Reue packt.«

»Aber nein«, versicherte Maria und versuchte zu lachen, aber das Lachen blieb ihr im Halse stecken. »Ich werde pünktlich zur Stelle sein.«

»Gut, andernfalls würde das Drama ein bisschen einseitig ausfallen.«

»Das passiert nicht. Dieses Drama wird perfekt, soweit es an mir liegt.«

»An dir, gerade an dir.«

Immer ist zu wenig Zeit, pflegte Laura mit den Worten des Schlagers zu denken, aber am Sonnabendmorgen schienen die Stunden stillzustehen. Eigentlich war sie schon vor sieben Uhr nach einer erstaunlich gut durchschlafenen Nacht in prickelnd erwartungsvoller Stimmung erwacht, aber dann war der vergangene Abend wieder mit voller Wucht auf sie eingestürmt. Sie hatte sich unter der Decke verkrochen und beschlossen, dort bis zum Weltuntergang liegen zu bleiben. Hatte das Telefon tatsächlich in der Nacht geklingelt oder hatte sie sich das nur eingebildet? Und falls es geklingelt hatte, wer …?

»Verdammt, mach dich bloß nicht verrückt«, hatte sie schließlich wütend geschimpft. Außerdem musste die Friseuse jeden Moment kommen.

Sie hatte eine Weile unter der Dusche gestanden und den Wasserhahn von fast kochend heiß auf eiskalt und wieder zurück gedreht und sich eingeredet, dass sie in der Form ihres Lebens sei. Und das war sie ja auch – zumindest theoretisch. Dasselbe hatte ihr die Friseuse versichert, die hereingerauscht war, als die Kaffeemaschine brodelte und die letzten Tropfen in die Kanne rannen.

»So wie immer?«, hatte die Friseuse gefragt, während sie Wickler und Bürsten und Gel und Schaum und den Fön auspackte.

»Ja, nur noch größer.« Laura hatte den Kopf geschwenkt, dass sich die feuchten Haare um ihr Gesicht legten. »Mach die Löwenmähne so groß, wie es diese Wolle irgend hergibt.«

Als die Friseuse ihre Geräte wieder einpackte, war Laura das Interview eingefallen. Heute sollte die Story in der *Ilta-*

lehti stehen. Den Text hatte sie natürlich vorab geprüft, aber auf die Bilder war sie gespannt. Der Fotograf war einfach unglaublich gewesen, er hatte sie dazu gebracht, zu posieren wie eine ... Laura fand nicht das richtige Wort. Und dann die junge Frau mit der Irokesenfrisur, die sich als Trendspezialistin vorgestellt hatte und sie, Laura, mit Gewalt in Mintgrün gekleidet hatte, obwohl sie protestiert und gesagt hatte, dass sie die Farbe hasse. Nun, die Aufnahmen waren gemacht worden, und Laura wollte unbedingt das Ergebnis sehen, sodass sie zusammen mit der Friseuse das Haus verließ, um sich die Zeitung zu holen.

»Tolle Bilder«, hatte die Verkäuferin in dem kleinen Laden in ehrlicher Begeisterung geschwärmt, aber Laura hatte sich nur bedankt, hatte bezahlt und sich beide Nachmittagszeitungen unter den Arm geklemmt.

Sie hatte kaum den Laden verlassen und dabei über die großen nassen Schneeflocken geflucht, da hatte sie Maria entdeckt. Maria hatte an der Straßenecke gestanden und zum Himmel aufgeschaut, dann war sie direkt auf Laura zugekommen.

Laura hatte den Kopf eingezogen und war weitergeeilt, sie hatte auf die Straße gestarrt und sich unter dem schützenden Regenschirm verborgen. Als sie mit Maria auf gleicher Höhe gewesen war, war diese zur Seite getreten und stehen geblieben. Die rettende Hautür hatte sich scheinbar immer weiter entfernt, aber schließlich hatte Laura den Weg geschafft und war keuchend und schwitzend in ihre Wohnung gestürzt. Die Blicke der anderen Frau hatten ihr im Rücken gebrannt und die Zeit floss plötlich nur noch zäh dahin.

»Diesen Tag überstehe ich nie«, hatte Laura ausgerufen, während sie im Flur ihre Kleidung abgeworfen hatte und erneut in die Dusche gerannt war. »Eine schlechte Kombination«, hatte sie kurz darauf mit düsterem Lachen gesagt, als sie sich zwei Pillen aus dem Röhrchen in die Hand geschüttet und sie mit Kognak hinuntergespült hatte.

Aber die Pillen hatten ihre Wirkung getan, so wie stets, und die Stunden waren schließlich doch vergangen. Hin und wieder hatte das Telefon geklingelt, und Laura hatte Glückwünsche und Kommentare über die »scharfen« Fotos entgegengenommen. Sie hatte sich geschminkt und angezogen und sich langsam, ganz langsam wieder als komplette Laura Halonen gefühlt.

Als die verschnörkelte goldene Wanduhr im Flur schließlich zweimal schlug, entschied Laura, dass das Leben herrlich war und dass dieser Sonnabend der denkwürdigste Tag ihres Lebens sein würde. Genau in diesem Moment intonierte die Türglocke *An der schönen blauen Donau*.

Lobenswert pünktlich, wie immer, freute sich Laura, während sie zur Tür eilte, um zu öffnen. Moona Lahti mochte manchmal wie ein wandelndes Chaos wirken, aber die Uhr konnte man jederzeit nach ihr stellen.

Laura hatte die Hand schon auf der Klinke, als sie plötzlich Luft holte und ins Bad lief. Sie riss das Röhrchen mit den Pillen aus dem Arzneischrank und warf es in ihre Handtasche, während sie wieder in den Flur eilte.

»Happy birthday to you!«, schmetterte Moona, die ein Silbertablett hielt, auf dem eine Champagnerflasche und drei sehr hohe Gläser standen.

Neben Moona stand, im weinroten mittelalterlichen Samtanzug, das verzierte Barett schräg auf dem Kopf, ein lächelnder Troubadour, beliebter Gast auf den VIP-Feiern der Stadt. Eine leichte Verbeugung, ein paar leise Klänge auf der Gitarre, und die Serenade begann:

In Kubas Nacht steh ich vor deiner Estancia,
spür Rosenduft, als wärst du nah,
ach, könntest ahnen du, Fragancia,
der Liebe Macht, seit ich dich sah.

Laura stand mit pochendem Herzen und über der Brust gekreuzten Händen in der Tür. *Fragancia* konnte sie nie ohne Rührung anhören. Das schönste Liebeslied der Welt, ihr absolutes Lieblingslied. Wie war es möglich, dass Moona sogar daran gedacht hatte? Allerdings hatte Laura ihr nie verraten, wann sie das Lied zum ersten Mal gehört hatte, in welcher Situation und mit wem … Und genau jetzt, in diesem Moment, verflüchtigten sich all ihre trüben Gedanken und Zweifel und Ängste. Laura schloss die Augen und dachte, dass auf der Welt kein einziger böser Mensch, kein Feind Platz hatte. Nur gute Freunde und schöne Dinge.

Als das Lied verklungen war, öffnete Moona die Flasche und füllte die Gläser, aber der Troubadour befeuchtete nur seine Lippen, wünschte mit einer tiefen Verbeugung einen schönen Geburtstag und verschwand sofort im Treppenhaus.

»Mein Gott, war das herrlich«, sagte Laura atemlos, die Nase im Spiegel. Ihre Augen waren feucht geworden, aber das Make-up hatte glücklicherweise nicht gelitten. »Obwohl natürlich nichts über Sven-Bertils Interpretation geht. Aber sag mir jetzt mal ehrlich, wie ich aussehe!« Laura drehte sich einmal um die eigene Achse, wobei sie die Querfalten glättete, die sich über dem Bauch gebildet hatten. »Hier ist es zweifellos ein wenig eng ... Sag mir ehrlich, ob diese Wurstpelle nicht doch zu kurz ist. Jedenfalls kann ich mich nicht tief darin bücken.«

Ja, sie ist zu kurz, dachte Moona kalt, laut aber sagte sie: »Du brauchst dich ja hauptsächlich nur umarmen zu lassen. Und toll siehst du aus, wie immer.« Moona marschierte in die Küche, als wäre es ihre eigene, stellte das Tablett auf der Spüle ab und hob erneut ihr Glas: »Nochmals viel Glück, für dich und für das Buch. Und auch für alle künftigen Erfolgsromane. Über die müssen wir übrigens unbedingt reden, lange und gründlich, über den Zeitplan und all das. Ich habe eine ganz neue Strategie entwickelt und ...«

»Natürlich, aber dazu haben wir später Gelegenheit«, unterbrach Laura sie ungeduldig. An dienstliche Dinge mochte sie heute nicht einmal denken. Und Moonas lange und gründliche Gespräche kannte sie, die nahmen nie ein Ende. Außerdem hatte sie ihre eigenen Pläne, in die sie sich nicht von Moona hineinreden lassen würde. »Wir können uns morgen unterhalten, vorher müssen wir nur erst mit Anna die Illustrationen für die Fortsetzungsgeschichte besprechen.«

Laura setzte sich sehr vorsichtig auf den Rand eines Stuhls, wobei sie sich besorgt fragte, ob das leise Knacken vom Stuhl oder vom Kleid herrührte. Ein Riss war zum Glück nirgends zu sehen, aber sie hätte trotzdem besser eine richtige Korsage unter das Kleid ziehen sollen.

»Ja, gut – reden wir morgen«, willigte Moona ein. »Ich habe nämlich tatsächlich ein paar Gedanken, eigentlich sogar sehr viele und geradezu revolutionäre.« Sie stand auf, um sich ein zweites Glas einzuschenken, aber Laura nahm die Flasche an sich und stellte sie in den Kühlschrank.

»Lass uns gehen«, forderte sie, während sie mit klappernden Absätzen in den Flur eilte. »Ich möchte rechtzeitig da sein, außerdem weiß man ja nicht, ob nicht vielleicht schon jemand eher kommt ..., falls denn überhaupt jemand kommt ...« Sie blieb mitten im Raum stehen. Die grässliche Anspannung rumorte wieder in ihrem Bauch, aber Moona lachte nur, während sie ihr in den Pelz half.

»Die Massen werden schon kommen. Und wir sind garantiert rechtzeitig da, an mir soll es nicht liegen. Das Taxi wartet bereits. Draußen ist es übrigens spiegelglatt«, bemerkte sie mit einem Blick auf Lauras blaue Wildlederpumps. »Na gut, wir fahren ja direkt von Tür zu Tür.«

Das Taxi erwies sich als eine von Moona gemietete schwarze Limousine. Während Laura ihren Pelz zusammenraffte, befahl sie sich, ruhig zu werden. Sie hatte dies alles erwartet, angestrebt – es würde ein unvergesslicher Tag werden! Als der Wagen auf die Uudenmaankatu glitt, holte Moona eine halb geleerte Champagnerflasche aus ihrer Kühltasche.

»Nur einen Tropfen, danke. Ich habe bestimmt schon einen Schwips, ehe die Feier richtig losgeht«, kicherte Laura und trank gleich aus der Flasche. »Prost und danke, Moona – danke für alles.« Sie nahm einen weiteren Schluck. »Die Fahrt in diesem göttlichen Schlitten ist eigentlich viel zu kurz, zum *Rivoli* ist es ja nur ein Katzensprung. Können wir nicht schnell eine kleine Ehrenrunde durch die Stadt drehen?« Laura lachte plötzlich glücklich und ausgelassen. »Vierzig, welch sagenhaftes Alter! Noch zehn lange Jahre bis zum halben Jahrhundert, und dann beginnt eine neue Jugend. Das behaupten jedenfalls alle.«

»Prost darauf.« Moona trank ebenfalls aus der Flasche, verschloss sie dann mit dem Patentverschluss und steckte sie wieder in die Tasche. »Aber lass uns die Ehrenrunde lieber später drehen. Der Schlitten steht uns im Prinzip den ganzen Tag zur Verfügung.«

Was das wohl kosten mag? dachte Laura beiläufig, ohne allerdings laut zu fragen. Die Limousine fuhr soeben vor dem Restaurant vor. Die Fackeln brannten in ihren hochbeinigen Schalen und der Oberkellner stand in der Tür und hieß den Ehrengast samt seiner Begleitung willkommen.

Anna hatte sich mit ihrem Fotoapparat schon vor halb drei Uhr im *Rivoli* eingefunden, denn Laura hatte sie gebeten, das Fest von Anfang bis Ende für ihr persönliches Album zu dokumentieren. Trotz der heftigen Proteste des Geburtstagskindes hatte Moona auch die Klatschreporterinnen zweier Zeitungen eingeladen, aber gegen einen Videofilm hatte sich Laura mit Erfolg gewehrt.

»Kommt nicht in Frage. Ich kann mich auf nichts konzentrieren, wenn die ganze Zeit eine Kamera um mich surrt. Ich möchte mich um meine Gäste kümmern und nicht dauernd an die Frisur oder die Strumpfnähte denken müssen.«

»Die modernen Videokameras surren allerdings kaum«, hatte Moona säuerlich bemerkt. Aber es war schließlich Lauras Sache, hinterher würde sie es sowieso bereuen.

Während Anna auf den großen Moment wartete, ging sie durch das Restaurant und bewunderte die stilvolle Dekoration, die festlich eingedeckten Tische und vor allem natürlich das verlockende Angebot des Büfetts: Leberpastete nach Bauernart, gebeiztes Ochsenfilet, Räucherlachsrollen, mariniertes Gemüse, Mittelmeersalat, Landbrot, diverse Käsesorten …

Um zwanzig Minuten vor drei haute der Pianist, der gleich an der Tür saß, in die Tasten, spielte den Hochzeitsmarsch aus *Dornröschen* und Laura segelte herein, Moona dicht auf ihren Fersen. Anna steckte sich blitzschnell ein Scheibchen Ochsenfilet in den Mund und eilte ihnen entgegen.

»Wo bleibt der Bräutigam?«, rief sie, während sie eifrig knipste. »Das ist ja ein Hochzeitsmarsch.«

»Kommt später«, sagte Moona lachend. Sie brachte die Mäntel in die Garderobe und machte in Begleitung des Oberkellners einen raschen Kontrollgang durch den Saal. Alles schien bereit und in Ordnung, und Moona nickte gnädig wie ein Imperator aus alter Zeit.

Anna fotografierte Laura, wie sie die Besitzerin des Restaurants umarmte, wie sie träumerisch am Klavier lehnte, wie sie mit einem Champagnerglas in der Hand am Bartresen stand, Laura Arm in Arm mit Moona, Laura, wie sie die geräuschvoll eintretende Klatschkolumnistin mit Wangenküsschen begrüßte – und dann begannen die Gäste hereinzuströmen.

Zuerst kam ein älterer Mann, auf einen Spazierstock gestützt und in Begleitung einer sehr energisch wirkenden jüngeren Frau. Die beiden schrieben sich ins Gästebuch ein und gaben Laura steif die Hand. Der Mann überreichte ihr ein kleines, rundes Päckchen und sprach dabei so leise zu ihr, dass niemand seine Worte verstand. Nach dem obligatorischen gemeinsamen Glas Sekt wollte die Frau den Mann eben an einen Tisch führen, als eine der Journalistinnen die Situation erfasste.

»Du meine Güte, ihr seid natürlich Vater und Tochter! Warum habe ich das nicht gleich gesehen … Das muss unbedingt verewigt werden.« Sie ließ Vater und Tochter nebeneinander posieren und machte ein aus drei Fragen bestehendes Blitzinterview, während der Fotograf seine Bilder knipste: Wollte Laura schon als kleines Mädchen Schriftstellerin werden? Was dachte der Vater, als die Tochter ihre Karriere als erfolgreiche Geschäftsfrau gegen eine unsicherere, aber zweifellos spannendere eintauschte? Hat der Vater das Buch seiner Tochter gelesen, und wie gefällt es ihm?

Der ernste Mann murmelte seine einsilbigen Antworten leise und abweisend, während Laura neben ihm strahlte und wortreich versicherte, dass sie ohne das solide geistige Erbe des Elternhauses in ihrem Leben nie etwas erreicht hätte. Auf Bitten der Journalistin drückte sie einen zärtlichen Kuss auf die Wange ihres Vaters, der steif und ohne ein Lächeln in die Kamera starrte.

»Papa Halonen«, sagte Moona, die das Gästebuch bewachte, mit leisem Lachen zu Anna. »Und die Dame, die wie ein Adler über ihn wacht, ist seine neue Gattin und die Fleischermeisterin in seinem gut gehenden Lebensmittelmarkt. Sie reden angeblich kaum mit Laura, beide nicht. So viel also zu Geist und Erbe des Elternhauses.«

Anna beobachtete den Strom der Gäste, suchte neue und überraschende Perspektiven und schoss im zügigen Takt ihre Fotos. Einige Gesichter kannte sie aus den Klatschspalten der Zeitungen, aber im Wesentlichen waren ihr die Leute wildfremd, allem Anschein nach spielten sie jedoch eine wichtige Rolle in Lauras Leben, denn die Stimmung lockerte sich zusehends. Umarmungen, Wangenküsschen und Gelächter, Verszeilen wurden rezitiert, Ständchen gesungen: *Es wuchs ein schönes Mägdelein*, *Happy birthday to you*, *Hoch soll sie leben …*

Ein Mann räusperte sich sogar und schickte sich an, eine offizielle Rede zu halten, aber Laura unterbrach ihn sofort: »Ich hab' doch gesagt, dass Reden absolut verboten sind! Ihre Zeit kommt erst in zehn Jahren, wenn überhaupt. Jetzt amüsieren wir uns und lassen alle Förmlichkeiten beiseite. Prost, lieber Henrik!«

Neben der Bewachung des Gästebuches kümmerte sich Moona noch um vieles andere. Sie brachte die Geschenke zu dem dafür vorgesehenen Tisch an der Wand, forderte das Personal auf, weitere Zinkeimer für die prachtvollen Blumensträuße bereitzustellen, vergewisserte sich, dass der Pianist die vorab vereinbarten Stücke spielte, warf sogar einen Blick in die Küche, obwohl es dafür keinen Grund gab, machte ab und zu eine kurze Runde durch den Saal, wobei sie lächelnd Satzfetzen nach hier und dort rief – dirigierte das Orchester alles in allem so straff und autoritär, dass eine der Kellnerinnen schließlich entnervt in Tränen ausbrach und in die Küche rannte.

Auf dem Geschenketisch hatten sich Päckchen in allen Größen und Formen angesammelt, flache und hohe, eckige und runde. Anna zählte mehr als zehn Geschenkpackungen von *Alko* und hätte wetten mögen, dass so gut wie jede Champagner enthielt. Aber wo blieb Moonas Bild? Nun, vielleicht wollte sie Eindruck schinden und erst nach allen anderen Gästen ihr Geschenk überreichen.

Tero Tuomela war mit den ersten Gästen gekommen, im kaffeebraunen Sakko, propper und geleckt wie ein sittsamer Pfadfinder. Er hatte Laura eine langstielige dunkelrote Rose überreicht: »Der mit Abstand herrlichsten Frau, die zu interviewen ich in meiner kurzen, aber beeindruckenden Laufbahn die Freude und die Ehre hatte.« Er hatte sie lange und innig umarmt und danach fest in ihren tiefen Ausschnitt gestarrt. Nach dem Gratulationstoast war er nur ein paar Schritte beiseite getreten, so als wollte er das Eintreffen der nächsten Gäste beobachten und seine Herzensdame dabei ständig im Blick haben.

Das treue kleine Schoßhündchen wartet auf eine Belohnung aus Frauchens Hand, dachte Anna, während sie ihn unfreundlich beiseite stieß. Jetzt kam offenbar irgendeine wichtige Persönlichkeit, denn Lauras Lachen war unvermittelt abgerissen, sie stand still da und hatte den Blick staunend auf die Tür geheftet.

»Oho, er kommt also doch«, flüsterte Moona leise.

»Wer?«

»Karri, Lauras Ex.« Moona suchte sich eine günstige Position neben dem Klavier, denn diesen Auftritt wollte sie von Anfang bis Ende sehen und hören.

Es dauerte einen Augenblick, ehe Anna den Mann erkannte, und sie war so verblüfft, dass ihr die Kamera heruntergefallen wäre, wenn sie sie nicht in einem Riemen um den Hals getragen hätte. Der Antiquar aus der Iso Roobertinkatu, der Mann, der das Gilda-Plakat besaß – das er jetzt mitbrachte!

»Laura«, sagte Karri im selben Moment, da Moona den Pianisten aufforderte, sein Spiel zu unterbrechen. Allmählich verstummte der ganze Saal und Anna registrierte die unterschiedlichsten Blicke, überraschte, amüsierte, ja sogar verärgerte. Der alte Herr Halonen flüsterte seiner Frau etwas zu und sie rief ein erstauntes Oho, wobei sie den Hals reckte.

»Eigentlich müsste ich wohl sagen, liebe Laura, aber vielleicht ist das nicht mehr angebracht«, fuhr Karri fort, wobei er seine Krawatte zurechtrückte. »Oder warum eigentlich nicht? Letzten Endes bleibt der Mensch derselbe von der Wiege bis ins Grab, und echte Gefühle verschwinden nicht. Sie bleiben irgendwo, in einem Winkel, in dem sie vergessen ruhen und aus dem man sie bei Bedarf hervorholen kann. Manchmal machen sie sich sogar selbstständig und entfliehen von dort, wie wir alle gut wissen. Und ... aber andererseits ... nun, Vergangenes ist vorbei, so haben wir es ja seinerzeit beschlossen. Jedenfalls bin ich gekommen, weil du mich eingeladen hast.« Er lachte ein wenig verlegen und machte eine kleine Pause.

»Ich habe lange überlegt, was ich einer Frau schenken könnte, die im klassischen Sinne schon alles hat und die mir einmal ... viel bedeutet hat ... Und mir ist am Ende nichts anderes eingefallen als Gilda. Das ist ja ein alter Film und auch dieses Plakat ist natürlich alt und nicht mehr in ganz einwandfreiem Zustand, aber ich kann versichern, dass es an Wert gewinnt, wenn ich mich jetzt, mein Herzblut vergießend, von ihm verabschiede«, endete Karri, begleitet von einigen Lachern aus dem Saal. »Glückwunsch ... Laura.«

Lauter Volltreffer, freute sich Anna, während sie zum wiederholten Male den Auslöser betätigte. Einen solchen Ausdruck hatte sie noch nie zuvor in Lauras Augen gesehen. Wenn sie die Bilder entwickelt hätte, würde sie sie gründlich studieren. Sie war neugierig darauf, ob in dem Blick letztlich mehr Sehnsucht, Staunen und Liebe – oder Enttäuschung und Wut gelegen hatte. Oder von allem etwas?

Karri nahm einen Schluck Champagner und ging mit seinem Glas ruhig zum hintersten Ecktisch, um Lauras Vater zu begrüßen. Tuomela schlenderte nonchalant hinterher, aber Laura drehte für einen Augenblick den nachfolgenden Gästen den Rücken zu, bat den Barmann um einen Kognak und leerte das Glas mit drei schnellen Schlucken, ehe sie sich wieder umdrehte, um die Ankömmlinge strahlend willkommen zu heißen.

Das Stimmengewirr erreichte allmählich wieder seine vorherige Stärke, aber Anna bildete sich ein, dass sich ein neuer, undefinierbarer Ton hineingemischt hatte. Erregung? Spannung? Sie stellte Gilda fast andächtig auf den Geschenketisch und lehnte sie an die Wand. Der Pianist begann, entgegen der Vereinbarung, *Amado Mio* zu spielen, aber diesmal mischte sich Moona nicht ein.

Um fünf Minuten vor vier sah Moona auf die Uhr. Sie war nicht besorgt, denn Ilkka Halme pflegte stets pünktlich zu sein. Und richtig: Drei Minuten später entstiegen Marketingchef Halme und seine Frau einem Taxi, das vor dem Restaurant vorgefahren war.

Zu diesem Zeitpunkt war der größte Teil der Gäste bereits anwesend, schätzte Moona. Die Leute hatten es auf ihre Aufforderung hin endlich gewagt, das Büfett zu stürmen. Die Kellner trugen gerade neue Platten herein und zwei von ihnen machten die Runde, um Wein nachzuschenken. Laura hatte sich ab und zu kurz unter die Gäste gemischt, wobei sie den hintersten Ecktisch sorgfältig gemieden hatte, aber sie war immer wieder auf ihren Empfangsplatz vor dem Bartresen zurückgekehrt – und Moona hatte ein wenig besorgt aus den Augenwinkeln verfolgt, wie fleißig das Kognakglas nach Karris Ankunft zum Einsatz kam. Nun, es waren schließlich nicht ihre Kopfschmerzen …

»Liebe Laura, liebe Freundin, liebe Erfolgsschriftstellerin, lieber Mensch – herrliche Frau und unglaubliche Vierzigjährige!«, begann Ilkka Halme bombastisch, wobei er hinter jeder Bezeichnung eine Kunstpause machte. Diesmal wies Laura nicht auf das Redeverbot hin, sondern sie stand da, die Hände leicht über dem Bauch verschränkt, lächelte fast mädchenhaft schüchtern und sog das Lob in sich auf.

Moona hingegen hörte kaum hin. Die Phrasen gingen ihr zum einen Ohr hinein und zum anderen wieder heraus. All das hatte man im Laufe des Herbstes hundertfach bei den verschiedenen literarischen Events gehört, zu denen Ilkka in seiner Eigenschaft als Marketingleiter geladen worden war, um den neuen Star des Hauses zu preisen. Das einzig Neue am heutigen Tag war Kirsti Halme, die steif und mit angespanntem Lächeln neben ihrem Mann stand, ein exotisches und übertrieben prunkvolles Blumenbukett im Arm.

»... auch am literarischen Himmel gibt es viele vorübergleitende Sternschnuppen und leider nur selten Fixsterne, aber du, Laura, gehörst unbedingt zu den Letztgenannten, und das schon allein aufgrund deines Debüts. Bereits die ersten Kommentare aus unserer belletristischen Abteilung ließen aufhorchen. Und als ich dann selbst das Manuskript in die Hand bekam, begriff ich sofort, dass ...«

Moona sah wieder auf die Uhr: Der Kerl redete schon wer weiß wie lange. Seine Frau neben ihm wechselte das Standbein und rückte das Blumenbukett zurecht, aber er redete immer weiter.

»... ganz zu schweigen davon, was dieses mutige Buch für so viele Menschen bedeutet. Du öffnest unerschrocken die Tore der Erotik, da wo die Frau Reichstagspräsidentin in ihrem Buch jeweils ...« Er machte wieder eine Pause, aber die Lacher, die er erwartet hatte, blieben aus. »Du hast keine Bedenken, auch andere heikle Themen anzusprechen. Ich und alle deine anderen Leser bewundern ...«

Bla, bla, bla, dachte Tero Tuomela, der die endlos plätschernde Rede ebenso satt hatte wie Moona. Im Prinzip schien der ganze Saal derselben Meinung zu sein. Die Leute, die anfangs höflich gelauscht hatten, unterhielten sich wieder leise und holten sich Nachschub vom Büfett. Aber Laura hörte sich die Rede mit leuchtenden Augen an, wobei ihr Blick hin und wieder zu der prachtvollen Lampe in der Hand des Marketingchefs glitt und zu dem langen, runden Paket, das er unter dem Arm trug.

Sie steht da aus Höflichkeit, schließlich repräsentiert der Kerl ihren Verlag, also den Geldhahn, dachte Tuomela bei sich, während er sich hinter Laura ans andere Ende des Bartresens schob. An den Tischen wurde nur Wein ausgeschenkt, aber jetzt war ein Bier fällig.

»Das muss dann aber selbst bezahlt werden, leider«, bedauerte der Barmann halblaut. »Wir haben die strikte Abmachung, dass Frau Halonen nur den Begrüßungstrunk und den Wein übernimmt.«

»Meinetwegen«, sagte Tuomela leichthin, während er in seinen Taschen wühlte. Den Betrag könnte er dann direkt von dem Tausender abziehen, der binnen einer Woche auf jeden Fall in sein Portmonee flattern würde ... Er sah kurz zu Laura und hielt dann nach Moona Ausschau, aber die war irgendwohin verschwunden. Ein schlauer Trick von ihr. So blieb ihr der abschließende Höhepunkt der Rede erspart, der sich, aus der erhobenen Stimme des Herrn Marketingleiters zu schließen, soeben näherte.

»Du, Laura, bist mindestens ebenso zeitlos und schön wie diese Lampe, von der wir hoffen, dass in ihrem Licht viele neue Erfolgsbücher entstehen mögen«, schwärmte Ilkka Halme, wobei sein dröhnender Bass bebte. »Herzliche Glückwünsche von der ganzen Firma, aber vor allem von mir – und von Kirsti«, fügte er noch gerade rechtzeitig hinzu.

Für einen Moment stand Laura mit der Lampe in dem einen und dem Blumenbukett im anderen Arm ratlos da, doch dann übergab sie beide Geschenke an Anna und umarmte die Gratulanten. Kirsti Halme versank steif in Lauras Umarmung, und Tuomela bemerkte den Blick, den Laura und Ilkka über ihren Kopf hinweg tauschten. So also standen die Dinge ...

»Und das ist noch nicht alles«, verkündete Ilkka in lockerem Ton, während er Laura das runde Paket übergab. »Du kannst es gleich aufmachen.« Er beobachtete amüsiert, wie sie das überraschend schwere Paket in den Händen drehte und schließlich das goldfarbene Papier aufriss.

»Oho«, Laura lachte und hob dann mit beiden Händen eine grau gefleckte marmorne Teigrolle hoch. »Seht euch vor, Männer!«, rief sie. »Wer wagt es, Justina zu trotzen?«

»Ich habe sie entdeckt, als ich heute kurz in der Stadt war«, erklärte Ilkka, erfreut über das allgemeine Gelächter und die Beachtung, die sein Geschenk fand. »Man weiß ja nie, vielleicht überraschst du eines Tages die Fachwelt und fängst an zu backen – zum Beispiel in einer eigenen Fernsehshow ...«

In Lauras Augen blitzte es auf, als sie an das kurze Telefongespräch vom vergangenen Tag dachte. Sie beugte sich vor und drückte Ilkka noch einen zusätzlichen Kuss auf beide Wangen, dann trug sie die Teigrolle persönlich zum Geschenketisch und legte sie in die Mitte auf den Ehrenplatz.

Mein Gott, was für eine blöde Idee, schimpfte Tuomela im Stillen und beschloss trotzdem, vorläufig auf ein weiteres Bier zu verzichten. Laura Halonen, die einen dämlichen Kuchenteig ausrollt, die Arme bis zu den Ellenbogen von Mehl bestäubt ..., kann man sich etwas Idiotischeres vorstellen? Derselben Meinung schien auch Frau Halme zu sein, die steif lächelnd mit Ilkka und Laura anstieß und dann, ihren Mann fest unterhakend, in den Saal ging, um eventuelle Bekannte zu begrüßen.

Im Nachhinein schalt sich Anna, dass sie in ihrer Gier den Eintritt des Paares verpasst hatte. Es war kurz nach fünf, und sie hatte nach der ganzen Fotografiererei endlich die Gelegenheit, sich ihrer Lieblingsbeschäftigung, dem Essen, zu widmen. Draußen war es bereits dunkel. Der auflebende Wind hatte den unangenehmen Schneeregen, der den ganzen Tag angehalten hatte, weggefegt und ließ jetzt die orangegelben Fackeln zu beiden Seiten der Eingangstür des Restaurants wild tanzen.

Jetzt kommen bestimmt keine Gäste mehr, dachte Anna und vertraute ihre Kamera der Obhut des Barmannes an. Die Anwesenden schienen sowieso noch nicht aufbrechen zu wollen ... Der eigentliche Gaststättenraum war immer noch voll, und ein Teil der Gäste war bereits ins *Fisch-Rivoli* hinübergewechselt, um Kaffee zu trinken und von der riesigen Multbeerentorte zu kosten, die, statt mit Kerzen, mit vierzig weißen Marzipanrosen verziert war.

Nur einige wenige Gäste waren bereits gegangen, unter ihnen Kaufmann Halonen mit seiner Frau. Er hatte Laura zunächst zum Abschied nur die Hand gegeben, sie dann aber plötzlich rührend ungeschickt umarmt. Laura hatte sich die Augen gewischt, während sie ihrem Vater nachsah, der am Arm seiner Frau in den Flur stelzte.

Der Teller wird mindestens zweimal geleert, und erst dann ist wieder der Job an der Reihe – wenn überhaupt, versprach Anna sich, während sie sich ein Stück von der Leberpastete abschnitt. Und genau in diesem Moment, noch bevor sie sich umgedreht hatte, nahm sie die Veränderung wahr.

Der Pianist hörte mitten im Stück auf zu spielen, jemand,

der in der Nähe stand – Laura? –, schrie grell auf, und dann ertönte dumpf dröhnend ein bedrückender, schwerfälliger Marsch – tam ... tam ... tam ...

Anna drehte sich so abrupt um, dass ihre Gabel vom Teller auf den Tisch und von dort auf den Fußboden fiel. Großer Gott, das ist ja ein Trauermarsch, erkannte sie erschüttert.

Vor dem Bartresen, dort, wo vorhin noch die Gäste mit ihren Geschenken und Blumen gestanden und lachend das Geburtstagskind beglückwünscht und umarmt hatten, war ein ungewöhnliches Paar aufgetaucht – ein schwarz gekleideter, sich sehr gerade haltender Mann im Rollstuhl, der einen kleinen Kassettenrekorder auf dem Schoß hielt, neben ihm eine ebenfalls schwarz gekleidete Frau mit einem Trauerschleier über den Augen, einer weißen Kalla in der Hand und einem Baby im Matrosenanzug auf dem Arm.

Für einen flüchtigen Moment dachte Anna, dass die ganze Szene eine geschmacklose, makabre Performance war, dass der Mann gleich wie Tarzan aus seinem Rollstuhl springen und die Frau ihr Kleid aufreißen und darunter einen schimmernden Discotraum enthüllen würde. Aber nein, nichts geschah, bis die Frau endlich langsam den Schleier vom Gesicht hob.

Da erkannte Anna sie. Der Mann war ihr fremd, aber sie erinnerte sich, dass sie die Frau im vergangenen Sommer und auch noch im Herbst beinah täglich mit ihrem Kinderwagen auf dem Flohmarkt von Hietalahti hatte herumlaufen sehen. Die Frau hatte sich manchmal den ganzen Vormittag dort aufgehalten, hatte sich Kinderbekleidung angesehen, ohne je etwas zu kaufen und ohne mit jemand anderem als ihrem Kind zu sprechen – das eine Puppe war.

Moona war von irgendwo aufgetaucht und hatte sich dicht hinter Laura gestellt. Lauras Blick irrte wild durch den Saal, so als suche sie einen Fluchtweg. Endlich, ganz langsam, zwang sie sich, das Paar anzusehen, das vor ihr Halt gemacht hatte. Sie trat einen Schritt vor und öffnete den Mund, zog sich aber gleich wieder zurück, ohne dass sie ein Wort herausgebracht hatte. Sie stieß gegen Moona, die sofort ihre

Hand fasste. Aber in diesem Moment schien Laura gleichsam zu sich zu kommen, sie riss sich los und näherte sich dem seltsamen Paar.

»Fahrt zur Hölle«, glaubte Anna sie sagen zu hören, beschwören hätte sie es allerdings nicht können. Laura trat wieder zurück und stieß erneut gegen Moona.

»Glückwunsch«, sagte die schwarz gekleidete Frau schließlich mit tonloser Stimme, wobei sie ihre Hand von der Rücklehne des Rollstuhls löste. Der Mann schaltete den Rekorder aus, aber Anna empfand die plötzliche Stille noch unangenehmer als den Trauermarsch. Dann glitt die Frau ganz dicht an Laura heran, sah sie einen Moment mit leerem Blick an, überreichte ihr die Blüte und flüsterte so leise, dass nur Anna und Moona, die dicht daneben standen, mithören konnten: »Wir fanden, Friedhofsblumen passen besser zu dir als rote Rosen.«

Laura drehte die Blüte mit ausdrucksloser Miene in der Hand. Wie die Gaffer am Unglücksort, dachte Anna wütend, denn ein paar Gäste waren aufgestanden, um besser zu sehen. Gott sei Dank schienen sie nichts gehört zu haben. Anna fürchtete, Laura könnte jeden Augenblick ohnmächtig werden, aber dann geschah etwas, was die Anwesenden noch gründlicher überraschte als das plötzliche Auftauchen des schwarz gekleideten Paares.

»Wie herrlich!«, rief Laura laut und drückte ihr Gesicht in die Kalla. »Ich habe weiße Blumen immer geliebt!« Sie sah strahlend in die Runde und reichte die Kalla dann an Moona weiter, die mit zwei Fingern und einem Ausdruck des Abscheus danach griff. »Liebe Moona, würdest du sie bitte dort drüben zwischen die Rosen stellen.«

Dann nickte Laura der Kellnerin zu, die während des ganzen Auftritts starr mit ihrem Tablett dagestanden und nicht gewusst hatte, was sie tun sollte. Aber das Paar lehnte den Champagner ab, die Frau fasste nach den Griffen des Rollstuhls und schob den Mann in den Saal. Die Leute wichen zurück und sahen einander verwirrt an, aber wie stets in solchen Fällen begannen sie sich allmählich wieder zu unterhalten, und bald füllte beinah das vorherige Stimmengewirr den Raum. Aber eine unbestimmte Erwartung lag in der Luft: Was würde noch alles passieren?

Anna hatte sich mit ihrem Teller zu Karri Mäntynen an den Tisch gesetzt. Falls sie insgeheim gehofft hatte, von ihm eine Erklärung für das Geschehene zu erhalten, wurde sie gründlich enttäuscht. Er saß nur freundlich abweisend da, die Pfeife zwischen den Zähnen und ein halb leeres Weinglas vor sich auf dem Tisch. Anna versuchte, ein Gespräch über Gilda und Rita Hayworth in Gang zu bringen, aber als sie kaum mehr als »Hm« zur Antwort bekam, gab sie es gutwillig auf und konzentrierte sich auf ihr Essen.

Laura stand lange am Bartresen, sie lächelte seltsam und hörte zerstreut Moona zu, die auf sie einredete. Plötzlich drehte sie sich um, holte ihre Handtasche hinter dem Tresen hervor und rannte aus dem Saal.

»Musik!«, rief sie im Vorbeieilen dem Pianisten zu, und er spielte dort weiter, wo er vorhin aufgehört hatte: *As Time Goes By.*

Moona warf mit dem Gebaren eines Oberkellners einen schnellen Blick in die Runde und folgte Laura.

Zehn Minuten später erklärte Anna, dass sie sich Nachschub holen wolle, und murmelte eine unbestimmte Entschuldigung zu Karri, der allerdings kaum bemerkte, dass sie ging.

Moona stand vor der Tür der Damentoilette, die Arme in die Seiten gestemmt. »Hier kann jetzt keiner rein«, sagte sie streng zu Anna und nickte nach gegenüber zur Tür der Herrentoilette. »Nimm die, dort ist niemand.«

»Ich werde nirgendwo hingehen, ehe du mir nicht erzählt hast, was hier eigentlich läuft. Zunächst mal, was macht Laura da drinnen?«

»Sie spuckt, bricht, kotzt, reihert – und was es da sonst noch an Ausdrücken gibt«, fauchte Moona. »Lass sie jetzt in Ruhe. Sie wird schon rauskommen, wenn sie so weit ist. Geh wieder zurück, dreh meinetwegen noch eine zusätzliche Runde mit der Kamera. Ich erledige das hier.«

»Der Film ist zu Ende«, Anna breitete fröhlich die Hände aus. »Und ich verspreche, dass ich sofort aus dem ganzen verdammten Spektakel verschwinde, wenn du mir erzählst, wie der Horrorfilm vorhin hieß.«

»Den Titel willst du wissen?« Moona sah auf die Tür, hinter der jetzt Wasserrauschen und ein Prusten zu hören waren, wie wenn sich jemand die Nase schnaubt. »Gratulationsrede von Idioten ..., Marsch aus der Vergangenheit ..., Der Gratulant trägt Schwarz ..., what ever you want.«

»Die Frau kenne ich, das heißt, nur vom Sehen«, sagte Anna, die immer noch nicht bereit war, sich von der Stelle zu rühren. »Gehört zum ständigen Inventar des Flohmarktes von Hietalahti, neben vielen anderen Dorfidioten.«

»Dorfidiot stimmt«, schnaubte Moona. »Maria Lindén, die Königin aller Dorfidioten ...«

»Aber ich kann mich nicht erinnern, den Mann schon mal gesehen zu haben«, beharrte Anna weiter. »Wer ist das eigentlich?«

»Markus.« Moona klopfte an die Tür, bekam aber nur erneutes Schnauben zur Antwort.

»Markus who?«

»Markus Palmroos. Denk nur, welch tolle Kombination, Maria und Markus – wie aus der Bibel.«

»Markus Palmroos«, wiederholte Anna. Der Name war nicht gerade gewöhnlich und kam ihr sogar halbwegs bekannt vor, aber sie konnte keinen Zusammenhang herstellen. Mehr Fragen konnte sie allerdings nicht loswerden, denn die Tür wurde so plötzlich geöffnet, dass Moona fast hintenüber fiel.

»Wie sehe ich aus?« Laura stellte eine ihrer Standardfragen und schloss ihre Handtasche.

»Sehr ordentlich«, schnaufte Moona und rieb sich die schmerzende Schulter, und Anna konnte sich nur wundern. Keine Spur mehr von einer Szene; Lauras Frisur war gerichtet und ihr Make-up tadellos. Vorn auf dem Seidenkleid waren jedoch immerhin ein paar Wasserspritzer zu erkennen.

»Lass uns wieder reingehen«, sagte Laura. »Und bitte den Pianisten, etwas Flotteres zu spielen. Ich möchte tanzen.«

»Tanzen?«, fragte Moona unruhig. »Aber du hast doch gesagt, hier wird nicht getanzt. Und du hast mein Geschenk noch nicht bekommen, ich wollte es dir als Abschluss der Feier überreichen. Es liegt noch in der Küche, warte einen Moment, ich hole es.«

»Vielen Dank im Voraus, aber das können wir auch später noch machen«, wehrte Laura ab. »Und ich habe wohl das Recht, meine Meinung zu ändern. Ich möchte tanzen.« Sie sah auf die Uhr. »Uns bleibt ja nicht mal mehr eine halbe Stunde. Und denk an die Party bei mir«, ergänzte sie. »Lad alle ein.«

»Alle?«, wiederholte Moona erschöpft und machte eine Geste zum Saal hin. »Also die ganze Horde?«

»Ein schlechter Witz. Ich meine natürlich so viele, wie um den Tisch in meinem Esszimmer gut Platz haben.«

»Das heißt? Gibt es eine lange Liste? Muss ich sie aufschreiben oder reicht mein Gedächtnis? Sechs? Acht? Zehn?«

»Ich möchte eine kleine, intime und ein bisschen gemischte Gesellschaft, also zunächst Anna«, Laura lächelte trotz Moonas Stichelei freundlich. »Und dann natürlich Ilkka und Kirsti und Karri und den süßen Journalisten ..., wie hieß er noch gleich ... Tuomela.« Nach kurzem Nachdenken fügte sie noch hinzu: »Lade auch Markus und Maria ein.«

»Du bist verrückt!«, zischte Moona. »Du kannst unmöglich ...«

»Ich kann tun und lassen, was ich will«, unterbrach Laura sie und schüttelte ihre Löwenmähne. »Du gehst hin und lädst auch Markus und Maria ein – es bleibt ihnen überlassen, ob sie die Einladung annehmen oder nicht.«

Moona verdrehte die Augen zur Decke und breitete betont schicksalsergeben die Hände aus, aber Laura kümmerte sich nicht darum.

»Ich möchte ... ich möchte einen Punkt hinter all das setzen«, fügte sie leise hinzu, dann zupfte sie ihr Kleid zurecht und marschierte hoch erhobenen Hauptes in den Saal.

Anna holte ihre Kamera von der Bar, denn schließlich war das Fotografieren ein ausgezeichneter Vorwand, um Leute zu beobachten und auszuspionieren. Sie wanderte durch den Saal und machte einen Abstecher ins *Fisch-Rivoli,* wich den

Tänzern aus, die die winzige Fläche okkupiert hatten, bat die Leute zu lächeln und in die Kamera zu blicken, knipste hier und dort und griff sich jedes Mal im Vorbeigehen ein, zwei Delikatessen vom Büfett.

Nachdem Laura von der Toilette zurückgekehrt war, hatte sie das Mikrofon vom Klavier genommen und verkündet, dass getanzt werden dürfe. »Auf einer richtigen Abendgesellschaft gibt es natürlich zum Schluss eine Stunde Tanz, aber uns bleibt jetzt leider nur noch eine Dreiviertelstunde Zeit. Hier im Restaurant werden andere Gäste erwartet, sodass ich nur eine halbe Stunde Verlängerung bekommen konnte«, sie lächelte dem etwas verlegen dreinblickenden Oberkellner zu. »Nutzen wir also die Zeit, die wir haben, und erobern wir das Parkett. Also, jetzt wird getanzt, Freunde!«

Laura war mit wogenden Hüften geradewegs zu Ilkka Halme marschiert und hatte vor ihm geknickst wie eine Ballettschülerin, woraufhin Tuomela sofort losgeprescht war, um Kirsti aufzufordern. Das Parkett hatte sich schnell gefüllt, und auf der kleinen Fläche wiegte oder schüttelte man sich bei Walzer und Tango, Discoklängen und Macarena.

Um Punkt halb sieben kündigte der Pianist das letzte Stück an. Laura hatte gerade mit Tuomela einen flotten Cha-Cha-Cha hingelegt und führte ihn zum Bartresen, damit er einen letzten Drink auf Kosten des Hauses nehmen konnte. Dann tippte sie Kirsti Halme, die mit ihrem Mann auf die Schlussrunde wartete, auf die Schulter und bat sie, ihr Ilkka noch für einen Tanz entführen zu dürfen.

Anna setzte sich mit ihrer Kamera neben das Büfett. Der Pianist spielte zum Abschluss gefühlvoll das alte und abgenutzte *Feelings*. Anna wunderte sich über die Wahl, aber für Laura und Ilkka, die aneinander klebten und sich kaum zur Musik bewegten, schien sie genau richtig zu sein.

Die meisten Gäste waren stehen geblieben, um die Schlussszene zu beobachten, und Anna suchte im immer noch erstaunlich zahlreichen Publikum nach bekannten Gesichtern. Das Paar in Trauerkleidung saß ein wenig abseits von den anderen an der Tür, die zur Küche führte.

Karri hatte seine erloschene Pfeife im Mundwinkel. Kirsti plinkerte mit den Augen und fingerte an ihrer dicken goldenen Halskette. Tuomela hing mit schweißglänzender Stirn auf seinem Barhocker. Moona stand steif wie ein Wachsoldat neben dem Pianisten.

Anna ließ wieder ihre Kamera wandern und fragte sich, was wohl hinter den Masken der Leute zum Vorschein käme, wenn man gründlich genug graben würde. Bewunderung und Verachtung, Hass und Liebe, Mitgefühl und Kälte, Begeisterung und Gleichgültigkeit – Mordgier.

»Hör zu, ich kann auf keine Ehrenrunde oder sonstige Spritztour mitkommen, ich bin immer noch im Dienst«, erklärte Moona kurz und bündig, nachdem sie sich draußen vor dem Eingang vergewissert hatte, dass die Taxizentrale sie richtig verstanden und einen Kombi geschickt hatte. »Das ganze Zeug muss hier weggeräumt werden, und zwar ziemlich plötzlich.«

»Herrliche Päckchen!« Laura stand vor dem Geschenketisch und schwenkte einen viereckigen Karton. »Hoffentlich ist darin Dom Pérignon! Nimm es nicht so verbissen, meine Liebe«, sagte sie dann und versuchte, Moona beruhigend die Hand zu tätscheln, aber die wich wütend aus. »Wir können das alles später holen. Wir bitten einfach das Personal, den ganzen Klimbim irgendwo einzulagern und …«

»Ach, irgendwo einzulagern«, ahmte Moona sie nach. »Hier gibt es kein Geschenkelager. Ich habe außerdem versprochen, dass der Krempel rausgeräumt wird, sowie die Feier vorbei ist. Ebenso das Grünzeug dort«, sie zeigte in Richtung Bartresen.

»Na gut, na gut, reg dich nicht auf …« Laura wackelte mit etwas ratloser Miene auf ihren hohen Absätzen. »Wenn du dann vielleicht …«, sie lachte unsicher.

»Natürlich ich. Wer sonst? Dafür bezahlst du mich schließlich.« Moona hatte die Arme in die Seiten gestemmt und blickte in den Gaststättenraum. Das Personal trug die leeren Platten in die Küche, räumte auf und schob Tische und Stühle wieder an ihren alten Platz. Ein paar vereinzelte Gäste hingen noch am Bartresen.

»Ich erledige das hier, und ihr fahrt mit der Limousine meinetwegen zum Mond, wenn ihr Lust habt. Ich komme dann nach. Der Partyservice rollt um acht Uhr bei dir an, dann muss also auf jeden Fall jemand dort sein. Also ich, mit anderen Worten«, fügte sie verdrossen hinzu. Wenn sie hätte wählen können, hätte sie einen doppelten Kognak getrunken und wäre anschließend nach Hause gegangen, am liebsten mit Zwischenstopp in zehn Kneipen.

»Ja, dann werden wir anderen ...« Laura schlüpfte in ihren Pelz, den Tuomela beflissen aus der Garderobe geholt hatte. Die Halmes und Karri standen aufbruchbereit im Flur, und Anna war rasch in den benachbarten Zeitungsladen gelaufen, um für alle Fälle ihren Vorrat an Filmen aufzustocken.

»Was meinst du, kommen sie?«, flüsterte Laura plötzlich und legte ängstlich die Hand an den Hals. »Wiederhol noch mal ganz genau, was sie gesagt haben.«

»Falls du Markus und Maria meinst, so weiß ich es einfach nicht«, Moona sprach wie zu einem kleinen Kind, während sie die weichen, zerbrechlich wirkenden Päckchen beiseite legte, um sie später gesondert in einen Plastikbeutel zu packen. »Glaub' mir endlich, dass sie weder zu- noch abgesagt haben, sie haben sich nur höflich für die Einladung bedankt. Aber wenn ich eine Vermutung äußern soll, dann würde ich eher sagen, sie kommen nicht. He, Tero«, fuhr sie Tuomela an, der Laura ritterlich den Arm gereicht hatte, um sie zu der draußen wartenden Limousine zu geleiten. »Du gehst nirgendwohin, sondern hilfst mir brav, dieses Zeug wegzuschaffen. Ich kriege schon einen Hexenschuss, wenn ich die Eimer mit dem Grünzeug bloß ansehe.«

»Wir treffen uns gleich.« Laura warf Tuomela eine Kusshand zu und er verfolgte schicksalsergeben, wie die kleine Gesellschaft aus dem Haus trat, um in die Limousine einzusteigen. Der Fahrer hatte den Motor schon gestartet, als Anna noch im letzten Moment angerannt kam und sich zusammenfaltete, um einzusteigen.

»Dafür wirst du bezahlen. Du hast das absichtlich gemacht.« Tuomela zeigte anklagend mit dem Finger auf Moona, die nur lachte und den ersten Karton ergriff, um ihn ins Taxi zu tragen. »Du bildest dir wohl ein, du gewinnst die Wette, was?«, rief Tuomela ihr nach.

»Ich bilde mir nichts ein, ich weiß es«, erwiderte Moona, als sie zurückkam. »Und außerdem, Herzchen, du hast noch fast eine ganze Woche Zeit, und auch dieser Abend ist noch jung, falls es keine ... Nimm die.« Sie schob Tuomela einen Stapel Alko-Kartons zu.

»Was heißt ›falls es keine ...‹?«, forschte er, auch diesmal ohne eine richtige Antwort zu bekommen.

»Falls es keine Änderungen im Manuskript gibt«, sagte Moona und verdrehte die Augen. »Das weiß man nie, und eine Woche ist andererseits trotzdem eine ziemlich kurze Zeit.«

»Versuch macht klug, wie es so treffend heißt«, erwiderte Tuomela gnatzig. Er merkte zu seiner Überraschung, dass er sogar mehr an Laura als an den glatten Tausender dachte, den er allerdings wirklich gebrauchen konnte. Verdammt, stand er etwa im Begriff, sich ernsthaft in die Frau zu verknallen?

»Ja, das macht er, der Versuch«, stimmte Moona zu. »Aber jetzt versuch erst mal, die Kartons in diese Tasche zu packen, ich halte sie auf. Die Eimer bringen wir zuletzt runter, sie passen noch in den Kofferraum.«

Kirsti Halme saß klein und steif in einer Ecke der Limousine, ein für jede Gelegenheit passendes Grundlächeln im Gesicht festgefroren. Ihr hatte die Feier von Anfang an nicht gefallen, sie hasste diese künstliche Fröhlichkeit und das Champagnerschlürfen, sie hasste die überlange, protzige Limousine mit ihren weichen schwarzen Ledersitzen, sie hasste das ziellose Herumfahren auf Helsinkis windigen, kalten Straßen, sie hasste die bevorstehende Privatparty in der Uudenmaankatu, sie hasste ...

Es ist wie auf einem Schulabschlussumzug der Luxusklasse, nicht von Abiturienten, sondern von durchgeknallten Erwachsenen, dachte Kirsti, die Kiefernmuskeln angespannt. Jetzt fehlt bloß noch, dass Laura das Fenster herunterkurbelt und Bonbons zwischen die Passanten wirft. Warum bin ich überhaupt eingestiegen? Warum bin ich nicht einfach vom *Rivoli* gleich nach Hause gefahren? Wann lerne ich endlich, selbstständige Entscheidungen zu treffen? Was hat mich wieder getrieben, mich auf etwas einzulassen, was ich gar nicht will?

Ilkka, natürlich Ilkka. Das bekannte Runzeln der Brauen, der wortlose Befehl in seinem Blick. Er erwartete, dass sie sozial und umgänglich und bereit war zu repräsentieren, einfach so auf Knopfdruck. Repräsentieren, oh ja! Das war ihr in den letzten Jahren reichlich abverlangt worden. Sie hatte ihre eigenen Hobbys und ihre Vereine und interessierte sich besonders für alles, was mit dem Schulbesuch der Töchter zusammenhing. Sie war aufrichtig geschmeichelt gewesen, als sie im Herbst endlich Vorstandsvorsitzende der Elternvertretung der Unterstufe geworden war und hatte kühn beschlossen, sich bis in den Vorstand der ganzen Schule durchzuboxen. Diese Aufgaben hatten wenigstens einen Sinn und Zweck, aber für Ilkkas Arbeit mit all den Repräsentationspflichten und dem, was sonst noch damit zusammenhing, hatte sie nie recht Verständnis gehabt. All das widerstrebte ihr so sehr, dass sie auch heute auf der Fahrt in die Stadt spätestens auf der Brücke ganz nervös geworden war.

Manchmal in stillen Momenten, wenn niemand ihre Gedanken lesen konnte, gestand Kirsti sich ein, dass sie sich für unzulänglich hielt. Sie konnte einfach nicht so geistvoll oder unterhaltsam oder so pseudotiefgründig sein, wie die meisten der Verlagsleute und Schriftsteller, mit denen Ilkka zu tun hatte und die er ab und zu auch mit nach Hause schleppte. Kirsti hatte schon vor langer Zeit aufgehört, dem sozialen Selbstbewusstsein hinterher zu träumen, das im Laufe der Jahre irgendwo in den Tiefen des Wäschekorbes und den Kurven der mit stetigem Aufwärtstrend verlaufenden Karriere ihres Mannes versickert war. Sie beherrschte nicht einmal den einfachsten Smalltalk, denn auch ihr Wortschatz beschränkte sich letztlich auf häusliche und schulische Dinge. Und trotzdem, auch wenn sie ein fremder Vogel und eine Außenstehende in dieser Limousine war, sie würde nie auf das, was ihr gehörte, verzichten, niemals! Der Gedanke tat ihr so gut, dass sie den Rücken gerade machte und beschloss, den Abend in Ehren durchzustehen, auch diesmal wieder.

»Noch eine Runde um den Bahnhofsplatz, und dann ab in die Uudenmaankatu!«, verkündete Laura, als der Wagen samtweich an der Ampelkreuzung Simonkatu und Mannerheimintie zum Stehen kam. »Aufwachen und Prost! Was träumst du da?« Laura stieß Kirsti ans Knie. Die hob automatisch ihr Glas, so als sei sie bei einer Missetat ertappt worden, und stieß mit der Gastgeberin an.

Kirsti hätte niemandem gegenüber je zugegeben, dass sie sämtliche Zeitungsberichte über Laura Halonen, die ihr in die Finger gekommen waren, genau gelesen hatte, und erst recht nicht, dass sie diese Frau auf gewisse Weise beneidete. »Der Gipfel der Vulgarität«, hatte sie stattdessen immer wieder geschimpft, wenn die Töchter Lauras Aussehen, ihren Erfolg und ihren Mut, eine ganz neue Karriere zu beginnen, bewundert hatten. Die Mädchen hatten das blöde Buch sogar gelobt, aber der zehnjährigen Dalia hatte Kirsti es dann doch entreißen können. Allerdings befürchtete sie, dass die Kleine manchmal heimlich darin blätterte, wenn die Mutter oder die großen Schwestern gerade nicht aufpassten. Oder wer weiß, vielleicht hatten die Mädchen es alle zusammen gelesen und gemeinsam über die gewagtesten Stellen gekichert.

Wenn man mich jetzt an einen Lügendetektor anschließen würde, wäre ich gezwungen zuzugeben, dass ich Laura Halonen trotzdem auf gewisse Weise bewundere, sagte sich Kirsti ein wenig amüsiert.

Sie saßen sich in der Limousine gegenüber, fast Knie an Knie, Kirsti hatte die Beine gerade nebeneinander gestellt, den Rocksaum bis zur halben Wade hinuntergezogen, und bei Laura war der Rock fast ganz hochgerutscht, die langen, üppigen Schenkel in der Seidenstrumpfhose schimmerten. Die prächtige Löwenmähne war ein wenig verrutscht und die dunkelblaue Schminke in einem Augenwinkel leicht verschmiert, aber all das störte die Frau in ihrem königlichen Gebaren anscheinend überhaupt nicht.

Während der ganzen ziellosen Fahrt hatte sie gelacht und

geplappert und sowohl mit Ilkka als auch mit einem stillvergnügt dasitzenden Mann geflirtet, der sich als ihr früherer Ehemann und jetziger Freund vorgestellt hatte.

»Bist du das wirklich – ein Freund?«, hatte Laura gefragt und kleinmädchenhaft runde Augen gemacht, und der Mann hatte nur genickt und seine Pfeife in die Jackentasche gesteckt. Mehr hatte er dann auch nicht geäußert, ebenso wie Anna Laine, die einen neuen Film in ihren Fotoapparat eingelegt und dann selbstvergessen aus dem Fenster gestarrt hatte. Kirsti freute sich an dem Gedanken, dass diese beiden anscheinend mehr aus Höflichkeit denn aus unbezwingbarer Lust zum Feiern mitgekommen waren. Aber Laura redete immer hektischer und lachte immer lauter, und es gab kein Entrinnen.

»Wie ich euch alle liebe!«, verkündete Laura wieder einmal und breitete die Arme aus, sodass aus ihrem Glas ein wenig Flüssigkeit auf Karris Hose schwappte. »Mach dir nichts draus, das ist nur Champagner.« Sie beugte sich vor und rieb mit der bloßen Hand auf seinem Oberschenkel herum. »Rat mal, was ich an dir eigentlich immer am meisten geliebt habe. Die Kordhosen – die sind irgendwie so ...« Laura führte den Satz nicht zu Ende und drückte leicht Karris Schenkel.

Vielleicht war das sonderbare Paar in Trauerkleidung doch nur ein schlechter Witz gewesen, überlegte Kirsti, während sie über Lauras überschäumende Fröhlichkeit staunte. Sie hatte vorsichtig versucht, von Ilkka etwas zu erfahren, aber er hatte nur ungeduldig geantwortet, dass er den Mann kenne, die Frau jedoch früher nur einmal flüchtig gesehen habe. Markus Palmroos, hatte Ilkka gesagt, als Kirsti nach dem Namen des Mannes gefragt hatte. Mehr hatte sie ihm nicht entlocken können, er hatte ihr einfach den Rücken zugekehrt und sich auf seine Gesprächspartner und die anderen Gäste konzentriert – und natürlich auf Laura, die nach dem sonderbaren Vorfall auf die Toilette gegangen und strahlender denn je zurückgekehrt war.

Als die Limousine schließlich in der Uudenmaankatu hielt, streckte Laura huldvoll beide Arme aus und ließ sich von Ilkka und Karri aus dem Wagen helfen. Kirsti kroch mühsam heraus, aber Anna glitt erstaunlich behände von ihrem Sitz.

»Verflixt, wo sind bloß meine Schlüssel?« Laura wühlte ungeduldig in ihrer Handtasche und nahm allerlei Gegenstände heraus, ohne das Gesuchte zu finden, und in ihrer Nervosität merkte sie gar nicht, dass ihr ein kleines weißes Plastikröhrchen entglitt und über das Pflaster rollte. Karri sprang hinzu und hob das Röhrchen auf.

»Ich finde sie nicht. Wie kommen wir jetzt rein?«, fragte Laura, die Handtasche immer noch offen vor sich. »Und ich erfriere gleich in diesen Pumps.« Sie schwenkte die Füße in den Wildlederschuhen, sodass sie schwankte und dem hinter ihr stehenden Ilkka in die Arme fiel.

»Gib den Code ein«, schlug Anna vor. »Oder ruf oben an. Es ist schon nach acht, also ist Moona bestimmt schon da und kann uns die Tür aufmachen.«

»Den Code?«, wiederholte Laura verdutzt. »Den weiß ich nicht auswendig.«

»Vier, sechs, acht, sieben«, zählte Ilkka auf, den Blick auf die Nummerntafel geheftet und den Arm immer noch um Lauras Schultern.

»Danke.« Laura tippte die Ziffern ein, und das Schloss sprang auf.

»Oho«, murmelte Karri leise. Er hielt die Tür auf, bis die kleine Gesellschaft im Haus war. Das weiße Plastikröhrchen glitt mit den Handschuhen in seine Tasche, und dort vergaß er es.

Während Moona in der Küche und im Esszimmer die Mädchen vom Partyservice herumkommandiert hatte, die Punkt acht Uhr mit allem Zubehör erschienen waren, war Tuomela in gespannter Neugier durch die weitläufige, prächtig eingerichtete Wohnung gewandert. Der erste Eindruck war geradezu atemberaubend gewesen. Er war zwar auf einigen Luxus gefasst gewesen, aber nicht auf so viel Pracht und Glanz.

Nun, guter Geschmack ist natürlich – Geschmackssache, sagte sich Tuomela, während er die Aussicht aus den Fenstern des Wohnzimmers, die nach Norden und Westen gingen, bewunderte. Er sah sich in Lauras gut ausgestattetem Arbeitszimmer um und spähte in das ganz in Hellblau gehaltene, aber irgendwie unbenutzt wirkende Gästezimmer. Das üppige Himmelbett im Schlafzimmer wagte er allerdings nicht auszuprobieren, er drückte nur ein bisschen mit der Hand darauf herum und ging dann weiter ins Badezimmer, dessen Größe vermuten ließ, dass die ehemalige benachbarte Kammer mit einbezogen worden war. Tuomela strich über die kühle Marmorfläche der ovalen Wanne und gab sich dann seinem heimlichen kleinen Laster hin: Er spähte in den zweitürigen Spiegelschrank.

»Donnerwetter, was macht sie mit dem ganzen Zeug?« Tuomela starrte verwundert auf die unzähligen, teuer wirkenden Kosmetikflaschen und -dosen. Es waren so viele, dass sich die Türen kaum schließen ließen, und alle waren eindeutig neu, ungeöffnet und unbenutzt. Einige Produkte waren gleich mehrfach vertreten. »Vielleicht kauft sie davon große Mengen beim Großhandel«, sagte er sich, und in diesem Moment hörte er vom Flur her Gelächter und Stimmen. Er schloss lautlos die Türen.

»Grrrrrr«, Tuomela knurrte sein Spiegelbild an wie der legendäre Löwe von Metro Goldwyn Mayer, dann machte er das Siegeszeichen, wusch sich der Form halber die Hände und schlenderte pfeifend wieder nach vorn.

Laura umarmte soeben die Mädchen vom Partyservice, die gerade im Aufbruch waren und die sie noch nie vorher gesehen hatte: »Ich hab zu Moona gesagt, dass ihr gut hier bleiben und servieren und ein bisschen nach dem Rechten sehen könntet, aber sie will unbedingt alles allein machen.«

»Was ist schon dabei, ein Krabbengratin aufzuwärmen und einen Salat auf den Tisch zu schmeißen?«, murmelte Moona, die mit scharfem Blick darüber gewacht hatte, dass die Mädchen die Küche sauber und steril wie ein Kliniklabor hinterließen.

Laura gab keinen Kommentar dazu. Im Grunde genommen hatte sie überhaupt nicht zugehört, sondern sie ließ ihren Pelz fallen und eilte ins Wohnzimmer. Dort kniete sie sich vor den großen ovalen marmornen Couchtisch, auf dem

Moona und Tuomela die Geschenke aufgebaut hatten. Laura besah und befühlte die Päckchen und stieß begeisterte Rufe aus wie ein kleines Mädchen am Heiligabend, aber plötzlich stand sie auf, nahm die marmorne Teigrolle von Ilkka und legte sie in eine lange, schmale Silberschale auf einem Nebentisch.

»Ich mache die Päckchen noch nicht auf«, verkündete sie, ohne sich um die enttäuschten Bemerkungen ihrer Gäste zu kümmern. »Ich möchte das richtig in Ruhe genießen, nachher, wenn ich euch alle los bin und endlich ganz allein sein kann.« Nachdem sie einen Blick ins Speisezimmer geworfen hatte, wo auf der prächtig gedeckten Tafel das Kristall schimmerte, kehrte sie ins Wohnzimmer zurück. Vor dem Kamin standen die Zinkeimer, die von Blumen überquollen, Laura bückte sich und zog vorsichtig eine einzelne Blüte heraus, die weiße Kalla.

»Wirf sie in den Müll.« Laura hielt Moona die Blüte hin. »Ich will sie nicht mehr sehen.«

»He, jetzt könntest du uns doch bestimmt erzählen ...«, schlug Tuomela so mutig vor, dass er selbst überrascht war. Er blickte zu Ilkka und Kirsti, die ohne Lächeln auf dem Sofa saßen, einen halben Meter Abstand zwischen sich. Verdammt, wo war die Laine abgeblieben? Vermutlich in der Küche, um nachzusehen, was es zu essen gab. Moona hielt die Kalla in der Hand wie eine Kerze, und schließlich brachte Tuomela seinen Vorschlag stotternd zu Ende: »Ich hab mich bloß gefragt, was das eigentlich sollte ... ich meine, die Typen, die die Blüte brachten ...« Tuomela nickte in die Richtung, wo Moona eben gestanden hatte, aber sie war schon in der Küche verschwunden. Ein Knall war zu hören, als die Tür des Müllschrankes zufiel.

»Vielleicht kommen sie selbst und erzählen es uns«, sagte Laura trocken und blickte auf die Wanduhr, und Tuomela verfluchte sich selbst: echt peinlich, dass er gefragt hatte ... Er glaubte auf Lauras Gesicht denselben verzweifelten Ausdruck zu sehen wie beim Auftauchen des sonderbaren Paares im *Rivoli,* aber dann fügte sie ganz ruhig hinzu: »Zumindest sind sie eingeladen worden.«

»Werden aber kaum kommen«, ergänzte Moona, die in der Tür erschienen war und ein großes, flaches rechteckiges Paket in der Hand hielt. Anna schlüpfte an ihr vorbei und setzte sich auf das niedrige Fensterbrett. Sie merkte, dass sie geradezu versessen darauf war zu erfahren, was unter der Umhüllung steckte. Offensichtlich wollte Moona das Bild jetzt auspacken, egal, ob es Laura passte oder nicht.

»Laura«, sagte Moona und begann die breiten Packbandstreifen abzureißen. »Du hast vorhin gesagt, dass du die Geschenke allein und in aller Ruhe auspacken willst, aber ein Bild muss traditionell in Anwesenheit des Festpublikums enthüllt werden, und das geschieht jetzt.«

Für kurze Zeit war im Raum nichts weiter zu hören als die Geräusche, die beim Aufreißen des dicken, braunen Packpapiers entstanden. Das ganze kleine Publikum hatte sich erwartungsvoll um das Sofa gruppiert, auch Kirsti und Ilkka waren aufgestanden.

»Vorhin auf der Feier haben Karri und viele andere gesagt, dass es schwer war, ein Geschenk für dich zu finden«, fuhr Moona fort. Sie stieß das Einschlagpapier mit dem Fuß beiseite und hob das Bild hoch, drehte es aber noch nicht um. »Ich hingegen hatte überhaupt keine Schwierigkeiten, ich wusste gleich, was ich dir schenken würde. Das Problem war eigentlich nur der Zeitplan. Der Mann, der das Bild rahmen sollte, hat den Termin nämlich nicht ganz eingehalten.«

Moona machte wieder eine Pause. Sie betrachtete das Bild mit schräg geneigtem Kopf und dem Anflug eines Lächelns und sah dann zu den Gästen, die mucksmäuschenstill warteten. Anna registrierte zwei Dinge, die in keinem Zusammenhang miteinander standen: Ihre Hände hatten unmerklich begonnen zu schwitzen, und die sonst in nachlässigem Slang redende Moona benutzte jetzt die Hochsprache.

»Tatatataa, tatatataa!«, imitierte Moona schließlich eine Fanfare und drehte das Bild um.

»Alles Gute zum Geburtstag, Frau Erfolgsschriftstellerin.«

»Ach du Scheiße!«, keuchte Tuomela, aber der Ausruf hätte auch jedem anderen entfahren können.

Auf den ersten Blick hätte man meinen können, Anna habe das Bild gemalt, denn es glich dem Umschlagbild von *Magische Macht* – aber nur fast. Dort, wo zwischen den dunkelroten Lippen ein Tausendollarschein hätte stecken müssen, hing ein grüner, glitschig glänzender Frosch, der so lebendig aussah, dass man den Eindruck hatte, er würde jeden Moment herunterspringen.

»Moderne Kunst anscheinend«, unterbrach Kirsti endlich die angespannte Stille, die auf Tuomelas Ausruf gefolgt war. Kirsti durchquerte den Raum und bückte sich, um das Bild näher zu betrachten, das Moona heruntergestellt und an ihre Beine gelehnt hatte. »Hat dieses Kunstwerk vielleicht irgendeine Aussage?«

»Der Künstler will hoffentlich nicht behaupten, dass den heutigen Schriftstellern nur Frösche aus dem Mund kommen?« Ilkka lachte wiehernd.

»Guter Witz«, kommentierte Tuomela unsicher und sah von einem zum anderen.

»Was meinst du, Anna?«, fragte Karri und stopfte sich die Pfeife. »Es ist schließlich deine Arbeit, die da korrigiert worden ist – oder auch nicht.«

»Zweifellos eine recht eigenwillige Lösung«, Anna gesellte sich zu Kirsti und beugte sich ebenfalls hinunter. »Und absolut professionell gemalt, der Frosch, meine ich. Es gibt nichts daran auszusetzen, jedenfalls nicht aus beruflicher Sicht«, fügte sie hinzu.

»Ich wäre jedenfalls zu Tode beleidigt, wenn mir jemand einen glitschigen Frosch zum Geburtstag schenken würde«, erklärte Kirsti und blickte zu Ilkka, der es sorgfältig vermied, sie anzusehen.

»Ach wirklich? Ich finde es einfach faszinierend«, Laura öffnete endlich den Mund und betonte beim letzten Wort jeden einzelnen Buchstaben. »Ich hätte statt gewöhnlicher Elefanten lieber Frösche sammeln sollen. Aber danke, Moona. Du bist unglaublich, in jeder Hinsicht.« Laura nahm das Bild, lehnte es an die Wand und umarmte Moona so gründlich, dass deren kleine schwarze Gestalt fast ganz hinter der blauen Seide verschwand.

»Ja, das bin ich«, keuchte Moona, nachdem sie sich aus der Umarmung gelöst hatte. »Unglaublich und unersetzlich«, flüsterte sie und sah Laura lachend in die Augen. »Der Champagner und die Gläser stehen in der Küche bereit«, verkündete sie dann. »Zur Enthüllung eines Gemäldes gehört ein Umtrunk. Ich hole alles herein und stelle bei der Gelegenheit gleich das Abendessen in den Ofen.«

»Herrlich«, Laura seufzte erneut. »Ich habe schrecklichen Hunger, ich bin im *Rivoli* vor lauter Umarmen und Küssen gar nicht dazu gekommen, von dem leckeren Essen zu kosten. Ich ...« Das Telefon klingelte und ihr Satz brach ab.

»Könntest du ...«, Laura sah sich suchend nach Moona um, aber die hatte das Zimmer bereits verlassen. Laura ging langsam zu dem Tischchen am Fenster und nahm den Hörer ab.

»Hallo«, sagte sie mit dem Rücken zum Zimmer, und dann nach einer Weile: »Verstehe.«

»Sie kommen nicht ...«, sagte sie so leise, dass Tuomela einen Schritt näher trat, um ihre Worte zu verstehen.

»Wer?«

»Die ... beiden. Sie haben gesagt, sie kommen irgendwann später«, flüsterte Laura. »Irgendwann später, irgendwann später«, wiederholte sie noch leiser.

»Uns soll's recht sein«, erklärte Anna fröhlich, um die Stimmung aufzulockern. »Dann sind wir weniger Hungrige bei Tisch.« Aber als sie sah, dass die Gastgeberin den Tränen nahe war, hätte sie am liebsten ihre Worte zurückgenommen, wie schon so oft zuvor.

Als Moona mit dem Tablett ins Wohnzimmer kam, bemerkte sie den erneuten Stimmungsumschwung bei Laura – der wievielte wohl an diesem Tag? Das Telefon hatte auch in der Küche geklingelt, und Moona glaubte zu wissen, wer angerufen hatte, aber sie ging nur von einem Gast zum anderen, schlug vor, sowohl auf die Gastgeberin als auch auf die Kunst und die Literatur anzustoßen, und dann bat sie alle, sich langsam ins Esszimmer zu begeben.

»Heiße *Frutti di Mare*«, erklärte Moona wenig später, als sie die riesige dampfende Auflaufform, die sie aus der Küche geholt hatte, mitten auf dem Tisch absetzte. »Hoffentlich ist niemand gegen Meerestiere allergisch.«

»Oder leidet an der Ministerpräsidentenkrankheit«, ergänzte Ilkka lachend. »Gicht nämlich«, erklärte er Tuomela, der wie ein lebendiges Fragezeichen dasaß. »Für Gichtpatienten sind Krabben verboten.«

»Das Problem habe ich zum Glück nicht.«

»Ich leider doch«, verkündete Kirsti. »Ich vertrage keine Krabben.«

»So? Das ist mir ganz neu.« Ilkkas Brauen hatten sich gehoben. »Davon wusste ich nichts.«

»Wie denn auch, du bist ja nie zu Hause. Und wenn du doch mal zufällig da bist, muss es Specksoße oder Erbsensuppe geben.« Kirsti sah in die verlegen dreinblickende Tischrunde. »Mein Mann klagt immer, dass ihm all die Geschäftsessen zum Halse heraushängen, und deshalb verlangt er zu Hause Hausmannskost. Danach müssen wir anderen uns dann richten, obwohl eines der Mädchen schon seit Jahren Vegetarierin ist.«

»Aber Krabben gehören ja nicht ins Pflanzenreich ...«, versuchte Tuomela zu witzeln und konnte nie erfahren, wer ihm gegen die Knöchel trat, Moona oder Anna.

»Also ich liebe jedenfalls Essen in jeder Form – Hauptsache, jemand anderes hat es zubereitet«, lachte Laura, nachdem sie den Wortwechsel des Ehepaares ein wenig verdutzt verfolgt hatte. Anna merkte, wie sich Moona ebenfalls sofort entspannte. »Ich war einfach immer ein Tölpel in der Küche«, fügte Laura hinzu.

»Ist mir noch in Erinnerung.« Karri hob sein Glas, um mit seiner Exfrau anzustoßen. »Vielleicht ist ja auch die Summe der Qualitäten des Menschen konstant, genau wie die der Laster. Und zumindest verstehst du es, zu überraschen. Ich habe mir damals in meinen kühnsten Träumen nicht vorgestellt, dass du eines Tages ein Buch schreibst.«

»Das sogar veröffentlicht wird«, rief Moona.

»Und das sich ganz außerordentlich gut verkauft«, ergänzte Ilkka.

»Geht es denn nur darum?«, gellte Kirstis Frage scharf

durch den Raum. Sie nahm ein paar Schlucke aus ihrem Glas, ehe sie mit angespannten Halssehnen fortfuhr: »Hat die Kritik denn gar keine Bedeutung? Ich hatte immer geglaubt, dass jeder ehrgeizige Schriftsteller Wert auf ausführliche Rezensionen von richtigen Kritikern legt. Von diesem ... dieser *Magischen Macht* habe ich keine einzige Rezension gesehen, jedenfalls nicht in *Helsingin Sanomat* und nicht mal in den Kulturspalten von *Ilta-Sanomat.*«

»Vierundzwanzigtausenddreihundert«, seufzte Ilkka und tätschelte der neben ihm sitzenden Laura verstohlen das Knie.

»Was?«, fragten Tuomela und Anna im Duett.

»Das ist die Anzahl der verkauften Exemplare der *Magischen Macht,* so viel also zu den Kritiken beziehungsweise ihrem Fehlen.«

Aber Kirsti gab nicht auf. Sie hatte lange genug gezwungen gelächelt und geplaudert und sich unwohl gefühlt, und jetzt hatte sie beschlossen, ein wenig Dampf abzulassen. Sie wollte wenigstens einmal ihre Meinung sagen, auch auf die Gefahr hin, dass Ilkka vielleicht tage- oder sogar wochenlang nicht mit ihr sprach.

»Mich interessiert ...«, begann sie und hielt Tuomela ihr leeres Glas hin, das er professionell wie ein Barmann füllte. »Mich interessiert vor allem, warum du gerade ein solches Buch schreiben wolltest. Warum hast du nicht eine tiefschürfende Analyse über den Wirtschaftsboom und die Bankenkrise und all das geschrieben, also über das Metier, in dem du dich die ganze Zeit bewegt hast? Warum wolltest du ausgerechnet diese Geschichte schreiben, die doch ... entschuldige, schon fast Pornografie und nachgemachte amerikanische Unterhaltungsliteratur ist?«

»Ich ...« Laura blickte zu Moona, aber die studierte interessiert den verschnörkelten Griff ihres Silbermessers. »Ich habe gar nichts nachgemacht, habe den Inhalt eigentlich nicht mal bewusst geplant. Der Text sprudelte einfach so heraus, manchmal fast automatisch. Es ...« Laura suchte fieberhaft nach weiteren Erklärungen, wobei sie sich selbst hasste. Was hatte sie eigentlich dieser vertrockneten Dauerwellenziege zu erklären, die sowieso nichts verstand? Trotzdem fuhr sie fort: »Ich peile ja nicht den Finlandia-Preis an, ich möchte die Leute – und auch mich selbst – unterhalten, indem ich schreibe. Außerdem finde ich es völlig egal, was die Leute lesen, Hauptsache, sie lesen überhaupt.«

»Das ist ja mal ein origineller Gedanke! Ganz unter uns, das hat man schon tausendmal aus dem Mund klügerer Leute gehört«, schnaubte Kirsti verächtlich. »Und dasselbe predigt Ilkka immer unseren Töchtern, wenn ich sie bewegen will, all die *Reginas* und *Donald Ducks* gegen richtige Bücher auszutauschen.«

»Kein Wort gegen *Donald Duck*, hörst du!«, schimpfte Tuomela mit erhobenem Zeigefinger und dachte bei sich, dass er eigentlich Notizblock und Bleistift hervorholen müsste, denn Lauras eben geäußerte Meinungen würden ausgezeichnet in den geplanten Bericht passen, als Ergänzung zu den anderen Klischees. Na gut, andererseits war es so allbekanntes Zeug, dass er es auch am Morgen und trotz Kater noch wüsste. Aber Kirsti Halme, die anfangs so nichtssagend gewirkt hatte, wurde jetzt richtig interessant ...

»Ach, der Text sprudelte also einfach aus dir heraus«, Kirsti wiederholte Lauras Worte. »Ein bisschen so wie bei der Luukanen, oder wie diese Frau mit dem Ufo-Tick hieß. Erzähl mal, wie das eigentlich vor sich geht. Du sitzt wohl bloß da undirgend eine höhere Macht lässt deine Finger auf der Tastatur tanzen?«

»Hör mal ...« Ilkka setzte seine autoritärste Miene auf, aber die verfehlte ihre Wirkung, sowohl bei Kirsti als auch bei Laura, die sich einen Ruck gegeben hatte und der anderen jetzt überheblich lächelnd zuhörte.

»Typisches Laiendenken«, schnaubte Laura, als Kirsti ihren Wortschwall unterbrach, um wieder einen Schluck aus ihrem Glas zu nehmen. »Selbst wenn der Text manchmal gleichsam automatisch fließt, ist Schreiben trotzdem und vor allem harte Arbeit. Es erfordert Zeit, Hartnäckigkeit, Löschen und Korrigieren und verdammt kräftige Muskeln im Hintern.«

»Verstehe«, Kirsti lächelte. »Zumindest das Letztere ...«

»Laura hat absolut Recht«, Moona mischte sich nachdrücklich in den Dialog. »Wie ich immer zu sagen pflege: Wenn die Schriftsteller nur dasitzen und auf Inspirationen warten würden, wären in der Geschichte der Menschheit sehr wenig Bücher entstanden.«

»Und was weißt du von der Schriftstellerei?«, fragte Kirsti erstaunt. »Ich dachte, du bist Werbetexterin oder so was Ähnliches.«

»Vor allem etwas Ähnliches.« Moonas Lächeln war eher eine Grimasse. »Aber Lauras Anstrengungen habe ich von Anfang an und aus größter Nähe verfolgt, sodass ich eine ganze Menge darüber weiß.«

»Hast du wirklich daneben gesessen und zugesehen?« Kirsti nickte in Richtung des benachbarten Arbeitszimmers. »Übrigens!«, sagte sie mit plötzlichem Eifer. »Ilkka hat erzählt, dass du an einem neuen Buch arbeitest. Zeig uns ein bisschen Text – oder erzähl wenigstens die Höhepunkte der Story.«

»Man redet nicht über unvollendete Arbeiten«, wehrte Laura ab, und Anna erinnerte sich, ungefähr denselben Satz von Moona gehört zu haben.

»Hiermit erkläre ich das literarische Gespräch des Abends für beendet.« Ilkka klopfte mit dem Messer an sein Glas und Moona ging in die Küche, um die leere Auflaufform gegen die ebenfalls vom Partyservice vorbereitete Käseplatte auszutauschen.

Die langstieligen Kristallgläser schimmerten und die Silberbestecke klapperten, der Käse war ausgezeichnet und dem Weißwein war Rotwein gefolgt, aber die Stimmung wollte nicht steigen. Kirsti hatte das ihre gesagt und sah unverhohlen auf die Uhr, aber Ilkka tat, als merkte er es nicht. Karri trank langsam und Tuomela umso zügiger. Anna grübelte besorgt, ob ihre Nichte auch lange genug mit Justus draußen gewesen war. Moona spielte am anderen Tischende die Gastgeberin, so gut sie es vermochte, da die in sich gekehrte Laura keine Anstalten dazu machte.

Um halb elf beschloss Moona eigenmächtig, einen Punkt

hinter das schlechte Schauspiel zu setzen, und fragte, ob jemand Kaffee wollte. Sie hoffte inständig, dass die Leute genügend Grips und gute Manieren hatten, das Hüsteln verstanden und umgehend aufbrachen.

»Danke, für mich jedenfalls nicht, aber falls ihr einen Calvados habt ...«, äußerte Tuomela hoffnungsvoll und Moona stieß einen stummen Fluch aus. Tuomela fand jedoch überraschend Unterstützung durch Karri, worauf auch Ilkka etwas von einem kleinen Gläschen »nur zur Gesellschaft« murmelte. Kirsti dachte in grenzenlosem Frust, dass es ohnehin egal war, sie konnte notfalls den ganzen nächsten Tag schlafen.

»Ich werde mal für alle Fälle eine Kanne aufsetzen«, seufzte Moona, aber Anna befahl ihr, sich wieder hinzusetzen: »Ich gehe, du bist heute schon genug herumgewirbelt. Und Tuomela kann das da übernehmen.« Anna nickte zu den Glastüren des Barschrankes, in dem es an nichts zu fehlen schien.

Im Küchenregal stand eine Kaffeebüchse, aber sie war leer. Auf der Suche nach einer neuen Packung öffnete Anna aufs Geratewohl eine Schranktür – und dann nacheinander alle anderen.

»Gütiger Himmel«, murmelte sie mindestens ebenso verdutzt wie Tuomela einige Stunden zuvor im Bad.

Die Schränke waren randvoll mit Konservendosen und Soßenflaschen, Tütensuppen und Teepackungen, Kaffeepaketen und Gewürzdosen, großen und kleinen, alle schienen ungeöffnet und unberührt. In einem Fach zählte Anna zwölf volle Tabasco-Flaschen.

»Das ist jenseits aller Vernunft«, murmelte sie, während nebenan im Wohnzimmer lautstark Musik einsetzte. Tina Turner, *Simply the Best,* dachte Anna mechanisch.

»Ach, du hast Lauras Warenlager entdeckt.« Anna hatte Moona nicht kommen gehört. »Sie hat immer ein bisschen das Naturell eines Hamsters gehabt. Oder vielleicht richtet sie sich auf die atomare Vernichtung ein.« Moona schloss gelassen eine Schranktür nach der anderen und stellte die leere Kaffeebüchse wieder ins Regal. »Vergiss den Kaffee.

Wie du aus den Geräuschen hörst, will Laura wieder tanzen – und diesmal soll es ein Solo werden.«

Anna kam nur bis in den Flur. *Laura will wieder tanzen,* wiederholte sie im Stillen, während sie stehen blieb, um den Auftritt zu beobachten, der auf dem niedrigen Couchtisch im Wohnzimmer im Gange war.

Laura hatte die Geschenke hinuntergefegt, ihr Haar mit den Händen zu einer wilden Mähne aufgeplustert und war auf den Tisch gesprungen. Ihre spitzen Absätze schlugen in die blank polierte Steinplatte, während sie im Takt von Tina Turner sang und tanzte, zuckte und sich wand, krächzte und gurrte, die Beine ein wenig gespreizt und die Knie angeknickt, in den erhobenen Händen die marmorne Teigrolle gefährlich schwenkend.

»River deep mountain high ...«, krächzte Laura, als ein neues Stück auf dem Band begann und sich das Tempo noch steigerte. Die Gäste starrten reglos auf die Tanzende, aber als eine ihrer prallen Brüste aus dem Dekolletee glitt, erklärte Kirsti Halme, dass sie genug habe und nach Hause wolle.

»Ein gewisser Anstand sollte auch in unkultivierten Kreisen gewahrt werden«, schnaubte sie, während sie aufstand, um ihren Mantel zu holen.

Moona schaltete die Musikanlage aus, und Lauras Tanz brach abrupt ab. Laura zog ihr Kleid zurecht und sah von einem zum anderen, als sei sie aus dem Schlaf erwacht.

»Ein toller Auftritt, aber jetzt machen wir eine kleine Pause.« Karri streckte die Hand aus, um ihr vom Tisch herunterzuhelfen, aber sie weigerte sich, herunterzukommen. Sie schüttelte nur den Kopf, zuerst langsam und allmählich immer wilder, sodass ihr die Haare von einer Wange an die andere klatschten. Plötzlich ertönte zweimaliges lautes Poltern. Die Teigrolle war auf den Tisch gefallen und von dort auf das Parkett hinuntergerollt.

»Donnerwetter, ich wusste gar nicht, dass du auch singen kannst.« Tuomela hob die Teigrolle auf, die ihm vor die Füße gerollt war. »Das ist ja ... du bist besser als ...« Moona stieß ihn wütend an und brachte ihn zum Schweigen.

Laura war auf dem Tisch zusammengesunken und

schluchzte, sie hatte den Kopf zwischen die Knie gedrückt, ihre Schultern zuckten heftig. Karri und Ilkka stießen beinah zusammen, als sie beide gleichzeitig hinzueilten, um Laura zu trösten. Kirsti hatte sich den Mantel um die Schultern gelegt und war ins Wohnzimmer zurückgekommen, machte aber auf dem Absatz kehrt, marschierte wieder hinaus und warf die Tür hinter sich ins Schloss.

Sonntag, 19. Januar

»Sorry, aber du siehst Scheiße aus. Hast du 'nen Kater?«

Kirsti und Ilkka sahen beide gleichzeitig auf, jeder von seiner Zeitung, aber Dora hatte ihre Mutter gemeint.

»Danke für das Kompliment, und als Antwort auf die Frage: Nein, ich habe keinen Kater, weil ich nicht zu viel zu trinken pflege. Übrigens guten Morgen, liebes Fräulein.«

»Was heißt hier Morgen, es ist bald zwölf. Mist, verflu..., der Kräutertee ist wieder alle.« Dora knallte mit den Schranktüren. »Warum kaufst du nie ein?«

»Ich bin nicht die einzige wandelnde Einkaufstasche dieser Familie.« Kirsti blätterte die Kulturseiten auf, um zu schauen, wen Hytönen diesmal geschlachtet hatte. »Außerdem ist da noch schwarzer Tee. Mach die Türen aber anständig zu und knall nicht so, ich hasse offene Schranktüren.«

»Ja, ja ... « Die Türen knallten zu, aber Kirsti mochte nicht länger schimpfen, sie hielt sich nur die Ohren zu und versuchte sich auf ihre Zeitung zu konzentrieren. »Äh, Kotz, schwarzer Tee!« Dora machte ein Gesicht, als hätte ihr jemand Rattengift angeboten. »Du weißt genau, dass ich den Mist nicht trinke. Ich will Kräutertee.«

»Hör mal zu«, Ilkka erhob endlich die Stimme. »Wenn etwas nicht da ist, dann kommt man ohne aus. So einfach sind die Grundregeln des Lebens, verehrtes Fräulein. Und kämm dich bitte.«

»Man kann das nicht kämmen«, murmelte Dora. Die humorlose Art ihrer Mutter reizte sie jedes Mal zum Widerspruch, aber der Vater hatte eine unnachahmliche Art, alle seine drei Töchter zum Schweigen zu bringen. Er brauchte im Allgemeinen nur die Augenbrauen zu heben.

Kirsti goss sich Kaffee nach und musterte ihre Tochter, die sich auf den Platz an der Stirnseite des Tisches hatte fallen lassen. Die Rastafrisur sah einfach schrecklich aus. Kein Wunder, dass es auch an den besseren Schulen heutzutage ständig Läuseprobleme gab. Darüber müssen wir unbedingt auf der nächsten Elternversammlung sprechen, schärfte sich Kirsti ein.

»Na, war es wenigstens nett?«, fragte Dora und zerbröselte ihr Knäckebrot auf dem Tischtuch neben dem Teller.

»Es war schön, danke der Nachfrage«, sagte Ilkka, aber Kirsti fauchte, dass sie selten auf einem so blöden Fest gewesen sei: »Zum Glück hat die Frau nur alle zehn Jahre einen runden Geburtstag.«

»Ach, du fandest es blöd dort?«, wiederholte Ilkka. Als er seine Frau ansah, unterstrich er in Gedanken die Aussage seiner Tochter. In ihrem weinroten Morgenmantel sah Kirsti tatsächlich verkatert und deprimierend farblos aus, ihr Gesicht war grau und auf den Wangen klebten Reste der Augenschminke. »Ich hatte den Eindruck, dass du dich dort sehr wohl fühltest, besonders auf der Party bei Laura zu Hause. Du hast die Leute ja regelrecht provoziert, zu diskutieren und zu streiten, dabei hättest du durchaus nicht so aggressiv zu sein brauchen.«

»Was? Hat unsere Mutter randaliert?« Dora horchte auf. »Was hast du gemacht, Gläser an die Wand geschmissen?«

»Sie hat Laura eine Pornoschriftstellerin genannt, unter anderem«, berichtete Ilkka kühl.

»Was?«, rief Dora wieder, diesmal aber verärgert. »Das ist ein verda... ganz tolles Buch. Du hast von Pornografie überhaupt keine Ahnung.«

»Ich weiß zumindest, dass sich gewisse Damen aufführen wie ... wie Nutten«, zischte Kirsti.

»Aha, jetzt kommen wir zum eigentlichen Thema.« Ilkka faltete seine Zeitung zusammen und Dora sah mit runden Augen von einem zum anderen, wie bei einem Tennismatch. »Mutter meint sicher Lauras improvisierte kleine Show.«

»So zu tanzen, und dann auch noch auf dem Tisch ... Das war ... das war ... obszön«, Kirsti fand endlich den passenden Ausdruck und ihr Gesicht war nicht mehr grau, sondern hektisch gerötet.

»Welche Show? Wovon redet ihr eigentlich? Ich kapier nicht ganz.« Dora schüttelte den Kopf. »Aber vielleicht soll ich das auch gar nicht. Ich haue jetzt sowieso ab. Ach ja, wann gibt's Futter?«

»Ich weiß nicht ...«, sagte Kirsti unwirsch. »Ich kann jetzt nicht an Kochen denken. Bestellt euch doch eine Pizza, wenn ihr Hunger bekommt.«

»Yes, ist mir recht.« Dora polterte nach oben. Bald war aus ihrem Zimmer eine Art Musik zu hören, aber weder Vater noch Mutter hatten Lust hinaufzubrüllen, sie solle den Ton leiser stellen.

»Wann bist du nach Hause gekommen?« Kirsti stellte endlich die Frage, die sie schon den ganzen Morgen beschäftigte. Als sie gegen acht Uhr aufgewacht war, hatte sie noch gedacht, es interessiere sie überhaupt nicht, aber jetzt musste sie es einfach wissen.

»Keine Ahnung«, warf Ilkka gleichgültig hin. Er stand plötzlich auf und fing an, das Frühstücksgeschirr in den Geschirrspüler zu räumen. Erstaunlich. Soweit sich Kirsti erinnerte, war das in diesem Jahr noch kein einziges Mal vorgekommen. »Vielleicht ungefähr um eins oder um zwei, ich weiß es wirklich nicht.«

»Um eins oder um zwei? Warst du bis zum Schluss dort ..., bei Laura?«

»Nein. Ich war noch in der Firma«, sagte Ilkka und wunderte sich selbst, wie lächerlich verlogen sich die reine Wahrheit manchmal anhörte.

»In der Firma?«, schrie Kirsti. »Was wolltest du dort mitten in der Nacht?«

»Ich wollte ... Herrgott noch mal, ich bin hingegangen, weil ich allein sein wollte!« Die Klappe des Geschirrspülers knallte zu.

»Warum bist du zum Schlafen nicht ins Schlafzimmer gekommen? Du wolltest wohl die ganze Nacht allein sein?« Kirstis Stimme triefte vor Spott.

»Genau. Und deshalb habe ich im Kaminzimmer geschlafen. Und auch, weil ich deinen lächerlich leichten Schlaf nicht stören wollte – um eins oder um zwei oder um drei Uhr in der Nacht, Herrgott noch mal.«

Zur selben Zeit, als Kirsti Halme, nachdem sie allein in der Küche zurückgeblieben war, in bittere Tränen ausbrach, stand Tuomela vor Moonas Tür und betätigte ihre altmodische Türklingel. Nachdem er eine Weile vergeblich geläutet hatte, wollte er schon in seine Wohnung zurückkehren, doch dann hörte er von drinnen Geräusche und die Tür wurde so weit geöffnet, wie es die Sicherheitskette erlaubte.

»Hast du dir eine Sicherheitskette angeschafft?«, wunderte sich Tuomela über augenscheinliche Tatsachen.

»Die hing hier schon immer, aber ich benutze sie erst neuerdings. Warte mal …« Moona schloss die Tür und öffnete sie wieder, nachdem sie die Kette gelöst hatte. »Ich fürchte mich auf einmal vor dem Kettensägenmörder.« Sie nahm Tuomela den leeren Becher aus der Hand. »Was soll da rein?«

»Kaffeepulver, danke. Nur so viel, dass ich mir wenigstens eine Tasse oder auch zwei aufbrühen kann. Und sorry, dass ich störe. Ich habe dich anscheinend geweckt.«

»Macht nichts.« Moona fuhr sich mit beiden Händen durch ihr wirres Haar. »Ich hab allerdings nur selten Kaffee da. Wenn ich hier zu Hause was trinke, dann lieber Sekt oder wenigstens Saft oder eigentlich beides. Den Morgenkaffee gibt's bei *Schubert* an der Ecke. Husch rein, ich zieh mir bloß was an, dann gehen wir.«

Eine Einladung mit deutlicher Vorgabe, sagte sich Tuomela belustigt, während er eintrat und einen Bogen um Zeitungen und Bücher und Kleidungsstücke und um alte Vinylplatten machte, die überall herumlagen, auf dem Fußboden, auf den Stühlen, auf dem Tisch und in den Regalen. Moonas Wohnung, bestehend aus einem Zimmer und Küche, war das Spiegelbild seiner eigenen, aber die Ordnung war wie von einem anderen Stern, genauer gesagt sie fehlte gänzlich. Bei ihnen hatte sich die traditionelle Auffassung von der Frau als Putzteufel und dem Mann als Schmutzfink ins Gegenteil verkehrt. Tuomela liebte nun mal eine sparsame Einrichtung, aufgeräumte Zimmer und saubere Flächen.

Bei seinem ersten Besuch vor ein paar Monaten hatte sich Moona der Form halber für die Unordnung entschuldigt – »Ich habe der Putzfrau gerade den Laufpass gegeben, weil sie angefangen hat, meine Höschen zu klauen« –, aber die Wahrheit war, dass sich nichts geändert hatte. Tuomela hatte nie richtig begriffen, wie Moona ihr offensichtlich großes Arbeitspensum bewältigte, wenn sie dabei mitten im Chaos lebte – aber vielleicht gelang es ihr gerade deshalb.

Tuomela nahm ein schwarzes Trikotbündel, das er für Moonas gestriges Minikleid hielt, von einem Küchenstuhl und setzte sich.

Vor dem Zimmerfenster stand ein großer altmodischer Schreibtisch, aber Tuomela vermutete, dass er in diesem Haushalt für alles andere verwendet wurde, nur nicht für seinen ursprünglichen Zweck. Jetzt war er mit alten Zeitungen und Aktenordnern überhäuft und Moonas wichtigstes Arbeitsgerät, der Laptop, hatte seinen Platz mitten auf dem Küchentisch gefunden.

Wollen wir doch mal sehen, dachte Tuomela und schaltete das Gerät ein, aber Moona kam sofort angestürzt und nahm es vom Tisch: »Augenblick, Konkurrent! Nicht dass du in meinem Material schnüffelst.« Sie legte den Laptop auf ihr breites Bett zwischen Kissen und Decken und die verstreuten Blätter der Sonntagszeitung. »Ich tusche mir noch schnell die Augen und dann geht's los.«

»Hoffentlich findest du das Ding nachher wieder«, sagte Tuomela freundlich, aber Moona erwiderte nur lachend, das sei kein Problem. »Bestimmt schwer zu glauben, aber in diesem Haushalt herrscht ein übersichtliches Chaos.«

»Na?«, fragte Moona mit neugierig funkelnden Augen, als sie einige Minuten später in dem fast leeren Café vor ihrem Frühstück saßen.

»Was ›na‹?«

»Hast du's geschafft?«

»Was …?« Tuomela klappte ein Brötchen auseinander und schmierte die überschüssige Butter an den Tellerrand. »Ach, du meinst Laura ... Leider bleibt der Tausender vorläufig noch unter deinem Hintern kleben.«

»Tatsächlich? So ein Jammer, für dich, meine ich. Du hattest aber alle Möglichkeiten, du bist ja als Letzter dageblieben, sozusagen für besondere Betreuungsaufgaben. Hast du es wenigstens versucht, ich meine, so richtig?«

Tuomela sah sich nach allen Seiten um, aber außer ihnen beiden saßen nur noch zwei andere Gäste im Café: ein älterer Mann mit einem Hörgerät, der in seine Zeitung vertieft war, und eine Frau in Netzstrümpfen und voller Kriegsbemalung, die anscheinend direkt von ihrer Arbeit gekommen war.

»Um die Wahrheit zu sagen, ich bin nicht dazu gekommen«, Tuomela senkte trotzdem für alle Fälle die Stimme.

»Wie, nicht dazu gekommen?« Moona zündete sich eine Zigarette an und erklärte, dass es die erste des Tages sei.

»Sie hat mich rausgeschmissen, einfach so«, Tuomela schnippte mit den Fingern.

»Aber warum denn? Als sie sich von der, ehrlich gesagt, unglaublichen Turner-Show erholt hatte, sollten sich doch alle zum Teufel scheren, nur du durftest bleiben. Nein, sie sagte sogar, du *sollst* bleiben«, präzisierte Moona.

»Ja, das hat sie gesagt.« Tuomelas braune Hundeaugen glühten vor Enttäuschung. »Alles lief auch genau nach Plan, Laura hatte sogar schon ihre Klamotten gegen so ein durchsichtiges Seidending eingetauscht, aber dann kam dieser Anruf und ...«

»Welcher Anruf?«, unterbrach Moona ihn.

»Keine Ahnung.« Tuomela wischte die Brötchenkrümel von seiner Hose. »Ich hab nichts davon mitgekriegt, Laura ist zum Telefonieren in ihr Arbeitszimmer gegangen, und wir waren ... verdammt, wir waren zu dem Zeitpunkt schon bis ins Schlafzimmer vorgedrungen und ...«

»Und danach hat sie dich weggeschickt?«, unterbrach Moona ihn erneut.

»Ja, genau so war es. Das heißt, sie hat ganz freundlich gesagt, dass sie auf einmal furchtbar müde sei und schlafen gehen wolle. Wir haben verabredet, dass wir mit der Story am Montag weitermachen, und dann ... tja, dann bin ich gegangen.«

»Um wie viel Uhr?«

»Genau um halb eins. Ich weiß es so genau, weil das vergoldete Uhrenmonstrum in ihrem Flur in dem Moment schlug. Ich hab mich noch extra umgedreht, weil ich wissen wollte, ob es eins oder erst halb war.«

»Um die Zeit lag unsereiner schon in den Federn.«

»Wieso?« Tuomela war erstaunt. »Ich hab dich doch gesehen.«

»Du konntest mich gar nicht ... Wo denn?«

»Hier in der Nähe, im *Last Hope,* ich hab dich durchs Fenster gesehen. Erst wollte ich reinkommen und dir Gesellschaft leisten, aber dann bin ich doch lieber in die Heia gegangen – unter diesen Umständen. Ich hab mich irgendwie geschämt ...«

»Ah, ja«, Moona lachte. »Ich war tatsächlich kurz auf ein Bier in der Kneipe. Manchmal ist der Durst so groß, dass nicht mal Sekt hilft. Da muss man einfach Bier trinken.«

Zu dem Zeitpunkt, da Moona und Tuomela ein paar Häuserblöcke weiter ihr Frühstück beendeten, war Anna schon mit der Zubereitung ihres Mittagessens beschäftigt. Außer Essen schmierte ihrer Meinung nach nichts so vorzüglich die Gedankenkanäle wie Kochen, und es gab momentan außerordentlich viel, worüber sie nachgrübeln musste ...

Ihre Nichte, die sich als Hundesitterin betätigt hatte, war über Nacht geblieben und hatte sie zu einem kompletten Frühstück geweckt. Das Mädchen lernt ständig dazu, hatte Anna zufrieden festgestellt, als sie sich mit ihrer Zeitung zu Milchkaffee und frisch gebackenen Croissants gesetzt hatte. Das *Schubert* hatte sie an diesem Morgen ausgelassen, hatte nur ihre Nichte zur Straßenbahn gebracht und dann mit Justus ganz Kaivopuisto umrundet. Draußen war es windstill und leicht nebelig gewesen, was die Landschaftskontraste, die schneebedeckten Felsen und das bleigraue Meer, nur noch betont hatte.

Nachdem sie die Pasta in den Topf gegeben hatte, schaltete sie den Dunstabzug auf die höchste Stufe, schnitt Speck in die Pfanne und begann Parmesan zu reiben.

»Autsch!« Sie saugte an ihrem Daumen, von dem bereits Blut in den geriebenen Käse getropft war. »So ein Mist.« Sie fand ein Pflaster, der Parmesan landete im Müll, und sie begann, neuen zu reiben.

So langsam wie möglich ließ Anna den gestrigen Tag vor ihrem geistigen Auge Revue passieren. Eigentlich hatte sie das schon den ganzen Morgen mehr oder weniger unbewusst getan, während sie frühstückte und die Zeitung las und auch nachher auf dem langen Spaziergang, aber jetzt versuchte sie sich besonders stark zu konzentrieren. Wer war alles dagewesen, was hatte jeder gesagt und getan, wie hatte Laura im Einzelnen reagiert ..., aber schließlich hielt der im Kopf ablaufende Film wieder an derselben Stelle an – beim Erscheinen des Paares in Trauerkleidung.

»Warum wollte niemand über sie reden?«, sprach Anna, ihrer Gewohnheit folgend, laut vor sich hin, während sie die Pasta in die Schüssel schüttete. »Und dabei kennt zumindest Moona die beiden, Karri vermutlich auch. Markus Palmroos ...« Anna gab die Pasta in den Topf zurück und schalt sich selbst, während sie in ihr kombiniertes Schlaf- und Arbeitszimmer lief: »Warum habe ich nicht eher daran gedacht ...«

Sie blätterte im Telefonbuch – da: Palmroos Markus, Assessor, Neitsytpolku 9. Assessor – das erklärte gar nichts. Und trotzdem wusste Anna, dass sie den Namen irgendwo gehört oder gelesen hatte, aber das musste schon längere Zeit her sein.

»Nun, Moona wird noch heute an die Wand gestellt.« Anna warf das Telefonbuch wieder ins Regal und kehrte in die Küche zurück. Sie schüttete die gerösteten Speckstreifen in den Topf, fügte ein rohes Ei, einen Schuss Sahne und den Parmesan hinzu. Nachdem sie die Pasta ein paarmal durchgerührt hatte, gab sie sie auf einen tiefen Teller und mahlte schwarzen Pfeffer darüber. »Aber vorher muss ich mich noch bei Laura erkundigen, ob das Gespräch wirklich heute stattfindet.«

»Buon appetito«, wünschte Anna sich selbst und setzte sich an den Tisch.

Einige Stunden später, genau um fünf Uhr nachmittags, rief Moona an. Bis dahin hatte Anna einen ordentlichen Mittagsschlaf gemacht, ein paar Endlostelefonate geführt und, in Ermangelung von etwas Besserem, ihre Entwürfe für die Fortsetzungsgeschichte korrigiert.

»Warte«, befahl sie Justus, der mit seiner Leine zwischen den Zähnen im Flur stand, »gleich gehen wir.« Der Hund sah sein Frauchen, das zum Telefon lief enttäuscht an, auch er hasste Programmänderungen, genau wie sie.

»Wir machen uns jetzt auf die Socken«, verkündete Moona. »Ich denke, dass sich Laura inzwischen aus dem Bett gerappelt hat.«

»Sollten wir uns nicht trotzdem erst vergewissern?«, meinte Anna zweifelnd. »Ich dachte nur, dass ... nach dem ganzen Theater ... Es kann doch sein, dass sie heute gar nicht in Arbeitsstimmung ist und ihre Ruhe haben will. Sollten wir nicht wenigstens anrufen?«

»Nix da. Ich habe sie schon am Vormittag angerufen und ihr eine Nachricht auf Band hinterlassen. Ich habe gesagt, wenn wir von ihr nichts hören, kämen wir so gegen sechs zu ihr. Ist doch klar, dass sie keinen Bock hat, ans Telefon zu gehen, sie hört sich bloß an, was die Leute ihr aufs Band quasseln, nämlich danke schön für das gestrige Fest und so weiter. Ich weiß haargenau, was sie den ganzen Tag getrieben hat, sie hat sich ihre alten Schnulzenplatten angehört, Taube und Konsorten, hat ihre Geschenke ausgepackt und an all die Lobeshymnen gedacht, die gestern über sie ausgeschüttet wurden, hat Champagner geschlürft und so weiter. Mit anderen Worten, sie hat sich 'nen lauen Lenz gemacht.«

»Aber ...«, versuchte es Anna.

»Kein Aber«, wehrte Moona ab. »Wir gehen jetzt einfach hin und ziehen die Sache durch. Auch Zeitungen haben eine Deadline«, bemerkte sie, als ob Anna das nicht wüsste. »Und übrigens«, Moona fand ein besonders wirksames Lockmittel. »Da sind noch ein paar Happen von dem göttlichen Gratin übrig. Ich hatte für zwanzig Leute Essen bestellt und konnte die Bestellung nachher nicht mehr ändern.«

»Überredet«, Anna lachte. »Meine größte Schwäche scheint ein offenes Geheimnis zu sein.«

»Stimmt. Wir sehen uns in zehn Minuten an der Ecke Fredrikin- und Lönnrotinkatu.«

»Also vor dem *Schubert.*« Justus war hereingetrippelt und stubste Anna zielstrebig gegen die Ferse. »Was glaubst du, kann ich meinen Hundeherrn mitnehmen? Laura ist wohl nicht allergisch gegen Hunde?«

»Nicht dass ich wüsste. Nimm den Kläffer nur mit.«

Moona stand wartend an der Ecke, in einer kurzen schwarzen Lederjacke und einem knappen Minirock, eine Zigarette zwischen den Zähnen.

»Erst die dritte«, log sie, ohne mit der Wimper zu zucken, und zertrat die Zigarette mit dem Absatz. »Oder eigentlich die anderthalbte, ich rauche die Dinger nämlich neuerdings nur bis zur Hälfte.« Sie schwang sich ihre riesige Tasche über die Schulter und musste fast laufen, um mit Anna und Justus Schritt zu halten.

»He, guck mal ...« Sie waren gerade in die Uudenmaankatu eingebogen, als Anna sie in die Seite knuffte.» Das ist doch ...«

Eine schwarz gekleidete Frau mit Kinderwagen kam ihnen entgegen. Das dicke braune Haar war durch einen Mittelscheitel geteilt und im Nacken zu einem Knoten geschlungen. Sie hatte Anna und Moona bemerkt, reagierte aber nicht.

»Hei, Maria«, sagte Moona, als sie auf derselben Höhe waren, aber die Frau glitt nur an ihnen vorbei und nickte nicht einmal.

Sie hat wieder so komisch durch uns hindurchgesehen, dachte Anna unruhig und bemerkte, dass auch Justus etwas Seltsames gewittert hatte, denn er trottete mit gesenktem Kopf vorwärts. Als die Frau außer Hörweite war, verlangte Anna eine Erklärung: »Jetzt sag es mir! Wer ist die Type eigentlich, und vor allem, was hatte sie gestern auf Lauras Fest zu suchen? Warum spricht keiner über sie – und über den Mann?«

»Psychos, alle beide, besonders Maria.« Moona zuckte die Achseln. »Lass uns später darüber reden. Oder eigentlich kann Laura gleich alles erzählen, auch wenn sie wohl am liebsten gar nicht an die beiden denkt, besonders nach gestern Abend.«

Sie waren vor der Haustür angelangt und Moona tippte den vertrauten Code ein. Anna und Justus nahmen den Fahrstuhl, aber Moona wollte wieder Fitnesstraining machen und lief die Treppe hoch.

»Erster«, keuchte Moona, als der langsame knarrende Fahrstuhl endlich ruckend in der vierten Etage hielt. »Und wenn ich den Glimmstängeln endgültig tschüss gesagt habe, dann nehme ich immer drei Stufen auf einmal.«

Moona drückte auf die Türklingel und drinnen ertönte *I Left my Heart in San Francisco.* Moona lauschte eine Weile mit dem Ohr an der Tür, zuckte dann die Achseln, und als sie erneut klingelte, ertönte eine andere Melodie.

»Nettes Teil, diese musizierende Türklingel«, konstatierte Moona. »Aber noch netter wäre es natürlich, wenn jemand öffnen würde.«

»Vielleicht schläft sie …«, gab Anna zu bedenken und zerrte an Justus, der leise zu knurren begonnen hatte. »Ich hab ja gesagt, wir hätten vorher anrufen sollen.«

»Nicht nötig«, Moona winkte ab und begann in ihrer Tasche zu kramen. »Und außerdem habe ich ihr ja angekündigt, dass wir kommen. Falls sie wieder eingepennt ist, schütten wir ihr eiskalt einen Eimer Wasser über den Kopf. Ich hab hier einen Ersatzschlüssel … sollte ihn zumindest haben … ha, gefunden!«

Moona schloss auf und trat in die Wohnung, wobei sie laut Lauras Namen rief. Anna wollte ihr folgen, aber Justus weigerte sich überraschend, weiterzugehen. Er stemmte sich mit allen vier Pfoten auf den Boden und aus seinem Knurren wurde scharfes Gebell, als Anna ihn mit Gewalt vorwärts ziehen wollte.

»Vorwärts, Bursche«, redete Anna auf ihn ein. »Was soll denn das Theater? Wir können nicht auf der Treppe bleiben. Hör auf zu bellen und komm jetzt …«

Aber nichts half. Justus bellte, dass das ganze Treppenhaus dröhnte – bis ein anderes, viel schlimmeres Geräusch das Bellen übertönte.

Moona kam mit einem schrillen Schrei herausgestolpert, stieß gegen Anna und fiel schließlich auf alle viere nieder. Der bellende Justus konnte gerade noch ausweichen, ehe sich ein Schwall von klumpigem Erbrochenen über die Treppe ergoss.

»Großer Gott!« Anna nahm Justus auf den Arm. Der Hund drückte wie ein kleines Kind seinen Kopf an ihren Hals. »Was ist mit dir? Was ist dort …«

Moona übergab sich weiter und war unfähig, ein Wort zu sagen. Schließlich richtete sie sich ein wenig auf und zeigte mit zitternder Hand auf die Tür; sie sah aus wie ein weinender Clown, die Augen waren schwarz verschmiert, ein Faden von Erbrochenem hing auf ihrem Kinn.

Anna setzte Justus ab und befahl ihm, sich nicht wegzurühren. Der Hund drückte sich leise winselnd an die Wand, in möglichst großem Abstand zu Moona.

»Laura?« Der Name gellte in Annas Ohren. Sie blieb im Flur stehen und rief erneut. Sie hatte das Gefühl, sich nicht von der Stelle rühren zu können, irgendetwas Drückendes und Unangenehmes stemmte sich ihr entgegen, etwas, das auch zu Justus' seltsamem Benehmen draußen im Treppenhaus geführt hatte.

Der Blumenduft war berauschend, doch es mischten sich auch andere Gerüche hinein: der dumpfsüßliche Geruch verdorbener Krabben und zerlaufenen Käses, der muffige Geruch von Weinresten, Pfeifentabak und Zigarettenasche – der übliche Gestank nach einer Feier.

Anna raffte sich erst auf, als Justus, der sich inzwischen in den Flur gewagt hatte, sie ans Bein stubste. Nun, wenn sich sogar der Hund überwindet, dann werde ich auch … Anna sog die Lungen mit der dicken Luft voll und trat ins Wohnzimmer.

Zunächst sah sie nur geöffnete Päckchen, herumliegendes Geschenkpapier und einen umgestürzten Zinkeimer. Auf dem alten abgenutzten Parkett hatte sich ein großer dunkler

Wasserfleck gebildet, auf dem die Blumen lagen; der weinrote orientalische Teppich war ebenfalls nass geworden.

»Laura?« Anna holte erneut Luft und entdeckte im selben Moment die nackten Füße, die unter großen Bögen goldfarbenem Geschenkpapier hervorsahen.

Laura lag neben dem Sofa auf dem Bauch, die Arme ausgebreitet, die blonde Löwenmähne von getrocknetem Blut verklebt. Die linke Schläfe war zerschmettert und über ihrem Körper war wahllos Geschenkpapier ausgebreitet.

Ton in Ton mit der Farbe des Teppichs, dachte Anna mechanisch, während sie sich zwang, näher zu treten und sich den zerschmetterten Kopf anzusehen. Sie berührte sehr vorsichtig das leblose Handgelenk und sah sich dann um.

»Justus, Platz!«, kommandierte Anna, denn der Hund hatte dasselbe entdeckt wie sie und war im Begriff, unter den kleinen Beistelltisch zu kriechen. »Nur nichts berühren«, sagte sie gleichermaßen zu Justus wie zu sich selbst. Es würde die Sache der Polizei sein, die unter den Tisch gerollte marmorne Teigrolle sicherzustellen, an der Blut und Haare klebten. Anna drehte sich um und entdeckte erst jetzt das schrecklichste Detail der ganzen Konstellation, so widerwärtig, dass sie am liebsten in den Flur gerannt wäre, es Moona gleichgetan und ihr ganzes Innerstes herausgekotzt hätte.

Unter einer von Lauras Händen steckte eine abgebrochene, verwelkte Blüte – die weiße Kalla.

»Um damit zuzuschlagen, ist wirklich nicht viel Kraft erforderlich, das Ding wiegt wahrscheinlich an die zwei Kilo, und den Griff könnte sogar ein Kind fest umschließen ... Allerdings hoffe ich, dass keine Kinder hier waren«, sagte Kriminalkommissar Matti Martikka und legte die Teigrolle, die in einer durchsichtigen Folie steckte, wieder auf den Tisch. »Die Frage lautet also: Wer war alles anwesend? Was ist hier eigentlich geschehen?«

Martikka saß an dem riesigen ovalen Tisch im Speisezimmer, Anna ihm gegenüber. Auf dem Tisch sah es deprimierend aus und es stank: schmutzige Teller und zerknüllte Servietten, Brotreste und leere Weingläser, und in der Mitte eine schwitzende Käseplatte. »Ich warte«, der Kommissar wippte ungeduldig mit seinem Stuhl.

Anna sah Martikka müde, verdrossen und wütend an. Seit dem letzten Mal waren noch keine zwei Jahre vergangen, und wieder saß er da und fragte ihr Löcher in den Bauch. Anna erinnerte sich, dass er letztes Mal mit seinem neuen glänzenden Ring geprotzt hatte. Der Ring steckte immer noch an seinem Finger, aber der Bauch des Kommissars hatte nahezu wieder die frühere Wölbung erreicht, was bedeutete, dass seine ernährungstherapeutische Gattin ein wenig von ihren Prinzipien hatte abrücken müssen. Anna gestand sich ein, dass ihr der Kommissar in der jetzigen, fülligeren Ausführung entschieden besser gefiel.

»Na?«

»Was ›na‹?«, sagte Anna barsch. Sie wollte nichts weiter, als das ganze vermaledeite Wochenende vergessen, mit Justus einen Abendspaziergang machen und dann nach Hause gehen, um sich *Ein Fall für zwei* anzusehen, den sie sich am vergangenen Abend aufgenommen hatte. Eigentlich erinnerte Martikka ein wenig an den pyknischen Rechtsanwalt der Krimiserie, was ihm zweifellos als Plus angerechnet werden musste.

»Warum fragst du nicht Moona? Ich meine, wenn sie wieder im Stande ist zu denken und zu sprechen«, sagte Anna. »Moona ist doch hier die Expertin. Sie kennt die ganze Truppe und weiß vermutlich sogar von allen die Geburtstage und heimlichen Verhältnisse und Eheschließungen und Scheidungen und sämtliche anderen Details. Warum fragst du nicht sie?«

»Das werde ich bestimmt noch tun«, entgegnete Martikka ruhig. »Aber erst möchte ich deine Version hören. Was weißt du über das Opfer? Was war hier eigentlich los?«

Anna schickte teilnahmsvolle Gedanken zu Moona, die in der Küche saß und von einem anderen Polizisten in die Mangel genommen wurde. Was glaubte der wohl aus dem völlig zusammengebrochenen Häufchen Unglück herausholen zu können?

Als Moona sich endlich bereit gefunden hatte, die Wohnung wieder zu betreten, war sie sofort ins Bad gestürzt und hatte sich dort verschanzt, während sich Anna nach ihrem Anruf bei der Polizei gezwungen hatte, die Treppe notdürftig zu wischen. Im Bad hatte das Wasser gerauscht, so als wären alle Hähne voll aufgedreht worden, und Moona war mit blitzblank geschrubbtem Gesicht erst herausgekommen, als die Polizei eingetroffen war und ihr den Befehl erteilt hatte.

»Was hier los war?« Anna wiederholte Martikkas Worte, allerdings ohne so viel Spott hineinlegen zu können, wie sie beabsichtigt hatte. »Nun, hier gab es eine Fete, wie man sieht.« Sie beschrieb einen weiten Bogen mit dem Arm und hätte beinah eine leere Weinflasche umgestoßen. »Oder eigentlich eine Verlängerung der offiziellen Feier. Wir haben Laura Halonens Geburtstag erst im *Rivoli* gefeiert und dann sind einige der Gäste hierher gekommen, um weiterzufeiern. That's it.«

»Aha. Wer alles?«

Anna zählte die Namen der Leute im Schnelldurchlauf auf, aber Martikka gelang es erstaunlicherweise, alle zu notieren, ohne ein einziges Mal nachzufragen.

»Du kanntest die Gastgeberin, diese Laura Halonen, anscheinend gut, wenn du bei der Feier dabei warst. Erzähl mir von ihr.«

»Was? Liest du denn keine Frauenzeitschriften?« Anna rollte mit den Augen. »Wenn du in letzter Zeit mal einen Blick reingeworfen hättest, wüsstest du von Laura alles nur Mögliche und noch ein bisschen mehr. Sagt dir wenigstens *Magische Macht* etwas?«

»Eigentlich nicht. Hört sich allerdings irgendwie bekannt an, aber ... ist das ein Film oder eine Fernsehserie? Und was die Frauenzeitschriften betrifft, die liest bei uns meine Frau, ich trage sie dann lediglich in den Müll.«

»Das sagen sie alle ...«, murmelte Anna, beschloss dann aber, sich kooperativ zu zeigen. Sie käme hier sowieso nicht weg, ehe Martikka nicht die Antworten auf seine Fragen bekommen hätte, sodass es am besten war, schnell und möglichst logisch zu handeln.

»Okay, ich erzähle«, seufzte Anna. »Was willst du genau wissen?«

»Alles.«

»Na sicher, so wie jedes Mal.« Anna kraulte Justus, der unter ihrem Stuhl lag und schnaufte, und dann begann sie, laut zu denken. Sie ging dieselben Situationen und Ereignisse noch mal durch, über die sie den ganzen Vormittag nachgegrübelt hatte. Und wieder einmal musste sie gezwungenermaßen zugeben, dass Martikka ein guter Zuhörer war. Er unterbrach sie nur wenige Male, und auch dann nur, um ein paar Details zu klären oder erstaunlich scharfsinnige Fragen zu stellen.

»Also von Anfang bis Ende eine Art Seifenoper«, konstatierte er, als Anna endlich fertig war und ein paar Schluck abgestandenes Vichywasser direkt aus der Flasche trank. »Anwesend der Ex, eine Art Managerin, der Marketingleiter des Verlages mit Gattin und ein Bursche, der für Frauenzeitschriften schreibt.«

»Und die freie Grafikerin Anna Laine«, Anna konnte schon wieder lachen. »Die Letztgenannte hat allerdings ein Alibi, denn sie ist brav nach Hause gegangen, ohne Umwege durch tausend Kneipen, und hat mit ihrem Hund und ihrer Nichte in denselben vier Wänden geschlafen. Die beiden sind doch brauchbare Zeugen, wenigstens der Hund?«

»Und außerdem ...«, fuhr Anna fort, nachdem Martikka kurz in die Küche geschaut hatte, wo Moona wie ein nasser Sack auf ihrem Stuhl hing. »Es waren noch die zwei Typen hier, die eigentlich gar nicht anwesend waren, und das ist fast das Wichtigste, finde ich.«

»Wie bitte?«

»Na, das schwarz gekleidete Paar aus dem *Rivoli*, eine echte Überraschungsnummer. Markus Palmroos und Maria Lindén – sagte man mir. Ich weiß von den beiden tatsächlich nichts weiter, als dass es ihnen gelungen ist, Laura zu Tode zu erschrecken, zumindest vorübergehend. Das Seltsamste war jedoch, dass Laura sie zur anschließenden Party hierher eingeladen hatte, sie sagte etwas in der Art, dass sie einen Punkt hinter die ganze Geschichte setzen wolle ... Allerdings sind die Typen nie erschienen, jedenfalls nicht, während wir anderen hier waren. Nein, ich meine damit nicht, dass ...«, wiegelte Anna ab, als Martikka plötzlich allzu interessiert wirkte. »Sie riefen allerdings irgendwann an und sagten, dass sie eventuell zu einem späteren Zeitpunkt kämen, oder jedenfalls einer von beiden rief an, aber ... Sorry, doch auch danach musst du Moona fragen, sie kennt die beiden. Ich weiß tatsächlich bloß die Namen und die Tatsache, dass der Mann im Rollstuhl sitzt und die Frau eine Babypuppe in einem großen Kinderwagen durch die Stadt schiebt.«

»Ähm ... eine Sache noch«, sagte Anna, als Martikka ihr endlich erlaubt hatte zu gehen und Justus sein Frauchen schon eifrig zur Tür zog. »Das ist nun allerdings ... nenn es meinetwegen Unsinn oder albernes Geschwätz, wenn du willst, aber ich bin seit jeher davon überzeugt, dass jeder Mensch in seinem Leben eine hauptsächliche Triebkraft hat, eine Kraft also, die mehr als alles andere sein Leben steuert.

Das kann zum Beispiel Liebe zu anderen Menschen oder zur Natur oder etwas anderem sein, oder Ehrgeiz, Neugier, das Streben nach Bequemlichkeit und so weiter. Verstehst du?«, wollte Anna wissen, als Martikka nur erstaunt dastand, die Arme über der Brust gekreuzt. »Sorry, die Einleitung war ein bisschen verworren, aber ich will nur sagen, dass Maria Lindén und Markus Palmroos ganz offensichtlich eine gemeinsame Triebkraft haben, die sie antreibt.«

»Und die ist?«

»Hass, blinder, pechschwarzer Hass.«

Die Türklingel schrillte bereits zum fünften Mal, aber Maria blieb trotzdem bei ihrem Entschluss, nicht zu öffnen. Wer könnte schon etwas von ihr wollen? Sie erwartete niemanden, sie bekam ja ohnehin keinen Besuch – abgesehen natürlich von Markus, der jedoch nie unaufgefordert oder ohne vorherige Ankündigung kam.

Aber der Störenfried war anscheinend entschlossen, nicht aufzugeben, und schließlich schlich Maria in den Flur und lugte durch den Spion. Ein unbekannter, großer Mann … Maria öffnete die Tür einen Spalt breit.

»Kriminalkommissar Martikka, 'n Abend.« Der Mann ließ kurz seine Dienstmarke sehen. »Kann ich einen Augenblick hereinkommen?«

Maria nickte nur und machte die Tür gerade so weit auf, dass Martikka sich seitlich hindurchschieben konnte. Sie zeigte auf das Wohnzimmer und ging hinter ihm her.

»Entschuldigen Sie einen Moment, ich bringe nur Patrik ins Schlafzimmer«, murmelte Maria, nachdem sie den Kommissar aufgefordert hatte, Platz zu nehmen.

Obwohl Anna ihn vorgewarnt hatte, schauderte es Martikka, als er sah, wie die Frau eine große Babypuppe, die im Laufgitter gesessen hatte, zärtlich auf den Arm nahm und ins benachbarte Zimmer trug. Die Frau war bestimmt schon in den Dreißigern und wirkte oberflächlich betrachtet völlig normal, aber … Martikka vermochte den Gedanken nicht zu Ende zu führen. Obwohl es für dies alles sicher irgendeine Erklärung gab, geben musste.

»Entschuldigung«, sagte die Frau wieder, nachdem sie leise die Zwischentür geschlossen und sich auf den Rand des Sessels, der am Fenster stand, gesetzt hatte. »Ist etwas passiert?«, fragte sie ganz ruhig.

»Sie kennen Laura Halonen?«, fragte Martikka und erschrak über die Veränderung, die mit dem Gesicht der Frau vor sich ging. Ihre Miene blieb weiterhin gelassen, aber in ihren Augen glomm grenzenloser, tiefer Hass. In diesem Moment glaubte Martikka zu verstehen, was Anna mit ihrem diffusen Gerede über die Triebkraft des Menschen gemeint hatte.

»Laura ...«, zischte Maria. »Ja, die kenne ich. Ist ihr möglicherweise etwas zugestoßen? Ist sie ...« Ein seltsames Leuchten trat plötzlich in ihre Augen. »Sie sind Polizist. Hoffentlich sind Sie gekommen, um mir zu erzählen, dass Laura tot ist.«

Martikka hatte sich auf vieles eingestellt, aber nicht auf das. »Warum wünschen Sie das?«, brachte er mit Mühe heraus.

»Weil es ihr recht geschähe. Nichts auf dieser Welt könnte gerechter sein. Ist Laura tot?«

»Ja, sie ist tot. Sie wurde ermordet.«

Maria zeigte keine Reaktion auf seine bewusst gewählten, direkten Worte. »Wann?«, fragte sie nur.

»Wo haben Sie die letzte Nacht verbracht?«, lautete Martikkas Gegenfrage.

»Hier natürlich. Ich bin von Lauras Fest direkt nach Hause gekommen.«

»Um welche Zeit?«

»Irgendwann kurz vor sieben.«

»Und Sie waren den ganzen Abend und die Nacht allein hier?«

»Natürlich nicht«, schnaubte Maria beleidigt. »Ich war mit Patrik hier. Ich werde schließlich mein Kind nicht im Stich lassen, meine Güte!«

Martikka kämpfte sich von dem niedrigen Sofa hoch. Ihn schauderte so sehr, dass er sich bewegen musste. Er ging in dem dunklen Zimmer herum und sah sich die Bilder und

Bücher und Ziergegenstände an, bis er um ein Haar auf eine Mickymaus-Klapper getreten wäre, die auf dem Fußboden lag.

»Aber Sie haben trotzdem im Laufe des Abends bei der Halonen angerufen«, sagte Martikka dann.

»Nein. Ich habe nirgendwo angerufen.«

»Aber ... alle anwesenden Gäste haben es gehört.«

»Ich habe nicht angerufen«, wiederholte Maria ruhig. »Vielleicht behaupten sie das, aber ich habe nicht angerufen.«

»Tja, dann ...«, begann Martikka, kam aber nicht weiter.

»Wie wurde Laura ermordet?«, unterbrach Maria ihn erregt, in den Augen jetzt den Glanz rachedurstiger Neugier.

»Ihr Schädel wurde zerschmettert«, Martikka wählte wieder bewusst einen möglichst starken Ausdruck, aber auch das schien auf die Frau keinen Eindruck zu machen.

»Wie denn?«

»Mit einer Teigrolle.«

»Einer Teigrolle?«

»Ja.«

Maria starrte ihn einen Moment verblüfft an und brach dann in ein lautes, krächzendes Lachen aus. Sie lachte so sehr, dass ihr die Tränen über die Wangen liefen und sie sich krümmen und sich den Bauch halten musste. Dann sprang sie plötzlich von ihrem Sessel auf, verschwand im Inneren der Wohnung und kehrte gleich darauf zurück, eine hölzerne Teigrolle schwenkend.

»So eine?«, schrie sie, lachte und wirbelte die Teigrolle wild über ihrem Kopf herum, einmal, zweimal, dreimal ..., bis ihr Lachen ebenso abrupt abbrach, wie es begonnen hatte. »Mit so einem Ding wurde ihr Kopf zu Brei geschlagen?«

»Nein, es war eine viel schwerere und tödlichere Waffe«, antwortete Martikka ruhig und packte ihre herumfuchtelnde Hand. Er nahm ihr die Teigrolle ab, legte sie auf den Tisch, fasste sie dann an beide Arme und führte sie wieder zu ihrem Sessel. »Sie war aus Marmor.«

Der Anfall war vorüber. Maria saß still da, die Hände kraftlos im Schoß, aber den Rücken gerade aufgerichtet, dann und wann schniefend, ihre Miene ruhig und undurchdringlich.

»Dort war spät in der Nacht irgendein Mann«, sagte sie dann überraschend. »Von hier kann man nämlich direkt in Lauras Fenster sehen, wenn man sich ein wenig hochreckt.«

»Tatsächlich ...« Martikka trat ans Fenster. »Wen haben Sie dort gesehen?« Er reckte den Hals und spähte in die obersten Fenster am Giebel des gegenüberliegenden Hauses. »Haben Sie ihn erkannt? Und sind Sie sicher, dass es wirklich ein Mann war?«

»Erkannt habe ich ihn nicht, aber es war ein Mann. Irgendwie zu groß und zu breitschultrig für eine Frau. Außerdem war er nur ganz kurz am Fenster zu sehen.«

»Um welche Uhrzeit war das?«

Maria brauchte gar nicht erst nachzudenken: »Um zehn nach eins.«

»Woher wissen Sie das so genau?«, wunderte sich Martikka.

»Weil ich zufällig auf die Uhr gesehen habe. Ich habe ja nichts weiter als Zeit. Ich schaue oft auf die Uhr und wünsche mir, dass die Zeit schneller vergehen möge.«

Martikka rieb sich verwirrt den Nacken. Maria hätte extra den Hals recken müssen, um in Halonens Wohnung sehen zu können. Hatte sie womöglich die ganze Nacht da gesessen? Hatte gespäht und spioniert, vielleicht zwischendurch nach ihrem Puppenbaby gesehen und sich dann wieder auf die Lauer gelegt? Vielleicht hatte sie noch sehr viel mehr gesehen als nur einen am Fenster vorbeihuschenden Mann.

»Warum haben Sie Laura Halonen so gehasst?«, fragte Martikka plötzlich und bekam die Antwort ebenso schnell.

»Weil sie mein Kind getötet hat.«

Teufel auch, ein totes Kind, die Babypuppe ... Es überlief Martikka eiskalt, als er die Zusammenhänge zu ahnen begann.

»Wie?«, fragte er schlicht.

»Laura hat es totgefahren. Und Patrik ist nicht mal ein Jahr alt geworden.« Maria beugte sich vor, nahm ein gerahmtes Foto vom Fensterbrett und stellte es vor Martikka auf den Tisch. »Das ist Patrik«, sagte sie mit kleiner Kinderstimme.

Jetzt gehst du aber vorsichtig vor, befahl sich Martikka und bat dann so sanft er irgend konnte: »Würden Sie mir erzählen, was eigentlich passiert ist?«

»Laura saß am Steuer und mein Mann daneben, und Patrik schlief auf der Rückbank«, begann Maria monoton und presste ihre Hände zusammen. »Laura wollte kurz vor der Kurve einen Laster überholen und ... sie starben beide.« Sie war einen Augenblick still und schrie dann mit brechender Stimme: »Sie starben beide, aber Laura blieb am Leben und kam davon! Sie tötete meinen Mann und meinen Sohn, blieb aber selbst am Leben! Sie ...«

Maria drückte die Hände aufs Gesicht, aber es war kein Weinen zu hören. Die Stille dröhnte in Martikkas Ohren. Er betrachtete erschüttert das lachende braunäugige Baby auf dem Foto und versuchte sich in die Situation hineinzuversetzen, obwohl er wusste, dass er dazu nie fähig sein würde.

»Laura ist ... Laura war eigentlich meine Schwägerin«, sagte Maria plötzlich, die Hände immer noch vor dem Gesicht. »Mein Mann war ihr Bruder.«

»Verstehe«, sagte Martikka und dachte, dass wohl kaum je ein einzelnes Wort so hohl geklungen hatte. »Wie ... wie lange ist das Unglück her?« Er musste trotzdem weitermachen.

»Fünf Jahre und einen Tag.« Maria hatte die Hände wieder in den Schoß gelegt und lehnte mit leeren Augen in ihrem Sessel. »Es geschah an dem Tag, an dem Laura fünfunddreißig wurde. Mein Mann und Patrik waren über das Wochenende auf dem Land gewesen, und Laura fuhr hin, um sie abzuholen, weil unser Auto irgendeinen Defekt hatte. Vorher hatte Laura ausgiebig zu Mittag gegessen und auch etwas getrunken, aber die Promille reichten angeblich nicht für ein Strafverfahren. Laura hat sich nie verantworten müssen – für den Mord an zwei Menschen.«

Martikka studierte die Namens- und Adressenliste. Überraschend praktisch: Alle Personen wohnten in der Nähe und waren zu Fuß zu erreichen – mit Ausnahme des Ehepaares Halme, das in Lauttasaari wohnte. Er beschloss, sein Auto vorläufig auf dem Hof von Halonens Haus in der Uudenmannkatu stehen zu lassen und machte sich zu Fuß auf den Weg in die nahe Iso Roobertinkatu.

Martikka blieb vor einem grauen Haus stehen und gestattete sich ein wenig Nostalgie, obwohl sie hauptsächlich schmerzhafte Erinnerungen in ihm wachrief. In diesem Haus hatte er einst unmittelbar nach seiner Scheidung gewohnt, in einer kleinen Einzimmerwohnung, die kaum genügend Platz für den Wochenendbesuch von drei Kindern geboten hatte. Aber mindestens eine gute Seite hatte die Enge gehabt: Man konnte Berührungen nicht ausweichen, man war gezwungen, nah beieinander zu sein.

Die Straße hatte sich seit jener Zeit völlig verändert. Das Stück Fußgängerboulevard hatte mitteleuropäisches Flair hineinbringen sollen, aber Martikka fand, dass die Veränderung künstlich wirkte. In den verrückten Jahren des Wirtschaftsbooms hatten dann die Banken all jene Räume erobert, die ursprünglich für kleine Geschäfte vorgesehen waren. Als Folge der Rezession hatten wieder viele Läden leer gestanden, aber inzwischen hatte sich die Straße belebt, es gab Modegeschäfte, Restaurants und vieles mehr. Trotzdem sehnte sich Martikka nach den früheren schäbigen kleinen Läden und dem ganzen Leben und Treiben zurück, sogar nach dem Verkehrslärm. Er fand, dass die Finnen einfach kein Volk für Fußgängerstraßen waren.

Ob so ein Laden seinen Mann ernährt? grübelte er, während er das Schaufenster von Karri Mäntynens Antiquariat betrachtete. Nun, vielleicht kommt das Geld ja aus einer anderen Quelle, sagte er sich, ging durch den Torweg auf den Hof und betrat das Haus. Der Namenstafel zufolge wohnte Mäntynen in der zweiten Etage, genau über Martikkas früherer Einzimmerwohnung.

Interessant ..., dachte Martikka, während er schnaufend die Treppo hochstieg. Einen Fahrstuhl gab es nicht im Haus, dafür reichte der Platz auch gar nicht aus.

Der Farbgeruch, der bereits im Erdgeschoss spürbar gewesen war, verstärkte sich, als ein Mann in ausgebleichten Jeans und bekleckstem weißem T-Shirt die Tür öffnete. Der Fußboden des leeren, schmalen Flurs war mit Zeitungspapier ausgelegt, der dicke Farbroller steckte in einem blechernen Gurkenfass, das neben dem Farbeimer stand.

»Karri Mäntynen?«

Der Mann nickte und sah nur flüchtig auf die Dienstmarke, er ließ Martikka ein und warnte ihn, die Wand nicht zu berühren.

»Ich renoviere gerade ein bisschen«, erklärte er. »Eigentlich steht sogar ein Muss dahinter, der uralte Geschirrspüler ist neulich in Brand geraten. Stell dir vor, ich habe ihn seit mindestens zwei Jahren gar nicht benutzt, aber der Netzstecker war nicht rausgezogen. Da hat er sich dann irgendwie selbst entzündet, ein Kurzschluss oder so was. Zum Glück war ich gerade unten im Laden, und es hat auch gar nicht richtig gebrannt, aber Schäden sind trotzdem entstanden. Überall haben sich Rauch und Ruß festgesetzt, sodass ich beschlossen habe, gleich die ganze Bude neu anzupinseln. Bei den paar Quadratmetern ist das ja keine große Sache. Die Wand hier im Flur kriegt schwarz-weiße Streifen. Ich mag seit jeher Zebras und ...«

Martikka hörte sich den Wortschwall verwundert an. Ein Polizist kommt plötzlich zur Tür herein, und der Mann fragt nicht mal nach dem Grund. Es sei denn, er hat den Besuch erwartet.

»Willst du gar nicht wissen, warum ich hier bin?«, fragte Martikka, nachdem er mit einem raschen Blick festgestellt hatte, dass sich die Aussicht hinter dem Fenster nicht geändert hatte. In vielen Häusern im Stadtzentrum waren die öden Asphalthöfe schon vor langer Zeit in freundliche grüne Oasen verwandelt worden, aber hier durfte man nach wie vor auf die verwitterte schmutzige Wand des gegenüberliegenden Hofgebäudes starren.

»Klar ... entschuldige.«

Karri räumte ein zerfleddertes Taschenbuch vom Stuhl, legte es auf den Tisch und setzte sich.

»Es geht um deine ehemalige Frau, Laura Halonen«, sagte Martikka. Aus irgendeinem Grunde schien es ihm natürlich, diesen locker und leger wirkenden Mann zu duzen, anders als vorhin die Madonna in der Sinebrychoffinkatu.

Während Martikka kurz berichtete, was geschehen war, stand Karri auf und holte sich eine bereits geöffnete Bierflasche aus der Kochnische. Er sah verwirrt aus.

»Was soll ich sagen?«, seufzte er und fuhr sich durch sein langes dichtes Haar. »Es ist natürlich unbegreiflich und schrecklich ... dass Laura ... aber es ist schon so lange her ...«

»Was?«

»Alles ...« Karri strich sich die Haare hinter die Ohren, doch sie fielen ihm sofort wieder über die Wangen. »Wir haben uns schon vor Jahren getrennt. Wir hatten geheiratet, als wir fast noch Kinder waren. Wir haben es sieben Jahre zusammen ausgehalten und dann war Schluss.«

»Warum?«

»Warum wir uns getrennt haben?« Karri sah Martikka ärgerlich an. »Entschuldige, aber was hat der Grund unserer Trennung mit Lauras Tod zu tun?«

»Ich weiß es nicht«, sagte Martikka. »Vielleicht gar nichts. Ich frage nur.«

»Nun, warum trennen sich die Leute?«, fuhr Karri trotzdem fort. »Sie haben von Anfang an nicht zusammengepasst oder aufgehört sich zu lieben oder sie streiten sich ums Geld oder einer der beiden lernt jemand anderen kennen beziehungsweise im besten Falle beide, wenn es ihnen langweilig wird, miteinander zu schlafen. Das heißt, nein, sie entwickeln sich natürlich auseinander, so sagt man ja heute.« Karri zog eine Grimasse. »Genau so, wir haben uns auseinander entwickelt.«

»Nun, zumindest der äußere Rahmen, in dem ihr lebt, könnte unterschiedlicher nicht sein«, sagte Martikka mit einem trockenen Lachen. »Diese ganze Bude hier würde mehr oder weniger in Halonens Wohnzimmer Platz finden.«

»Und ich sehne mich nicht einmal dorthin zurück«, erwiderte Karri, »ich bin verdammt viel lieber hier oder unten in meinem Laden, als dass ich dort in der Protzwohnung wie ein ausgestopfter Mops in der Sofaecke sitze.«

»Stimmt, du hast deinen Laden. Der schien mir recht interessant zu sein«, fügte Martikka mehr aus Höflichkeit hinzu. »Wie läuft er übrigens?«, diese Frage musste er einfach stellen.

»Unterschiedlich, aber ich komme zurecht, wenn ich zwischendurch mal in der Schule einspringe. Ich bin eigentlich Grundschullehrer, spezialisiert auf Beobachtungsklassen«, erklärte er. »Ich mache ab und zu Vertretungen, aber das Antiquariat ist tatsächlich mein eigentlicher Broterwerb – im Grunde genommen meine einzige wirkliche Liebe und Leidenschaft.«

Wenn das mal stimmt, überlegte Martikka, allerdings hatte der Mann bei dieser Aussage so ehrlich gewirkt, dass sie vielleicht der Wahrheit entsprach.

»Trotzdem hattet ihr anscheinend noch Gemeinsamkeiten, schließlich warst du gestern ebenfalls auf dem Fest, das so traurig endete«, sagte Martikka. »Warst du dort den alten Erinnerungen zuliebe?«

»So kann man es auch nennen«, gab Karri zu. »Ich bin hingegangen, weil Laura mich darum gebeten hatte. Sie kam vor einiger Zeit her, brachte mir ihr Buch und lud mich bei der Gelegenheit ein. Ehrlich gesagt, war ich auch ein bisschen neugierig. Laura versteht … verstand es immer, Feste zu feiern, und mich interessierte, welche Art Party sie in ihrer neuen Rolle als Schriftstellerin auf die Beine stellen würde.«

»Und, war sie anders als frühere?«

»Allerdings – sogar sehr viel anders.« Karri zündete seine

Pfeife an, die er schon vor einer Weile gestopft hatte. »Natürlich war Laura der strahlende Mittelpunkt, so wie immer, aber irgendwie war das alles so … bemitleidenswert.«

»Bemitleidenswert? In welcher Weise?«

»Ich kann es nicht richtig erklären … Laura war nicht … sie selbst! Und natürlich wirkte sich auch das Erscheinen von Maria und Palmroos aus. Ich kann nur ahnen, welche Belastung der Unfall all die Jahre für Laura gewesen ist. Ich habe mich oft gefragt, wie sie es überhaupt fertig bringt … fertig brachte, mit dieser Bürde zu leben. Du hast wohl von dem Unglück gehört?«, vergewisserte er sich und fuhr fort, als Martikka nickte: »Irgendwie hatte ich den Eindruck, dass Laura ihre Firma letztlich nur deshalb verkauft und anschließend etwas ganz anderes gemacht hat, weil sie die Vergangenheit abschütteln wollte, so als hätte sie gehofft, dadurch auch ein neuer Mensch zu werden. Allerdings hätte sie ein anderes Gebiet als ausgerechnet das Schreiben wählen sollen. Das Buch ist, offen gesagt, richtige Scheiße, aber das ist natürlich nur meine unmaßgebliche Meinung«, er lachte. »Es hat sich zumindest gut verkauft, hielt sich den ganzen Herbst auf den Spitzenplätzen der Bestsellerliste und kletterte vor Weihnachten noch einmal auf Platz drei.«

»Kommen wir nun zum gestrigen Abend«, sagte Martikka und bemerkte, wie der andere sofort erstarrte. »Um welche Zeit bist du von der Party aufgebrochen – und wohin?«

»Warte mal …« Karri sog nachdenklich an seiner Pfeife. »Ich bin ziemlich bald aufgebrochen, nachdem es uns gelungen war, Laura nach einem hysterischen Weinkrampf ein wenig zu beruhigen. Wie spät kann es da gewesen sein? Vielleicht halb zwölf. Jedenfalls war ich der Vorletzte. Tero Tuomela blieb noch da.«

»Und du bist direkt nach Hause gegangen«, konstatierte Martikka mehr der Form halber.

»Nein, durchaus nicht. Ich habe noch einen Drink an der Ecke Uuudenmaan- und Annankatu genommen und bin dann in meinen Laden gegangen. Hier in der Wohnung halte ich mich wegen der Unordnung und dem Farbgeruch nicht gerne auf, also habe ich mir unten im Hinterzimmer *Gilda* angesehen, sicher zum hundertsten Mal, und dann habe ich mich schlafen gelegt. Ich habe unten eine alte Klappcouch und außerdem sehr viel bessere technische Geräte als hier«, fügte er entschuldigend hinzu.

Dazu ist allerdings nicht viel nötig, dachte Martikka, als er den mit Folie abgedeckten Fernseher in der Ecke sah, ein Ungetüm auf Füßen, das noch aus den Sechzigerjahren stammte und hier vielleicht nur aus Pietät seinen Platz behalten hatte. Oder es war inzwischen schon ein Sammelobjekt und hatte Seltenheitswert.

»Und du hast natürlich später nicht noch einmal in der Uudenmaankatu reingeschaut«, sagte Martikka und musterte Karri. Eine große und breitschultrige Gestalt, hatte Maria gesagt ... Die Beschreibung passte genau auf Karri.

»Natürlich nicht. Warum hätte ich das tun sollen? Übrigens, weiß Maria schon von Laura?«, fragte Karri, und als Martikka erzählte, dass er gerade von dort komme, seufzte Karri kopfschüttelnd. »Schrecklich, das zu sagen, aber Lauras Tod ist für sie bestimmt eine Erleichterung.«

Eine Erleichterung? rief Martikka im Stillen. Die Frau jubelt geradezu darüber.

»Wir waren nicht mehr verheiratet, als das Unglück geschah«, sagte Karri, erneut seine Pfeife anzündend. »Aber es wurde ausgiebig in der Sensationspresse durchgehechelt. Ob das Unglück allein Lauras Schuld war und wie viel sie möglicherweise getrunken hatte oder ob überhaupt und so weiter, die üblichen Schlagzeilen. Strafrechtliche Konsequenzen gab es jedoch nicht, obwohl es ja alles in allem ein furchtbar tragisches Ereignis war, zwei Tote und eine dritte Person für den Rest ihres Lebens Invalide.«

»Invalide?« Martikka erschrak. »Wer?«

»Ach, das wusstest du wohl gar nicht?«, sagte Karri erstaunt. »Der Fahrer des entgegenkommenden Wagens überlebte knapp, war aber von der Hüfte abwärts gelähmt.«

Martikka ahnte den Namen, noch ehe Karri hinzufügen konnte: »Das Opfer war Markus Palmroos.«

Ilkka hatte zwei lange Spaziergänge mit dem Hund gemacht. Den ersten gleich nach dem Frühstück, da hatte er ganz Lauttasaari umrundet, war im Segelhafen gewesen, um nach dem Boot zu sehen, und hatte, wie es seine Gewohnheit war, die Enten, die dort an einer seichten Stelle überwinterten, mit trockenem Brot gefüttert. Danach hatte er den Hund nach Hause gebracht und war sofort in die Firma gefahren. Er hatte dort eine Zeit lang Papiere von einem Stapel auf den anderen gelegt und war schließlich zu McDonald's gegangen, um zwei doppelte Cheeseburger zu essen.

Als er nach Hause gekommen war, hatte er sich in seinem Arbeitszimmer eingeschlossen, hatte den ersten Akt von *Tosca* mit Maria Callas gehört und anschließend zu schlafen versucht, und als ihm das nicht gelang, war er erneut mit dem Hund hinausgegangen. Es war schon dunkel gewesen. Er war durch die Straßen gewandert, hatte sich im Zeitungsladen des Einkaufszentrums Pastillen gekauft und dann beschlossen, nach Hause zu gehen, denn irgendwann musste es ja sowieso sein.

Ilkka entdeckte den Mann, sowie er sich dem Haus näherte. Der Mann stand mit dem Rücken zum Wohnzimmerfenster, das die ganze Wand einnahm, und er schien Kirsti etwas zu erklären. Sie saß steif auf der Stuhlkante, in einem beigen Pullover und einem karierten Plisseerock, die Beine gerade nebeneinander, und spielte mit ihrer Perlenkette. Die ganze Szene wirkte irgendwie gekünstelt und äußerst verkrampft.

»Komm, Dani, wir gehen nach Hause.« Ilkka zog an der Leine des fülligen Golden Retriever. Er hörte nie auf, sich zu wundern, dass Kirsti in ihrem von Frauen dominierten Haushalt ein männliches Tier akzeptiert hatte, allerdings nur unter der Bedingung, dass auch sein Name mit D beginnen sollte. Und fest stand, dass jemand den Hund heimlich fütterte, denn er nahm partout nicht ab, auch wenn man von morgens bis abends mit ihm draußen herumlief.

Ilkka hatte kaum die Haustür geöffnet, als Dora aus der Küche lugte und den Finger auf die Lippen legte. Sie schien dort heimlich zu lauschen, nun, sollte sie, Ilkka hatte keine

Lust, sich darum zu kümmern. Er hängte seine Jacke auf, nahm dem Hund die Leine ab und trat ins Wohnzimmer.

»Laura ist tot!«, verkündete Kirsti mit roten Flecken auf den Wangen, ehe der große Mann zu Ilkka treten, ihm die Hand geben und sich vorstellen konnte.

»Es tut mir Leid, dass ...«, begann Martikka, aber Kirsti ließ sich nicht stören: »Laura wurde erschlagen. Der Kopf zerschmettert mit der Teigrolle, die du ihr geschenkt hattest, stell dir vor.« Ihr Lachen klang eher wie das schrille Kreischen vor einem Weinkrampf.

Martikka hatte immer gewusst, dass auch ein ausgewachsener Mann unter Umständen in Ohnmacht fallen kann, und hier schien er einen solchen Kandidaten vor sich zu haben. Er sah, wie Ilkka heftig atmend zurückwich, bis er gegen einen Stuhl stieß und darauf niedersank.

»Großer Gott ... was sagt ihr da?«, keuchte Ilkka und zerrte am Kragen seines Polohemdes. »Wer hat das getan?«

»Das weiß man noch nicht, aber ich habe dem Kommissar schon erzählt, dass wir absolut nichts mit der Sache zu tun haben, auch wenn wir zufällig auf dem Fest gewesen sind«, erklärte Kirsti mit lauter Stimme. »Ich habe gesagt, dass ...«

»Ihre Meinung habe ich schon gehört«, unterbrach Martikka sie seinerseits, freundlich, aber bestimmt. »Ich muss mich jetzt mit Ihrem Mann unterhalten.«

»Dann werde ich mal neuen Kaffee kochen ...«, sagte Kirsti geschäftig und nahm die fast volle Kanne mit hinaus. Martikka sah, wie im selben Moment aus einer anderen Tür ein junges Mädchen schlüpfte und die Treppe hinauflief. Die heimlichen Ohren des Hauses ...

»Könnten Sie mir jetzt erzählen ...«, begann Ilkka, nachdem Kirsti die Küchentür hinter sich geschlossen hatte. Er versuchte, seinen normalen Ton anzuschlagen, den Ton eines Mannes, der zu befehlen und zu führen gewohnt war, aber es gelang ihm nur mehr recht als schlecht. Er schlug ein Bein über das andere, stellte die Beine wieder nebeneinander, strich sich durchs Haar und begann dann, seine Brille zu putzen.

»Nein. Sie erzählen.«

Aus der Küche war das Rauschen von Wasser und das Klappern von Geschirr zu hören, aber im Wohnzimmer war es lange Zeit ganz still. Martikka ging langsam auf und ab und blieb erst stehen, als Ilkka sich räusperte.

»Ich ...«, erneutes Räuspern, »ich habe Laura geliebt. Das wollten Sie ja hören.«

»Unter anderem, allerdings möchte ich noch sehr viel mehr hören. Aber beginnen wir gern bei der Halonen. Was meinen Sie, wusste Ihre Frau von der Beziehung?« Martikka kam gar nicht erst auf die Idee, es könnte sich möglicherweise um eine romantische und einseitige platonische Liebe gehandelt haben.

»Ich weiß nicht, aber ich glaube nicht. Ich bin immer sehr viel unterwegs gewesen, und wir führen beide weitgehend unser eigenes Leben. Nach zwanzig Jahren klebt man nicht mehr so aneinander wie in Teenagerzeiten«, Ilkka lachte und räusperte sich gleich darauf. »Vielleicht ahnte sie etwas ... ich weiß es nicht. Hat sie irgendetwas zu Ihnen gesagt?«

»In der Tat, viel sogar. Sie hat unter anderem gesagt, dass die Ehe Sie beide ungewöhnlich stark aneinander geschweißt hat und trotzdem tolerant ist. Jeder von Ihnen hat zwar seine eigenen Verpflichtungen und Interessengebiete, aber das Zusammenspiel klappt tadellos.«

Ilkka zuckte nur die Achseln, setzte seine Brille auf und trat an den Barschrank. Er goss sich einen Whisky ein und versäumte, Martikka wenigstens der Form halber ebenfalls einen anzubieten.

»Allerdings hat sie auch zugegeben, dass ihr Frauen wie Laura Halonen unangenehm, wenn nicht sogar zuwider sind«, fuhr Martikka fort. »Sie hat zugegeben, dass sie deshalb nicht recht um Lauras Tod trauern kann – außer in dem Maße, wie es der Anstand verlangt.«

»Ich weiß«, sagte Ilkka. »Der Anstand war für Kirsti stets der Leitfaden ihres Lebens. Sie kennen ja das System: Die Fassade bleibt aufrecht und glänzend, auch wenn dahinter die Messer gewetzt werden ...«

Der Anstand war also die Triebkraft in Kirsti Halmes Leben, Martikka bedankte sich im Geiste bei Anna. »Würden

Sie mir jetzt bitte von gestern erzählen. Alles, und am besten in der zeitlichen Reihenfolge.«

Als er eine halbe Stunde später das Ziegelhaus verlassen hatte, in dem, wenn es nach der Werbung ginge, eine glückliche Familie hätte wohnen müssen, tippte er auf dem Handy die Nummer von Markus Palmroos ein. Er bekam keine Antwort und hatte eigentlich auch gar nicht damit gerechnet.

Es war schon spät und der Besuch bei Palmroos ließe sich ebenso gut auch am nächsten Tag erledigen, desgleichen der bei Tero Tuomela und Moona Lahti.

Außerdem war sonnenklar, dass er zumindest Palmroos nicht würde überraschen können. Er hätte wetten mögen, dass Maria Lindén den Mann sofort nach seinem Besuch angerufen hatte.

Martikka hatte nur teilweise Recht, denn Maria rief viel später an. Sie musste erst dasitzen und nachdenken und alles in ihrem Kopf ordnen. Vor allem musste sie sich zur Ruhe zwingen.

Markus antwortete weder am Telefon noch auf seinem Handy. Maria wurde erneut unruhig. Was sollte sie nur heute Abend machen? Und morgen und übermorgen und kommende Woche und nächsten Monat und …? Aber dann hatte sie eine Idee. Sie nahm ihren Mantel vom Haken und trat ins Schlafzimmer, um Patrik zu erzählen, dass sie ausgehen wolle.

»Mama bleibt nicht lange. Mama ist bald wieder hier und dann machen wir beide schön heia.«

Maria hatte richtig vermutet. Sie erkannte den Mann im Rollstuhl am Rande der Eislaufbahn schon von weitem. Die Zigarre qualmte, während er die kunstvollen Figuren des zierlichen Mädchens, das übers Eis eilte, beobachtete.

»Hei.« Markus sah auf, als Maria an den Rollstuhl getreten war, und wandte sich dann wieder der Eisbahn zu. »Was treibt dich denn hierher?«

»Laura.«

Markus sagte nichts, auch dann nicht, als Maria ihm vom Besuch des Polizisten berichtete. Er saß nur da und starrte, die Zigarre zwischen den Zähnen, aufs Eis. Die kleine Eiskunstläuferin blieb plötzlich stehen, machte ein paar Drehungen und kam dann an den Rand gelaufen. Die Kufen knirschten, als sie vor dem Rollstuhl Halt machte.

»Hei, Maria. Wir fandest du es, Papa? Soll ich noch weitermachen?« Als Markus sie darauf hinwies, dass das Licht auf dem Platz in zehn Minuten gelöscht würde, lief sie wieder auf die Bahn.

»Janna hat erstaunliche Fortschritte gemacht«, bemerkte Maria, nur um etwas zu sagen, aber der Mann zuckte nur die Achseln und sprach immer noch nicht.

»Wer hat es getan?«, fragte Maria schließlich leise, als das Schweigen kein Ende nehmen wollte. »Du?«

»Ha!« Markus lachte bitter. »Ich soll die Treppe hochgerannt sein, der Frau den Schädel zertrümmert haben und hinterher vielleicht noch eine Ehrenrunde gelaufen sein, ja?«

»Man gelangt auch mit dem Fahrstuhl hinauf«, bemerkte Maria trocken und fügte, erschrocken über seinen wütenden Blick, eilig hinzu: »Entschuldige ... und ich würde dir auch keine Vorwürfe machen, wenn ...« Sie hockte sich neben den Rollstuhl und legte den Kopf in den Schoß des Mannes. »Mir ist so eigenartig zu Mute und ich kann das Gefühl nicht einmal erklären. Wir müssten Lauras Tod eigentlich feiern, und trotzdem ist es, als ob ... so als ob sich nichts wirklich geändert hätte.«

»So ist es.« Markus streichelte ihre Wange. »Der Hass ist leider eine unerschöpfliche Ressource, er versiegt nie, auch wenn das Objekt stirbt.«

»Weißt du was?«, sagte Maria leise. »Als der Polizist gegangen war, dachte ich an Patrik ... ich meine, den Puppen-Patrik. Ich dachte daran, dass ich ihn jetzt ja nicht mehr brauche, ich muss Laura nicht mehr erschrecken und nichts ... Und dann begriff ich plötzlich, dass ich inzwischen richtig an ihm hänge.« Maria hob den Kopf und sah Markus in die Augen. »Ich kann Patrik unmöglich wegwerfen, ihn nicht mal in irgendeine Sammlung geben. Weißt du, er ist für mich zu einem lebenden Baby geworden ... und ich fürchte ... fürchte, dass ich wirklich den Verstand verliere.«

Montag, 20. Januar

Kirsti Halme wich auch am Montagmorgen nicht von ihrer Alltagsroutine ab. Im Gegenteil, sie fand, je mehr die Welt ringsum aus den Fugen geriet, desto wichtiger war es, an seinem vertrauten Rhythmus festzuhalten. Sie stand um Punkt sieben Uhr mit dem Signal des Radioweckers auf, reckte sich eine Weile, ging ins Bad und spülte sich das Gesicht mit kaltem Wasser ab, dann kämmte sie sich und ging in die Küche, um das Frühstück zu machen.

Wie immer hatte Kirsti den Tisch schon am Vorabend fertig gedeckt. Sie schaltete die Kaffeemaschine ein, schnitt Brot und stellte eine Packung Müsli sowie Joghurtbecher, Saft, Brotaufstrich, Käse, Leberpastete und eine Gurke auf den Tisch – alles in derselben Reihenfolge, jetzt und in alle Ewigkeit, Amen. Dabei würde ohnehin niemand Zeit haben, sich an den Tisch zu setzen und in Ruhe zu essen. Glückliche, am Frühstückstisch miteinander plaudernde und lachende Familien gab es tatsächlich nur in der Werbung.

Ein Wunder, dass meine Fußspuren nicht längst Dellen zurückgelassen haben, sagte sich Kirsti, nachdem sie noch den Wasserkocher für den Tee gefüllt hatte. Dann ging sie nach oben, um die Mädchen zu wecken. Im Hausflur machte sie eine Ausnahme von ihrer Routine, sie ließ die Tageszeitung unter dem Briefschlitz liegen. Sie mochte absolut nichts lesen, jedenfalls noch nicht …

Ich handle wie ein Roboter, weil ich es tun muss, sagte sich Kirsti, während sie Türen öffnete und die Mädchen weckte, eifrig unterstützt von Dani. Der Hund sprang von einem Bett ins andere, zog mit den Zähnen die Decke herunter und bekam so das verschlafene und gereizte Trio auf die Beine.

Kirsti ging wieder nach unten in die Küche und goss sich Saft und eine Tasse Kaffee ein. Es tat gut und gab Geborgenheit, einfach nur dazusitzen und auf die vertrauten morgendlichen Geräusche zu hören, das Gezänk der Mädchen und das Knallen der Türen, die Diskussion, wer zuerst ins Bad durfte und wer dran war, mit dem Hund rauszugehen, und das Gezeter über verschwundene Jeans. Dina kam, machte sich in aller Eile ein Käsebrot fertig und verschwand sofort wieder, und Dalia führte mit finsterer Miene den Hund hinaus, aber von Dora war nichts zu sehen und zu hören.

Kirsti ging nach oben. Sie konnte jetzt keinen zusätzlichen Ärger ertragen, zumindest keine launischen Mädchen im Pubertätsalter.

»Ich gehe nicht in die Schule«, erklärte Dora, die sich die Decke über die Ohren gezogen hatte. »Ich hab gerade gemerkt, dass ich Magenschmerzen hab. Ich muss mich bestimmt gleich übergeben.«

»Das zieht nicht mehr.« Kirsti riss ihr die Decke weg. Dora lag vollständig bekleidet im Bett, nur die Schuhe fehlten. »Was soll das Theater?«

»Ich hab doch gesagt, ich muss mich gleich übergeben«, wiederholte das Mädchen, den Kopf ins Kissen gedrückt. »Ich kann nicht in die Schule gehen. Lass mich in Ruhe, ich fühle mich sowieso schon mies genug.«

»Woher kommt denn die Übelkeit so plötzlich?«, fragte Kirsti der Form halber. Diese Krankheiten kannte sie, die hatten schon vor mehr als zehn Jahren begonnen, als Dina in die erste Klasse gegangen war.

»Ach Scheiße! Willst du es wirklich wissen?« Dora richtete sich mit einem Ruck auf und starrte ihre Mutter mit loderndem Blick an. Kirsti wich entsetzt zurück, die Decke immer noch in Händen. Nichts brachte sie so leicht aus der Fassung wie das Fluchen der Mädchen.

»Ich will mir nicht das ganze Gelaber anhören«, sagte Dora dann viel sanfter. Ohne ihre übliche starke Schminke sah sie plötzlich fast wie ein Kind aus, wie sie da kläglich mit hängenden Schultern hockte.

»Was ... also was willst du nicht hören?« Der Bettbezug knisterte in Kirstis feuchten Fingern.

»Den ganzen Scheiß über Laura. Davon reden sie sowieso alle, weil die Meldung bestimmt schon in der Zeitung gestanden hat. Und alle wissen doch ...« Dora sah ihre Mutter an.

»Was denn?« Ein Kloß war Kirsti in die Kehle gestiegen.

»Na, dass Vater die ganze Sache lanciert hat, das Buch und alles ...«

»Ja, aber du liebe Zeit!«, rief Kirsti erleichtert. »Das hat überhaupt keine Bedeutung. Vater vertritt nur Lauras Verlag.«

»Vertritt, ja?« Die Frage blieb in der Luft hängen. Schließlich stand Dora lustlos auf und erklärte, dass sie doch in die Schule gehen würde – vielleicht: »Geh weg, ich will mich in Ruhe schminken.«

Kirsti tat ihr den Gefallen. Sie kehrte in die Küche zurück und kippte den kalt gewordenen Kaffee in den Ausguss, mochte sich aber keinen neuen einschenken. Sie saß nur da, mit der leeren Tasse vor sich, horchte auf die Geräusche von oben und rief ein kraftloses »Hei«, als Dora endlich heruntergepoltert kam und in die Schule – oder zumindest nach draußen – ging.

Einen Augenblick später trat Ilkka aus dem Kaminzimmer, wo er sich am vergangenen Abend eingeschlossen hatte, unmittelbar nachdem Martikka gegangen war.

»Ich fahre zur Arbeit«, er kam an die Tür, im Mantel und mit dem Aktenkoffer in der Hand.

»Gut.« Kirsti zuckte die Achseln. Was hätte sie sonst sagen sollen? Sie dachte unbestimmt, dass dies vielleicht das letzte Wort war, das sie an ihren Ehemann gerichtet hatte.

Als Ilkka den Wagen aus der Garage gefahren und das Grundstück verlassen hatte, griff Kirsti langsam nach der großen weißen Frühstückstasse und schleuderte sie an die Fliesen über der Spüle. Zum Glück war die Tasse leer, dachte sie sogleich praktisch und machte sich daran, die Scherben aufzusammeln.

»Natürlich war es ziemlich kindisch, auf diese Art auf dem Geburtstag aufzutauchen, aber andererseits war die Idee auch wieder so verlockend, dass es schade gewesen wäre, sie nicht in die Tat umzusetzen, genau das habe ich auch zu Maria gesagt.« Markus Palmroos lächelte zum ersten Mal, seit er Martikka vor einigen Augenblicken die Tür geöffnet hatte. »Sie brauchte mich wirklich kaum zu überreden. Aber um ganz ehrlich zu sein, habe ich vor allem aus Mitleid eingewilligt.«

»Mitleid mit Maria?«

»Ja.« Das Lächeln war aus dem Gesicht des Mannes verschwunden. »Maria hat es in den letzten fünf Jahren so verdammt schwer gehabt, und ich bin keineswegs sicher, ob sie jemals ganz über das Unglück hinwegkommen wird, obwohl es schon so lange zurückliegt. Manchmal scheint mir ... wissen Sie, mir scheint, als ob sie eigentlich gar nicht darüber hinwegkommen will. Es war erschütternd zu beobachten, wie sie nach und nach alles aufgegeben hat, die Freunde, den Arbeitsplatz, all diese alltäglichen Dinge, die dem Menschen helfen, trotz allem, was ihm widerfahren ist, weiterzuleben. Im Grunde genommen ist alles Unwirkliche für Maria wirklich geworden, falls Sie verstehen, was ich meine.«

»Ich verstehe«, sagte Martikka. »Falls Sie zum Beispiel meinen, dass aus einer Puppe ein Kind geworden ist.«

»Ganz recht«, Palmroos seufzte. »Auch das sollte ursprünglich nur eine Art makabres Spiel sein. Voriges Jahr gegen Ende des Sommers hat Maria die Puppe zufällig in einem Laden gesehen und sie gekauft, weil sie angeblich so große Ähnlichkeit mit ihrem toten Baby hatte. Dann fand sie auf dem Flohmarkt einen Kinderwagen – und das Arrangement war fertig. Sie erklärte, dass sie dafür sorgen wolle, dass Laura nie vergisst, und so hat sie sie dann systematisch provoziert, hat den Kinderwagen durch die Straßen geschoben, mit der Puppe vor Lauras Haustür gewartet, ist ihr in den Laden gefolgt ...«

»Und hat anonym bei ihr angerufen«, fügte Martikka hinzu, aber Palmroos sagte, davon wisse er nichts: »Maria wollte ja immer, dass Laura sie *sieht.*«

»Ich kann nicht einmal genau sagen, wann all das für Maria zur Realität wurde«, fuhr Palmroos fort, »aber heute behandelt sie die Puppe wie ein lebendiges Kind, spricht mit ihr, wechselt die Windeln und kauft Babynahrung.«

»Und Sie haben sich in keiner Weise eingemischt?«

»Warum hätte ich das tun sollen?« Palmroos rollte zu einem ovalen Rauchtisch aus Messing und bot seinem Gast aus einer großen, mit Holzschnitzereien verzierten Kiste eine Zigarre an. »Möchten Sie?« Als Martikka dankend ablehnte, schnitt er sich selbst eine Zigarre zurecht und zündete sie an. »Ich finde, jeder hat letztlich das Recht, sein Leben so zu führen, wie er es für richtig hält, Hauptsache, er schadet anderen nicht. Maria stellt ja für niemanden eine wirkliche Gefahr dar.«

»Nein?«

Palmroos lächelte leicht, als er Martikka ansah. »Sie denken vielleicht, dass Maria Laura Halonen getötet hat, aber ist das nicht alles zu offenkundig und durchschaubar?«

»Wieso?«

»Wenn sie Laura hätte töten wollen, dann hätte sie das schon vor fünf Jahren getan. Zu Marias Charakter passt es besser, den anderen ständig zu quälen, ihn in den Wahnsinn zu treiben – oder nennen Sie es, wie Sie wollen. Und wenn Laura von Marias Puppenspielen zusätzliches Herzklopfen bekommen hat, was ist schon dabei? Warum hätte ich um einen Menschen besorgt sein sollen, dessen Fahrlässigkeit mich für den Rest meines Lebens in den Rollstuhl verbannt hat?«

»Nun ... Sie scheinen immerhin besser klargekommen zu sein als Maria Lindén.« Martikka fühlte sich nicht wohl, als er das sagte.

»Besser?«, fauchte Palmroos spöttisch. »Ich komme in der Tat ausgezeichnet klar mit diesem rasenden Ungetüm, und die Modelle werden ja ständig weiterentwickelt, sodass das Tempo immer schneller wird. Die Spitzengeschwindigkeit beim jetzigen dürfte ungefähr ...«

»Entschuldigen Sie. Ich weiß natürlich, wie ...«

»Nichts wissen Sie! Sie können sich nicht einmal vorstellen, wie es ist, seine Bewegungsfähigkeit zu verlieren und dazusitzen und hilflos zuzusehen, wie das Familienleben ringsum zerbricht. Meine Frau hat es genau zwei Jahre ausgehalten, dann ist sie gegangen.«

»Sie wohnen hier allein?« Martikka beschrieb einen weiten Bogen mit der Hand.

Als er hinter dem Rollstuhl in das große Wohnzimmer gegangen war, hatte er links einen breiten Gang gesehen, der zu weiteren Zimmern führte. Und das Wohnzimmer hatte zwei Doppeltüren: eine zur Bibliothek, die andere zum Esszimmer. Die teuer eingerichtete, alte und vornehme Wohnung wirkte auf Martikka mit seinen Maßstäben eines Neubauviertels riesig.

»Im Moment nicht. Meine frühere Frau musste dienstlich für ein Jahr nach Brüssel, und solange wohnt meine Tochter bei mir.« Ein warmes Lächeln breitete sich auf dem Gesicht des Mannes aus. »Leider können Sie Janna jetzt nicht kennen lernen, denn sie ist schon zum Eislaufen gegangen.«

»Und in der Nacht von Samstag auf Sonntag – da war sie wohl zu Hause?«

»Nein«, sagte Palmroos. »Sie hat bei einer Klassenkameradin übernachtet und ist erst gestern Nachmittag nach Hause gekommen. Sie war leider nicht hier, um ihrem Vater ein Alibi zu geben.«

»Kannten Sie übrigens Laura Halonen schon vor dem Unfall?« Martikka wechselte das Thema. Er hatte die ganze Zeit das quälende Gefühl, dass Markus Palmroos eigentlich die Situation beherrschte. Dieser im Rollstuhl sitzende Mann strahlte eine unbegreifliche Kraft und Autorität aus.

»Ich hatte sie noch nie gesehen. Zwar hatte ich einige Interviews in Wirtschaftspublikationen und so weiter gelesen, aber ich hatte sie nie persönlich getroffen.«

»Und auch nicht nach dem Unfall?«

»Nein, nur mal gelegentlich auf der Straße. Ich bin gern draußen unterwegs, nach wie vor. Man kann vielleicht sagen, wir wussten voneinander, kannten uns aber nicht. Obwohl ich Jurist bin, habe ich nicht selbst an der Untersuchung des Unfalls teilgenommen. Ich habe länger als ein halbes Jahr im Krankenhaus gelegen und war an Schläuche angeschlossen.«

»Aber mit Maria Lindén haben Sie Kontakt gehalten?«

»Mehr oder weniger sporadisch. Sie hat mich einige Male im Krankenhaus besucht. Danach beschränkte sich unser Kontakt hauptsächlich auf das Telefon, aber als meine Frau auszog, war Maria auch gelegentlich hier, um mir zu helfen und Dinge zu erledigen. In letzter Zeit war es ein bisschen schwieriger, denn meine Tochter ... sie scheint Maria nicht recht zu mögen ...«

»Wen – Maria oder die Puppe?«, fragte Martikka.

Palmroos antwortete nicht. Er sah auf die Uhr und sagte bedauernd, dass er dringend zu einem Klienten müsse. »Die Beinlosigkeit ist zumindest im Job eines Juristen kein Hindernis«, stellte er trocken fest. »Wie man ja auch schon mehrfach in Fernsehserien gesehen hat ...«

Als Martikka anbot, ihn im Auto mitzunehmen, erklärte er, dass es nicht nötig sei: »Ich habe ein speziell angefertigtes Auto, das ich ohne Hilfe chauffieren kann. Damit war ich übrigens auch am Sonnabend unterwegs. Ich habe erst Maria nach Hause gebracht und bin dann allein hierher gekommen. Das wollten Sie doch wissen?«

»Und Laura Halonen erwartete Sie beide auf ihrer Privatparty zu Hause?«

»Das stimmt wohl, aber wir waren beide nicht recht in Feierstimmung.«

»Sie haben aber angerufen und gesagt, dass Sie vielleicht später kommen«, warf Martikka aufs Geratewohl hin.

»Ja, ganz recht.« Palmroos sah den Kommissar ein wenig erstaunt an. »Wer hat Ihnen denn das schon wieder erzählt? Nun, ich fand es höflich und ich habe immer an den guten alten Sitten festgehalten.«

»Und Sie sind nicht mehr in die Uudenmaankatu gefahren – auch nicht später.«

»Nein, bestimmt nicht«, sagte Palmroos, während er seine kräftigen Arme in die Ärmel der Lammfelljacke steckte.

Die brauchten kein zusätzliches Werkzeug, dachte Martikka. Sie sind stark genug, um zum Beispiel jemanden zu erdrosseln.

Moona sorgte für eine echte Überraschung, als sie mit ihrer Riesentasche noch vor dem Mittag bei Anna Laine hereinplatzte. Anna war gerade dabei, die Fotos auf dem großen Esstisch zu sortieren. Sie hatte mit Justus einen verspäteten Morgenspaziergang gemacht und fast anderthalb Stunden auf das Entwickeln der Fotos gewartet, obwohl die Reklame im Schaufenster und auch der Bursche hinter dem Ladentisch sie innerhalb einer Stunde versprochen hatten.

»Sorry, dass ich hier einfach ohne Vorankündigung aufkreuze, aber ich musste einfach mal für 'ne Weile aus meiner Bude raus«, sagte Moona, während sie hereinmarschierte. »Rat mal, was ich die letzten beiden Stunden gemacht habe. Am Telefon gesessen, verdammt noch mal. Hab einiges geregelt und den Journalisten den Marsch geblasen. Als Erster, nämlich noch fast in der Nacht, hat Ilkka angerufen und gefragt, ob ich die Medien und den ganzen anderen praktischen Kram übernehmen kann, sozusagen mit altbewährter Routine. Er will sogar alles bezahlen, stell dir vor. Klar, der Mann ist völlig gebrochen und richtig down, aber dass er schon anfängt von Geld zu reden, wo seit Lauras Tod gerade mal erst ...«

Moona machte eine Pause, um sich zu schnäuzen. Sie hatte ganz offensichtlich versucht, sich zu dem früheren Energiebündel aufzubauen: Ihr Gesicht war sorgfältig geschminkt, das schwarze Haar glänzte und die schwarzen Kleidungsstücke waren gegen neue schwarze ausgetauscht, aber dennoch war der Gesamteindruck verkrampft und müde. Ob sie nach den schrecklichen Ereignissen des vergangenen Abends überhaupt hatte schlafen können? Eigentlich war es ein kleines Wunder, dass sie nach ihrem gestrigen Zusammenbruch schon wieder auf den Beinen war und agierte.

»Nach Ilkkas Anruf begann dann der eigentliche Tanz«, seufzte Moona. »Dauernd bimmelte das Telefon und irgendwer hat sogar bei mir an der Tür geklingelt. Wie die Geier fallen sie über einen her. Hier ist übrigens ein Vorgeschmack, falls es dich interessiert.« Sie holte die Nachmittagszeitungen aus der Tasche und warf sie auf den Tisch.

»Laura in beiden als Schlagzeile auf der ersten Seite.«

»Ich weiß.« Anna hatte natürlich die Schlagzeilen schon auf ihrem Morgenspaziergang gesehen, die Zeitungen jedoch nicht gekauft. Sie hatte auch jetzt keine Lust, darin zu lesen, stattdessen holte sie aus der Küche ein Glas Saft und drückte es Moona in die Hand. »Für dich als alten Fuchs dürfte das doch keine Überraschung sein. Und die Leute machen auch bloß ihren Job.« Genau den gleichen, mit dem du dir deine Brötchen verdienst, fügte sie im Geiste hinzu, ohne es jedoch laut auszusprechen.

»Sie machen bloß ihren Job, ja, ja«, ahmte Moona sie nach. »Wirklich ein origineller Gedanke. So schmeckt es übrigens besser.« Sie holte die Flasche aus ihrer Kühltasche und goss Sekt in den Saft. »Aber ich hasse Situationen, die ich nicht beherrschen kann. Ich möchte selbst die Fäden in der Hand halten.«

Eben, eben, dachte Anna amüsiert. Moona Lahti war wahrscheinlich das erste Mal in ihrem Leben in ein Geschehen geraten, dessen Drehbuch sie in keiner Weise beeinflussen konnte.

»Was hast du da Schönes?« Moona beugte sich hinunter und nahm ein Foto in die Hand, auf dem der alte Herr Halonen ohne Lächeln in die Kamera starrte, den Arm steif um die Taille seiner Tochter gelegt.

»Ich habe übrigens heute Morgen mit Lauras Vater gesprochen«, sagte sie. Ihr Handy hatte angefangen zu piepsen, aber sie steckte die Hand in die Tasche und drückte es aus. »Ein Polizist namens Martikka hat gestern in Viitasaari angerufen und gebeten, dass einer von den dortigen Bullen dem Alten die Trauerbotschaft persönlich überbringt.«

»Wie geht es ihm, Lauras Vater, meine ich?« Anna billigte Moonas Wortwahl nicht, die aber vielleicht nur eine Methode war, sich gegen zu harte Tatsachen zu wehren und sich aufrecht zu halten. Anna sammelte alle Bilder vom Tisch, auf denen der alte Herr Halonen zu sehen war, allein, mit seiner Tochter oder mit seiner Frau oder alle drei zusammen; es waren insgesamt fast zwanzig Stück.

»Der arme Kerl war völlig von der Rolle. Es kam mir so

vor, als ob die Botschaft noch gar nicht richtig bei ihm angekommen ist, als ob er gar nicht begriffen hat, was passiert ist. Dann fing er aber auf einmal an, von der Beerdigung zu reden, aber man kann natürlich keinen Termin festlegen, bevor … bevor …« Moona fing an zu husten, stand plötzlich auf und rannte ins Bad.

»… vor der Obduktion«, vervollständigte Anna den Satz. »Du hast Martikka anscheinend noch nicht getroffen«, sagte sie dann, als Moona zurückkam, wobei sie sich die Nase schnäuzte.

»Noch nicht. Er hat aber heute Morgen angerufen und gesagt, dass er in der Mittagszeit kommen will. Dabei habe ich überhaupt keine Lust, ihn zu treffen, weder Martikka noch irgendeinen anderen Bullen. Ich hab ja schon alles dem Typen erzählt, der gestern in Lauras Küche über mich hergefallen ist. Warum lassen sie einen nicht in Ruhe trauern?«, fügte sie naiv hinzu.

»Nun, weil auch sie nur ihren Job machen«, erklärte Anna ebenso naiv. »Genau wie die Journalisten. Und Martikka ist kein schlechter Kerl, du wirst schon mit ihm auskommen. Übrigens, jetzt, da du einmal hier bist, rührst du dich nicht weg, ehe du mir nicht alles von Maria Lindén und Markus Palmroos erzählt hast. Ich weiß von den beiden immer noch nichts weiter als die Namen.«

Und Moona begann zu erzählen. Sie steigerte sich sogar so sehr in den Unfall und die nachfolgenden Ereignisse hinein, dass Anna sich fragte, an welchen Punkten wohl die Fantasie mit ihr durchgegangen war.

»Und du behauptest, dass Maria Laura geradezu verfolgt hat?«, fasste Anna zusammen, als Moona fertig war.

»Nenn es, wie du willst, aber an eine Verfolgung erinnerte es im Grunde genommen«, sagte Moona. »Maria wohnte nämlich früher in Töölö und ist erst vor zwei Jahren in die Sinebrychoffinkatu gezogen, bestimmt nur, um Laura aus der Nähe quälen zu können. Denk nur, fast freie Sicht von Fenster zu Fenster, sie brauchte bloß schräg noch oben zu äugen. Pfui Teufel, war das schrecklich, die Puppe und alles …«

»Weißt du, ich wundere mich gar nicht mal. Ich meine, über die Puppe. Ich glaube, nichts ist schlimmer, als das eigene Kind zu verlieren. Irgendwo verstehe ich Maria …«

»Was, du verstehst sie?«, rief Moona. »Aber sie ist verrückt!«

»Genau das meine ich. Dass ein solches Ereignis den Menschen verrückt machen kann. Ist doch möglich, oder?«

»Sicher.« Moona zuckte die Achseln. »Manchmal habe ich mich tatsächlich schon gefragt, was schlimmer ist: um etwas zu trauern, das man verloren hat, oder um etwas, das man gar nicht erst verlieren kann«, fügte sie leise hinzu.

»Was meinst du damit?«, fragte Anna erstaunt und begriff dann. »Um ein Kind, das man nicht bekommen kann? Oder eine Abtreibung?«

»Reden wir jetzt nicht davon, vergiss das Ganze.« Moona stand plötzlich auf und fing an, in ihrer Tasche zu kramen. Anna vermutete, dass sie anders gar nicht richtig denken konnte. Die riesige schwarze Tasche war für Moona anscheinend so etwas wie der Garant ihres Daseins oder eine Fortsetzung ihres eigenen Ichs.

»Es gibt nämliche einen Haufen anderer Dinge, über die wir reden müssen«, erklärte Moona, nachdem sie das Handy, einen Schreibblock, ein elektronisches Notebook sowie ein kleines, mit Tusche und Stiften und Radiergummis voll gestopftes Etui zu Tage gefördert hatte. »Unter anderem die Fortsetzungsgeschichte. Dafür wird nämlich langsam die Zeit knapp.«

»Na hör mal, soll die etwa …«, sagte Anna verwundert, aber Moona unterbrach sie barsch: »Was heißt ›na hör mal‹? Die Geschichte ist an die Zeitung verkauft worden. Selbstverständlich wird sie veröffentlicht – besonders jetzt. Der erste Teil erscheint in drei Wochen, also sollte das Fräulein Künstlerin jetzt mal ihre ersten Entwürfe zeigen.«

Und du willst wohl darüber befinden, dachte Anna ärgerlich, während sie die Mappe mit ihren Entwürfen holte. Sie breitete die Zeichnungen auf dem Fußboden aus und war mit keiner einzigen zufrieden. Sie hatte versucht, die Gilda darzustellen, aber den Bildern fehlte jegliche Kraft und Erotik. Aus ihrer Miene und ihrem Gemurmel zu schließen, war Moona derselben Meinung.

»Funktioniert nicht«, verkündete Moona abschließend. »Gilda ist natürlich gut, aber nur als Film, sorry. Oh, jetzt weiß ich!«, rief sie. »Du gibst der Barbara Lauras Aussehen, du hast ja dort haufenweise Vorlagen.« Sie zeigte auf dic Fotos.

»Augenblick mal ...«, empörte sich Anna. »Eine gewisse Moral muss schon ...«

»Moral!«, rief Moona und verdrehte die Augen. »Welche verdammte Moral? Moral hat hier nichts zu suchen. Manchmal muss man eine Situation einfach nutzen, auch wenn es hundertmal um eine Tote geht. Das ist nämlich Business, falls du es noch nicht wissen solltest.«

Die Chefredakteurin der größten Frauenzeitschrift des Landes dachte in ähnlichen Kategorien wie Moona, das heißt, aus jeder günstigen Gelegenheit musste Kapital geschlagen werden. Sie hatte am Morgen gegen zehn Uhr angerufen, als Tuomela noch wie betäubt unter der Bettdecke lag und grübelte, woher er die Kraft nehmen sollte, wenigstens erst mal aufzustehen und unter die Dusche zu gehen.

»Du schreibst den Artikel jetzt sofort, denn ich will ihn für die nächste Nummer haben«, hatte sie erklärt und sich auf keine Einwände eingelassen. »Du brauchst kein Interviewmaterial. Wir machen jetzt nämlich eine ganz andere Story, eine Art Nachruf. Du vergisst die *Koffer meines Lebens* und alle anderen Themen und schreibst etwas wie ... wie *Laura Halonens letzter Walzer* ... Siehst du, da hast du ja gleich deine fertige Überschrift! Oder denk dir selber eine bessere aus, wenn du kannst. Aus der Geschichte muss auf jeden Fall hervorgehen, dass du Laura tatsächlich gekannt hast und bis zum Schluss in ihrer Nähe warst. Wegen der Länge brauchst du dir keine Gedanken zu machen, wir schaffen auf jeden Fall Platz für die Story. Und du solltest nach Möglichkeit ein paar alte Fotos von der Halonen ausgraben. Bitte notfalls Moona um Hilfe, sie kennt bestimmt Verwandte oder weiß andere Kanäle. Du bekommst einen ganzen Tag Zeit.«

»Den morgigen also?«

»Den ganzen heutigen Tag. Ich möchte den Text morgen Vormittag auf meinem Tisch haben.«

Tuomela fühlte sich nicht in der Lage, eine Story zu schreiben, jedenfalls nicht heute, für kein Geld. Den Tausender für die Wette hatte er sich auch nicht verdient, aber gerade im Moment juckte ihn der Verlust in keiner Weise, obwohl die nächsten Honorare nicht einmal in Sicht waren.

Laura Halonens letzter Walzer, dachte Tuomela kläglich, als er sich erneut unter der Decke vergrub. Verdammt, es war ja nicht mal ein Walzer gewesen, sondern Tina Turners *River Deep Mountain High* ... Jesus, wie Laura geswingt hatte, den Anblick würde er niemals vergessen.

Tuomela konnte sich durchaus nicht erinnern, ob Anna den Tanz fotografiert hatte, denn er hatte nur Laura angestarrt und innerlich gehechelt und gedacht, dass ... Ich muss sie fragen, beschloss er und angelte sich die Bierflasche vom Fußboden. Wenn es von der Szene Fotos gab, würde er sich eines vergrößern und an die Wand hängen, als seine ureigne Haus-Ikone.

Tuomela hatte abends kurz vor neun Uhr von Lauras Tod erfahren, gerade als der Wetterprophet der TV-Nachrichten vor der Karte gestanden und für Montag einen Schneesturm angekündigt hatte, der sich von Westen her näherte und der bisher heftigste dieses Winters sein würde. Plötzlich hatte jemand im Dauerton bei ihm geklingelt, und als er zur Tür gegangen war, um zu öffnen, war Moona buchstäblich hereingefallen.

»Wo hast du denn rumgesumpft?«, hatte er nur gefragt, und Moona war als Antwort in Tränen ausgebrochen. Allmählich war die schreckliche Wahrheit zwischen Schlucken und Schluchzen und wirrem Gestammel herausgekommen: Laura war tot. Ermordet. Mit der marmornen Teigrolle erschlagen.

Tuomela hatte im Flur gestanden und die hysterische Moona notdürftig gestützt, hatte sie und sich selbst getröstet und vage gedacht, dass hier eine Szene aus einem hochdramatischen Film ablief. Dann hatte sich ein Film namens *Laura* in sein Gedächtnis gedrängt, aber er hatte sich partout nicht an die Hauptdarstellerin erinnern können. Er hatte die Titelmelodie des Films im Ohr gehabt, aber wer war die Frau? Wer war Laura? Er müsste Karri fragen, und wenn der es auch nicht wüsste, könnten sie gemeinsam die Videokasetten im Antiquariat durchsehen ... Laura, Laura ...

»Wer hat das getan?«, hatte er schließlich idiotisch gefragt, aber Moona hatte sich nur losgerissen und war hinausgestürzt. Er hatte gehört, wie sie ihre Wohnungstür geöffnet und hinter sich zugeschlagen hatte, aber sie hatte ihm nicht aufgemacht, als er kurz darauf bei ihr geklingelt hatte. Nicht das leiseste Geräusch war zu hören gewesen, in ihrer Wohnung hatte Totenstille geherrscht.

Zehn Minuten vor elf sah Tuomela auf die Uhr und erschrak: Verflucht, der Kerl würde bald hier sein! Gleich morgens, als er vergeblich versucht hatte, Karri zu Hause oder im Laden zu erreichen, hatte ein Kriminalkommissar namens Martikka angerufen und gesagt, er wolle gegen elf Uhr vorbeikommen.

Tuomela stürzte ins Bad und stand unter der kalten Dusche, bis ihm die Glieder schmerzten. Er zog sich eine Trainingshose an, machte rasch das Bett und räumte die Bierflasche in den Unterschrank der Küche. Eine Minute nach elf öffnete er die Tür, um seinen Gast hereinzulassen.

Martikka bemerkte in dem Moment, als er eintrat, dass er wieder einmal seinen hartnäckigen Vorurteilen erlegen war. Zumindest unbewusst hatte er sich vorgestellt, den mehr oder weniger schlampigen Haushalt eines Bohemiens zu betreten, aber die kleine Wohnung war sauber und aufgeräumt wie nach einem Großreinemachen. Sparsam verteilte Möbel und ein paar Grünpflanzen, an den Fenstern nur Jalousien, ein Rudergerät vor dem Fernseher und Hanteln unterschiedlicher Größe in der Ecke.

»Willkommen«, sagte Tuomela, da ihm nichts Besseres einfiel. »Tritt näher. Ich hab nicht ...«, er breitete hilflos die Hände aus. »Soll ich Kaffee machen?«, fragte er dann, und im selben Moment fiel ihm ein, dass sich in der Büchse kein einziger Krümel befand.

»Der Verkehr stört wahrscheinlich, oder?« Martikka hatte den Kaffee dankend abgelehnt und war vor dem französischen Balkon stehen geblieben. Obwohl die Tür geschlossen war, drang das pausenlose Brausen des Verkehrs deutlich bis in den vierten Stock hinauf.

Der von den Meteorologen angekündigte Schneesturm

hatte begonnen; der Schnee stob, sodass man kaum das gegenüberliegende Haus erkennen konnte.

»Man gewöhnt sich an alles.« Tuomela hatte die Hände in die Taschen gesteckt und wippte auf den Absätzen. »Außerdem mag ich diese Stadt, und die Geräusche gehören nun mal dazu. Ich mag sogar das Lallen der Saufköpfe da unten, wenn die Kneipen schließen. In Sommernächten ist es hier oben so deutlich zu hören, als ob sie neben mir stünden.«

»Du bist Journalist«, konstatierte Martikka dann, nachdem er sich auf einen Holzstuhl gesetzt hatte, der unter dem überraschenden Gewicht knarrte. »Bist du in dieser Eigenschaft dort gewesen?« Er brauchte gar nicht Laura Halonens Namen zu nennen, denn sie schien ohnehin den ganzen Raum zu erfüllen.

»Ähm ... sozusagen ...«, stammelte Tuomela. *Ich lade dich als Freund ein,* hatte Laura im *Kynsilaukka* gesagt, das Gesicht so nah an seinem, dass sich fast der Duft ihres süßlichen Parfüms auf ihn übertragen hatte.

»Ich bin dabei ... also ich war dabei ... nein, ich bin es ja noch, o Mann, ich halt das nicht aus!« Tuomela sank auf die Bettkante und saß dort lange, das Gesicht in die Hände vergraben. »Ich war dabei, eine große Story über Laura zu schreiben«, brachte er endlich heraus. »Die Story ist eigentlich immer noch in Arbeit, obwohl sich ihr Charakter natürlich geändert hat ... Es soll jetzt eine Art Nachruf werden, verdammt noch mal!« Als Tuomela vom Bett aufsprang, stieß er sich den Zeh an dem Rudergerät und hüpfte fluchend auf einem Bein durchs Zimmer. »Verfluchte Scheiße! Könntest du deine Sache hier schnell durchziehen? Ich muss mich nämlich wirklich an die Arbeit machen.«

»Geht klar.« Mehr sagte Martikka nicht, sondern er sah Tuomela nur an, der sich verwundert den schmerzenden Zeh rieb. War dies etwa gar kein Verhör? Wo blieben die Fangfragen?

»Ich kannte Laura eigentlich gar nicht«, begann Tuomela dann, als wollte er sich verteidigen. »Ich habe sie erstmals am Freitag zu einem Interview getroffen. Sie hat mich ganz nebenbei zu ihrem Fest eingeladen, allerdings mehr als Gast und nicht als Journalisten. Und einen Fotografen durfte ich auch nicht mitbringen, aber es gibt ja genug Bilder von der Fete. Mindestens zwei Reporterinnen mit Fotografen waren dort und auch Anna Laine ist die ganze Zeit mit ihrer Kamera rumgelaufen. Nachher auf der Party bei Laura zu Hause ... ähm, ehrlich gesagt, ich weiß nicht mehr, ob sie da auch noch so viel geknipst hat.«

Laines Fotos, ausgezeichnet. Martikka nahm sich vor, sich die Aufnahmen baldmöglichst anzusehen. »Reden wir mal über die Privatparty«, sagte er. »Du bist länger geblieben, wie man hört.« Oho, die jungen Männer können ja noch rot werden, dachte er dann amüsiert.

»Wer hat das denn behauptet?«, fragte Tuomela nervös, gab dann jedoch zu, was er ohnehin nicht würde abstreiten können. »Ich möchte bemerken, dass ich nicht mehr lange dageblieben bin«, erklärte er, um Würde bemüht. »Ich bin genau um halb eins gegangen, fast sofort, nachdem ein Anruf kam und Laura sagte, dass sie schlafen gehen möchte. Obwohl ich, ehrlich gesagt, glaube, dass sie mich einfach nur loswerden wollte. Ich denke, dass noch jemand kommen wollte – nämlich der Anrufer.«

»Wer? Wer hat angerufen?«, fragte Martikka, aber Tuomela breitete nur die Hände aus.

»Ich hab' keinen blassen Schimmer. Ich hab das Gespräch ja nicht mal mitgehört. Und auf jeden Fall bin ich sofort danach gegangen.«

»Wohin?«

»Wieso, wohin?« Tuomela sah sich nervös um. »Direkt hierher ... oder fast direkt. Ich bin erst ein bisschen draußen rumgelaufen ... O ja«, sagte er dann, »ich bin unter anderem beim Antiquariat von Karri Mäntynen, also Lauras Ex, gewesen ... Aha, dort warst du also schon? Na, jedenfalls habe ich ein Weilchen an die Tür geklopft, weil ich im Hinterzimmer Licht gesehen habe, aber er hat nicht aufgemacht. Vielleicht hat er gepennt oder er hat sich einen Film angesehen, dann ist er nämlich mehr oder weniger taub und blind für die Außenwelt. Oder er hat einfach nur versehentlich das Licht brennen lassen und ist selber gar nicht da gewesen.«

»Genau.«

»Aber ich hab gesehen ...« Tuomelas eifrige Rede brach abrupt ab. Was tat er da eigentlich, tratschte über seine Freunde und warf der Polizei Köder hin? Aber jetzt musste er weitersprechen: »Ähm ... hast du schon mit Moona Lahti geredet? Also noch nicht persönlich? Na, sie wird es dir natürlich selbst erzählen, also, auf dem Weg hierher bin ich noch kurz beim *Last Hope* vorbeigegangen und hab gesehen, dass Moona drinnen beim Bier saß, es muss kurz vor eins gewesen sein, denn ich war ja genau um halb bei Laura weggegangen.«

»Hat sie dich bemerkt?«

»Ähm ... nein. Oder jedenfalls behauptet sie das. Aber es hat wohl keine Bedeutung, sie saß ja nur da und schlürfte ihr Bier. Das ist ja wohl kein Verbrechen?«

»Nein, wirklich nicht.« Martikka lachte. Eine halbe Stunde Zeit bis zu dem Treffen mit Moona Lahti, dachte er, als er den verwirrten, aber unbedingte Kooperation demonstrierenden Tuomela verließ. Sauerstoff würde den Gedanken gut tun, beschloss er, kam jedoch nur bis zur nächsten Straßenecke. Er trat ins Café *Schubert,* kaufte die *Iltalehti* und einen Becher Kaffee und besiegte sein schwächeres Ich, indem er Brötchen und Kuchen wegließ.

Martikka überflog nur die Titelseite der Zeitung und machte sich gar nicht erst die Mühe, den Text auf den Innenseiten zu lesen. Man wusste ja aus Erfahrung, dass die Titelnachricht über ganze Seiten ausgeschlachtet wurde, ohne dass wirklich Tatsachen berichtet wurden. Nichts als Vermutungen, Annahmen und Quasi-Informationen aus so genannten Insider-Kreisen. Aber eine schöne Frau war Laura Halonen zweifellos gewesen, gab Martikka zu, während er ein Foto von der Premierenfeier ihres Debütromans betrachtete, auf dem sie strahlend und mit weißen Zähnen in die Kamera lächelte. Und obwohl der Name des Mannes im Hintergrund in der Unterschrift nicht genannt war, war unschwer der ebenfalls lächelnde Ilkka Halme zu erkennen.

Halme hatte Martikka morgens zeitig aus der Firma angerufen, denn »the show must go on, wie es so treffend heißt«.

Er hatte sich allerdings alles andere als effizient und energisch angehört, als er erzählte, dass ihm schon am Abend nach dem Besuch des Kommissars ein Detail eingefallen war, das vermutlich kaum eine Bedeutung hatte, aber trotzdem … Am Freitagnachmittag hatte Laura ihn angerufen und gesagt, sie habe den Eindruck, dass sie verfolgt werde.

Das ist ja keine Neuigkeit, hatte Martikka gedacht, während er sich höflich für die Information bedankt hatte. Maria Lindén, natürlich – die Frau hatte es ja selbst zugegeben, und Markus Palmroos hatte es bestätigt.

Kurz darauf hatte Martikka einen zweiten Anruf des Inhalts »Verzeihung, aber es ist mir eben erst eingefallen« erhalten. Karri Mäntynen hatte erzählt, dass er versehentlich Halonens Tablettenröhrchen in der Tasche behalten habe. »Es ist Laura am Sonnabendabend aus der Handtasche gefallen, als sie vor ihrer Haustür nach den Schlüsseln suchte. Ich habe es aufgehoben, in die Tasche gesteckt und es dann vergessen. Welche Tabletten? Wart mal, ich sehe nach …, *Tenox* steht auf dem Röhrchen. Hab keine Ahnung, wofür die Dinger gut sind. Zur Beruhigung, oder vielleicht sind es solche modischen Glückspillen? Sie könnten zumindest teilweise Lauras eigenartig sprunghaftes Verhalten am Sonnabend erklären, oder?«

Zweifellos wirkten sich Medikamente auf das Verhalten des Menschen aus, aber Tatsache war auch, dass sie leider nichts über den Mörder aussagen konnten, dachte Martikka, während er sich nach einem kleinen inneren Dialog doch noch ein Schinkenbrötchen gestattete, denn auf ein richtiges Mittagessen würde er auf jeden Fall auch an diesem Tag wieder verzichten müssen.

Als er an seinen Tisch zurückkehrte, wälzte Martikka in Gedanken wieder zwei Fragen, auf die er eine Antwort finden musste. Wen hatte Maria Lindén nachts an Halonens Fenster gesehen? Wer hatte in der Wohnung angerufen, als Tuomela noch da war?

Vielleicht lauteten die Antworten ja einfach: Niemanden bzw. niemand …

Am selben Nachmittag hatte Moona ihre zündende Idee.

Nachdem sie von Anna zurückgekommen war, hatte sie es gerade noch geschafft, in ihrer kleinen Wohnung die größten Hindernisse aus dem Weg zu räumen, als Martikka erschienen war. Sie hatte es komisch gefunden, wie sich der große Mann verwirrt umgesehen und dann versucht hatte, es sich auf dem zu kleinen Stuhl an dem kleinen, runden, voll gepackten Tisch in der Küche halbwegs bequem zu machen.

Der Kerl vergleicht natürlich die Nachbarbude mit meiner Wirtschaft hier, hatte Moona sich amüsiert gesagt, während sie seine Fragen beantwortet hatte, die kaum von denen des gestrigen Polizisten abwichen: Wie gut hatte sie Laura gekannt und wo hatten sie sich kennen gelernt? War die Beziehung lediglich arbeitsbedingt oder freundschaftlicher Art gewesen? Wie war Lauras Stimmung in letzter Zeit gewesen? Welche Männer- und sonstigen Beziehungen hatte sie gehabt? Was wusste Moona über die Vergangenheit und eventuelle Geheimnisse der Toten? Was hatte sie selbst auf dem Fest und besonders der anschließenden Privatparty getan, gedacht und gesagt? Wann und mit welchem Ziel hatte sie die Wohnung in der Uudenmaankatu verlassen, welchen Weg hatte sie genommen? Und immer so weiter.

»Ich trauere nicht nur um eine Freundin, sondern auch darum, dass eine viel versprechende Schriftstellerlaufbahn so abrupt endete«, hatte Moona theatralisch geseufzt, nachdem Martikka erzählt hatte, dass in der Uudenmaankatu Halonens Wohnung gerade Zentimeter für Zentimeter durchsucht werde – und genau in diesem Moment war ihr der Gedanke durch den Kopf geschossen. Die Idee war geradezu Gold wert. Sie wusste genau, wen sie aufsuchen und was sie tun musste.

Als Martikka endlich mit unzufriedener Miene gegangen war, schaltete Moona den Anrufbeantworter ein, warf das Handy in die Tasche und brach so stürmisch auf, dass sie ihren schwarzen Kunstpelz erst an der Haustür zuknöpfte. Sie vergaß sogar, über den von allen Seiten herandringenden Schnee zu fluchen. Die Leute stapften wütend durch die Straßen, aber in Moonas Gedanken schien die Frühlingssonne, während sie quer durch den Park der Alten Kirche zur Yrjönkatu lief.

Erst als sie im Verlagshaus den Fahrstuhl betrat und einen Blick in den Spiegel warf, bemühte sie sich, eine andächtigere Miene aufzusetzen. Um Himmels willen, man war ja in einem Trauerhaus. Zu beiden Seiten der Eingangstür des altehrwürdigen Gebäudes knatterten sogar zwei Fahnen auf Halbmast.

An der Bürotür des Marketingleiters am Ende des langen Korridors brannte das rote Licht. Wahrscheinlich war es schon den ganzen Tag eingeschaltet, sagte sich Moona, während sie ihren Mantel auszog und an die Garderobe hängte. In dem kleinen offenen Büro waren Menschen, aber die Atmosphäre war gedämpft und ernst. Fast auf jedem Tisch brannte eine Kerze und auf dem Infotresen stand eine große Vase mit weißen Tulpen. Wenigstens keine Kallas, dachte Moona, während sie sich dem jungen Mädchen am Tresen zuwandte, das sie mit weinerlichem Gejammer empfing.

»Ich kann das überhaupt nicht begreifen.« Die *Iltalehti* lag aufgeschlagen vor ihr, wahrscheinlich schon seit dem Morgen. »Ilkka hat es uns erzählt, als er heute früh zur Arbeit kam ..., dass Laura nie mehr durch diese Tür treten wird ... Hier im Haus hat man ständig mit irgendwelchen Angebern oder Spinnern oder auch mit extrem schüchternen Typen zu tun, aber Laura war ganz anders. Sie war immer so gut gelaunt und hat mit allen geredet und ... sie war ein so wunderbarer Mensch ...«

»Das war sie, vor allem ein wunderbarer Mensch.« Moona zog eine schlaffe Tulpe aus der Vase. »Wirf die weg, sie stört das Gesamtbild.«

»Welches Ungeheuer kann das getan haben?«, das Mädchen starrte Moona mit rot umränderten Augen an, die Tulpe hing in ihrer Hand. »Und dann auch noch auf so brutale Weise. Stimmt es, dass ... dass Lauras Gesicht so zermatscht war, dass man sie nur an ihren Haaren und an ihrer Kleidung erkennen konnte?«

»Nein, das stimmt nun wirklich nicht.« Moona hustete laut, um ein hervorbrechendes hysterisches Lachen zu ersticken. Unfassbar, mit welcher Schnelligkeit sich die Tatsachen änderten und überdimensionale Ausmaße annahmen. Wenn sie jetzt sagen würde, dass das Gesicht in der Tat nicht zerschmettert, der Körper hingegen in acht Teile zerlegt worden war, würde das Mädchen die Nachricht sofort weitergeben, sowie sie sich umgedreht hätte, und wahrscheinlich noch hinzufügen, dass die Hände und Füße säuberlich aufgereiht auf dem Couchtisch gelegen hätten.

»Ich möchte mit Ilkka sprechen.« Moona schrieb sich ins Gästebuch ein und verschloss die Ohren vor den heftigen Einwänden des Mädchens. »Du kannst auf keinen Fall zu ihm! Ilkka hat gleich am Morgen gesagt, dass auch keine Telefongespräche durchgestellt werden sollen. Er empfängt absolut niemanden.«

»Aber mich – absolut.« Moona ging den Korridor entlang und klopfte an die Tür, aber die Lampe änderte nicht ihre Farbe. Moona wartete ein paar Sekunden und trat ein.

Ilkka saß hinter seinem prachtvollen Schreibtisch aus Nussbaumholz, hatte aber seinen Sessel zum Fenster herumgeschwenkt. Ein wirklich dekoratives Ensemble, dachte Moona, während sie darauf wartete, dass der Mann seinen Sessel herumdrehte – die ehrwürdige, gediegene Einrichtung, der entfernt an Harrison Ford erinnernde Marketingleiter und der ungehinderte Ausblick auf den Dianapark, wo allerdings im Moment ein ungewöhnlich heftiger Schneesturm wütete.

»Ich weiß, wie du dich fühlst«, sagte Moona leise, als der Sessel schließlich herumschwenkte und Ilkka sie wortlos ansah. Auf dem Schreibtisch lagen Papierstapel und auf dem Bildschirm flimmerten verschiedenfarbige Erfolgskurven, aber die Effizienz war nur Schein. Der Mann hatte sich einfach in seine Arbeit geflüchtet, weil er glaubte, hier besser allein sein zu können.

»Na, dann erzähl mal.« Die Brillengläser blitzten, als Ilkka ein Blatt Papier von einem Stapel nahm und es auf einen anderen legte. »Erzähl, wie ich mich fühle.«

»Trauer braucht man nicht zu erklären.« Moona dachte nicht darüber nach, die wievielte Zigarette sie sich an diesem

Tag anzündete, denn sie hatte am vergangenen Abend aufgehört zu zählen. »Man fühlt sie einfach.«

»Und um das zu erzählen, bist du hergekommen?« Ilkka konnte seinen Spott nicht verbergen. »Um Anteil zu nehmen?«

»Das auch. Und es ist müßig, dass wir uns darüber streiten, wer mehr trauert«, schnauzte Moona grob. Wenn Anteilnahme nicht erwünscht war, dann eben nicht. »Aber um verlorenes Geld brauchen wir hingegen beide nicht zu trauern«, erklärte sie dann und drückte ihre Zigarette in einer großen Jadeschale aus, die zur Zierde und nicht als Aschenbecher gedacht war.

»Ich wiege meine Freunde nicht mit Geld auf.« Ilkka stand wütend auf. Er hatte Moona am Morgen gebeten, die Presse und die anderen Medien zu übernehmen, weil sie in diesen Dingen Profi war und dafür auch anständig entschädigt würde, aber mehr wollte er nicht von ihr. Er sehnte sich nicht nach persönlichen Gesprächen oder Vertraulichkeiten, von Mitleid ganz zu schweigen. Er wollte nur allein sein.

Aber Moona zuckte nicht mit der Wimper. »Auch ich wiege meine Freunde nicht mit Geld auf, von ehemaligen Liebschaften ganz zu schweigen ...« Sie warf Ilkka einen kurzen Blick zu, während sie in ihre Tasche hinabtauchte. »Aber Tatsache ist, dass einige wertvoller sind als andere, finanziell gesehen. Warte, gleich siehst und hörst du eine wirklich große Neuigkeit.«

»Rat mal, was das ist!« Moona hielt einen kleinen flachen Gegenstand zwischen ihren Fingern mit den schwarz lackierten Nägeln.

»Eine Diskette«, sagte Ilkka unendlich gelangweilt.

»Richtig!« Moona strahlte. »Aber du errätst nie, was drauf ist. Laura Halonens neuer Erfolgsroman!«, verkündete sie und hoffte, dass der Film genau an dieser Stelle anhielte: Ilkka Halme in seinem Sessel erstarrt, über seine Brille, die ihm auf die Nase gerutscht war, hinwegstarrend, völlig perplex und mit ungläubigen Augen. Ein echter Schnappschuss.

»Du bist verrückt geworden«, brachte Ilkka schließlich heraus. Seine Hände schwitzten so stark, dass sie dunkle

Flecken auf der Tischplatte hinterließen, als er sich aus seinem Sessel hochstemmte.

»Falsch. Ich war noch nie bei klarerem Verstand. Auf dieser Diskette ist dein Bestseller für den kommenden Herbst, und geschrieben hat ihn Laura Halonen!«

»Ich verstehe nicht ...« Ilkka sank in seinen Sessel zurück, ihn schwindelte. In den letzten Tagen waren einfach zu viel Schreckliches passiert, und jetzt schien das Fass endgültig überzulaufen. »Laura hat ja nach *Magische Macht* noch gar kein neues Buch angefangen. Sie sagte, dass ...«

»Wieder falsch«, unterbrach Moona ihn. »Sie hat sehr wohl angefangen, oder genauer gesagt wir beide zusammen. Wir haben uns den Plot und die Personen ausgedacht, haben eigentlich schon das ganze Gerüst fertig gemacht. Das ist alles hier drauf.« Die Diskette fuhr wieder durch die Luft.

»Du lügst«, keuchte Ilkka und überlegte, wen er zuerst hinauswerfen sollte, die Frau oder die Diskette oder beide gleichzeitig. »In Lauras PC ist kein literarischer Text gefunden worden, das habe ich schon heute Morgen von Martikka gehört. Da war nur eine Seite voller nichts sagender Sätze, aber garantiert nicht die Spur eines Romangerüsts.«

»Natürlich nicht.« Moona zündete sich eine neue Zigarette an, obwohl Ilkka demonstrativ mit der Hand durch die Luft wedelte. »Wir haben das nämlich auf meinem Gerät gemacht. Ich habe einen Laptop, sodass wir immer ortsunabhängig waren. Wir haben geredet und Ideen entwickelt und sie eingetippt, egal, wo wir gerade waren.«

»Und warum hat mir Laura nie etwas davon erzählt? Ich vertrete immerhin den Verlag und ...«

»Ach, komm schon«, sagte Moona. »Wir wissen beide, dass du bei Laura eher etwas ganz anderes vertreten hast.«

»Was soll das heißen?« Ilkkas Adamsapfel hüpfte unruhig.

»Reg dich ab.« Moona beugte sich vor und blies ihm Rauch in die Augen. »Du scheinst zu vergessen, dass Laura für mich nicht nur eine Kundin, sondern auch eine Freundin war. Sie hat mir immer alles erzählt. Wirklich alles.«

Sie starrten einander wortlos an, aber nicht lange, denn die Tür wurde aufgerissen und Dora steckte den Kopf herein.

»Hei, Paps. Oh, sorry, ich wusste nicht ... Also, ich wollte bloß fragen, ob du heute essen gehst und nette Gesellschaft brauchst. Okay, ich warte draußen.« Die Tür knallte zu.

»Könntest du dir jetzt endlich mal meinen Millionen-Dollar-Vorschlag anhören, ohne mich zu unterbrechen?«, fragte Moona und sprach gleich weiter, obwohl sie nicht mal ein Nicken als Antwort bekommen hatte: »Natürlich habe ich übertrieben, als ich sagte, dass auf der Diskette Lauras neues Buch ist. Wie gesagt, es ist natürlich nur ein Entwurf, aber daraus wird ein Buch, und zwar ein gutes, viel besser als das vorige. Eine Art Mix aus Mailer und Sheldon mit Tempo, Sex und gebremster Gewalt – obwohl die Geschichte in der idyllischen Provence spielt, aber dieser Kontrast fördert natürlich nur das eindrucksvolle Resultat.«

»Und wer schreibt dieses internationale Meisterwerk?«, fragte Ilkka und hoffte, endlich aus diesem irren Traum zu erwachen – oder wenigstens Moona Lahti loszuwerden.

»Ich.« Moona schwenkte noch einmal die Diskette und steckte sie dann in ein Seitenfach ihrer Tasche. »Ich weiß, wie ein Erfolgsroman gemacht wird und kann ihn auch schreiben. Aber das Entscheidende ist natürlich, dass Lauras Name auf dem Deckel steht. Denk doch mal, welche Sensation: ›Im Nachlass der Ermordeten fand sich ein fast fertiges Manuskript, das bloß ein bisschen lektoriert zu werden braucht!‹ Der Erfolg wird den der *Magischen Macht* total in den Schatten stellen.«

Ilkka war unfähig, etwas zu sagen. Er saß nur da und starrte Moona, die ihre Zigarette ausdrückte und ein Bein über das andere schlug, kraftlos an.

»Natürlich schreibe ich das nicht umsonst«, sagte sie. »Lauras Name wird die Kassen klingeln lassen und ich will ein dickes Stück vom Kuchen abhaben. Über die Prozente können wir natürlich später verhandeln, aber ich sage schon jetzt, dass ich mich auf keinen Fall mit dem Normaltarif begnüge.«

Ilkka stand langsam auf. Erst als er Moonas erschrockene Miene sah, begriff er, dass er unbewusst nach dem schweren gläsernen Briefbeschwerer gegriffen hatte.

»Scher dich zum Teufel!«

Moona erhob sich ein wenig, setzte sich aber wieder hin. Sie strich sich durchs Haar und holte erneut die Diskette hervor. »Vielleicht hast du nicht richtig verstanden ... Sieh dir das in aller Ruhe an, wenn ...«

»Scher dich zum Teufel!«

»Danke, die Message ist angekommen. Ich gehe und möchte dich gleichzeitig daran erinnern, dass dies nicht der einzige Laden ist, der Bücher herausbringt.«

Moona marschierte hoch aufgerichtet zur Tür, aber bevor sie hinausging, drehte sie sich langsam um, ein seltsames Lächeln auf dem Gesicht. »Du hast sicher daran gedacht, Martikka zu erzählen, dass du Samstagnacht noch mal zu Laura zurückgegangen bist?«

»Was, zum Teufel, redest du da?« Ein dumpfes Dröhnen war zu hören, als der Briefbeschwerer auf den Schreibtisch fiel. »Ich bin auf direktem Wege hierher gekommen, und ... und was für ein verdammter Polizist glaubst du eigentlich zu sein?«

»Ich nicht, aber der Martikka ist einer. Ich wollte bloß wissen, ob du ihm erzählt hast ...«

»Natürlich nicht, weil ich nicht noch mal zurückgegangen bin. Was hast du dir in deinem kranken Hirn da ausgedacht?«

»Ilkka«, flüsterte Moona fast zärtlich, »ich brauche mir nichts auszudenken, denn ich habe gesehen, wie du zur Uudenmaankatu zurückgegangen bist. Ich frage mich bloß, ob du hingegangen bist, als Laura schon tot war – oder kurz vorher ...«

Das *Kosmos* war Doras Vorschlag und Ilkka erhob keine Einwände, obwohl er hundertmal lieber in ein anderes Restaurant gegangen wäre und in einer dunklen, abgeschiedenen Nische gesessen hätte, wo ihn niemand sehen oder stören konnte. Das *Kosmos* lag zu zentral und war ihm zu vertraut, und außerdem weckte es bittere Erinnerungen, denn auch Laura hatte zu Beginn hierher gewollt – »um echte Künstleratmosphäre zu schnuppern und zu erleben«.

Ilkka konnte sich gut an ihren ersten gemeinsamen Lunch erinnern, der noch ziemlich förmlich und mehr geschäftsmäßig als intim gewesen war. Laura hatte das berühmte Lebersteak, die Spezialität des Restaurants, bestellt und sich, während sie auf das Essen wartete, ziemlich enttäuscht umgesehen. Im Raum herrschte überhaupt nicht die verrauchte Bohemeatmosphäre, die sie erwartet hatte. An mindestens jedem zweiten Tisch hatten Businesstypen im Nadelstreifenanzug gesessen, ein Glas Wasser und das Handy vor sich auf dem Tisch. Laura hatte nur eine Schriftstellerin entdeckt, die neuerdings vor allem erfolgreiche Fernsehserien schrieb, sodass sie nicht zur Boheme gezählt werden konnte. Die Frau hatte mit einem Journalisten Sekt getrunken und war außerdem viel zu teuer und auffallend gekleidet gewesen.

»Wo sind sie bloß?«, hatte Laura verwundert gefragt und die Namen all der Leute aufgezählt, die sie interessierten, aber Ilkka hatte sie getröstet und gesagt, dass es abends im *Kosmos* ganz anders aussehe. Sie waren dann später noch ein paarmal gemeinsam dort gewesen, damit Laura sich selbst davon überzeugen konnte, dabei hätte sie selbst eher in die Kulissen des *Savoy* oder eines der Restaurants am Südufer gepasst.

»Woran denkst du?«, wollte Dora wissen, nachdem sie die Speisekarte geschlossen hatte.

»An nichts. Wieso?« Ilkka sah sich automatisch im Raum um. Zum Glück war das Restaurant fast leer; lediglich ein flüchtiger Bekannter hatte ihn am Eingang auf Lauras Tod angesprochen und seine Anteilnahme geschäftsmäßig nüchtern ausgedrückt: »Ein bedauerlicher Verlust für das Haus.«

»Du hast gelächelt. Sonst sieht man auf deinem Gesicht bloß lauter Querstriche, ich meine, Sorgenfalten.«

»Ja?« Ilkka winkte den Kellner heran, bestellte für Dora einen Gemüseteller und für sich selbst ein Lebersteak. Bade jetzt nur recht tief in Erinnerungen und Selbstmitleid, verspottete er sich selbst. Bei diesem Wetter blieb das Auto sowieso besser in der Garage der Firma stehen, also beschloss er, ein Glas Rotwein zu trinken. Wenn Dora nachher gegangen wäre, könnte er noch sitzen bleiben und sich bei Kaffee und Calvados der Nostalgie hingeben. Plötzlich erschien ihm das *Kosmos* als der einzig richtige Ort, diesen Montagnachmittag zu verbringen, der auf jeden Fall irgendwie durchgestanden werden musste.

Ilkka versuchte, ein Gespräch über die Schule und andere unverfängliche Themen in Gang zu bringen, Themen, von denen er glaubte, dass sie Dora interessierten, aber in Wahrheit fühlte er sich unbehaglich. Er konnte schlicht und einfach nicht normal mit seinen Töchtern reden. Zu Hause war es kein Problem, alltägliche Bemerkungen zu machen, in den seltenen Fällen, da sie zusammentrafen, aber jetzt war die Situation eine andere. Ilkka gestand sich im Stillen ein, dass er seine Töchter eigentlich gar nicht kannte, von ihrem Leben überhaupt nichts wusste. Hatte Dora zum Beispiel einen festen Freund und in welchen Kreisen bewegte sie sich eigentlich? Kirsti wüsste es vielleicht, aber sie zu fragen würde kaum etwas bringen. Wahrscheinlich war es schon zu spät dafür. Vielleicht war es für alles zu spät ...

Dass Dora gerade heute in der Firma aufgetaucht war, war eine ziemliche Überraschung. Noch erstaunlicher war, dass sie nicht, wie gewöhnlich, einen oder zwei Hunderter erbetteln, sondern mit ihm essen gehen wollte. Sie führte etwas im Schilde, aber Ilkka konnte sich nicht durchringen, sie danach zu fragen.

Die Erklärung kam schließlich in Form einer einfachen Frage, als das Essen serviert war und Ilkka den Kellner nach kurzem Überlegen gebeten hatte, ihm auch noch einen Schnaps zu bringen.

»Lasst ihr euch jetzt scheiden?« Dora spießte mit der Gabel Estragonmöhrchen auf, den Blick fest auf den Teller geheftet.

»Wie bitte?«, fragte Ilkka, um Zeit zu gewinnen. Er nahm einen großen Schluck aus seinem Weinglas, aber das dämpfte sein Herzklopfen nicht. Großer Gott, das Mädchen hatte eine Frage gestellt, mit der er sich am Sonnabend noch selbst beschäftigt, die er aber nach den Ereignissen vom Sonntag in die Schublade mit den unerledigten Dingen gesteckt hatte.

»Ich will bloß wissen, ob du und Mama euch jetzt scheiden lasst«, erklärte Dora. Trotz der starken Schminke, der schrecklichen Frisur und der provozierenden Kleidung wirkte sie plötzlich sehr klein, fast wie ein Kind, verletzlich und unglücklich.

Es gelang Ilkka, mit einem Lachen zu antworten, dass er nie auch nur daran gedacht habe, dass es natürlich in jeder langen Ehe bessere und schlechtere Phasen gebe, aber dass es für sie, die Eltern, doch mindestens hundert Dinge gebe, die sie verbanden, nicht zuletzt die Töchter, und so weiter, lauter abgedroschene Phrasen. Ilkka redete und erklärte, bis Doras nächste Frage ihn abrupt verstummen ließ.

»Würdet ihr euch scheiden lassen, wenn Laura noch leben würde?«

Ilkka hätte laut schreien mögen, dass das, verdammt noch mal, niemanden etwas anging, aber stattdessen sagte er nur, dass Laura nie in irgendeiner Weise mit seiner Ehe zu tun gehabt habe, weder in guten noch in schlechten Tagen. »Dora, Schätzchen, Laura war eine gute Freundin, weiter nichts.«

»Ach nein?« Dora fixierte ihren Vater mit ihren schwarz umrandeten Augen. »Aber du warst verrückt nach ihr. Alle wussten es – auch Mama, obwohl sie das nie zugeben würde.«

»Jetzt nimmst du aber den Mund zu voll.« Ilkka versuchte, väterliche Autorität in seine Stimme zu legen, allerdings ohne nennenswerten Erfolg. »Ich ...«

»Ach Scheiße!«, zischte Dora, und Ilkka sah wieder rasch in die Runde, doch zum Glück drehte sich niemand nach ihnen um. »Ich weiß ganz genau, wovon ich rede. Ich hab euch außerdem gesehen.«

»Uns? Wo denn?«

»Mindestens zweimal, wie ihr in deinem Auto rumgemacht habt.«

»Und wo bitte?«

»An einem verdammt öffentlichen Ort, nämlich vor deiner Firma. Ihr hättet wenigstens ein bisschen aufpassen können. Und ich hab' es an Lauras Gesicht gesehen, als ich ihr am Freitag die Flasche brachte. Sie ist fast verrückt geworden, als ich in ihrer Bude rumsprang und sagte, hier ist also der Ort, wo ihr ... und so weiter.«

»Jetzt reicht es!« Ilkkas Faust krachte auf den Tisch, und diesmal drehten sich ein paar Köpfe um. »Entschuldige, ich wollte nicht ...« Ilkka sah seine Tochter an, die mit beleidigter Miene weiteraß. Sie begriff anscheinend mehr, als er sich je hätte vorstellen können. Wozu also um den heißen Brei herumschleichen, wenn die Katze schon auf den Tisch gelegt worden war.

»Du hast ja Recht«, gab Ilkka leise zu. »Laura war mir tatsächlich sehr ... lieb. Aber von Scheidung ist nie die Rede gewesen. Glaub, was du willst, aber ich liebe meine Familie – euch alle – wirklich, und Laura wiederum war eine typische selbstständige Frau, die sich gar nicht nach einer offiziellen Verbindung sehnte. Ihr reichte ...«

»Gelegentliches Ficken«, unterbrach Dora ihn mit leisem Lächeln.

»Nenn es, wie du willst«, seufzte Ilkka. Er mochte sich nicht mehr in den Sprachgebrauch seines Nachwuchses einmischen, die jungen Leute lebten sowieso in einer anderen Welt. Aber Doras nächste Frage schreckte Ilkka auf und ließ ihn die Ereignisse wieder unter einem neuen Aspekt betrachten: »Fliegst du jetzt aus der Firma?«

»Um Himmels willen, warum sollte man mich entlassen?«

Die Stimmung im Verlag war zweifellos angespannt und aufgewühlt. Ilkka hatte gleich am Morgen im Zimmer des Generaldirektors einige heikle und auch sehr persönliche Fragen beantworten müssen, aber er hatte trotzdem nicht den Eindruck gehabt, dass sein Stuhl wackelte. Er hatte versprochen, die Informationen für die Presse und all diese Dinge so feinfühlig wie irgend möglich zu handhaben, und hatte den größten Teil davon an Moona delegiert. Morgen früh würde der Vorstand zu einer außerordentlichen Sitzung zusammenkommen, und plötzlich begriff Ilkka, dass er diese Sitzung mehr als alles andere fürchtete.

»Wenn ich dein Boss wäre, würde ich dir kein bisschen mehr vertrauen«, bemerkte Dora kalt. »Du warst dort, du könntest sogar der ...« Das unausgesprochene Wort blieb in der Luft hängen, aber Ilkka empfand es eher als Feststellung denn als Anschuldigung. »Es wird sowieso jeder verdächtigt, ehe nicht das Gegenteil bewiesen ist – oder wie heißt es immer so schön?«, fügte Dora hinzu.

»Dora.« Ilkka ergriff ihre schmale, kalte Hand. »Ich habe Laura nicht getötet. Ich kann dich natürlich nicht zwingen, mir zu glauben, aber es ist die Wahrheit. Warum hätte ich eine Frau töten sollen, die ich liebte?«, fragte er sie dann wie eine Erwachsene.

»Vielleicht gerade deshalb«, antwortete Dora logisch. »Ich hab irgendwo gelesen, dass oft gerade aus Liebe oder auch wegen Geld getötet wird. He, aber ich verdächtige dich nicht«, fügte sie hinzu, als sie die erschütterte Miene ihres Vaters sah. »Aber du kannst auch nicht abstreiten, dass du ein möglicher Kandidat wärest.«

Das ließ sich tatsächlich nicht leugnen. Ilkka beschloss, doch sofort ins Büro zurückzukehren und bat um die Rechnung. Die Arbeit würde sich binnen kurzem häufen, und außerdem musste er unbedingt Moona anrufen, so unangenehm ihm dieser Gedanke auch war. Er musste mit ihr die Beisetzung und vieles andere absprechen und vor allem herausbekommen, was sie Samstagnacht gesehen – oder zu sehen geglaubt – hatte.

Draußen schneite es unvermindert weiter. Sie saßen an einem Fenstertisch, und während sie auf die Rechnung warteten, schaute Ilkka hinaus. Eine bekannte Gestalt machte vor dem Gebäude Halt: Tero Tuomela stand einen Augenblick mit hochgezogenen Schultern vor dem Fenster, kam jedoch nicht herein, sondern ging in Richtung Zentrum weiter.

Von Tuomela wanderten Ilkkas Gedanken zu Anna. Eines Tages, wenn etwas Zeit vergangen wäre, würde er sie anrufen und darum bitten, dass er sich ihre Fotos von dem Fest ansehen dürfte. Er würde sie in aller Ruhe betrachten, in Erinnerungen und Gefühlen schwelgen und dann alles vergessen – wenn er könnte.

Natürlich waren die Illustrationen für die Fortsetzungsgeschichte nur ein fadenscheiniger Vorwand, um zu Karri Mäntynen zu gehen und in den Schätzen seines Antiquariats zu wühlen, aber zum Glück wusste das nur Anna selbst. Irgendwo musste sie außerdem anfangen, verteidigte sie sich selbst. Und zumindest eines stand felsenfest: Sie würde der Barbara nicht Lauras Aussehen geben, auch auf die Gefahr hin, dass Moona ihr die Haare ausriss, das ganze Vorhaben scheiterte und das saftige Honorar zum Fenster hinausflog.

Justus war nicht kooperativ gestimmt. Er liebte es, leise herabschwebenden Flocken nachzujagen, aber der draußen heulende Sturm mit dem waagerecht treibenden Schnee war eine ganz andere Sache. Am allermeisten verabscheute er den Regenschutz im Schottenkaro, den Anna ihm halb mit Gewalt überstülpte, aber weil der Gang nach draußen nun mal nicht zu vermeiden war, trottete er demonstrativ langsam neben seinem Frauchen her und schmollte auf dem ganzen Weg bis in die Iso Roobertinkatu.

Während Anna ihre Stiefel abklopfte, warf sie einen Blick ins Schaufenster. Die Gilda ersetzte jetzt Marilyn Monroe am Niagara, das ungerahmte Poster war anscheinend in aller Eile an der hinteren Wand angebracht worden. Als ob man Champagner gegen Cidre eingetauscht hätte, dachte Anna, während sie Justus aufforderte, mit hineinzukommen.

Der Platz in der Mitte, an dem die *Magische Macht* gestanden hatte, war leer. Natürlich war das Buch inzwischen verkauft. Glaubte der Käufer etwa, auf den Seiten des Romans den Schlüssel zu Lauras Tod zu finden? Der Verlag würde wahrscheinlich bald eine Neuauflage herausbringen müssen, was natürlich in der Flaute nach dem Weihnachtsgeschäft und vor dem Schlussverkauf im Februar wie ein kleiner Lottogewinn wäre. Wenn Anna auch manchmal fand, dass ›Geschäft‹ ein schönes Wort war, gefiel ihr ein solcher Gedanke im Moment ganz und gar nicht.

Im Laden war nur eine Kundin, eine Frau mittleren Alters, die mit Ausrufen des Entzückens in einem kleinen Pappkarton wühlte.

»Lana Turner, ach, die kenne ich auch noch! Als kleines Mädchen habe ich immer von solcher weißen Pelzstola und von Diamantohrringen geträumt. Ist Gregory Peck auch dabei? Nein? Ach, wie schade. Diese vier nehme ich auf jeden Fall, also Tyrone Power, Tony Curtis, Doris Day und das hier mit Elizabeth Taylor und Lassie. Und reservieren Sie mir unbedingt den Peck, ich weiß ganz genau, dass sein Bild zu dieser Spielkartenserie gehörte. Was kostet die? Oh, aber sie sind es auch wert.« Die Frau reichte Karri einen Hunderter und bekam zwei Zwanziger zurück. »Ich will daraus eine Art Collage machen lassen, sobald ich den Gregory Peck gefunden habe. Dann besitze ich nämlich das komplette Spiel.«

Glücklich trat die Frau in den Schneesturm hinaus.

»O holde Jugendzeit«, Anna lachte. »Wenn du zu den Bildern auch noch die entsprechenden Düfte in Fläschchen verkaufen könntest, dann hättest du die Chance, richtig Geld zu machen.«

»Du sagst es.« Karri sammelte die Spielkarten mit den Filmstars fast andächtig zusammen und legte sie wieder in den Karton. »Wie zum Beispiel Brylcreme oder Sans Egal oder Little-Boston oder …«

»… oder eine druckfrische Illustrierte jener Zeit oder eine zerknüllte Eintrittskarte vom Kinopalast oder auf dem Ofen angesengte Wollsocken vom Schlittschuhlaufen …«, fuhr Anna fort.

»… oder Achselschweiß von einem Nylonhemd«, ergänzte Karri lachend. »Komisch, dass die Zeit nicht nur die Erinnerungen vergoldet, sondern auch aus vielen Gerüchen herrliche nostalgische Düfte macht.«

Anna bückte sich, um Justus den nassen Regenschutz abzunehmen. Der Hund, immer noch beleidigt, schüttelte sich und legte sich dann vor den warmen Heizkörper neben der Tür.

»Willst du mit mir über Niagara verhandeln?«, fragte Karri und holte aus dem Hinterzimmer zwei Becher mit Kaffee, nachdem er zuvor bedauernd erklärt hatte, dass er leider keinen gefilterten anbieten könne.

»Aber nein.« Anna kostete von dem aufgebrühten, gerbsäurehaltigen, zu starken Kaffee und bemühte sich, nicht das Gesicht zu verziehen. »Aber erzähl doch mal, warum du Laura ausgerechnet die *Gilda* geschenkt hast. Hängen Erinnerungen daran?«

»Sozusagen. *Gilda* war seinerzeit unser Lieblingsfilm, aber aus unterschiedlichen Gründen. Ich schwärmte für Rita und Laura für Glenn Ford. Während unserer Studentenzeit hockten wir ständig im Filmarchiv und Laura wollte Fords Filme immer und immer wieder sehen. Ich habe nie verstanden, warum. Ich fand, dass Ford ein zu weicher und weiblicher Typ war, verglichen etwa mit Bogart oder Cooper; und er hat ja auch Langs Krimis, die der während seiner USA-Zeit gedreht hat, fast verdorben.«

»Ach ja? Dazu kann ich nichts sagen, weil ich die Filme gar nicht kenne.« Anna musste lächeln. An die Filme konnte sie sich zwar nicht erinnern, wohl aber an Glenn Ford, und sie fand, dass Karri selbst eine ganz ähnliche Männlichkeit mit weichen Zügen verkörperte.

»Damit hatten wir tatsächlich auch etwas gemein«, sagte Karri und kratzte sich zerstreut einen schwarzen Farbklecks vom Arm. »Und dass keiner von uns den Führerschein hatte. Und dass wir keine Kinder hatten. Was wiederum daher rührte, dass wir es beide nicht wollten«, fügte er hinzu, als er Annas erstaunte Miene sah. »Oder eigentlich dachten wir, vielleicht irgendwann in der Zukunft, aber die gemeinsame Zukunft gab es dann ja nicht.«

Anna versuchte sich Laura und Karri zu jener Zeit vorzustellen, zwanzig Jahre jünger, am Anfang ihres Studiums, in einem dunklen Kinosaal sitzend, verliebt ihre Zukunft planend, die Heirat, das gemeinsame Heim. Es blieb ein bloßer Versuch, denn sie sah nur eine strahlende, löwenmähnige Frau in ihrer luxuriösen Wohnung und einen Softy in Kordhosen, der nirgendwo besser hinpasste als in sein Antiquariat. Sie hätte gern gewusst, was Karri in der übrigen Zeit machte, womit er sich beschäftigte, wohin er ging, wen er traf – und möglicherweise liebte. Aber einen Karri Mäntynen fragte man nicht nach solchen Dingen. In all seiner stillen Freundlichkeit wirkte er privater als jeder andere Mensch, den sie kannte.

»Eigentlich bin ich gekommen, um Inspirationen für eine Arbeit zu suchen«, sagte sie, ohne näher zu erklären, worum es ging. Sie konnte sich durchaus nicht an den Gedanken gewöhnen, mit Lauras Tod Geld zu verdienen. »Ich habe, ehrlich gesagt, die Farben irgendwie satt. Ein Bild in Schwarz-Weiß spricht den Betrachter viel stärker an, es hat eine ganz andere Tiefe.«

»Stimmt«, sagte Karri interessiert. »Licht und Schatten. Nenn mir auch nur einen einzigen Farbfilm, der so gekonnt mit Licht und Schatten arbeitet, wie die Schwarz-Weißen.«

»Ich jedenfalls habe zum Beispiel an dem Tag aufgehört, Antonioni zu lieben, als er anfing, Farbfilme zu machen. Keiner seiner Farbfilme reicht an *Nacht und Abenteuer* heran.« Anna betrachtete prüfend die Videoregale. »Eigentlich sollte ich mir ein oder auch zwei Kassetten als Modell und zu meinem eigenen Vergnügen ausleihen. Empfiehl mir was.«

»Warte mal kurz ...« Im Hinterzimmer klingelte das Telefon und Karri verschwand hinter dem Vorhang. Anna hörte, wie er einsilbige Antworten gab, dann legte er auf, aber es dauerte lange, ehe er wieder nach vorn in den Laden kam.

»Jetzt verstehe ich überhaupt nichts mehr.« Karri stellte den Karton mit den Spielkarten ins Regal zurück und strich sich das Haar hinter die Ohren. »Lauras Anwalt hat angerufen und mich um meinen Besuch gebeten.«

»Ja?«

»Der Kerl hat gerade Lauras Testament geöffnet und ... Menschenskinder, ich erbe angeblich die Hälfte ihres Besitzes!«

»Oh.« Die Videokassette glitt Anna aus den Händen und fiel auf den Fußboden.

»Aber noch seltsamer ist, dass die zweite Hälfte an Maria Lindén geht.«

Die altmodisch prachtvollen Räume des Anwaltsbüros Grönberg & Grönberg befanden sich im Obergeschoss eines der schönsten Jugendstilhäuser am Boulevard. Karri glaubte, das alte Geld buchstäblich zu riechen, als er in einem antiken ledernen Bürgermeisterstuhl Assessor Hannes Grönberg gegenübersaß. Offenbar repräsentierte der Mann den letzteren Teil des Firmennamens. In seinem schwarzen Nadelstreifenanzug und dem schneeweißen Hemd strahlte er eine bemerkenswerte gesetzte Würde aus, obwohl er vermutlich noch nicht einmal dreißig war.

Karri hätte das alles geradezu amüsant gefunden, wenn er nicht so aufgeregt gewesen wäre. Unfassbar, dass es solche Orte und Menschen überhaupt noch gab. Aber die ganze Zeit hatte er das quälende Gefühl, dass alles nur ein geschmackloser Scherz war und man ihm am Ende auf jeden Fall die Rechnung präsentieren würde. Er beobachtete nervös, wie Grönberg seelenruhig irgendwelche Papiere studierte – Lauras Testament? –, und versuchte sich gleichzeitig zu erinnern, in welchem alten amerikanischen Film er einen ebensolchen jungalten Juristen hinter einem ganz ähnlichen massiven Schreibtisch hatte sitzen sehen. Es fiel ihm nicht ein. Er hätte in diesem Augenblick wohl nicht einmal seine Lieblingsfilme nennen können.

Maria Lindén saß neben ihm, in ihrem engen schwarzen Strickkleid, das sie auf Lauras Fest getragen hatte, die Knie dicht nebeneinander, die Hände im Schoß. Karri hatte sich über die Veränderung erschrocken, die mit ihr vor sich gegangen war. Obwohl sie so aussah wie immer, hatte sie bei der Begrüßung fast gelächelt. Ihre dunklen Augen hatten in unverhüllter Freude geblitzt, aber Karri war sicher, dass der

Grund nicht nur das überraschende Testament war. Und war es am Ende für Maria überhaupt eine Überraschung gewesen?

Hannes Grönberg schob seine Brille zurecht und begann mit leiser, monotoner Stimme zu sprechen, und Karri entging nicht, wie sich Marias Rücken spannte und sich ihre Hände um die dicken Seitenlehnen ihres Stuhls pressten.

»Unser Büro vertritt die Diplomingenieurin Laura Halonen schon seit mehreren Jahren in Rechtsangelegenheiten, oder präziser ausgedrückt sie war meine persönliche Klientin. Ich spreche hier sowohl von ihren privaten Angelegenheiten als auch von denen ihrer Firma. Wir haben natürlich auch den Verkauf ihres Übersetzungsbüros übernommen, und ich kann sagen, dass es uns gelungen ist, die Firma zum richtigen Zeitpunkt zu verkaufen und einen wirklich ausgezeichneten Preis zu erzielen. Es muss nicht extra erwähnt werden, dass auch Diplomingenieurin Halonen äußerst zufrieden mit dem Ergebnis war.«

Ein kleines Lächeln huschte zum ersten Mal über Grönbergs sachliches Gesicht, aber dann räusperte er sich und fuhr mit der Darlegung der Hintergründe fort. Seine Rede wimmelte von juristischen Fachausdrücken, Zahlen und Daten, von Angaben über Devisenkonten, Aktiengeschäfte und Dividenden, Risikoanlagen, Rentenfonds und Lebensversicherungen. Die eintönige und größtenteils unbegreifliche Paragrafenterminologie begann Karri einzuschläfern, und er horchte erst auf, als Grönberg wieder das Wort Testament erwähnte.

»Diplomingenieurin Halonen hat in der Zeit, da sie unsere Klientin war, zwei Testamente gemacht. Das erste wurde vor etwa fünf Jahren aufgesetzt, und demnach wäre ein Fünftel ihres Besitzes an ihren Vater, Kaufmann Eino Halonen, gegangen. Der Rest, also der größte Teil, war für verschiedene medizinische Zwecke vorgesehen und sollte vor allem in Rehabilitationseinrichtungen für Opfer von Verkehrsunfällen fließen ...«

Maria fuhr sich mit der Hand an den Hals und sah Karri heftig atmend an. Grönberg blickte von seinen Papieren auf, aber da Maria nichts sagte, fuhr er in seinen Erläuterungen fort. »Im letzten Herbst wünschte Frau Halonen dann ganz überraschend ihr Testament zu ändern. Genauer gesagt handelte es sich nicht um eine bloße Änderung, sondern sie ließ ein völlig neues Vermächtnis aufsetzen, sie ...« Grönberg machte eine kleine Pause. »Nun, ich kann es hier wohl durchaus erwähnen ... Sie sagte, dass sie einigen Personen etwas schuldig sei und dass sie für Vergangenes um Verzeihung bitten wolle – so hat sie es wörtlich ausgedrückt und begründet. Ich nehme an, dass Sie beide am besten wissen, was sie mit diesen schönen Worten gemeint hat.«

Karri glaubte eine ganz leise Rührung aus Grönbergs Stimme herauszuhören, aber als dieser dann Zahlen und Summen zu nennen begann, schwirrte ihm der Kopf. Selbstverständlich war er davon ausgegangen, dass Laura im Laufe der Jahre ein beträchtliches Vermögen gemacht hatte, aber er hatte seine frühere Frau dennoch nie für eine Millionärin gehalten. Das bloße Wort hörte sich irgendwie unwirklich und komisch an, und doch sprach Assessor Grönberg soeben von Millionen.

»Hinsichtlich des Gesamtvermögens gibt es natürlich noch eine Menge zu prüfen und zu klären, aber wir wollten Ihnen beiden die Grundsituation darlegen. Und auf jeden Fall handelt es sich um mehrere Millionen, auch wenn der größte Teil natürlich in Aktien, Immobilien und so weiter festliegt.«

Grönberg machte wieder eine Pause, faltete seine Hände auf dem Tisch und sah die Überraschungserben ernst an. »Und dann ist da eine Sache, die von Anfang an klargestellt werden muss. Wir alle hier im Büro sind tief erschüttert über den gewaltsamen Tod von Diplomingenieurin Halonen. Sie war für uns – und vielleicht besonders für mich, der ich am meisten mit ihr zusammenarbeiten durfte – eine wichtige und respektable Persönlichkeit, nicht nur als Klientin, sondern auch als Mensch. Sie war, mit einem Wort, eine ganz außergewöhnliche Frau.« Grönberg räusperte sich gerührt, und Karri und Maria wechselten einige Blicke, ehe der Mann im Stande war, fortzufahren:

»Und gerade aufgrund ihrer schrecklichen Todesart liegt das Testament natürlich vorläufig auf Eis. Es wird erst vollstreckt, wenn der Mörder gefasst und verurteilt ist.«

Grönbergs korrekte Fassade zeigte deutliche Risse. Das sorgfältig gekämmte dünne Haar klebte an der feuchten Stirn und er schob die Papiere mit einer heftigen Bewegung beiseite. Dann erhob er sich steif und streckte seine Hand aus: Das Gespräch war beendet.

Wen von uns beiden mag er mehr verdächtigen?, fragte sich Karri, während er aufstand, um sich zu verabschieden. Er ergriff Grönbergs kalte, schweißige Hand und ging dann hinter Maria durch die mit Holzschnitzereien verzierte Tür, die reichlich Patina angesetzt hatte.

Im Fahrstuhl sprachen sie beide kein Wort, jeder stand in seiner Ecke und verfolgte, wie der schwarze Pfeil quälend langsam an der Tafel mit den Nummern der Stockwerke nach unten glitt. Aber in der Haustür eilte Maria überraschenderweise nicht sofort davon.

»Ist das nicht ein Grund zum Feiern?«, fragte sie und schlug den Mantelkragen hoch, während sie zum Himmel aufsah. Die Schneeflocken bildeten auf ihrem schwarzen Haar im Nu einen spitzenähnlichen Schleier, und Karri merkte, dass er in Gedanken wieder nach einem alten Film suchte. Vivien Leigh, natürlich – aber in welchem Streifen?

»Wie wäre es zum Beispiel mit Dom Pérignon bei *Klaus Kurki*?«, fragte Karri lachend und steckte die Hände in die Taschen seiner Tarnjacke, die schon mehr als zehn Jahre alt war. »Jetzt können wir es uns ja leisten.«

»Ich dachte eigentlich nur an einen Kaffee. Gehen wir ins *Ekberg*?«

»Warum nicht.« Karri versuchte sie unterzuhaken, aber sie wich ein wenig zur Seite und hielt sich den Mantelkragen zu, während sie die wenigen Meter zum Café gingen.

»Ach, Mist, hier darf man ja nicht rauchen.« Karri steckte bedauernd die Pfeife wieder ein, als die Kellnerin den Kaffee und einen Napoleon gebracht hatte. »Bringen Sie mir doch bitte auch ein Stück Kuchen.«

Wirklich ein Grund zum Feiern, dachte Karri, während

er Maria ansah, die alles andere als in Feierstimmung zu sein schien. Sie sprach nicht, aß nur gedankenverloren ihren Kuchen, gesittet in kleinen Bissen.

Karri sehnte sich heftig nach seiner Pfeife – und hätte andererseits endlos lange dort sitzen und diese sonderbare Frau ansehen mögen. Aber war Maria überhaupt sonderbar? Er kannte sie eigentlich gar nicht, wusste aber natürlich seit Jahren von ihr, seit dem Zeitpunkt, da sie Lauras Bruder geheiratet hatte, das war nach seiner und Lauras Scheidung gewesen. Er erinnerte sich an eine glückliche junge Frau und Mutter eines kleinen Babys und schließlich die erschreckende Veränderung, die nach dem Unfall mit ihr vor sich gegangen war. Er wusste noch, wie erschüttert er gewesen war, als er sie im letzten Sommer das erste Mal mit ihrem Kinderwagen gesehen hatte, aber schließlich hatte man sich im Stadtbild auch daran gewöhnt. Und dann am Sonnabend auf Lauras Fest ... Als Maria dort mit Markus Palmroos erschienen war, hatte Karri auf einen Schlag erkannnt, dass in Wirklichkeit alles nur wohl überlegte, kaltblütige Rache war: das seltsame Benehmen, die Babypuppe, der Wahn. Oder doch nicht? Auch Vivien Leigh war am Ende in der Nervenklinik gestorben ...

Einer Sache war sich Karri am Ende allerdings ganz sicher: Maria Lindén war eine atemberaubend schöne Frau.

»Es war eine ziemliche Überraschung, eigentlich ein richtiger Paukenschlag«, sagte Karri schließlich, als das Schweigen schon allzu lange dauerte und Maria sich mit der Serviette die Mundwinkel abtupfte. Kuchenkrümel waren auf ihr schwarzes Kleid gerieselt, aber sie schien es nicht zu bemerken.

»Das war es wirklich.« Die dunklen Augen blitzten hochmütig. »Ich meine die Tatsache, dass Laura begriffen hatte, dass sie eine Schuld abzuleisten hat. Weniger überraschend ist, dass sie sich wieder einmal eingebildet hat, Geld würde genügen. Als könnte sie mit ihren Millionen ihren Bruder und Patrik wieder zum Leben erwecken.« Maria zog ein Taschentuch aus ihrer Handtasche, wischte sich aber nicht die Augen. »Aber jetzt schmort die Frau Gott sei Dank im

Höllenfeuer und kann sich überhaupt nichts mehr einbilden. Das Wichtigste ist, dass Laura tot ist, dass sie schließlich das gekriegt hat, was sie verdient hat.«

Das Testament wird erst vollstreckt, wenn der Mörder gefasst und verurteilt ist. Karri musste an Grönbergs Worte denken. Er sehnte sich immer heftiger nach seiner Pfeife und seinen alten Filmen. Sie waren Leben nach seinem Geschmack, hatten einen ordentlichen Anfang, einen Mittelteil und einen Schluss, man konnte sie analysieren und verstehen, und man konnte die Betrachtung jederzeit unterbrechen, wenn man es wollte.

»Du kannst anscheinend nie vergessen und verzeihen«, bemerkte er leise.

»Nein, und ich will es nicht einmal versuchen. Laura hat mein Leben, das meines Kindes und meines Mannes zerstört, und Samstagnacht hat irgendjemand sie zerstört. Wenigstens einmal gibt es Gerechtigkeit.«

Karri konnte sie nur anstarren. Sie hatte das fast beiläufig gesagt, aber einen solchen bodenlosen Hass, wie er in ihren Augen glomm, hatte er, soweit er sich erinnerte, nicht einmal im Film gesehen. Andererseits: Hass war letztlich nur die Kehrseite der Liebe, und zweifellos konnte man mit dem einen wie mit dem anderen sein Leben leben, oder es zumindest ertragen.

»Ich habe eine etwas andere Auffassung von Gerechtigkeit«, sagte Karri sanft. »Und ich kann nicht umhin, Dankbarkeit zu empfinden …«

»Dankbarkeit!«, schrie Maria schrill. Die alten Damen, die zwei Tische weiter saßen, sahen erst Maria und dann einander an, die Kaffeetassen klirrten gedämpft auf die Untertassen nieder, ehe das Geflüster begann. »Ich weiß nicht einmal mehr, was das Wort bedeutet. Und du bist außerdem in einer ganz anderen Situation. Du hast nichts verloren, du hast nur gewonnen. Aber ich werde das Geld nicht annehmen.«

»Du willst es nicht nehmen?«, wiederholte Karri verblüfft. »Meinst du damit, du willst mehrere Millionen in den Wind schlagen?«

»Oder sie den Möwen hinwerfen, wenn mir danach ist.

Ich will auf keinen Fall Laura Halonens Blutgeld haben. Mir reicht es, dass sie tot ist.«

Einige Augenblicke später, als Maria halb im Laufschritt den verschneiten Boulevard überquerte und gerade noch einem Bus ausweichen und sich auf den Bürgersteig retten konnte, begriff Karri, dass sie erneut einen großen Verlust erlitten hatte. Lauras Tod war für sie gewiss ein echter, wenn auch makabrer Grund zur Freude, aber zugleich hinterließ er ein riesiges Vakuum.

Gegen wen würde Maria jetzt ihren blinden Hass richten?

»Verzeihung!«, sagte Anna barsch, nachdem sie mit ihrem Einkaufswagen gegen einen großen Mann gestoßen war; er trug Freizeitkleidung, sein dunkelblauer Anorak hatte auf dem Rücken nasse, schwarze Flecke. Warum mussten die Leute immer trödeln und mitten im Gang stehen bleiben?

»Macht nichts.« Der Mann drehte sich um und nahm die Pudelmütze vom Kopf – und Anna lachte ein wenig verlegen. »Tag, Tuomela. Auch hier gilt übrigens der Rechtsverkehr, falls du es nicht wissen solltest.«

»Doch, doch, ich weiß. Ich wollte mir bloß schnell etwas zu essen holen, hab einen wahnsinnigen Kohldampf. Ich habe bei diesem fiesen Wetter den wohl längsten Spaziergang meines Lebens gemacht, bin auf dem Friedhof von Hietalahti und dem Markt von Töölö und überall gewesen. Ich konnte es einfach nicht zu Hause aushalten, nachdem der Martikka da war und mir seine Daumenschrauben angesetzt hat. Vorher war ich zu nichts anderem fähig gewesen, als bloß im Bett zu liegen, und jetzt habe ich das Gefühl, dass ich es nirgendwo aushalte.«

»Das Gefühl kenne ich.« Anna blickte mitleidig in seinen Korb, in dem bisher nichts weiter als eine kleine Tüte Milch und ein in Plastik verpackter, mikrowellenfertiger Hamburger lag. Sie fasste einen blitzschnellen Entschluss: »Irgendwo musst du dich sowieso aufhalten, könntest du dir also vorstellen, zu mir zu kommen, zum Essen, meine ich? Es gibt italienisches Spinathuhn. Moona kommt auch, sie hat sich, ehrlich gesagt, selbst eingeladen.«

»Überredet. Und was mache ich damit?« Tuomela hob seinen Korb hoch.

»Das hebst du dir nicht mal für den Notfall auf. Du bringst zumindest diesen schrecklichen Gummihamburger wieder dorthin, wo du ihn hergeholt hast.«

Während Anna an der Kasse ihre Einkäufe in eine Papiertüte packte, fiel ihr der Wein oder vielmehr sein Fehlen ein. »Lass uns noch rasch zu *Alko* gehen. Ich glaube, ich habe zu Hause nur eine angebrochene Rotweinflasche.«

Auf dem Weg dorthin dachte Tuomela nervös an seinen Kontostand, der ein hässliches Minus zeigte. Der Nachmittag war schon weit fortgeschritten und er hatte den Artikel über Laura noch nicht einmal angefangen, doch dafür gab es einen einfachen Grund: Er würde auf keinen Fall im Stande sein, ihn zu schreiben. Natürlich müsste er die Chefredakteurin anrufen und sie um Verständnis bitten, aber das könnte er auch noch später am Abend oder gleich morgen früh erledigen ... Andererseits würde die Visarechnung erst im nächsten Monat fällig, und bei der ohnehin katastrophalen Endsumme käme es auf eine oder zwei Weinflaschen auch nicht mehr an. Außerdem könnte er, bevor die Rechnung käme, sicher noch ein paar Storys loswerden. Er wäre bereit, über alles und jeden zu schreiben – außer über Laura.

Als Anna Justus' Halsband am Fahrradständer vor dem *Alko* befestigt hatte, öffnete Tuomela ihr mit tiefer Verbeugung die Tür und erklärte, dass er unbedingt die Getränke bezahlen wollte: »Verehrte Künstlerin, Sie schauen und wählen, ich bezahle und trage die Tüten.«

Sie wanderten lange im Laden herum. Anna liebte die Formen und unterschiedlichen Farben der Flaschen, und vor allem ihre Etiketten. Wenn sie wieder in ein Eigenheim ziehen würde, könnte sie sich einen richtigen Weinkeller anlegen, aber den Gedanken musste sie am besten gleich wegschieben. Sie hatte ihren Entschluss gefasst und würde bis zum Weltuntergang im Zentrum wohnen bleiben.

»Côtes du Luberon ...«, Anna lachte, als sie die Flasche betrachtete, die sie aus dem Regal mit den Rosé-Weinen genommen hatte. »Lustig, weil nämlich die Provence-Bücher von dem Engländer Mayle gerade in Luberon spielen, und über die Provence hatte auch Laura als Nächstes schreiben wollen, so behauptet jedenfalls Moona. Ist dir diese Sorte recht?«

Die Sorte war Tuomela sehr recht, zumal sich der Preis anscheinend in Grenzen hielt. Er stellte drei Flaschen in den Korb und marschierte zur Kasse.

»Donnerwetter!«, rief er ein wenig später atemlos, als er die Tüten mit den Einkäufen in Annas Flur, der eher eine Eingangshalle war, abstellte. »Sagenhafte Bude. Was bezahlst du dafür an Miete?«

»Das Hausgeld«, Anna stellte die Weinflaschen in den Kühlschrank ihrer Barküche und packte die übrigen Einkäufe aus. »Und natürlich Zinsen und Tilgung an die Bank.«

»Wie kriegst du das bloß auf die Reihe?« Tuomela hatte sich an das Atelierfenster des Wohnzimmers gestellt und bewunderte die Aussicht. »Hast du einen heimlichen Superkunden oder einen steinreichen Liebhaber?«

»Leider weder den einen noch den anderen.« Anna schaltete den Backofen ein und holte den Bräter aus dem Schrank. »Dafür viele kleine, aber zum Glück treue – Kunden, meine ich. Um die Wahrheit zu sagen, habe ich diese Wohnung fast lächerlich günstig bekommen, und wenn man klein, das heißt mit einer Mini-Einzimmerwohnung, anfängt, bringt man es bis zu meinem Alter ziemlich weit.«

»Was heißt hier Alter? Du bist doch ...« Tuomela vollendete den Satz nicht und fügte in Gedanken hinzu: mindestens in mittleren Jahren, sorry – oder eigentlich alterslos. Er hatte immer die Vorstellung gehabt, dass Anna Laine schon bei ihrer Geburt so ausgesehen hatte und auch so sterben würde, lang und mager, mit einem Mittelscheitel, das schwarze Haar im Nacken zusammengebunden. Und ganz sicher würde sie auch im Grab noch grinsen.

»He, jetzt möchte ich eine Lehrstunde. Ich möchte auch gern mal was anderes essen als Wurst aus der Mikrowelle.« Tuomela schwang sich auf den hohen Hocker auf der anderen Seite der Theke, die als Arbeitsplatte diente. »Also italienisches Spinathuhn.«

»Si, und man beginnt, indem man der Köchin und ihrem Assistenten helfende Getränke eingießt.« Anna füllte die Weingläser aus einer halb geleerten Flasche. »Hoffentlich ist der noch trinkbar.« Sie nahm einen Schluck, rollte ihn ein Weilchen im Mund und hob ihr Glas: »Prost.«

Anna befreite ein Stück Tiefkühlspinat von seiner Verpackung, legte es in eine kleine Schüssel, stellte diese in die Mikrowelle und beauftragte Tuomela, den Bräter mit Butter einzureiben.

»Um Zeit zu sparen, empfiehlt es sich übrigens, fertig marinierte Bruststückchen zu kaufen«, erklärte sie. »Und denk immer daran, erst die Haut zu entfernen, ehe du das Fleisch an einigen Stellen tief einschneidest, das sind die Taschen für den Spinat. Als Nächstes machen wir eine Parmesan-Semmelbrösel-Mischung, ungefähr zu gleichen Teilen. Und was dann? Ach ja, jetzt könnten wir etwas Butter zerlassen.« Anna schnitt ein Stückchen Butter ab, tat es in einen kleinen Topf und stellte diesen auf den Herd.

»Ist die Kocherei für dich ein Hobby oder so was wie ein Zwang?«, fragte Tuomela, während er Anna zusah, die mit bewusst theatralischen, aber genauen Handgriffen zu Werke ging.

»Eher eine Zwangsvorstellung«, lachte Anna. »Andererseits bin ich genau derselben Meinung wie Bernard Shaw, der seinerzeit behauptete, dass keine Liebe so ehrlich ist wie die Liebe zum Essen.«

Als die Mikrowelle geklingelt hatte, mischte Anna ein wenig Muskat und schwarzen Pfeffer unter den aufgetauten Spinat und füllte ihn dann mit einem Löffel in die Taschen der Hähnchenteile.

»Jetzt bestreuen wir die Stücke großzügig mit der Mischung aus Parmesan und Semmelbrösel und träufeln zum Schluss ein wenig zerlassene Butter darüber.« Anna breitete zufrieden die Hände aus. »Da wär's. Wenn das Thermometer zweihundert Grad oder ein wenig mehr anzeigt, wird die ganze Pracht für eine gute halbe Stunde in den Backofen geschoben und anschließend mit Reis und grünem Salat verzehrt.«

Anna ließ Wasser in einen Kochtopf laufen und stellte ihn auf den Herd. »Wir müssen uns leider mit gewöhnlichem Schnellkochreis zufrieden geben, und falls Knochen an dem Fleisch sind, verlängert sich die Backzeit natürlich ein wenig. Einfache Sache, nicht wahr? Dieses Rezept kann tatsächlich nicht mal der schlechteste Koch verderben, es sei denn, er vergisst das Hühnerfleisch im Ofen.«

»Was mir durchaus passieren könnte.« Tuomela sah auf die Uhr. »Oh, bald fünf. Wann sollte Moona kommen?«

»Um fünf, und wenn mit ihr alles beim Alten ist, dann erscheint sie auch um Punkt fünf Uhr. Moona verspätet sich ja nie.«

Und Moona verspätete sich auch diesmal nicht. Genau um fünf Uhr klingelte es an der Tür und Tuomela ging öffnen. Moona schob sich herein, ohne sich auch nur im Geringsten über den zusätzlichen Gast zu wundern, sie ließ ihre Tasche mitten im Wohnzimmer fallen und warf sich aufs Sofa.

»Ein schrecklicher Tag!« Ihre Stiefeletten flogen nacheinander in hohem Bogen durchs Zimmer. »Noch einen von der Sorte halte ich nicht aus oder ich werde endgültig verrückt.«

Tuomela beobachtete sie erstaunt. Am vergangenen späten Abend hatte er sie festhalten und trösten müssen wie ein hysterisches Kind, aber jetzt schien alles wie früher zu sein, Tempo und Action ohne Unterbrechung.

»Essen beruhigt«, zitierte Anna einen ihrer Lieblingssätze. Sie schüttete eine Tasse Reis ins kochende Wasser, um ihn ziehen zu lassen. »Und bis das Essen fertig ist, bewirkt ein Glas Wein dasselbe.« Sie goss den Rest aus der Rotweinflasche in ein Glas und brachte es Moona, die einen langen, genießerischen Seufzer ausstieß, als sie den ersten Schluck getrunken hatte.

»Herrlich, danke. Mir ist nämlich auch der Sekt ausgegangen, und für unsereinen ist es dasselbe, als müsste man auf Holzbeinen gehen.«

»Jedenfalls bist du trotzdem rechtzeitig hergekommen – auf deinen Holzbeinen«, lachte Tuomela. »Wie ist übrigens die Lage?«, fragte er dann so scharf, dass sogar Anna staunte.

»In welcher Hinsicht?« Moona kam aus ihrer halb liegenden Stellung hoch.

»Na ... im Falla Laura. Was weißt du? Weißt du irgendwas?«

»Was sollte ich denn sonst wissen, außer dass die Polizei wie verrückt in der Sache rumstochert. Bestimmt wühlen sie immer noch in Lauras Bude rum, und da haben sie weiß Gott genug zu tun. Sie wollten ja alles durchsuchen, Schränke, Kisten und Kästen, den Müll und die Flaschen und Gläser und ...«

»Apropos Schränke«, unterbrach Anna sie und bückte sich, um im Ofen nach ihrem mittlerweile schön gebräunten Huhn zu sehen. »Ich habe mich am Sonnabend sehr über Lauras Küchenschränke gewundert. Die waren so voll, dass sich kaum die Türen schließen ließen.«

»Dasselbe im Badezimmer«, berichtete Tuomela. »Laura war bestimmt als Nebenperson ein Hamster.«

»Laura war Kleptomanin«, sagte Moona trocken. »Und leider eine von der schlimmsten Sorte. Sie wurde im Laufe der Jahre schon so oft erwischt, dass ich mich wundere, dass kein einziger Fall zur Presse durchgesickert ist. Aus irgendeinem komischen Grund klaute sie bloß Flaschen und Dosen, und nicht zum Beispiel Strumpfhosen oder Slips oder andere gewöhnliche Sachen. Und selbst beim Klauen hatte Laura einen teuren Geschmack, sie nahm bloß Nobelmarken.«

»Betrieb sie das Hobby schon lange?« Tuomela versuchte zu scherzen, obwohl ihn Moonas überhebliche Haltung abstieß. Er hatte plötzlich den Eindruck, dass sie für sich das Monopol auf alles, was Laura betraf, beanspruchte, sowohl auf deren Schwächen als auch auf die positiven Dinge.

»Kleptomanie ist eine Krankheit«, erklärte Moona todernst. »Und Laura litt seit ihrer Teenagerzeit daran. So hat sie jedenfalls selbst gesagt, und mir hat sie ja alles erzählt – oder jedenfalls fast alles. Denn wenn sie wirklich alles erzählt hätte, könnte ich bestimmt sagen, wer sie getötet hat. Jetzt kann ich es leider nur vermuten.«

»Und?« Tuomela hatte angefangen, auf und ab zu laufen, blieb aber jetzt vor Moona stehen, die Hände in den Hüften, die starken Muskeln in dem kurzärmeligen T-Shirt aufgebläht.

»Ich vermute, was ich vermute«, sagte Moona mit einer lässigen Handbewegung, wobei sie provokant lächelte. »Ich weiß ja gar nichts, aber trotzdem ist es eine Tatsache, dass ich mehr gesehen habe als … nun, als mancher andere.«

»Und was? Außerdem, da wir gerade vom Sehen sprechen: Ich habe dich gesehen.« Tuomela rührte sich nicht von der Stelle, sondern zeigte mit dem Finger anklagend auf Moona. »Im *Last Hope,* verflucht noch mal. Oder hast du es vergessen?«

»Natürlich nicht, und ich habe es ja auch nie abgestritten.« Moona erhob sich träge vom Sofa und stieß Tuomela zur Seite, um ihr leeres Glas in die Küche zu bringen. »Du hingegen scheinst vergessen zu haben, dass ich nach dem elenden Bier nach Hause und sofort in die Falle gegangen bin.«

»Behauptet Moona Lahti, aber kann das jemand bezeugen?«, sagte Tuomela mit drohendem Unterton.

»Kinder, Kinder, nicht streiten, sonst gibt es kein Essen«, rief Anna beruhigend aus der Küche, während sie Salatblätter zerteilte und in die Schleuder warf. Sie hatte vorgehabt, den Mund zu halten, beschloss dann aber, die Neuigkeit doch zu erzählen, damit die beiden ihren idiotischen Streit beendeten und um ihre Reaktion zu erleben: »Ich wiederum weiß, dass, wenn man für den Mord an Laura ein richtig klassisches Motiv sucht, dann findet man es … keineswegs in der Liebe, sondern im Geld.« Anna drehte in aller Ruhe die Schleuder und schüttete den Salat in die Schüssel, ehe sie fortfuhr: »Ich war nämlich zufällig dabei, als einer der beiden Millionenerben von Lauras Anwalt die frohe Botschaft über das Testament erhielt.«

»Wer?«, ertönte es im Duett.

»Ratet mal«, Anna konnte es sich nicht verkneifen, die beiden auf die Folter zu spannen. Sie zerschnitt geschickt ein paar Radieschen für die Dekoration und schüttelte dann die Soßenflasche wie ein Barmann seinen Mixer. Als keine Namensvorschläge kamen, sagte sie, so alltäglich sie irgend konnte: »Karri Mäntynen.«

»Das kann nicht wahr sein!«, rief Tuomela erregt, aber Moona zuckte nur die Achseln und sagte, dass sie sich darüber eigentlich nicht wundere. »Laura hat oft so was angedeutet, und es ist Fakt, dass die Liebe der beiden eigentlich nie ganz abgekühlt ist. Lauras Vater braucht ja kein Geld, und andere nahe Angehörige gibt es nicht. Wem hätte sie sonst ihren Besitz hinterlassen sollen? Eigentlich ganz ...«

»Moment, Moment!«, unterbrach Tuomela sie und wedelte mit beiden Händen. »Du hast gesagt, du warst anwesend, als *einer* der beiden Erben die Freudenbotschaft erhielt. Die Frage lautet: Wer ist der andere?«

Ratet mal, wollte Anna beinah ein zweites Mal rufen, aber sie sagte nur: »Maria Lindén, ob ihr es glaubt oder nicht.«

»Maria Lindén?«, wiederholte Tuomela verdattert. Er nahm sich eine Radieschenhälfte aus der Salatschüssel, die Anna auf den Tisch gestellt hatte, und für einen Augenblick war nur sein Knuspern zu hören. »Diese zweifellos gut aussehende, aber durchgeknallte Type, die auf der Fete mit der Babypuppe und dem Kerl im Rollstuhl auftauchte?«

»Genau, Lauras Exschwägerin.«

»Ach du Scheiße!« Tuomela starrte erst Anna und dann Moona an, und letztere marschierte in die Küche, um sich ein großes Glas Wasser einzugießen. Als sie es mit kleinen hörbaren Schlucken ausgetrunken hatte, knallte sie das Glas auf die Spüle. Im selben Moment schrillte der Küchenwecker und Anna eilte hinzu, um das Huhn aus dem Ofen zu holen. Sie bat Tuomela, eine Weinflasche zu öffnen, und rief ihre Gäste zu Tisch.

»Ich verstehe die Logik dieser Frau nicht.« Es knirschte, als Tuomela den Korken aus dem Flaschenhals zog. »Ich hatte die ganze Zeit den Eindruck, dass Laura sich vor der Type irgendwie fürchtete. Karri hat mir am Sonnabend von dem Unfall erzählt, und er hat gesagt, dass Laura sich eigentlich nie richtig davon erholt hat, und trotzdem ... Sorry, soll ich schon eingießen?«

»Vielleicht handelt es sich um etwas so Einfaches und Altmodisches wie ein schlechtes Gewissen«, gab Anna zu bedenken und ging in die Küche, um das Salatbesteck zu holen. »Ich könnte mir vorstellen, dass Laura mit ihrem Testament etwas wieder gutmachen wollte.«

»Wieder gutmachen!«, zischte Moona, die sich bleich und wütend an den Tisch gesetzt hatte. »In dem Fall hätte sie auch noch etwas anderes ... nun, who cares, was geschehen ist, ist geschehen. Aber wenn von Gewissen die Rede ist, kann man Laura gleich vergessen. Sie hatte kein Gewissen, sondern sie hatte eine Rechenmaschine sowohl im Kopf als auch im Herzen.«

Tuomelas Faust donnerte auf den Tisch. »Menschenskinder! Wie kannst du so etwas behaupten? Laura war ein herzlicher und wunderbarer Mensch.«

»Sagt Journalist Tuomela, der die Ehre hatte, den betreffenden herzlichen und wunderbaren Menschen mal gerade zwei Tage zu kennen«, entgegnete Moona boshaft. »Dich hat sie ja gewissermaßen auch betrogen, du hast ja nicht das gekriegt ...«

»Stimmt, ich habe es nicht gekriegt – nämlich das Honorar für die Story, die ich niemals schreiben werde!«, schrie Tuomela und beugte sich so weit über den Tisch, dass er beinah sein Glas umgestoßen hätte. »Hattest du vielleicht gehofft, du würdest in dem Testament bedacht, ja?«

»Habe ich nicht, obwohl ich es tatsächlich eher verdient hätte als mancher andere.« Moona schnitt sich ein Stück Hühnerfleisch ab und kostete es ausgiebig. »Ganz ausgezeichnet ... du musst mir unbedingt das Rezept geben, oder ist es ein Geheimnis? Aber da wir gerade vom Verdienen sprechen, muss ich zugeben, dass leider viele meiner gemeinsamen Projekte mit Laura nicht zum Abschluss gekommen sind.« Moona griff plötzlich nach Tuomelas Hand: »Sorry, TT. Ich bin momentan ein bisschen überdreht, weil so viel Scheiße über mich hereinbricht ... Nimm's mir nicht übel. Und wirklich, wenn du Gelegenheit gehabt hättest, Laura besser kennen zu lernen, hättest du gemerkt, dass sie, außer warm und herzlich, auch kühl und distanziert sein konnte, wenn es ihr einfiel.«

»Also eine vollkommene Frau«, seufzte Tuomela wehmütig. »Ich werde mich nie von der Sache erholen.«

»Das wird wohl niemand von uns.« Anna schenkte allen Wein nach und wollte Tuomela gerade ein weiteres Stück Huhn auflegen, als Moonas Handy klingelte.

»Nicht schon wieder, das halte ich nicht aus!« Moona bückte sich nach ihrer Tasche, holte das Handy heraus und meldete sich nur kühl mit »Hallo«, aber bald breitete sich ein überhebliches, zufriedenes Lächeln auf ihrem Gesicht aus. »Geht klar«, sagte sie mit Blick auf die Uhr. »Sagen wir, gegen acht Uhr im *Angleterre.* Wo das ist? An der Ecke Fredrikin- und Kalevankatu. Bis dann, hei.«

Moona warf das Handy zurück in die Tasche, lehnte eine zweite Portion Huhn dankend ab und trank ihr Glas aus. »Ein Jammer, aber ich muss sofort los, muss vorher noch kurz zu mir nach Hause. Ich habe eine überraschende Verabredung – oder vielleicht gar nicht so überraschend ...«

»Meine Güte, dass diese Frau immer so geheimnisvoll tun muss«, schnaubte Tuomela, nachdem Moona gegangen war. »Sie tut immer so, als sei sie im Begriff, mindestens den Ministerpräsidenten zu treffen.«

»Vielleicht stimmt es, weiß man's?« Anna lachte. »Was machen wir mit dem Huhn? Möchtest du noch?«

»Ich kann wirklich nicht mehr, vielen Dank. Es hat übrigens wirklich prima geschmeckt. Gib doch Justus den Rest, Hunde fressen ja alles Mögliche.«

»Huhn darf man ihnen nicht geben. Es könnte ihnen buchstäblich ein Knochen im Halse stecken bleiben. Möchtest du Kaffee oder wollen wir noch eine Flasche Wein öffnen?«

Tuomela erklärte, dass er von dem dauernden Kaffeetrinken Sodbrennen bekomme, also holte Anna eine neue Flasche Wein aus dem Kühlschrank.

»Ich begreife Moona wirklich nicht ganz«, sagte Tuomela, als sie sich mit ihren Gläsern in die Sessel vor dem großen Fenster gesetzt hatten. Justus kam aus dem Schlafzimmer hereingetrippelt, bellte ein paarmal über den immer noch wild stiebenden Schnee und machte es sich dann mitten auf dem Sofa bequem. »Du hättest sie gestern erleben sollen, als sie kam, um mir von Laura zu erzählen und total durcheinander war. Quatsch, du hast sie ja erlebt ... du warst ja mit ihr ... dort. Na, jedenfalls kapiere ich nicht, dass sie so schnell wieder unter Dampf stehen kann wie eine verdammte Lokomotive, so als wäre überhaupt nichts passiert. Außerdem redet sie von Laura wie von einem Produkt.«

»Ich glaube, dass diese Hektik nur Moonas Art ist, mit allem klarzukommen und sich irgendwie aufrecht zu halten«, äußerte Anna ihre Vermutung. »Es hatte ja zumindest den Anschein, als ob sich Moonas Aktivitäten in letzter Zeit hauptsächlich auf Laura konzentriert haben, was bedeutet, dass sie jetzt ein ziemliches Vakuum zu füllen hat. Außerdem waren die beiden offensichtlich auch gute Freundinnen. Jeder Mensch trauert auf seine Weise.«

»Mag sein, aber trotzdem verstehe ich nicht ... oder nur so viel, dass das Verschwinden der Millionen in den Taschen einer Maria Lindén ein wirklich harter Brocken für sie ist.«

»Und dass sie mit Laura auch ihren Broterwerb verloren hat«, ergänzte Anna. »Ach übrigens, möchtest du die Fotos von der Fete sehen?«

»Ob ich es möchte?« Tuomela war begeistert. »Sofort! Auf der Stelle!«

Anna ging ins Nebenzimmer, nahm den Packen und wollte schon zurückkehren, setzte sich aber rasch an ihren Arbeitstisch und sortierte die Fotos. Sie legte den größten Teil der Nahaufnahmen beiseite, also all jene, die sie mehr oder weniger unbemerkt gemacht hatte und von denen die Mienen und Stimmungen der Personen abzulesen waren. Diese Aufnahmen wollte sie später studieren, allein und in aller Ruhe.

»Hier.« Anna überreichte Tuomela den ausgewählten Stapel.

Tuomela breitete die Fotos auf dem niedrigen Tisch vor sich aus, schob sie hin und her und gruppierte sie, so als spiele er Patience. Er sprach lange kein Wort, aber seine feucht schimmernden Augen sagten Anna umso mehr. Schließlich nahm er ein Foto in die Hand und betrachtete es ausgiebig, zuerst mit ausgestrecktem Arm und dann von ganz nah: Laura lächelte mit dem Champagnerglas in der Hand in die Kamera, kurz bevor die ersten Gäste eintrafen.

»Die Frau war der reine Champagner«, flüsterte Tuomela heiser. »Sie ..., ach Scheiße ...«

Das Foto flatterte auf den Tisch und Tuomela barg das Gesicht zwischen den Knien. Seine Schultern zuckten, dann weckten seine lauten Schluchzer den schlafenden Justus. Der Hund sah zu dem Mann hin, bellte leise und drückte den Kopf tief seufzend wieder zwischen die Pfoten.

Ilkka stand mit hochgeschlagenem Kragen, die Hände tief in die Manteltaschen vergraben, unter dem kleinen Vordach des *Angleterre* und bereute. Eigentlich hatte er es von der Sekunde an bereut, da er Moona Lahtis überhebliche Stimme am Telefon gehört hatte.

Welcher Teufel hatte ihn geritten, diese unsympathische Frau anzurufen und ein Treffen vorzuschlagen? Er schuldete ihr keine Erklärungen und auch sonst nichts, außer natürlich das Honorar für die geleistete Arbeit, aber das würde die Firma bezahlen. Sie hatten eigentlich nichts mehr miteinander zu tun, und er nahm sich vor, sich um keinen Preis auf einen ihrer Vorschläge einzulassen. Er würde die Zusammenarbeit höflich, aber bestimmt in dem Moment beenden, da Laura beigesetzt und die Rechnung bezahlt wäre.

Und dennoch, als er Moona am frühen Nachmittag mehr oder weniger hinausgeworfen hatte, sie aber trotzdem hoch erhobenen Hauptes und siegessicher aus seinem Büro marschiert war, hatte er begriffen, dass noch zu viel in der Luft hing. Es mussten die Tatsachen geklärt, die Missverständnisse ausgeräumt und dann ein Punkt hinter alles gesetzt werden. Deshalb hatte er sie angerufen, und das bereute er jetzt.

Es war kurz vor acht Uhr, als Ilkka sich schließlich zwang, den Pub zu betreten. Drinnen waren überraschend wenig Gäste: zwei, drei zum Inventar zählende Briten, die sich an der Theke des *Angleterre* wohler fühlten als in ihren eigenen vier Wänden, ein Mann, der beim Feierabendbier hängen geblieben war, zwei Gruppen von Frauen, die sich ihre Selbstständigkeit beweisen wollten, und ein einzelner Mann in einer Fensternische, der ins Dartspiel vertieft war.

Moona saß in der Ecke der mittleren Nische auf einem

abgewetzten Plüschsofa, ein fast leeres Bierglas vor sich. Sie starrte konzentriert auf die Fußstütze der Theke. Ilkka sog die rauchgeschwängerte Luft tief ein und trat an ihren Tisch.

»Hei.« Er legte seinen Mantel sorfältig über einen Stuhl und setzte sich neben sie, aber sie sah ihn nicht einmal an, nickte nur zur Antwort. »Was gibt es denn da zu starren?«

»Ich sehe mir die Füße oder eigentlich die Schuhe an und überlege mir, wie es wäre, wenn man den Partner danach auswählen würde. Wenn man nur nach unten sehen und sagen würde, die Stiefel nehme ich. Die da drüben würde ich allesamt ablehnen. Ein einziges gutes Paar Schuhe ist darunter, aber die schrecklichen Strümpfe verderben den Gesamteindruck.«

»Interessant«, lachte Ilkka und musterte verstohlen seine handgearbeiteten englischen Schuhe, an denen es hoffentlich nichts auszusetzen gab, allerdings würden sie nicht mehr oft solche Schneemassen wie heute vertragen.

»Sorry, aber ich muss rasch in die Beautybox.« Moona schob ihre riesige Tasche zur Seite und schraubte sich vom Sofa hoch. »Wenn du etwas trinken willst, dann hol es dir vom Tresen, sonst musst du bis zum Sonnenaufgang warten. Du könntest mir noch so eins mitbringen«, fügte sie hinzu und schwenkte ihr Glas. »Ein großes Pils.«

Die Firma zahlt, dachte Ilkka bei sich, während er das Pils und für sich selbst ein Guinness holte. Wann war Moona zu Bier übergegangen? Laura hatte sich immer über Moonas Getue mit dem Sekt amüsiert, obwohl sie selbst auch nicht in langstielige, hohe Gläser zu spucken pflegte. Laura ...

Der Mann mit dem roten Bart, der auf dem geschwungenen Sofa in der Fensterecke halb saß und halb lag, begann auf der Gitarre zu klimpern. Die Melodie kam Ilkka bekannt vor, aber er konnte sich nicht an den Titel des Stückes erinnern. Er summte die Melodie leise mit, während er die vollen Gläser an den Tisch brachte. Der Zigarettenqualm begann ihm in den Augen zu brennen, obwohl die geräuschvolle Frauenrunde am Nebentisch zum Glück ihre Zigaretten schon ausgedrückt hatte und anscheinend im Aufbruch begriffen war.

»Ciao, Mona Lisa, du siehst heute besonders gut aus.« Ilkka hörte, wie ein bebrillter Mann, der an der Theke saß, Moona ansprach, als sie von der Toilette zurückkam.

»Danke, mein Lieber. Allein zu Haus mit den Wimpern zu klimpern macht auch keinen Spaß.« Moona klatschte dem Mann auf den Hintern.

»Schlagfertig wie immer.«

»Immer.«

Moona ging an Ilkka vorbei, trat zu dem Gitarrenspieler an den Tisch und sagte etwas zu ihm. Nach einem kurzen Wortwechsel unterbrach der Mann sein Stück. Er schüttelte zweifelnd den Kopf, versuchte aber trotzdem, eine neue Melodie anzuspielen. Er klimperte eine Weile vor sich hin, dann drang eine traurig schöne Ballade durch das Stimmengewirr. Moona kehrte mit einem seltsamen Lächeln an den Tisch zurück.

»Zum Andenken an Laura.« Moona hob ihr Glas, aber Ilkka tat es ihr nicht gleich. *»Fragancia,* Lauras Lieblingslied.«

»Als ob ich das nicht wüsste«, sagte Ilkka leise. »Wir haben es beide zum ersten Mal gehört ...« Er unterbrach seinen Satz, räusperte sich und griff nach seinem Glas. Was tat er da eigentlich? Er stand im Begriff, dieser Frau zu erzählen, wie er und Laura ...

»Ich weiß.« Moona lachte.

»Oh nein. Niemand weiß es.«

»Nun, so viel jedenfalls weiß ich, dass du mich treffen wolltest, obwohl ich heute Nachmittag das unangenehme Gefühl hatte, dass du mir sozusagen die Tür gewiesen hast.«

»Entschuldige.« Ilkka räusperte sich erneut. »Es war nicht meine Absicht, unhöflich zu sein, aber dein Vorschlag ... Darüber wollte ich nämlich noch mal mit dir sprechen – und außerdem über eine andere Sache.«

»Wäre das nicht auch am Telefon gegangen?« Moonas Hochstimmung glich einem beginnenden Rausch. Sie beherrschte eindeutig die Situation, absolut. Marketingchef Halme musste zu Kreuze kriechen, haha.

»Nein ... das heißt, es wäre natürlich auch am Telefon gegangen, aber ich finde es besser, die Dinge von Angesicht zu Angesicht zu klären.«

»Face to face«, Moona grinste. »Ich verstehe. Was ist dir denn an der Idee mit dem Buch unklar geblieben? Oder wolltest du mir mitteilen, dass du die Synopse doch durchgehen willst? Es *ist* nämlich wirklich eine fantastische Idee, wenn dir also auch nur ein Funken Geschäftssinn geblieben ist, dann schlägst du zu und machst das Ding.«

»Ich schlage nicht zu und ich mache nichts, und gerade das wollte ich dir in deinen Schädel trichtern.« Ilkka rückte mit seinem Stuhl ein wenig beiseite. Er wollte unbedingt Moonas Gesicht sehen und gleichzeitig die anderen Leute hinter seinen Rücken verbannen. »Ich möchte von dem Buch kein Wort mehr hören, niemals. Geh mit deiner Idee, wohin du willst, aber unser Haus bringt das Buch nicht heraus.« Ilkka griff nach seinem Glas und fand, dass ein Guinness selten so gut geschmeckt hatte.

»Triffst *du* bei euch die Programmentscheidungen?«, fragte Moona mit unschuldigem Lächeln. »Ich hatte immer gedacht, das sei Sache des Lektorats.«

»Das ist es natürlich, aber ich kann auf die Entscheidungen Einfluss nehmen. Und mit Laura Halonens Tod wird bei uns kein Geld gemacht.«

»Nur über deine Leiche, wie es so treffend heißt«, fügte Moona hinzu. Sie winkte einem vorbeigehenden Bekannten zu und zündete sich mit verdrossener Miene eine neue Zigarette an. Ilkka zählte sechs bis an den Filter heruntergebrannte Kippen im Aschenbecher. »Ich hab's kapiert, du brauchst nicht noch mal denselben Mist zu wiederholen«, zischte Moona. »Du willst einen Bestseller nicht publizieren, und fertig. Was war übrigens die andere welterschütternd wichtige Sache, über die du mit mir reden wolltest?«

Illkka sah sich nach allen Seiten um. Das in der Nähe sitzende Pärchen schien so mit sich beschäftigt, dass es vermutlich nichts anderes sah und hörte. Trotzdem senkte Ilkka die Stimme, sodass Moona sich über den Tisch beugen musste.

»Könntest du ...?«, Ilkka wedelte den Rauch weg, aber

Moona lachte nur und sagte, dass man in diesem Pub zum Glück noch nicht auf die Idee gekommen sei, eine Nichtraucherecke einzurichten. »Lass mich raten«, sagte sie mit glänzenden Augen, wobei sie gleichzeitig mit der freien Hand einen dickbäuchigen Biersäufer abwehrte, der sich an den Tisch drängen wollte. »Sorry, aber wir haben hier Privatangelegenheiten zu besprechen. – Ich vermute, dass du über Samstagnacht reden willst«, sagte sie dann, wieder zu Ilkka gewandt, nachdem sich der Bierbauch beleidigt und über die verfluchten Lesben schimpfend in die nächste Nische verzogen hatte.

»Ja, das stimmt ... Ich möchte die ganze Sache klarstellen ... also das, was du gesehen hast.«

»Ich habe dich gesehen«, konstatierte Moona kalt.

»Richtig. Ich bin tatsächlich gegen zwei Uhr noch mal in die Uudenmaankatu gegangen. Willst du hören, warum? Ich hatte mehrmals versucht, Laura von der Firma aus anzurufen ... Ja, ich bin nämlich in die Firma gegangen, als ... nun, es spielt keine Rolle, warum ich dort war«, seufzte Ilkka, aber Moona sagte nichts, sondern nickte nur mit wissender Miene und blies Rauch in die Luft. »Als Laura nicht antwortete, geriet ich ernsthaft in Sorge. Sie war ja nach all den Ereignissen ziemlich durcheinander, außerdem hatte sie im Laufe des Tages erhebliche Mengen Alkohol getrunken und ...«

»Bist du gar nicht auf die Idee gekommen, dass Laura um die Zeit vielleicht mit anderen Dingen beschäftigt war, sodass sie gar nicht antworten konnte oder wollte?«, unterbrach Moona ihn mit unschuldigem Lächeln. »Unser Freund Tuomela war ja sozusagen als Schutzengel dageblieben, nachdem alle anderen gegangen waren.«

»Was meinst du damit?«, fragte Ilkka, obwohl er es sehr wohl wusste.

»Genau das, was du denkst.« Moona überlegte kurz, ob sie ihm von ihrer Wette mit Tuomela erzählen sollte, unterließ es aber. Auch Boshaftigkeit hatte ihre Grenze, und Ilkka wirkte schon angeschlagen genug. Sogar seine Stimme war nicht mehr der bekannte dröhnende Bass, sondern klang bemitleidenswert unsicher. Wie würde er wohl reagieren, wenn er jetzt von Lauras Testament erführe? Andererseits hätte die Neuigkeit für ihn vermutlich nur Informationswert, sodass Moona beschloss, Martikka das Überbringen der Nachricht zu überlassen.

»Und du bist nicht auf die Idee gekommen, dass Laura schlicht und einfach zugedröhnt war?«, Moona erbarmte sich seiner und setzte ihm eine neue Theorie vor. »Champagner und Pillen können eine gefährliche Kombination sein, und Laura war ja eine Großkonsumentin von Tabletten. Das wusstest du sicher?«

Ilkka nickte, wobei er aussah wie jemand, der eine unangenehme Nachricht zum ersten Mal hört. »Jedenfalls habe ich mich schließlich entschlossen, nachzusehen«, erklärte er. »Ich habe ja einen Schlüssel, also bin ich hingegangen und …«

»Du fandest Laura mit zerschmettertem Schädel vor, oder?« Moona warf ihre Kippe in den Aschenbecher, ohne sich die Mühe zu machen, sie auszudrücken. Ilkka hätte nicht erschütterter wirken können, selbst wenn sie ihm direkt ins Gesicht geschlagen hätte.

»Ja«, er nickte mehr, als dass er es sagte.

»Und das soll ich glauben? Das willst du auch Martikka erzählen – oder hast es ihm vielleicht schon erzählt?«

»Noch nicht, aber morgen tue ich es.« Der Tisch schwankte ein wenig, als Ilkka mit beiden Händen den Rand umklammerte. »Und für dich ist es auch höchste Zeit, dir eine glaubhafte Erklärung für deine eigenen nächtlichen Unternehmungen zurechtzulegen. Ich werde nämlich bei der Gelegenheit Martikka bitten zu prüfen, was du zu der Stunde in der Gegend zu tun hattest.«

»Noch weitere Wünsche?«, fragte der Gitarrist im Vorbeigehen, ehe Moona auf Ilkkas Bemerkung antworten konnte. Sie überlegte kurz, folgte dann dem Mann und bat ihn, Peltoniemis *Hintriikkas Trauermarsch* zu spielen. Sie holte sich ein neues Bier von der Bar und kam an den Tisch zurück.

»Ärgerlicher Rückschlag, Ilkka, aber du bist in die Falle

getappt«, flüsterte sie, nachdem sie sich eine Zigarette angezündet hatte. »Ich habe dich gar nicht gesehen – ich habe es nur vermutet. Eigentlich habe ich mir das Ganze in dem Moment ausgedacht, als du mich so schnöde aus deinem Büro geworfen hast. Bedauerlich, aber trotzdem prost, Ilkka.«

Kirsti Halme erinnerte sich nicht einmal mehr genau, wann sie zuletzt im Kino gewesen war. Sie wusste nur noch, dass ihre Freundin sie mitgeschleppt hatte und dass der Film ein erotisches Leidenschaftsdrama gewesen war, in dem eine erfolgreiche New Yorker Juristin systematisch die Familie des Mannes verfolgte, mit dem sie eine Nacht verbracht hatte. Am besten konnte sich Kirsti an die Szene erinnern, in der die betrogene Ehefrau das gehäutete Kaninchen ihrer Tochter im Kochtopf fand. Es war ein atemberaubend dichter Film mit ausgezeichneten Schauspielern gewesen. Ihre Freundin und sie hatten hinterher zufrieden festgestellt, dass so schreckliche Dinge zum Glück nur in Büchern und Filmen passierten.

Jetzt war sich Kirsti über nichts mehr sicher – außer darüber, dass in jedem Menschen ein potenzieller Mörder steckte. Im Leben eines jeden Menschen gab es vermutlich eine Person oder auch zwei, die er, zumindest zeitweise, lieber tot gesehen hätte.

Ilkka hatte am späten Nachmittag angerufen und mitgeteilt, dass er Überstunden mache und »dann irgendwann« nach Hause komme. Es war alles in allem eine Erleichterung gewesen. Im Grunde genommen hatte sich Kirsti sogar gewünscht, dass er möglichst spät käme. Sie hatte ihm nichts mehr zu sagen, sie mochte überhaupt nicht reden, bevor …

Kirsti hatte aus einer neu eröffneten Pizzeria drei *Frutti di Mare* bestellt und sich geweigert, ein schlechtes Gewissen zu haben. Die Mädchen würden sowieso am liebsten nichts anderes essen, und Kirsti selbst wusste kaum mehr, was Appetit bedeutete. Sie hatte nur ein bisschen Saft und viel Kaffee getrunken, zwischendurch Tabletten gegen Sodbrennen gelutscht und sich wieder Espresso gemacht.

Drei Journalisten hatten im Laufe des Tages angerufen,

und zu jedem hatte Kirsti nur kurz »No comments« gesagt – und war sich insgeheim fast wichtig vorgekommen. Aber der vierte Anruf hatte sie völlig verwirrt; es war Maria Lindén gewesen, und sie hatte gesagt, sie würde Kirsti gern treffen.

»Warum?«, hatte Kirsti verdutzt gefragt.

»Ich denke, wir hätten vielleicht eine Menge zu bereden.«

Kirsti hatte nicht gefragt, was das wohl sein sollte, und sich trotzdem auf das Treffen eingelassen. Sie würde am kommenden Tag zu Maria zum Mittagessen gehen.

»Ich muss dich aber warnen, ich bin nämlich keine Meisterköchin«, hatte Maria lachend gesagt. »Ich hole nur eine fertige Kleinigkeit aus der Markthalle.«

Zu Beginn des Abends saß Kirsti im Wohnzimmer, löste Kreuzworträtsel und redete sich ein, dass sie die Stille genieße, aber sie konnte sich nicht recht konzentrieren. Es war keine Musik zu hören, kein Lärm, kein Gezänk, nichts. Die Mädchen hatten sich in ihre Zimmer eingeschlossen und keine von ihnen kam herunter, um etwas zu sagen oder zu fragen, ja nicht einmal, um Geld zu schnorren oder sich zu beklagen, dass die Mutter wieder nicht eingekauft hatte.

Du lieber Gott, wenn nun die Stimmung in diesem Haus endgültig umgeschlagen ist, dachte Kirsti plötzlich und faltete die Zeitung zusammen. Die Stille beunruhigte sie, ebenso sehr wie das morgige Treffen mit Maria. Die Mädchen konnten unmöglich etwas wissen ... höchstens ahnen und befürchten. Dora hatte es in ihrer direkten Art laut ausgesprochen, als sie am Nachmittag aus der Stadt zurückgekommen war: »Prima, mit Mörderkandidaten unter einem Dach zu wohnen.« Sie hatte gleich darauf gelacht, aber in Kirstis Ohren hatte es hohl und verkrampft geklungen. Vielleicht müsste sie nach oben gehen, mit den Mädchen reden und sie beruhigen, aber was sollte sie sagen? Sie wusste nicht einmal, wie sie anfangen sollte.

»Ich muss unbedingt raus hier!«, sagte Kirsti plötzlich laut, und Dani, der vor dem Kamin geschlafen hatte, erhob sich, reckte sich und wedelte hoffnungsvoll mit dem Schwanz. »Hör mal, mein Hündchen, Frauchen geht jetzt allein weg, Dalia oder ein anderer holt dich nachher ab.«

Aber wohin sollte sie gehen? Für einen Spaziergang war das Wetter nicht geeignet, und sich allein auf einen Drink in eine der Gaststätten zu setzen, wagte sie nicht, denn hier auf der Insel kannte jeder jeden, sodass sie garantiert nicht von unangenehmen Fragen verschont bliebe.

Mein Gott, von hier führt ja eine Brücke in die Stadt, besann sich Kirsti schließlich. Sie würde ins Kino gehen, nach langer Zeit wieder einmal. Es würde beruhigend sein, im Dunkeln zu sitzen und den Film vor sich ablaufen zu lassen. Sie müsste nicht einmal richtig hinsehen, wenn sie keine Lust hätte.

Kirsti schlug die Zeitung erneut auf, um das Kinoprogramm zu studieren. Nur unbekannte Titel und Namen. Sie müsste aufs Geratewohl auswählen, denn sie hatte tatsächlich von keinem der Filme eine Ahnung. Es war erst kurz vor acht Uhr, sodass sie es bequem zu einer der Neunuhrvorstellungen schaffen würde. Sie beschloss, keine Rücksicht auf das draußen tobende Unwetter oder den Busfahrplan zu nehmen und ein Taxi zu rufen.

»Das habe ich verdient«, sagte Kirsti laut, obwohl sie keine Ahnung hatte, wofür eigentlich. Sie beschloss, ins *Nordia* zu gehen und sich an Ort und Stelle für einen der drei Filme zu entscheiden.

»Hallo Mädchen! Ich gehe ins Kino«, rief sie die Treppe hinauf, nachdem sie ein Taxi bestellt hatte.

Dina steckte verwundert den Kopf aus der Tür. »Was, wohin gehst du?«

»Ins Kino.«

»Was? Das ist ja noch nie passiert.«

»Aber jetzt. Denkt dran, mit dem Hund rauszugehen. Und sag Dalia, sie soll nicht vergessen, das Licht im Aquarium auszumachen.«

»Wann kommt Vater?«

»Ich weiß nicht. Spät wahrscheinlich.« Oder vielleicht nie mehr, fügte sie im Stillen hinzu. Hoffentlich!

Es dauerte lange, bis das Taxi kam, aber als Kirsti sich endlich auf die Rückbank fallen ließ, fühlte sie sich unglaublich befreit, fast ausgelassen. Sie hatte einen selbstständigen

Entschluss gefasst und war unterwegs, wenn auch nur ins Kino. Jede große Veränderung beginnt mit winzigen Schritten, dachte sie zufrieden, als das Taxi vor dem Kino hielt.

»Na ja, das ist Geschmackssache«, sagte die Kartenverkäuferin ratlos, als Kirsti sie bat, ihr eine der drei Alternativen zu empfehlen – oder eigentlich der zwei, denn die erste Spätvorstellung hatte bereits um halb neun begonnen. »Was mögen Sie? Komödie oder Melodrama? Einen finnischen oder ausländischen Film?«

»Ach Gott, ich weiß es nicht«, sagte Kirsti, und das stimmte zumindest. Sie sah sich erneut die Plakate an und entschied sich dann: *Geheimnisse und Lügen*. Egal, wie die Geschichte war, der Titel passte jedenfalls zu diesem Tag und der ganzen Stimmung in letzter Zeit.

»Eine gute Wahl«, die Kartenverkäuferin lächelte. »Eine wirklich intelligente englische Beziehungskomödie, einer der besten Filme der letzten Zeit, obwohl kein einziger bekannter Schauspieler darin mitspielt, oder vielleicht gerade deshalb. Das macht dann vierzig Mark, bitte.«

»Ich möchte aber nur eine Karte.«

»Richtig, vierzig Mark pro Karte.«

Ich bin gar nicht mehr auf dem Laufenden, dachte Kirsti erstaunt, während sie das Wechselgeld ins Portmonee steckte. Der Preis der Kinokarte hat sich ja fast verdoppelt in der Zeit, in der ich brav um die Familie herumgewuselt und die Haushaltskasse verwaltet habe. Das muss sich ändern, beschloss sie vage. Alles muss sich ändern.

Bis zum Beginn des Films blieb noch fast eine halbe Stunde Zeit. Kirsti wollte sich ins Café setzen, beschloss dann aber, einen kleinen Spaziergang zu machen. Eine kurze Strecke könnte sie ruhig durch den Schnee waten, und außerdem wäre es interessant zu sehen, welche neuen Läden es inzwischen im Viertel gab.

Lauttasaari schien ewig die gleiche unberührte Idylle zu bleiben, aber im Stadtzentrum hatte sich das Straßenbild in den letzten Jahren erheblich verändert. Modegeschäfte waren aufgetaucht und wieder verschwunden, beinah in jedem Viertel waren neue Kneipen entstanden und die alten hatten den Namen oder wenigstens die Einrichtung geändert. Kirsti betrachtete sich als eher konservativ und sie war nicht vorbehaltlos von der Entwicklung begeistert. Sie empfand es fast als Beleidigung, wenn sie in einem der alten, vertrauten Läden eine Besorgung machen wollte und dann feststellen musste, dass der Laden gar nicht mehr existierte.

Kirsti blieb ein wenig wehmütig vor dem ehemaligen *Safariklub* stehen. An diesem Ort hingen viele Erinnerungen – an jene Zeiten, da Ilkka und sie noch gern und vor allem zusammen gefeiert hatten. An der Straßenecke, wo einst das Café *Eho* gewesen war, befand sich schon seit langem ein chinesisches Restaurant. Kirsti erinnerte sich, dass sie als kleines Mädchen ihre Puppen zum Reparieren in die benachbarte Spielzeugwerkstatt *Dolly* gebracht hatte, aber jetzt war dort ein Blumenladen.

Vor dem Pub *Angleterre* blieb Kirsti erneut stehen. Wenn sie mehr Zeit hätte, könnte sie kurz einkehren und ein Glas Wein trinken, aber es war schon Viertel vor neun. Sie machte an der Ecke kehrt und musste sich auf der ansteigenden Straße im Schneetreiben regelrecht vorwärtskämpfen. Sie zog die Kapuze unter dem Kinn zusammen und warf im Vorbeigehen einen Blick durchs Fenster des Pubs.

Ilkka bemerkte sie im selben Moment, er starrte sie ein paar Sekunden lang an wie ein kleiner Junge, der beim Rauchen ertappt worden ist, und winkte ihr dann unsicher zu. Moona, die ihm gegenübersaß, drehte sich zum Fenster um, nickte ausdruckslos und wandte sich wieder ab, wobei sie an ihrer Zigarette sog.

Der Saal war schon halb verdunkelt, und auf der Leinwand lief eine Werbung für Kaugummi, als Kirsti sich endlich keuchend auf ihren Platz setzte. Sie streifte die Kapuze herunter, öffnete die Mantelknöpfe und zwang sich zur Konzentration, aber als Dina am nächsten Morgen fragte, wie der Film gewesen sei, konnte sie nur die Aussage der Kartenverkäuferin wiederholen, dass es eine wirklich intelligente englische Beziehungskomödie gewesen sei.

Im Grunde genommen konnte sie sich nicht einmal mehr richtig an den Schluss des Films erinnern.

Dienstag, 21. Januar

»Rogen von Regenbogenforellen mag ich nicht«, erklärte Maria, um Verständnis heischend. »Der setzt sich so eklig zwischen den Zähnen fest.«

»Finde ich auch«, ertönte es neben ihr, und Maria erschrak dermaßen, dass ihr das Portmonee herunterfiel, aber Anna war schneller und hob es auf.

»Entschuldigung, ich wollte nicht ... Nanu, so trifft man sich wieder«, sagte Anna dann, als wäre ihr nichts Dümmeres eingefallen. »Wenn ich dir eine Empfehlung geben darf, dann nimm Maränenrogen. Der ist etwas blass in der Farbe, schmeckt aber wirklich gut.«

»Danke für den Tipp.« Maria wandte sich zur Theke. »Ich nehme dann davon. Geben Sie mir eine ganz kleine Schale ... So klein nun auch wieder nicht. Die ist richtig, danke.«

»Und noch etwas ...«, konnte sich Anna nicht enthalten hinzuzufügen, obwohl sie sehr wohl wusste, dass die meisten Menschen auf ganz andere Dinge als aufs Essen verrückt waren. »Serviere zu dem Rogen nicht nur Smetana, sondern mische steif geschlagene Sahne darunter, dann wird das Ganze viel lockerer, und es ist auch nicht so salzig.«

»Danke für den Tipp«, wiederholte Maria. Sie nahm noch ein ordentliches Stück warmgeräucherten Lachs, bezahlte und nickte Anna und der Verkäuferin zu, dann ging sie zum Gemüsestand, um Kartoffeln, Zitrone und Dill zu kaufen.

Ob sie ihr Baby draußen im Wagen gelassen hat? fragte sich Anna, während sie Maria hinterhersah. Sie hätte sich eigentlich gern ausführlicher mit ihr unterhalten, sie richtig kennen gelernt. Seltsame Menschen hatten sie immer fasziniert, und wer, wenn nicht Maria Lindén, erfüllte dieses Kriterium.

Aber Maria hatte ihr Baby nicht draußen gelassen, denn sie hatte den Wagen gar nicht dabei. Erst zum zweiten Mal seit Monaten war sie allein ausgegangen. Das erste Mal war der gestrige Besuch bei Anwalt Grönberg gewesen. Anfangs war es ihr komisch vorgekommen, dass sie nichts hatte, was sie schieben oder tragen konnte, aber sie hatte sich erstaunlich schnell daran gewöhnt. Sie begann sich fast normal, wie eine gewöhnliche Frau zu fühlen, die durch die Stadt ging und Einkäufe machte, genau wie alle anderen. Niemand starrte sie an oder drehte sich nach ihr um und lachte.

Am gestrigen Tag genau um halb fünf – sie würde sich bis an ihr Lebensende an den genauen Zeitpunkt erinnern – war sie plötzlich aus ihrem Sessel aufgestanden, als hätte sie jemand gezogen, und hatte wie ein Roboter die Babykleidung und das Spielzeug zusammengesammlt und auf ihr Bett geworfen. Sie hatte die kleinen Jäckchen und Mützchen und Strampelhöschen zu ordentlichen Stapeln zusammengelegt und aus der Besenkammer einen Müllsack für das Spielzeug geholt. Die Babypuppe, die im Laufgitter gesessen hatte, hatte ihr Tun mit leblosen Augen verfolgt, und schließlich hatte Maria sowohl die Puppe als auch die Kleiderstapel und den Müllsack in das weiße Gitterbett gepackt. Von dort mochte es jemand abholen, für eine Sammlung oder den Flohmarkt – ganz egal.

»Danke, Laura«, hatte Maria laut gespottet, als sie auch noch in die Küche gegangen war, um die Gläser mit der Babynahrung in den Mülleimer zu werfen. »Patrik hat seine Schuldigkeit getan, Patrik darf gehen«, hatte sie hinzugefügt, als sie wieder ins Schlafzimmer zurückgekehrt war. Noch am Sonntagabend hatte Maria geglaubt, in der Puppe ein lebendiges Baby zu sehen, aber jetzt war daraus eine bloße Puppe geworden, ein nutzloses Spielzeug mit einer Hülle aus Plastik.

Die Veränderung hatte in der halben Stunde begonnen, die Maria zusammen mit Karri Mäntynen in Assessor Hannes Grönbergs prachtvollem Büro zugebracht hatte. Sie hatte es völlig ernst gemeint, als sie zu Karri gesagt hatte, dass sie Lauras Millionen nicht wollte, trotzdem hatte die

Verlesung des Testaments seltsam befreiend auf sie gewirkt. Sie hatte das Gefühl gehabt, gleichsam ins gewöhnliche Leben und unter gewöhnliche Menschen zurückgekehrt zu sein, der Hass jedoch hatte keinen Deut nachgelassen. Deshalb hatte sie Kirsti Halme angerufen und diese um einen Besuch gebeten. Sie wollte jemanden treffen, mit dem sie ihren Hass teilen konnte. Schließlich war Kirsti ebenfalls ein Opfer, denn auch ihr hatte Laura etwas wegzunehmen versucht.

Maria legte eine zart gemusterte weiße Leinendecke auf den Tisch in der Essecke des Wohnzimmers – ein Hochzeitsgeschenk, wie sie sich dunkel erinnerte – und nahm die besten Gläser und Teller aus dem Geschirrschrank. Sie hatte seit langem nicht mehr im Wohnzimmer gegessen. Die wenigen Male, die Markus dagewesen war, hatte sie nur eine schnelle Kleinigkeit am kleinen Tisch in der Küche serviert, wenn überhaupt. Sie hatte schlicht und einfach alles gemieden, was mit normalem Familienleben oder sozialem Umgang zu tun hatte.

Um zwanzig nach zwölf begann Maria zu zweifeln, ob Kirsti überhaupt käme, aber kurz vor halb eins klingelte es endlich an der Tür. Maria atmete tief durch und warf einen Blick in den Spiegel, ehe sie öffnete.

»Entschuldige, dass ich mich verspätet habe, also hier bin ich«, Kirsti lächelte unsicher, gab aber keine weiteren Erklärungen ab und überreichte Maria nur steif einen eingepackten Blumenstrauß. »Ich hätte ihn natürlich auswickeln müssen …«

Maria hängte Kirstis Persianer an die Garderobe, bat sie, näher zu treten und ging selbst in die Küche, um die Blumen auszupacken.

»Großer Gott!«, rief sie leise, als unter dem Seidenpapier eine weiße Kalla zum Vorschein kam, umgeben von kleinen roten Rosen. »Was soll das denn bedeuten …? Ein sehr eigenartiger Humor«, sagte sie und nahm eine Vase aus dem oberen Schrankfach. Für sie würde eine Kalla nie ein Gegenstand zum Scherzen sein, denn es war die Blume des Todes.

»Die Blumen sind schön, danke«, gelang es Maria dennoch zu Kirstis Rücken zu sagen, als sie die Vase genau in der Mitte des Couchtisches platzierte. »Wirklich schön.«

»Ich dachte, die Kalla passt in diese Stimmung«, sagte Kirsti, die immer noch am Fenster stand. »Du hast mich ja vermutlich wegen Lauras Ermordung eingeladen, obwohl ich nicht ganz verstehe, was es darüber noch zu reden gibt, zumindest für uns beide. Aber die Kalla ist, wie ich finde, eine eindrucksvolle Blume, und die roten Rosen wiederum symbolisieren die Fortsetzung des Lebens. Und unser Leben geht ja weiter, oder?« Kirsti blickte zum gegenüberliegenden Haus; an den Giebelfenstern der obersten Etage waren die Gardinen zugezogen. »Ich hätte gar nicht gedacht, dass du hier eine so gute Aussicht hast.«

»Die habe ich.« Maria stellte sich hinter Kirsti, so dicht, dass ihr feuchter Atem der anderen in den Nacken schlug. »Schade nur, dass die Wohnung ein Stockwerk zu tief liegt. Von hier kann man die Bühne leider nicht ganz überblicken.«

»Nun, jedenfalls hattest du es nicht weit.« Kirsti sah Maria neugierig an. Sie wusste immer noch nicht, welche Beziehung diese eigentlich zu Laura gehabt hatte, zumindest jedoch eine eisige. Das war vor drei Tagen im *Rivoli* wohl niemandem verborgen geblieben. Guter Gott, lag dieses schreckliche Fest tatsächlich noch nicht länger zurück?

»Warum hätte ich hingehen sollen?«, fragte Maria und nickte zu Lauras Fenster hinüber. »Ich bin niemals dort gewesen, ich bin auch am Sonnabend nicht hingegangen, obwohl ich eingeladen war.«

»Aber du hättest trotzdem kommen können ... jederzeit.« Kirsti tätschelte Maria verständnisvoll den Arm.

Maria überlief es kalt und sie bemerkte überrascht, dass sie sich wieder nach ihrem Puppen-Patrik sehnte, nach etwas, das sie im Arm halten und bei dem sie Zuflucht suchen konnte, doch nein, diese Lebensphase war ein für alle Mal vorbei. Sie bat Kirsti zu Tisch und ging in die Küche, um die Kartoffeln und den Wein zu holen. »Du trinkst doch wohl Weißwein? Ich habe nicht daran gedacht, zu fragen, als ich dich anrief ...«

Kirsti versicherte, dass ihr jedes Getränk recht sei und sie auch nicht befürchten müsse, mit Alkohol am Steuer erwischt zu werden. Die Busse nach Lauttasaari fuhren in kurzen Abständen, und Ilkkas Dienstwagen durfte sie nur selten benutzen, oder eigentlich gar nicht mehr, seit ihre älteste Tochter im vergangenen Herbst den Führerschein gemacht hatte.

Die beiden Frauen saßen einander gegenüber. Das Essen begann förmlich-gemütlich, wie es bei flüchtigen Bekannten zu sein pflegte: Maria schenkte Wein ein und reichte ihrem Gast die Schüsseln, Kirsti lobte den genau abgestimmten Salzgehalt des Rogens und den samtig weichen Geschmack des Lachses. Plötzlich warf Maria ihre Serviette auf den Tisch und stand so abrupt auf, dass ihr Stuhl umkippte.

»Herrje, ich habe ja die Kerzen vergessen.« Sie nahm einen verschnörkelten Silberleuchter von der Anrichte und zündete die langen, pflaumenfarbenen altmodischen Kerzen an. »Und natürlich die Blumen«, fügte sie hinzu und holte die Vase.

»Obwohl ich diese Blumen ganz bewusst mitgebracht habe, verstehe ich trotzdem nicht, warum Kallas immer nur als Friedhofsblumen angesehen werden«, bemerkte Kirsti und wischte sich ein Kleckschen Smetana aus dem Mundwinkel. »Es sind doch trotzdem nur Blumen.«

»So habe ich vor fünf Jahren auch noch gedacht, aber jetzt nicht mehr«, sagte Maria leise.

»Warum?«

Maria sah Kirsti erstaunt an. Gab es auf der Welt noch einen Menschen, der nicht wusste, was vor fünf Jahren passiert war? Hatte Ilkka Halme seiner Frau etwa nicht von Lauras Verbrechen erzählt? Denn ein Verbrechen war es gewesen, mochte auch das offizielle Urteil anders lauten.

Maria berichtete kurz und ohne zu dramatisieren von dem Geschehen, und dabei merkte sie, dass sie es fast genoss, zu beobachten, wie die Erschütterung die andere völlig erstarren ließ. Kirsti vergaß ihren Wein und das Essen, und als Maria geendet hatte, war nur das Ticken der alten Wanduhr zu hören.

»In einer der gestrigen Zeitungen wurde im Zusammenhang mit Lauras Tod das Unglück tatsächlich beiläufig erwähnt, aber ich habe es natürlich nicht mit dir in Zusammenhang gebracht«, stammelte Kirsti schließlich erregt. »In dem Artikel wurden ja keine Namen genannt. Großer Gott, jetzt beginne ich erst zu verstehen ... Um die Wahrheit zu sagen, dein Auftritt mit diesem Mann im Rollstuhl, Markus Palmroos, im Takt eines Trauermarsches wirkte ziemlich schaurig und, offen gesagt auch ein bisschen geschmacklos, aber ich wusste ja nicht ... Mein Gott, mir hat nicht mal hinterher jemand etwas gesagt. Ich habe kaum ... Zeit gehabt, mit meinem Mann zu sprechen.«

Kirsti schickte wütende Gedanken in den Verlag am Dianapark, oder wo immer sich Ilkka gerade aufhalten mochte, zum Beispiel bei einem Essen mit Moona Lahti oder sonst wo ... Warum hatte der Mann ihr nichts erzählt? Warum behielt er auch sonst alles für sich? Besonders alles, was mit Laura Halonen und ihrem Tod zu tun hatte.

»Wie bist du überhaupt damit fertig geworden?«, fragte Kirsti vorsichtig. Sie war sich durchaus nicht sicher, ob die andere überhaupt antworten wollte, aber Maria drehte nur ruhig ihr Weinglas in der Hand und sagte, dass sie eben nicht damit fertig geworden sei.

»Ich habe nur irgendwie weitergelebt und mich immer wieder gewundert, dass die Sonne trotzdem aufgeht und untergeht. Ich habe nach und nach alles aufgegeben, die Arbeit in der Bibliothek, die Hobbys und die Freunde und schließlich sogar meinen Familiennamen, denn ich habe wieder meinen Mädchennamen angenommen. Außerdem habe ich Laura so grenzenlos gehasst, dass mich dieser Hass vermutlich am Leben gehalten hat, und weiter hält. Komisch, ich habe nie ernsthaft an Selbstmord gedacht, dabei wäre das Laura eigentlich ganz recht geschehen. Es hätte das Schuldgefühl dieser Frau vervielfacht.«

»Ich verstehe«, sagte Kirsti, obwohl sie tatsächlich nicht ganz verstand. Ihr eigenes Leben kam ihr im Vergleich mit alledem plötzlich sehr nichts sagend und simpel vor. Hatte sie je einen Menschen wirklich gehasst? Oder wenigstens geliebt? Zumindest konnte sie sich nicht vorstellen, je einen solchen Rachedurst zu empfinden, wie er in Marias Augen glühte. »Ich kannte Laura eigentlich nicht besonders gut«, fuhr Kirsti fort, »aber jedenfalls wirkte sie auf mich immer schrecklich hart und selbstsicher, sodass ich zweifle, ob sie überhaupt ein Gewissen hatte.«

»Doch, das hatte sie – eine Art Gewissen.« Maria wollte schon von dem Testament erzählen, ließ es aber sein. Stattdessen holte sie die Babypuppe aus dem Schlafzimmer und setzte sie an den Tisch.

»Mit dieser Puppe habe ich seit dem letzten Sommer ihr Gewissen wachgerüttelt, und ich muss sagen, es hat außerordentlich gut funktioniert. Vermutlich hätte Laura jede Summe gezahlt, um uns nicht mehr begegnen zu müssen …« Und sie hat ja schließlich auch gezahlt, fügte Maria im Stillen hinzu.

Kirsti hatte sich gerade ein Stück Lachs genommen, konnte aber keinen Bissen davon essen. Natürlich war die Puppe, die sie aus dunklen Augen unter langen Wimpern anstarrte, nur eine Puppe, aber sie hatte irgendetwas Schreckliches an sich, das sich Kirsti nicht erklären konnte. Und Maria, die ihr ruhig gegenübersaß, spielte im Moment vielleicht nur die Ruhige. Vielleicht grübelte sie sich gerade irgendwelchen neuen Irrsinn aus …

Das Telefon klingelte. »Warum gehst du nicht ran?«, fragte Kirsti verwundert, als Maria ruhig sitzenblieb, so als hätte sie nichts gehört.

»Warum sollte ich? Ich erwarte keinen Anruf. Ich erwarte niemanden.«

Großer Gott, diese Frau ist ja … Ich muss bald einen Vorwand finden, um aufzubrechen, dachte Kirsti nervös. Sie merkte, dass sie sich mehr als je zuvor nach ihrer eigenen vertrauten Umgebung sehnte, sogar nach dem ewigen Gezänk und Gelärme der Mädchen und nach Danis Hundeschnarchen. In den letzten Tagen war es allerdings zu Hause ungewöhnlich still gewesen, und auch das machte ihr Angst. Aber hier musste sie raus, und zwar schnell.

»Woran denkst du?« Marias leise Frage ließ Kirsti vor

Schreck fast aufspringen. »Oder lass mich raten. Du überlegst gerade, ob ich vielleicht wirklich verrückt bin.«

Maria musste lächeln, als sie sah, wie sich Kirstis Wangen und Hals mit tiefroten Flecken überzogen. »Aber ich bin es nicht – nicht mehr als jeder andere auch. Ich habe vielleicht nur eine ewas biblischere Überzeugung davon, was richtig und was falsch ist.«

»Ist diese Überzeugung so stark«, stammelte Kirsti, »dass du …«

»… töten könntest?«, vervollständigte Maria den Satz. »Ja, das könnte ich – was nicht unbedingt heißen muss, dass ich wirklich getötet habe. Und das herauszufinden ist nicht einmal unsere Sache«, fügte sie mit eigenartigem Lächeln hinzu. »Das ist ja Aufgabe der Polizei, nicht wahr?«

Kirsti vermochte nur zu nicken. Es war von Anfang an unsinnig gewesen, zu dieser seltsamen Frau in die Wohnung zu gehen, und sie würde auch gar nicht mehr nach einem Vorwand suchen, sie würde einfach aufstehen und gehen, jetzt gleich. Sie faltete die Serviette zusammen und wollte sich schon bedanken und aufstehen, aber Marias nächste Frage nagelte sie fest.

»Wie lange wusstest du von Lauras Verhältnis mit deinem Mann?«

Das war jetzt wohl der eigentliche Grund, warum die andere sie zum Essen eingeladen hatte. Wollte sie in einer Sache stochern, die weder sie noch irgendjemanden sonst etwas anging und die vielleicht nicht einmal wahr war? Ilkka hatte ja immer versichert, dass er keine anderen Frauen hatte und dass Laura nur eine Schriftstellerin unter vielen war, wenn auch besonders reizend, und immer hatte …

»Wieso? Ich weiß von keinem Verhältnis«, brachte Kirsti heraus und ärgerte sich dabei über sich selbst. Ihr Selbstbetrug schien ohne jedes Maß. Ilkka war einfach verrückt nach Laura gewesen; Kirsti hatte es von dem Moment an gewusst, als sie die beiden im Herbst auf einer Verlagsfeier zum ersten Mal zusammen gesehen hatte.

»Ach, du weißt es nicht …?«, sagte Maria gedehnt. »Möchtest du, dass ich dir erzähle, was ich weiß? Die beiden klebten Tag und Nacht aneinander«, begann sie, als Kirsti nichts sagte, sondern nur auf den Tisch starrte. »Ich konnte von hier zwar nicht direkt in Lauras Schlafzimmer sehen, aber mitbekommen habe ich trotzdem genug. Dein Mann kam viele Male in der Woche zu der Hure gerannt, und das zu jeder Tages- und Nachtzeit. Was hat er dir erzählt? Machte er Überstunden, hatte er Sauna-Abende mit Kollegen oder Versammlungen des Verlegerverbandes, oder was?«

Marias Stimme war hoch und schrill geworden und ihre Worte überstürzten sich. Sie ist verrückt, dachte Kirsti, verrückt und grausam, ein paranoider Racheengel …

»Warum erzählst du mir das alles?«, gelang es ihr schließlich zu fragen, als Maria nur noch mit glühenden Wangen dasaß und keuchte.

»Warum, willst du wissen?« Maria stand plötzlich auf und schleuderte die Babypuppe auf den Fußboden. Es klapperte laut, als sich ein Bein aus dem rundlichen Körper löste.

»Weil ich es nicht mehr aushalte, allein zu sein!«

Zunächst glaubte Martikka, das Antiquariat sei geschlossen. Der Laden war dunkel, und nicht einmal im Schaufenster brannte Licht. Eigentlich war die ganze Iso Roobertinkatu ein einziger grauer Nebel. Der Schnee, der am vergangenen Tag gefallen war, hatte sich in Matsch verwandelt, und die Luft troff vor Feuchtigkeit.

»Verflixter Helsinkier Winter«, schimpfte Martikka, zog der Form halber an der Tür und staunte, dass sie gar nicht abgeschlossen war. Konnte Mäntynen es sich tatsächlich erlauben, den Laden offen zu lassen und selbst einfach zu verschwinden? Nun, bei seinen jetzigen Aussichten konnte er das vermutlich. Selbst wenn man ihm die ganze Bude in der Zwischenzeit leer räumen würde, könnte er bald in jedem zweiten Stadtviertel neue Antiquariate eröffnen – oder auch nicht.

Aus dem Hinterzimmer, das durch einen dicken, dunkelgrünen Vorhang abgeteilt war, hörte Martikka leises, aufgeregtes Reden, und er rief wie ein Schauspieler in einer Liebhaberaufführung: »Hallo, ist da jemand?«

Die Rede brach abrupt ab, etwas – ein alter Stuhl? – knarrte und Karri kam hinter dem Vorhang hervor. Er schaltete das Licht im Laden ein und sah Martikka blinzelnd an. Er wirkte eher verärgert als überrascht.

»Ich sehe mir hinten gerade einen alten Lang an«, erklärte er. »Oder eigentlich wollte ich nur eine Stelle nachprüfen, aber dann ging es mir so wie immer, ich konnte nicht aufhören. Es ist Langs zweite Regiearbeit in Amerika, ein großartiges Melodram. Wie es heißt? *Der Flüchtling.* Hast du es gesehen?«

Martikka hatte nie auch nur von dem Film gehört, aber er widersprach nicht, als Karri ihm geradezu befahl, sich mit ihm gemeinsam die Schlussszene anzusehen.

Der Anblick hinter dem Vorhang entsprach geradezu klischeehaft der Vorstellung, die Martikka stets von den Hinterzimmern richtiger Antiquariate oder den von An- und Verkaufsläden gehabt hatte: Der Raum war eng, ungemütlich und voll gestopft. Aber Karri Mäntynens technische Geräte waren Spitzenklasse, und es war, als würde der Schwarz-Weiß-Film vom größten Bildschirm, der auf dem Markt erhältlich war, geradezu auf den Betrachter einstürzen.

»Eine perfekte Schlussszene«, sagte Karri andächtig, als dem vor seinen Verfolgern flüchtenden und seine tote Frau im Arm tragenden Henry Fonda in den Rücken geschossen worden war und er, ehe er tot zu Boden sank, noch die Worte hörte: »Jetzt bist du frei, Eddie. Das Tor ist offen.«

»So denkst du selbst wohl auch?« Martikka sah Karri an, der immer noch in den Fernseher starrte, obwohl auf dem Bildschirm nur noch Schnee zu sehen war, nachdem der Abspann durchgelaufen war.

»Du meinst, dass der Tod befreit?« Ein kleines amüsiertes Lächeln trat auf Karris Gesicht. Er zündete sich lange und andächtig seine inzwischen erloschene Pfeife an, ehe er antwortete: »Zumindest in diesen guten alten Filmen funktioniert der Gedanke und er wirkt nicht einmal lächerlich. Oder denk an die Oper. Es gibt wohl nicht viele Librettos, in denen am Ende des letzten Aktes noch alle Hauptpersonen am Leben sind. In den großen Dramen befreit und verbindet der Tod, obwohl das lebendige Leben natürlich keineswegs so geradlinig verläuft – soweit ich das überhaupt beurteilen kann. Aber wenn oder falls du Laura meinst, so hielt sie den Tod wohl kaum für einen Befreier. Laura liebte das Leben – trotz allem, was sie durchgemacht hatte.«

Karri sprach den letzten Satz so ruhig aus, dass er nicht allzu dramatisch klang, und im selben Moment entdeckte Martikka das Foto. Er kämpfte sich aus dem alten durchgesessenen Sessel hoch und ging hin, um sich die Aufnahme näher anzusehen.

Von dem verblassten Farbfoto lächelte ein sehr jung wirkendes Paar den Betrachter an, im Hintergrund war das klassische Motiv von Paris, der Eiffelturm, zu sehen. Die Hüftjeans mit Schlag und die Schuhe mit Plateausohlen ließen erkennen, dass die Aufnahme gut zwei Jahrzehnte alt war und etwa aus der Mitte der Siebzigerjahre stammte. Der langhaarige Karri Mäntynen war trotz seines Bartes leicht wiederzuerkennen, aber die Identität der jungen Frau, die hinter einer riesigen Sonnenbrille lächelte und strahlte, musste man erraten.

»Laura war zu jener Zeit ein schlankes Mädchen«, lachte Karri. »Fast zu dünn, falls man mich fragt. Wir haben in jenem Sommer eine Interrailtour durch Europa gemacht und von Baguette, billigem Rotwein und Liebe gelebt. Manchmal kommt es mir vor, als wäre ich von der Reise nie zurückgekehrt. Um die Wahrheit zu sagen, habe ich Sonnenstrände eigentlich nie vertragen. Ich bin viel lieber in mitteleuropäischen Städten, in irgendwelchen billigen Hotels und netten Kneipen in Prag oder Amsterdam unterwegs.«

»Nun, jetzt kannst du dir ja Tour-Retour erster Klasse leisten«, sagte Martikka und stellte das Bild wieder ins Bücherregal. Hatte es dort immer gestanden oder hatte Mäntynen es erst in den letzten Tagen in einer Anwandlung von Nostalgie aus dem Versteck geholt? »Du kannst sogar bald ein ganzes Flugzeug chartern …«

»So was spricht sich anscheinend rum«, sagte Karri unwirsch. »Grönberg & Grönberg haben also die Polizei informiert …«

»Das gehört zu ihren Pflichten«, bemerkte Martikka trocken. »War es denn eine große Überraschung?«

»Das Testament, meinst du?« Karri sog an seiner Pfeife, bückte sich und nahm die Fernbedienung vom Tisch. Man hörte ein schnelles gleichmäßiges Surren und zum Schluss ein weiches Knacken, als er das Videoband zurückspulte. »Ehrlich gesagt, eigentlich nicht.« Er streifte Martikka mit einem Blick, aber dessen Miene verriet ihm nichts. »Natürlich im ersten Moment, als der jüngere Grönberg anrief und mir sagte, worum es ging ... Aber dann, als er erzählte, wie Laura ihr Testament begründet hatte, war es eigentlich ganz leicht zu verstehen. Sie hatte gesagt, dass sie einigen Leuten etwas schuldig sei und gleichsam für Vergangenes um Verzeihung bitten wolle. Marias Fall ist natürlich leicht als eine Art Wiedergutmachung für den Unfall zu begreifen, aber ...«

Als Martikka immer noch nichts sagte, nahm Karri das alte, verblasste Foto in die Hand, betrachtete es eine Weile und legte es dann in eine Schublade. Er stand lange da, die Hände in den Taschen und die Pfeife zwischen den Zähnen, bis er endlich fragte, ob Martikka Kaffee wolle. Der lehnte ab.

»Rat mal, was ich als Erstes mit dem Geld machen werde.« Karri ließ den Finger an der Reihe mit den Videokassetten entlanglaufen, hielt aber nirgends an. »Ich fahre für ein paar Wochen nach New York und sitze von morgens bis abends im Kino. Dort gibt es viele kleine Programmkinos, die sich auf alte Schwarz-Weiß-Streifen spezialisiert haben. Stell dir vor, du kannst rund um die Uhr dasitzen und dir zum Beispiel Humphrey Bogart ansehen oder ...«

Karri nahm eine Videokassette aus dem Regal, stellte sie aber gleich wieder zurück. Er versuchte verzweifelt, eine Beschäftigung zu finden, um nicht den stumm wartenden Martikka ansehen zu müssen, aber schließlich war er gezwungen, dessen unausgesprochene Frage zu beantworten.

»Laura war im Laufe des letzten Herbstes ein paarmal hier«, sagte er. »Sie schaute nur kurz herein und kaufte manchmal der Form halber eine alte Zeitung oder fragte nach Kinoempfehlungen, aber hinterher hatte ich immer das unbestimmte Gefühl, dass sie mit mir über etwas Wichtiges hatte sprechen wollen. Hinterher ist man immer schlauer, aber ich könnte geradezu schwören, dass sie mir von dem Testament erzählen wollte.«

»Und du hast wirklich nichts davon gewusst?«, fragte Martikka plötzlich, aber Karri versicherte nur ruhig, dass er gestern bei Assessor Grönberg zum ersten Mal von dem Testament gehört habe.

»Weshalb habt ihr euch scheiden lassen – außer dass ihr euch auseinander entwickelt habt, wie du letztes Mal behauptet hast?«, setzte Martikka seine Schnellbefragung fort und traf diesmal ins Schwarze. Karri griff sich aufs Geratewohl eine Kassette aus dem Regal und drehte sie verwirrt in den Händen. »War es eure Scheidung, für die sich Laura Halonen mit ihrem Testament entschuldigen wollte?«

»Ich glaube, ja«, gestand Karri leise und sagte dann, dass er den Tatbestand jetzt deutlich, aber im Stil eines echten Melodramas aussprechen wolle: »Mit ihrem Testament entschuldigte sich Laura für den Tod zweier Kinder, damit meine ich Marias kleinen Sohn – und ein zweites Kind, das gar nicht erst auf die Welt kam. Wir waren sechs Jahre verheiratet gewesen, als sie überraschend schwanger wurde, die Spirale hatte versagt oder so was. Sie ließ abtreiben, obwohl ich heftig protestiert habe. Ich hätte das Kind gewollt, aber Laura nicht, und deshalb haben wir uns scheiden lassen. Das ist die ganze Geschichte. Und deshalb werde ich wahrscheinlich demnächst Millionär.«

Vielleicht, dachte Martikka, aber eben nur vielleicht.

Am Dienstagmorgen erwachte Moona völlig verkatert mit schwerem Brummschädel und wagte zunächst gar nicht sich zu bewegen. Sie hatte Angst, der Kopf könnte sich von den Schultern lösen, aber noch mehr entsetzte sie der Gedanke, dass der Mann womöglich noch irgendwo im Schatten lauerte. Draußen war der gewöhnliche Verkehrslärm zu hören, aber sonst war es ganz still, und als sie schließlich die Augen einen Spalt breit öffnete und sich verstohlen im Zimmer umsah, konnte sie zum Glück niemanden entdecken.

Sattdessen stellte sie fest, dass es gar nicht mehr Morgen, sondern bereits Nachmittag war – und die ersten Panikgefühle mischten sich in ihre wirren Gedanken.

»Heiliger Bimbam, ist mir schlecht …« Moona stieß mit den Füßen gegen eine leere Bierflasche, die vor dem Bett stand, schlurfte ins Bad und erschrak aber so gründlich vor ihrem eigenen Spiegelbild, dass sie für einen Moment ihre Absicht vergaß, sich zu übergeben. Mit ihrer hässlich verschmierten Augenschminke sah sie aus wie ein trauriger Panda! Was war letzte Nacht eigentlich geschehen? Hatte sie etwa geweint? Erst nachdem sie sich das Gesicht sauber geschrubbt und lange unter der Dusche gestanden hatte, den Kaltwasserhahn so weit aufgedreht, wie sie es irgend vertrug, kehrte die Erinnerung bruchstückhaft zurück.

Die letzten Meter des vergangenen Abends waren ein einziges verworrenes Knäuel. Nachdem Ilkka seine Frau vor dem Fenster des *Angleterre* gesehen hatte, hatte er scheinbar ungerührt sein Guinness ausgetrunken, war dann aber so hastig aufgebrochen, dass er beinah die Tür mitgenommen hätte. Er war allerdings nicht hinter Kirsti hergerannt, sondern hatte die entgegengesetzte Richtung eingeschlagen.

Moona hatte eine Weile allein am Tisch gesessen und das Gefühl ihrer Macht ausgekostet. Sie war überzeugt gewesen, dass sie die Situation wieder völlig unter Kontrolle hatte und dass sich Ilkka schließlich sogar in die Buchidee fügen würde – er musste es einfach tun.

Irgendwann hatte sie sich dann an die Theke gesetzt und mit flüchtigen Bekannten Smalltalk gemacht, bis sie unversehens am Tisch des Gitarristen gelandet war. Von da an war dann alles heftig aus dem Ruder gelaufen. Als sie zwischendurch die Toilette aufgesucht hatte, hatte sie zwar vage gedacht, dass sie eigentlich nach Hause gehen müsste.

»Aber warum eigentlich?«, hatte sie herausfordernd ihr Spiegelbild gefragt und die gewünschte Antwort bekommen, nämlich, dass dazu kein Anlass bestand. Wer erwartete sie denn zu Hause, außer dem Anrufbeantworter voller Anfragen von Journalisten mit der Bitte um Rückruf.

Moona war an den Tisch des Gitarristen zurückgekehrt und hatte Bier geschlürft und Kette geraucht, sie hatte sich immer neue Lieder gewünscht, eins sentimentaler als das andere, und irgendwann für den ganzen Tisch eine Runde spendiert. Sie hatte gelacht und mitgesungen und sich selbst verabscheut, was sie allerdings in keiner Weise daran gehindert hatte, dem Gitarristen nach dem Lichtsignal, das zur letzten Bestellung aufrief, sehr eindeutige Angebote zu machen. In dem Stadium, als das Personal angefangen hatte, aufzuräumen, hatte der Mann seelenruhig seine Gitarre eingepackt, zugesehen, wie Moona mit großer Geste ihrer beider Zeche quittierte, und anschließend den Arm um sie gelegt.

So hatten sie dann in fröhlichem Zickzack und singend die Lönnrotinkatu erreicht, in der geräumigen Umhängetasche des Gitarristen hatte es viel versprechend geklappert.

Während er seine Tasche auf Moonas Küchenfußboden geleert hatte, hatte der Mann erklärt, dass er nie ohne Reservebestückung ausgehe: »Man kann ja nie wissen, wo man morgens aufwacht, und deshalb muss man sich immer auf das Schlimmste einstellen, nämlich darauf, dass man im Kühlschrank der betreffenden Bude nichts anderes findet als …«

»... Licht«, hatte Moona gelallt und über den uralten Witz gelacht. »Kenn ich. Wir haben verdammt viel gemeinsam – außer dass du die falsche Marke trinkst. Ich mag natürlich am liebsten ... ähm ...« Ihr war partout nicht der Name ihres Lieblingssektes eingefallen, sodass sie sich damit begnügt hatte, den Flaschenöffner aus der Schublade zu kramen und sich zu dem Mann auf den Fußboden zu hocken.

Mensch, der Kerl hat mir die ganze Nacht auf die Tränendrüse gedrückt, erinnerte sich Moona jetzt, während sie auf der Bettkante saß und sich die Haare frottierte. Er hat alle Schnulzen dieser Welt gesungen und mir hat die Linse getropft, ich hab mitgegrölt und geseufzt und immer noch mehr verlangt ... Ich hab um Laura und was weiß ich wen geheult, und er hat gespielt und gesungen und Bier gesoffen und ... Was, zum Teufel, hab ich ihm eigentlich erzählt ...?

Aber es ist ja nichts Ernstes passiert, oder? Moona fuhr sich mit der Hand zwischen die Beine. »Es ist nichts passiert!«, wiederholte sie laut. Sie hatte sich irgendwann in den frühen Morgenstunden zielstrebig hochgerappelt und den Mann hinausbeordert. Er war gegangen wie ein gut dressierter Hund und hatte nicht mal der Form halber versucht, zu ihr ins Bett zu kriechen. Vielleicht mag er gar keine Frauen, dachte Moona fast beleidigt.

Die Stille begann ihr in den Ohren zu dröhnen und es dauerte eine Weile, ehe sie die Ursache erkannte: Das Telefon hatte kein einziges Mal geklingelt. Sie erinnerte sich dunkel, dass sie, nachdem der Gitarrist weg war und kurz bevor sie selbst ihren Geist aufgab, den Stecker aus der Wand gezogen und das Handy ausgeschaltet hatte. Sie hatte beschlossen, in Ruhe und vor allem lange zu schlafen, am liebsten bis zum Weltuntergang.

Moona spähte hoffnungsvoll in die Kaffeebüchse, obwohl sie wusste, dass sie dort nichts anderes als den Duft finden würde. Sie war schon im Begriff, bei Tuomela zu klingeln, setzte sich aber stattdessen an den Küchentisch. Erstens hätte der Kerl ebenso wenig Kaffee wie sie selbst und zweitens mochte sie gerade jetzt mit niemandem reden. Später könnte sie unauffällig ins *Schubert* huschen oder gegen den

Kater ein Bier im *Pickwick* trinken; dort wäre es wenigstens dunkel und die Gäste vermutlich schon so angesäuselt, dass es ihnen nicht mal auffiele, wenn sie auf den Händen hereinkäme.

Moona drückte die Zigarette aus und hätte sich eine neue angezündet, wenn sie eine gehabt hätte. Auf dem Fußboden lagen zwei leere Schachteln, daneben stand ein überquellender Aschenbecher. Moona fischte sich die längste Kippe aus dem stinkenden Haufen und zündete sie mit dem bananenförmigen Feuerzeug an, das der Gitarrist zurückgelassen und das eine viel zu große Flamme hatte. Süßlicher, verbrannter Geruch stieg ihr in die Nase, weil sie sich das Stirnhaar angesengt hatte.

»Verflucht!« Moona rieb sich die Stirn, aber es half nichts, auch wenn sie das Wort fünfmal wiederholte und noch eine Auswahl der derbsten finnischen Kraftausdrücke hinterherschickte. Sie schaltete den Laptop ein und starrte auf den Bildschirm, die Zigarettenkippe zwischen den Zähnen. In diesem Moment begriff sie, was der wirkliche Grund der drohenden Panik war: Sie hatte, verdammt noch Mal, keine Arbeit mehr!

Von dem Moment an, da die *Magische Macht* im Herbst erschienen war – oder eigentlich schon viel früher –, hatte sie sich fast unmerklich ausschließlich auf die PR für Laura Halonen und auf ihre Vermarktung konzentriert. Genauer gesagt sie hatte sich komplett Laura gewidmet, hatte neben ihrer eigentlichen Arbeit noch als Sekretärin und Gesellschafterin und Schulter zum Anlehnen und alles Mögliche fungiert. Um Geld hatte sie sich nicht zu sorgen brauchen. Sie hatte genug bekommen, und weiteres hatte in Aussicht gestanden. Laura hatte mehr als gut bezahlt, auch dafür, dass Moona ständig verfügbar war, was wiederum dazu geführt hatte, dass ihre Kontakte mit anderen Kunden allmählich eingeschlafen oder sogar ganz abgerissen waren. Die guten und wichtigen Kunden hatten ein ekelhaft langes Gedächtnis. Sie baten kaum ein zweites Mal, wenn sie einmal überheblich abgewiesen worden waren.

Moona hatte sich stets mit ihrem Ruf als schwieriger

Mensch gebrüstet, aber momentan bereitete er ihr keine Freude. Was sollte sie nur machen? Zu wem sollte sie Kontakt aufnehmen? Sie öffnete ihr altes Kundenverzeichnis auf dem Bildschirm, schloss es aber gleich wieder und schaltete den Apparat aus.

»Ich muss etwas unternehmen ... mir irgendwas einfallen lassen ...« Geld war noch genug auf dem Konto, aber das war nicht das eigentliche Problem. Moona wollte schlicht und einfach Arbeit, Betätigung, Aufgaben, Action. Sie hatte nie die Leute verstanden, die Däumchen drehten oder von einem Lottogewinn träumten. Sie wollte ihr Geld *verdienen.*

Moona wühlte in dem Kleiderhaufen, der sich im Sessel angesammelt hatte, zog schwarze Baumwollunterwäsche und ein T-Shirt an und kam erst dann auf die Idee, nach dem Wetter zu sehen. Große Tropfen rannen über das Fenster, und draußen war es so grau, dass kaum das Haus gegenüber zu erkennen war.

»Danke, du braver Alter da oben.« Moona blickte zur Decke. »Endlich einmal bist du mit mir einer Meinung über das Wetter.« Sie wäre endgültig durchgedreht, wenn an diesem Tag irrtümlich die Sonne geschienen hätte.

Moona holte aus dem Oberschrank im Flur einen grässlichen violetten Wasser abweisenden Windanzug, den sie vor ungefähr hundert Jahren von irgendeiner Firma als Korruptionsgeschenk erhalten hatte. Ein warmer Collegepullover kam drunter, dann in die Stiefeletten mit den dicken Sohlen geschlüpft und ab ging's – in diesen Klamotten würde sie nicht mal jemand erkennen, wenn er einen Meter vor ihr stünde.

Für gewöhnlich drang aus Tuomelas Wohnung Musik, aber jetzt war es dort ganz still. Moona lauschte eine Weile mit dem Ohr an der Tür und lief dann die Treppe hinunter. An der Haustür machte sie jedoch kehrt und sauste noch mal noch oben. Sie holte ihr Handy und steckte es in die Jackentasche. Moona Lahti stand wieder zu Diensten, für den Fall, dass jemand anrief. Das war jetzt einfach das Gebot der Stunde.

Moona lief über den Markt von Hietalahti. Wenn sie ihre

Fantasie angestrengt hätte, hätte sie vor ihrem geistigen Auge einen sonnigen Sommertag, weiße Möwen und fröhlich bunte Flohmarkttische gesehen. Sie hätte sogar hören können, wie der alte Mann auf den Stufen der Markthalle mit seiner Ziehharmonika den Walzer von Saarenmaa spielte; die Leute aßen im Kaffeezelt Pfannkuchen, und am Rande des Marktes verhökerten die russischen Schwarzhändler ihren Wodka.

Aber Moona stand an diesem Tag nicht der Sinn nach Fantasiespielen. Sie hatte dasselbe erstickende Gefühl wie manchmal als kleines Mädchen, wenn sie mitten in der Nacht aus dem Schlaf aufgeschreckt war und sich in den Flur geflüchtet und geschrien hatte, ein Albtraum verfolge sie. Wie schön war es dann gewesen, richtig aufzuwachen, in den schützenden Armen des Vaters zur Ruhe zu kommen und wieder einzuschlafen.

Aber jetzt bestand keine Hoffnung, aufzuwachen, denn nicht ein Albtraum verfolgte sie, sondern Panik. Bei der Werft erhöhte sie ein wenig ihr Tempo und auf der sanften Steigung zur Merikatu lief sie schon so schnell, wie sie irgend konnte. Sie, die immer gefunden hatte, dass Joggen die unweiblichste Modeerscheinung der letzten Jahre gewesen war.

Moona bog keuchend zum Ufer von Eira ein und schaffte nur noch zweihundert Meter in dem Tempo. Sie hatte bereits heftige Seitenstiche, ihre Oberschenkel schmerzten und fühlten sich an wie Gelee. Sie stützte sich mit den Händen auf die Knie, keuchte und versuchte sich damit zum Lachen zu bringen, dass sie sich vorstellte, wie sie in ihrem grässlichen Windanzug und den hochmodischen Stiefeletten wohl wirkte. Ein Mann im Jogginganzug trabte vorbei, ohne ihr die geringste Aufmerksamkeit zu schenken, erstaunlich.

Vielleicht sind beim Sport doch nicht die Textilien so entscheidend, wie behauptet wird, dachte Moona, während sie im vorsichtigen Spaziertempo weiterging. Und wie seltsam: Der Lauf hatte zumindest vorübergehend geholfen, denn die Panik hatte sich deutlich verzogen, obwohl sie bestimmt irgendwo lauerte, um erneut zuzuschlagen.

Es schwindelte Moona ein wenig und sie schwankte. Der Spurt war nach all dem Bier und den Zigaretten wohl doch zu wild gewesen. Aber wer weiß, eines schönen Tages würde sie womöglich doch in die Sportabteilung von *Stockmann* marschieren und eine der süßen, sportlichen Verkäuferinnen bitten, ihr anständige Klamotten zu empfehlen.

Moona bog in die Neitsytpolku ein, aber sie war kaum bis zur ersten Kreuzung gelangt, als sie sich plötzlich hinter einen am Straßenrand parkenden Lieferwagen zurückzog. Weiter vorn hatte ein überlanges schwarzes Auto angehalten, aus dem sich gerade Markus Palmroos mit seinem Rollstuhl schob. Das halbwüchsige Mädchen, das auf dem Beifahrersitz gesessen hatte, griff geübt nach der Rücklehne des Stuhls und schob den Mann in den Torweg.

»Hör auf!«, befahl Moona ihrem Herzen, das ihr aus der Brust springen wollte. Sie stand noch eine Weile hinter dem Lieferwagen und drückte sich die Hand auf die Brust, dann schlüpfte sie in den nahen Eckladen. Nachdem sie die Zigaretten und das Bier bezahlt hatte, lief sie quer über die Straße in den kleinen Park. Sie benahm sich wie eine Stadtstreicherin, dachte sie amüsiert, als sie die Flasche an der Kante einer Bank öffnete. Schaum floss heraus und Moona neigte die Flasche wie ein Profi. Erst als ein alter Mann, der wie Strandgut der Großstadt aussah, sich vertraulich zu ihr auf die Bank setzte, stand Moona auf und ging, übergab dem Mann aber in einer plötzlichen Eingebung ihre Plastiktüte.

»Seit wann haben Engel schwarze Haare?«, krächzte der Mann glücklich mit seinem zahnlosen Mund und rief ihr noch Gottes Segen hinterher. Aber Moona hob nur grüßend die Hand und warf ihre halb geleerte Flasche in den Abfallbehälter.

Sie wählte den Rückweg nicht bewusst, hätte sich das zumindest nie eingestanden, aber plötzlich fand sie sich in der Uudenmaankatu vor einem bekannten Haus wieder. Sie stand eine Weile vor der Tür und klimperte mit ihrem Schlüsselbund. Das Markierungsplättchen an Lauras Wohnungsschlüssel war aus reinem Silber. Laura hatte es ihr einst geschenkt, und sie merkte, dass sie sich erneut aufregte, als ihr nicht einfiel, was damals der von Laura so geliebte »besondere Grund« gewesen war.

Moona gab den Code ein, obwohl sie wusste, dass es überflüssig war. Dort war ja niemand zu Hause und sie dürfte eigentlich nicht einmal hineingehen. Jedenfalls hatte Martikka ihr noch nicht grünes Licht gegeben, obwohl sie ihn darum gebeten hatte, weil sie sich einige persönliche Dinge aus der Wohnung holen wollte.

Diesmal lief Moona nicht wie gewohnt mit großen Sätzen die Treppe hinauf, sondern schlich so lautlos hoch, wie es ihr in den Stiefeletten möglich war. Als sie in der obersten Etage angelangt war, hielt sie kurz inne, um ihren Atem zu beruhigen, dann schlich sie leise an die Tür.

Sie brauchte gar nicht erst das Ohr an die Tür zu legen. Im Flur der Wohnung sprach jemand, nein, es waren sogar zwei Personen. Moona erkannte die Stimmen sofort: Martikka und Anna. Sie unterhielten sich in normaler Lautstärke, aber einzelne Worte waren durch die schwere Tür nicht zu verstehen. Dann schienen sich die Stimmen plötzlich zu nähern.

Die dicken Gummisohlen der Stiefeletten quietschten nur so, als Moona kehrtmachte und die Treppen hinunterrannte. Zwei Stockwerke tiefer hielt sie inne, aber von oben war nichts zu hören.

Da schnüffeln sie jetzt munter weiter, Sherlock Holmes und sein stets dienstbereiter weiblicher Watson, mokierte sich Moona, während sie auf dem kürzesten Weg nach Hause marschierte. Es wäre wirklich interessant zu wissen, was Anna Laine in Lauras Wohnung zu suchen hatte.

An der Ecke der Lönnrotinkatu stieß sie auf Tuomela, der in so flottem Tempo joggte, dass er sie beinah umgerissen hätte.

»Was ist das denn?«, rief er. Er trug sachliche und praktische Sportkleidung. »Ich hätte dich beinah nicht erkannt. Seit wann betreibst du Körperkultur?«

»Heute schon zweimal, nämlich zum ersten und zum letzten Mal«, Moona grinste und entschwand ins *Schubert.* Diesmal folgte Tuomela ihr nicht, er winkte ihr nur durchs

Fenster zu und lief mit langen elastischen Schritten in Richtung Töölö davon.

Martikka hatte lange überlegt, ehe er Anna Laine anrief. Der Vorwand, mit dem er sie in die Wohnung bitten konnte, war äußerst durchsichtig und außerdem wusste er aus Erfahrung, was ihre erste Reaktion wäre: auf gar keinen Fall. Ihrer Gewohnheit entsprechend würde sie seufzen und lamentieren und mindestens zehn unerledigte Arbeiten ins Feld führen – und schließlich einwilligen, wenn nicht anders, so aus purer Neugier.

Nachdem er Mäntynens Antiquariat verlassen hatte, hatte er zunächst ausprobieren wollen, ob Maria Lindén vielleicht doch zu Hause war, auch wenn sie sich den ganzen Tag nicht am Telefon gemeldet hatte. Nun, die Fragen würden nicht weglaufen, und in diesem Falle auch nicht das Objekt.

Markus Palmroos hatte er dagegen gleich morgens am Telefon erreicht. Der Mann hatte seinen Terminkalender zu Rate gezogen, als ginge es darum, für einen zweitrangigen Klienten eine Lücke im straff geplanten Tagesablauf zu finden, und hatte schließlich vorgeschlagen »gegen fünfzehn Uhr, aber ich habe dann nur eine Viertelstunde oder höchstens zwanzig Minuten Zeit«. An solche Wichtigtuer hatte sich Martikka im Laufe der Jahre gewöhnt, sodass er sich nur höflich bedankt und gesagt hatte, dass er kommen werde – gegen fünfzehn Uhr.

Da ihm reichlich Zeit geblieben war, hatte er beschlossen, noch einmal in Laura Halonens Wohnung zu gehen. Er wollte sich dort in aller Ruhe umsehen, wollte dasitzen und nachdenken und die verschiedenen Varianten durchspielen. Er hatte nie auch nur im Mindesten an etwas geglaubt, was er nicht selbst mit eigenen Augen gesehen hatte, aber trotzdem hatte er jetzt das Bedürfnis, sich in die Nacht von Samstag auf Sonntag hineinzuversetzen, etwas von Halonens letzten Augenblicken zu erfassen, den Schlüssel zum Geschehen zu finden. Auf die eine oder andere Weise müsste er die Frage beantworten: Wie war Laura Halonen als Frau und Mensch eigentlich gewesen?

Aus der Wohnung war alles Verderbliche entfernt worden (vor allem die Leiche, dachte Martikka sachlich), aber trotzdem stank es dort, dass es ihm den Atem raubte. Es war ein schwer zu definierender Geruch – Unbewohntheit, Erstarrung, allumfassende Beklommenheit. Ein paar Lüftungsklappen standen offen, aber es hatte nichts genützt, und so ging Martikka durch die Räume und zog überall die schweren Vorhänge vor den Fenstern zurück. In dem grauen Winterlicht wirkte die verschwenderisch eingerichtete, von Gold und Kristall funkelnde Wohnung eher noch trauriger und irgendwie nackt. Die Dreifachfenster hielten den Verkehrslärm draußen, aber nicht den Staub, der sich in den wenigen Tagen bereits erstaunlich vermehrt hatte.

Aber über diesen Fall hat sich noch kein Staub gesenkt, dachte Martikka, während er die Post durchsah, die sich auf der Fußmatte angesammelt hatte: die aktuelle Tageszeitung, ein paar Werbeblätter, die neueste Ausgabe einer Frauenzeitschrift und ein persönlicher Brief. Martikka riss den Umschlag auf und seufzte traurig. Der Brief stammte von einem Schulmädchen aus Mikkeli, das »immer eine große Bewunderin Laura Halonens gewesen war«. Nun wollte sie in der Finnischstunde einen Vortrag über den Debütroman ihres Idols halten und hatte zehn Fragen aufgelistet, auf die sie »höflichst um baldige Antwort« bat. Nun, gewisse Antworten hatte sie zweifellos bereits in der gestrigen Abendzeitung bekommen.

Martikka legte die Post auf die verschnörkelte, dickbauchige Mahagonikommode im Flur und wanderte durch die Wohnung, schaute sich um, berührte und beklopfte Flächen und Gegenstände. Obwohl er sich eigentlich nicht mehr vorzusehen brauchte, fühlte er sich dennoch wie der berühmte Elefant im Porzellanladen.

Laura Halonen hatte offenbar das Bedürfnis gehabt, alle großen und kleinen Gegenstände, die sie erworben hatte, sichtbar zu platzieren, und es waren ungeheure Mengen: antike Möbel und ultramoderne weiche Sofas, dazu Schränke, Vitrinen, kleine und größere Tische, orientalische Teppiche, pralle Seidenkissen, goldgerahmte Spiegel und dekorative breit gestreifte oder geblümte Vorhangarrangements. Zierrat stand ebenfalls überall dort, wo Platz war oder eigentlich schon nicht mehr: Silber- und Messinggegenstände, Skulpturen, Porzellan, Elefanten in allen Größen, Trockenblumensträuße, gewollt nachlässig auf den Tischen gestapelte Kunstbücher und -zeitschriften.

Halonens Geburtstagsgeschenke waren auf dem Tisch im Esszimmer aufgebaut, das Einschlagpapier in einen Müllsack gestopft und die Karten und Telegramme in einer großen verschnörkelten Silberschale aufgestapelt worden. Es war deprimierend gewesen zu beobachten, wie zwei Polizisten am späten Sonntagabend systematisch die Päckchen aufgerissen hatten, mit ausdruckslos konzentrierter, amtlicher Miene. Es hatte weder Ausrufe der Bewunderung noch ironische Bemerkungen gegeben, denn die Männer hatten nur ihre Arbeit gemacht mit dem Ziel, etwas zu finden, was sie jedoch nicht gefunden hatten.

Die Halonen hatte vermutlich eine, zumindest inoffizielle, Wunschliste gehabt, denn die Gegenstände, die aus dem Papier und den Kartons zum Vorschein gekommen waren, folgten demselben schwelgerisch üppigen Stil, der auch in der Wohnung zu erkennen war. Wo, in aller Welt, hatte die Frau wohl all die neuen Kerzenständer und Vasen, die Schalen, Tischlampen und Skulpturen unterbringen wollen?

Rita Hayworth's Gilda warf von dem gerahmten Plakat ihre immerwährenden geheimnisvollen Blicke. Neben diesem Plakat und der Mordwaffe, der marmornen Teigrolle, bildete ein großformatiges Gemälde mit einem Frosch zwischen vollen dunkelroten Lippen eigentlich die einzige Ausnahme von dem schwelgerischen Stil. Das Bild lehnte am Geschirrschrank und Martikkas Kniegelenke knackten, als er sich bückte, um es erneut zu betrachten.

Martikka kannte den Maler nicht, aber er wusste, dass Moona Lahti die Idee gehabt und sich an das Original von Anna Laine, nämlich das Umschlagbild des Romans, angelehnt hatte, und auf eine sonderbare Weise faszinierte ihn das Bild. Vielleicht erzählte es ja mehr von der wahren Persönlichkeit der Empfängerin als zum Beispiel der bombastische Kristallkronleuchter über dem Esstisch oder all die funkelnden Geburtstagsgeschenke. Aber was? Oder das Bild barg gar kein dramatisches Geheimnis, sondern war nur ein privater Scherz zwischen Halonen und Lahti, über den nur sie beide lachen konnten und der keine tiefere Bedeutung hatte.

Vielleicht könnte Anna trotzdem mehr darüber erzählen, dachte Martikka hoffnungsvoll, während er ihre Nummer wählte. Ein bloßer Vorwand, verspottete er sich selbst, während er wartete, dass am anderen Ende abgenommen wurde. In Wahrheit wollte er nur jemanden da haben, der ihm beim Nachdenken helfen, ihm als Sparringspartner dienen konnte, jemand, der am Samstagabend anwesend, aber nicht zu nah dran, sondern mehr ein Beobachter gewesen war, und das nicht nur hinter der Kamera.

»Und, hol's der Teufel, ich bin nun mal an Madame Laine und ihre Art, die Dinge zu analysieren, gewöhnt«, knurrte Martikka, kurz bevor am anderen Ende geantwortet wurde.

Martikka war nicht im Mindesten erstaunt, als er hörte, dass Anna gerade beim Essen saß. Das tat sie ja immer, wenn sie nicht gerade schlief, und selbst dann hatte sie vermutlich vor allem kulinarische Träume. Hingegen war er völlig überrascht, als sie sofort und ohne Einwände oder Ausflüchte auf seinen Vorschlag einging.

»Ich hätte sowieso bald einen Nachmittagsspaziergang mit Justus gemacht, obwohl er Regen hasst, also können wir ebenso gut dort vorbeikommen. Ich kann auch gleich die Fotos mitbringen, falls du sie sehen willst. Oh, aber ich komme nur unter einer Bedingung …«, fuhr Anna fort, und Martikka seufzte, aha, also doch. »Weil ich den Kaffee jetzt weglasse, gibst du einen Cappuccino bei *Schubert* oder *Ekberg* oder irgendwo aus. Also sag mir jetzt den Haustürcode, dann sause ich los.«

Martikka hatte pünktliche Frauen immer gemocht, und auch diesmal brauchte er nicht unnötig lange auf Anna zu warten. Vielleicht war sie tatsächlich gesaust, denn es klingelte genau zehn Minuten später an der Tür.

»Du hast keine Ahnung, wen ich unterwegs getroffen habe«, sagte Anna, während sie ihren Mantel aufhängte. Justus hingegen schüttelte sich und prustete, dass es nur so spritzte. Auf dem rosafarbenen Teppich im Flur blieben kleine dunkle Abdrücke von seinen Pfoten zurück, als er sich auf den Erkundungsgang in Richtung Küche begab. »Oder eigentlich nicht getroffen, sondern gesehen – Kirsti Halme, kannst du dir das vorstellen?«

Martikka murmelte nur, dass er sich das gut vorstellen könne, denn die Menschen hatten nun mal die eigenartige Gewohnheit, in der Stadt herumzulaufen, sogar bei solchem Wetter …

»Ja, aber das Bemerkenswerte daran ist, dass sie aus Maria Lindéns Haus in der Sinebrychoffinkatu kam. Oh ja, ich weiß«, rief Anna, ehe Martikka überhaupt etwas sagen konnte. »Natürlich wohnen dort auch noch andere Leute und Kirsti hat vielleicht Bekannte in dem Haus, aber ich habe noch nie an Zufälle geglaubt. Und sie wirkte außerdem erregt, sie rannte fast, so als würde sie vor etwas fliehen. Ich wundere mich nur … Nun, das geht mich wirklich nichts an.« So wie eigentlich überhaupt alles, was mit Lauras Ermordung zusammenhängt, fügte sie im Stillen hinzu.

»Falls Kirsti Halme bei der Lindén gewesen ist, dann müssen die Damen eine sehr intime Begegnung gehabt haben«, sagte Martikka. »Dort ging nämlich die ganze Zeit niemand ans Telefon.«

»Wieso wunderst du dich darüber? Manch einer mag eben nicht den Hörer abnehmen, besonders nicht, wenn ein amtlicher Anruf zu erwarten ist … Ich gewöhne mich übrigens nie an diese Bude«, lachte Anna dann, während sie Martikka ins Wohnzimmer folgte. »Sehr oft bin ich ja nicht hier gewesen, aber jedes Mal hatte ich Angst, eine verfluchte Vase zu zerschmeißen oder ein Kissen platt zu drücken oder so was. Hier ist es irgendwie so … verschwenderisch.«

Justus hingegen fühlte sich wie zu Hause. Nachdem er von seinem Ausflug zurückgekehrt war und ein paarmal den niedrigen marmornen Couchtisch im Wohnzimmer umrundet hatte, sprang er in den großen Ohrensessel vor dem Kamin. Es waren nur das Rascheln des rot-grün gestreiften

Seidenbezugs und ein langer zufriedener Seufzer zu hören, ehe der Hundeherr die Augen schloss und zu träumen begann, möglicherweise von echter Kaminwärme. Anna fragte sich, ob sie ihn nicht hinunterscheuchen müsste, ließ es jedoch bleiben; denn hier gab es ja keine Hausherrin mehr, die sich um ihre Möbel sorgte.

»Ich habe immer den Eindruck, dass man in solch einer Bude nur vorsichtig auf dem Rand eines antiken Stuhls oder zur Zierde in der Sofaecke sitzt«, sagte Martikka. »Da ist eigentlich kein Platz für Menschen, jedenfalls nicht für einen Mann von meiner Statur und mit meinem Bauchumfang – außer natürlich drüben im Schlafzimmer. Das Bett ist so groß wie ein Fußballplatz.«

»In einem großen Bett lässt sich's gut schlafen – unter anderem«, Anna lächelte und zwinkerte ihm zu. »International und üppig«, fügte sie dann hinzu, während sie sich umsah.

»Wie bitte?«

»Diese Art der Einrichtung: Eine unserer Societydamen hat unlängst in einer Frauenzeitschrift den Einrichtungsstil ihres neuen Heimes als international und üppig bezeichnet. Das heißt, wenn du Geld wie Heu hast und viele teure Dinge besitzt und alles zur Schau stellst, dann hast du quasi einen sicheren Geschmack und befolgst einen internationalen und üppigen Stil ...«

»Hör mal, Laine!« Martikka lachte. »Das war aber nicht nett eben ... Unsere Hungerkünstlerin ist hoffentlich nicht neidisch?«

»Ganz bestimmt nicht. Ich würde aus meiner Dachbude nie wegziehen, selbst wenn dort nichts weiter als ein Bett stünde – und ein Esstisch natürlich, viel mehr steht übrigens tatsächlich nicht da. Ich frage mich, wo Karri und Maria diesen ganzen Krempel lassen wollen. Sicher ist auch viel unechter Kitsch darunter, aber ebenso sicher auch viele wertvolle Gegenstände. Was machen sie mit dem ganzen Zeug?«

Martikka wunderte sich kein bisschen, dass Anna schon von dem Testament wusste, denn ihr kamen stets erstaunlich schnell die offiziellen wie auch inoffiziellere Informationen auf sonderbaren Schleichwegen zu Ohren. Über die Regelung des Nachlasses hatte auch er sich allerdings schon Gedanken gemacht. Besonders Karri Mäntynen konnte er nicht recht in dieser Kulisse unterbringen, denn der Mann war ein Bewohner von kleinen Wohnungen und von Hinterzimmern, die nach alten Filmen rochen, wie er selbst behauptet hatte.

Oder vielleicht doch nicht? Geerbte Millionen änderten unter Umständen den Geschmack und die Einstellung des Menschen …

Anna versuchte gar nicht erst ihre Neugier zu verbergen, als sie an den Esstisch trat, um die darauf aufgehäuften Geburtstagsgeschenke zu begutachten. Anders als die Polizisten vor zwei Tagen, tat sie ihre Meinung ausführlich und offen kund.

»Ich würde davon nur all den Wein, Sekt und Kognak und die Lampe vom Verlag akzeptieren. Ja, und natürlich diesen herrlichen Brieföffner, den ich ihr geschenkt habe.« Anna strich sanft über die schimmernde Silberschneide und den grünen Jadegriff. »Das Ding war übrigens verdammt teuer und der Antiquitätenhändler hat nicht mit sich feilschen lassen.« Anna sah Martikka unschuldig bittend an, aber er erklärte nur seelenruhig, dass auch der Brieföffner, genau wie alles andere, zum Nachlass gehöre.

»Aber auf dieses Froschgemälde hast du wohl zumindest ein gewisses Urheber-, wenn auch nicht Besitzrecht«, bemerkte Martikka dann. Vor Annas Eintreffen hatte er das Bild ins Wohnzimmer getragen und, damit es besseres Licht hatte, auf den Schachtisch aus Messing gestellt und an die Wand gelehnt. »Sag mir doch mal mit dem Auge des Künstlers, was dieses Bild eigentlich bedeuten und aussagen soll, falls überhaupt etwas. Ist es eine Art Witz oder so? Und was ist mit dieser Signatur, da steht bloß Touko.«

»Warum fragst du nicht Moona, sie hat es ja in Auftrag gegeben.« Anna kam aus dem Esszimmer, die Hände in die Hüften gestemmt, und Martikka dachte, dass er sich vielleicht doch getäuscht hatte, denn ihre Stimme klang jetzt wieder genauso herausfordernd und gereizt wie in allen früheren Fällen. Anna behauptete immer, kooperativ zu sein, und das war sie natürlich auch – dann, wenn sie in der Stimmung war und wenn sie selbst den Zeitpunkt, den Ort und den Takt bestimmen konnte.

»Eine gute Arbeit.« Anna hatte sich gebückt, um sich das Bild aus der Nähe anzusehen, und sie hockte dort länger als nötig, mit der einzigen und ehrlichen Absicht, Martikka ein wenig zu ärgern. Sie fuhr mit dem Zeigefinger über die runden Formen des Frosches. »Und Touko bedeutet schlicht und einfach Touko, und der wiederum ist ein bekannter Werbemann und erstaunlicherweise auch ein ausgezeichneter Künstler. Manche sind so gut, dass sie mit dem Vornamen auskommen, obwohl sich Picasso und einige andere ja mit dem Nachnamen zufrieden geben mussten ... Das hier ist wirklich eine so vorzügliche und akkurate Arbeit, dass ich eigentlich nicht beleidigt sein kann, auch wenn keiner auf die Idee gekommen ist, mich zu fragen, ob ich möglicherweise etwas dagegen habe, dass aus dem Geldschein ein Frosch wird. Was das betrifft, sind also die guten Manieren außer Acht gelassen worden ...«

Martikka ignorierte ihr Gerede und wollte wissen, warum aus dem Mund ausgerechnet ein Frosch hing. Warum nicht zum Beispiel eine Rose oder eine Banane oder gar ein Elefant? Denn diese Tierchen schien die Halonen ja gesammelt zu haben, auch unter den Geschenken befanden sich zwei Exemplare davon – ein grüner Elefant, der anscheinend als Briefbeschwerer gedacht war, und ein zweiter, ein mit kleinen, runden Paillettenknöpfen besetztes grässliches Monstrum.

»Entschuldige, aber wie willst du einen Elefanten an menschliche Lippen hängen, sodass es gut und natürlich aussieht?«, fragte Anna und richtete sich auf, und als Martikka nur verlegen die Hände ausbreitete, brachen beide in Lachen aus, womit die drohende Spannung zwischen ihnen zumindest für einen Augenblick weggewischt war.

»Eine gute Frage«, sagte Martikka und fuhr dann fort, dass es Arten von Humor gab, die er nicht recht verstand, wie zum Beispiel, wenn ein Frosch an roten Lippen hing.

Anna hingegen vermutete, dass das Bild möglicherweise doch irgendeine tiefere Bedeutung hatte, die sie beide mit ihrer begrenzten Fantasie nicht erfassten.

»Vielleicht symbolisiert es Lauras oder Moonas oder beider Einstellung zur Presse«, schlug sie vor.

»Oder zur Unterhaltungsliteratur«, äußerte Martikka. »Ich habe nämlich in dieser *Magischen Macht* geblättert, soweit es meine Müdigkeit zuließ, und … nun …«

»Nun?«

»Ja, es war … jedenfalls hat das Buch einen ausgezeichneten Umschlag.«

»Danke.« Anna lachte.

Martikka schlenderte ans Fenster. Der Nebel verzog sich allmählich, doch obwohl es erst früher Nachmittag war, dämmerte es bereits. Im Giebelfenster der vierten Etage des Hauses gegenüber brannte Licht. Maria Lindén saß im Sessel mit der Lesebrille auf der Nase und einem Buch im Schoß, sie verbrachte einen gewöhnlichen Dienstagnachmittag, so wie jedermann. Trotzdem hatte Martikka das eigenartige Gefühl, dass sie sich nicht zufällig ans Fenster gesetzt hatte. Er war sich sicher, dass sie gesehen werden, dass sie beweisen wollte, dass kein Millionenerbe ihre Weltordnung erschüttern konnte, erst recht keine Anrufe der Polizei – und auch kein Besuch von Kirsti Halme, sofern diese überhaupt dort gewesen war.

»Seltsame Geschichte«, murmelte Martikka kopfschüttelnd und Anna stimmte ihm zu, obwohl sie nicht ganz sicher war, ob er Lauras Ermordung im Allgemeinen oder vielleicht ein bestimmtes Detail meinte. Aber am Allerseltsamsten fand sie gerade in diesem Moment die Tatsache, dass sie sich wieder einmal brav als Martikkas Sparringspartnerin hergegeben hatte. Andererseits, nichts hinderte sie daran, allmählich ihren ursprünglichen Plan in die Tat umzusetzen, nämlich einen langen Spaziergang mit Justus zu machen und sich anschließend endlich *Fargo* anzusehen, wovon mindestens die Hälfte ihrer Bekannten heiß schwärmte. Und vorher könnte Martikka den versprochenen Cappuccino ausgeben, mit Sambuca dazu.

Diesmal war Martikka jedoch schneller. Entweder er ahnte Annas Aufbruchsabsichten oder er war ohnehin bereit, zum eigentlichen Thema zu kommen, jedenfalls kehrte er dem Fenster und Maria den Rücken und setzte sich verblüffend behende auf das lachsrote Samtsofa, Anna gegenüber.

»Erzähl mir, wer und was die Diplomingenieurin, ehemalige Firmenchefin und spätere Schriftstellerin Laura Halonen eigentlich war. Wer war die Frau, die hier wohnte und starb?« Martikkas Hand beschrieb einen großen Bogen und streifte am Ende eine verschnörkelte Silberglocke auf dem Nebentisch, mit der man vermutlich in guten alten Zeiten das Personal herbeigerufen hatte. Diesmal reagierte auf das Klingeln nur Justus, der bellend den Kopf hob, sich dann aber wieder gemütlich ausstreckte.

Anna mochte nicht sofort antworten, sondern sie ging achselzuckend ins Esszimmer und nahm erneut den Brieföffner vom Tisch. Hol's der Henker, sie würde so lange reden, bis sie das Ding zurückbekäme …

»Eine Kleptomanin«, äußerte sie laut, wobei sie überlegte, ob es angesichts dieser Warenmenge überhaupt jemandem auffiele, wenn etwas fehlte, wenn sie sich den Brieföffner einfach einsteckte. »Ich weiß immerhin so viel, dass Laura eine Kleptomanin war.« Anna kehrte ins Wohnzimmer zurück und legte den Brieföffner auf den Couchtisch. Martikka ergriff ihn und brachte ihn wieder ins Esszimmer zu den anderen Geschenken.

»Was sonst?«, fragte er, als er wieder auf dem Samtsofa saß.

»Willst du eine Liste von Klischees?«, fragte Anna herausfordernd und antwortete gleich selbst: »Also, außer dass sie Kleptomanin war, war Laura Halonen reich, schön und mutig. Übrigens nicht besonders humorvoll, sodass an dieser Stelle der Liste eine hässliche Lücke klafft. Und über die Sache mit dem Buch wundere ich mich, ehrlich gesagt, ebenso sehr wie der Herr Exgatte, ich frage mich nämlich, was sie ausgerechnet zum Schreiben getrieben hat. Manchmal dachte ich schon, ob die ganze Idee nicht urprünglich von Moona stammte, was sie natürlich heftig bestritt. Vielleicht haben sich die Damen einfach eines Tages in Sektlaune gesagt, dass sie mal etwas ganz Tolles anstellen müssten, und das Geld spielte ja bei ihnen keine Rolle. Aber es stimmt tatsächlich, dass Laura von ihrem Übersetzungsbüro wirklich die Nase voll hatte und es loswerden wollte. Und trotzdem ...«

»Mit anderen Worten, du wunderst dich, warum sie nicht einfach die Millionen quittiert und sich ein Schloss in Frankreich oder etwas Ähnliches gekauft hat«, warf Martikka ein und Anna bestätigte, dass sie ungefähr so gedacht habe.

»Andererseits ...« Anna überlegte weiter. »Wenn jemand daran gewöhnt ist, eine Aufgabe zu haben und in der Öffentlichkeit zu stehen, ist es vielleicht nicht ganz einfach, sich zurückzuziehen und nur noch die Zeit totzuschlagen. Etwa wie ein Kirsti-Paakkas-Syndrom ...«

»Der Kauf von Marimekko«, ergänzte Martikka stolz. »Wie du merkst, habe auch ich die Frauenzeitschriften gelesen.« Worauf Anna entgegnete, dass der Fall mindestens ebenso ausführlich in der Wirtschaftspresse behandelt worden sei.

Martikka überging die Stichelei. »Was sonst?«, fragte er stattdessen.

»Was sonst, was sonst«, schimpfte Anna. »Du bist doch hier ...«

»... die Schleuder ... der Polizist«, ergänzte Martikka seelenruhig. »Den Satz kenne ich schon. Und Polizisten sind unangenehme Menschen, weil sie dauernd Fragen stellen. Also ich wiederhole: Was sonst?«

Anna beschloss, ihre Taktik zu ändern und zurückzufeuern.

»Was hat Moona erzählt?«, fragte sie und Martikka gestand, dass sie zwar geredet, aber eigentlich nichts erzählt habe. Genau wie das Ehepaar Halme und Exehemann Mäntynen und Journalist Tuomela und das schwarz gekleidete Paar Lindén-Palmroos – das ganze verdammte Orchester.

»Vielleicht gibt es ja den großen Unbekannten«, warf Anna hin und entschuldigte sich sofort für ihren schlechten Scherz, ehe Martikka auch nur die Stirn runzeln konnte.

»Warum hast du übrigens nach Moona gefragt?«, wollte er wissen.

»Na hör mal, sie kannte ja Laura am allerbesten, die beiden waren wie Hemd und Hose.«

»Noch besser als der Exmann oder der letzte Liebhaber, der, soweit ich es verstanden habe, Ilkka Halme war?«

»Ja … ich denke.« Plötzlich war sich Anna gar nicht mehr so sicher, aber sie bestätigte, dass Moona zumindest immer den Eindruck vermittelt hatte, als wäre sie Lauras echte und einzige Vertraute. »Andererseits gehörte das natürlich auch zu ihrem Aufgabenbereich«, fügte sie matt hinzu.

»Aufgabenbereiche liebe ich«, schnaubte Martikka. »Die Halonen besaß übrigens einen reichlichen Vorrat an Pillen, sowohl im Badezimmer als auch im Nachtschrank. So ziemlich für jeden Anlass etwas.«

»Laura war immer eine …« Anna suchte nach dem richtigen Ausdruck, bis ihr einfiel: »Eine flatterhafte Seele, up and down. Der Eindruck verstärkte sich übrigens in ihren letzten Tagen. Laura hatte eindeutig vor irgendetwas Angst. Und sie bekam ja auch anonyme Anrufe, zu den unterschiedlichsten Tages- und Nachtzeiten. Obwohl es dafür wohl eine einfache Erklärung gibt …«

»Welche?«

Anna sah Martikka erstaunt an. »Na, Maria Lindén natürlich.«

»Maria bestreitet allerdings strikt, Laura Halonen auch nur ein einziges Mal angerufen zu haben«, bemerkte Martikka. »Keine anonymen und auch keine Stöhnanrufe. Sie hat zugegeben, ihr aufgelauert und sie auf jede erdenkliche Weise erschreckt zu haben, aber immer von Angesicht zu Angesicht, wie sie sagte. Stumme Anrufe gehören nicht zu ihrem Stil, sie wollte *sehen*, wie sich die Halonen fürchtet.«

»Und das hast du geschluckt?«, fragte Anna und wollte ihren Ohren nicht trauen, Martikka konnte unmöglich so naiv sein. Aber er beharrte auf seiner Behauptung, Maria habe die Wahrheit gesagt.

»Wieso? Wie kannst du da so verdammt sicher sein?«, bohrte Anna.

»Ganz einfach deshalb, weil mir kein Grund einfällt, warum sie die Anrufe abstreiten sollte, wo sie doch die makabre Puppenshow und alles andere zugegeben hat.«

»Aber wer war es dann?«

»Das kann jeder gewesen sein, womöglich jemand, den die Halonen nie getroffen hat. Oder es war überhaupt niemand. Vielleicht gehören Andeutungen über anonyme Anrufe zu Moona Lahtis Imagekonzept, oder wie das in eurer Branche genannt wird.«

»Stimmt übrigens nicht«, erklärte Anna und beschloss, Martikka den neuesten internationalen Wortschatz der Werbebranche zu besorgen. »Ich war nämlich zufällig ein paarmal dabei, als diese Anrufe kamen, und ich habe gesehen, wie sie sich aufregte und mindestens einmal total die Nerven verlor. Und selbst wenn der Anrufer tatsächlich irgendein Mr. Nobody from Nowhere gewesen ist, ändert das nichts an der Tatsache, dass Lauras Stimmung in letzter Zeit immer heftiger Achterbahn fuhr und dass sie echte Angst hatte. Du hättest sie mal an ihrem Geburtstag erleben sollen. Manchmal strahlte sie und dann wieder wäre sie am liebsten vor allen und allem davongelaufen, anschließend benahm sie sich dann wieder, als wäre nichts passiert, sogar nach Marias und Markus' schrecklichem Entree. Habt ihr hier übrigens irgendwelche Briefe gefunden, Drohungen oder dergleichen?«

»So gut wie nichts.« Martikka hatte sich von Anfang an darüber gewundert. Obwohl die Wohnung von Gegenständen überquoll, gab es erstaunlich wenig persönliche Papiere oder Korrespondenz. Bei der Durchsuchung hatten die Polizisten keine Briefe gefunden, keine Karten, keine Fotos, eigentlich überhaupt nichts Persönliches. Im Regal des Arbeitszimmers hatte ein Fotoalbum gestanden, aber auch das war halb leer gewesen, nur einige wenige Schwarz-Weiß-Fotos, anscheinend aus dem Elternhaus, und ein Konfirmationsfoto, auf dem das magere, ernste Mädchen fast in dem zu weiten Kleid versank.

Laura Halonen hatte ihr Leben gänzlich von der Vergangenheit gesäubert, aber wann mochte das geschehen sein?

Nach der Ehescheidung, nach dem Autounfall oder nachdem aus der Geschäftsfrau eine Schriftstellerin geworden war? Es war schwer vorstellbar, dass sie nie persönliche Dinge aufgehoben hatte, oder aber ihre Leidenschaft galt tatsächlich nur teuer aussehenden Gegenständen, die man zur Schau stellen konnte – und Flaschen, die man in den Schränken verstecken konnte.

Halonens beide Bankschließfächer waren natürlich ebenfalls untersucht worden, aber darin hatten nur einige Schmuckstücke gelegen. Assessor Grönberg hatte erzählt, dass ein beträchtlicher Teil ihres Besitzes auf den internationalen Aktienmarkt »geflossen« sei.

»Sehen wir uns jetzt mal die Fotos an«, schlug Martikka vor und Anna holte ihre Tasche aus dem Flur. Erst als sie den Stapel auf den Tisch packte, merkte sie, dass sie die Nahaufnahmen zu Hause vergessen hatte, doch sie hatte keine Lust, das zu erwähnen. Martikka könnte sie später bekommen und außerdem wollte sie selbst die Aufnahmen nochmals in aller Ruhe studieren.

Martikka wirkte nicht einmal besonders interessiert. Er sah den dicken Packen schnell durch und prüfte nur ein paar Fotos etwas genauer. »Scheint der übliche Rummel gewesen zu sein«, sagte er. »Außer natürlich hier …« Er nahm erneut die Bilder zur Hand, auf denen Laura als Tina Turner auftrat, auf eben dem Tisch, an dem sie gerade saßen. »Kirsti Halme scheint tatsächlich nicht besonders begeistert von der Darbietung, jedenfalls aus ihrer Miene zu schließen.«

»Nein, absolut nicht«, Anna lachte. »Sie ging dann auch als Erste, unmittelbar nach dieser Show. Ach übrigens, hat Lauras Anrufbeantworter irgendwas ergeben? Waren interessante Nachrichten darauf?«

»Überhaupt keine, das Ding war nämlich gar nicht eingeschaltet«, knurrte Martikka und steckte die Bilder wieder in den Umschlag. »Dieser Fall ist übrigens selten unangenehm. Es gibt zu viele Teile dicht beieinander, um nicht zu sagen übereinander. Die ganze Truppe nur einen Fußmarsch voneinander entfernt, und jeder hat ein Gerippe im Schrank, dass es nur so klappert.«

»Nun, Markus Palmroos kann man wohl ausklammern«, fand Anna, aber Martikka war anderer Meinung:

»Der Mann hat ein spezielles, extra angefertigtes Auto, und in seinem Rollstuhl bewegt er sich flinker als manch anderer in Turnschuhen.«

»Und Kirsti Halme?«, fuhr Anna fort. »Ich kann mir nicht vorstellen, dass die Frau die Teigrolle woanders schwingt als zu Hause beim Backen. Kirsti ist genau der Typ Frau, der sogar die Seitensprünge ihres Mannes schönredet, weil das so genannte Familienglück um jeden Preis erhalten bleiben muss – ausgenommen um den Preis eines Mordes. Unter diesem Aspekt hat sie bestimmt auch den Besuch bei Maria absolviert, was auch immer der eigentliche Anlass war. Aber auf jeden Fall ist Kirsti am Samstagabend als Erste hier weggegangen, und sie ist außerdem überhaupt nicht der Typ ...«

»Es gibt keinen Typ«, bemerkte Martikka lehrerhaft, obwohl er im Stillen zugab, dass Anna Frau Halme erstaunlich treffend charakterisiert hatte. »Und außerdem, sie hat *gesagt,* dass sie direkt nach Hause gegangen ist, aber wer kann es bezeugen? Niemand. Ihr Mann ist von hier in seine Firma gegangen und die Töchter waren wer weiß wo. Und außerdem ist meines Wissens auf beiden Brücken von und nach Lauttasaari beidseitiger Verkehr, sodass man von dort in wenigen Minuten mit dem Taxi das Zentrum erreicht, oder sogar zu Fuß, wenn man sich beeilt.«

»Okay, okay, ich gebe es auf.« Anna hob die Hände. Sie ging mit zerstreuter Miene vom Wohnzimmer ins Esszimmer und dann ins Arbeitszimmer und wieder zurück, malte mit dem Zeigefinger ein großes Herz auf den staubigen Bildschirm des Fernsehers und schaltete im Vorbeigehen den CD-Player ein.

»Oho«, rief sie, blieb stehen und lauschte, als eine langsame, romantische Ballade ertönte. »Rat mal, was das ist! *Fragancia,* Lauras Lieblingslied, gesungen von Sven-Bertil Taube. Moona hatte sogar einen Troubadour bestellt, der ihr das am Geburtstagsmorgen draußen im Treppenhaus vorgesungen hat. Ein schrecklicher Gedanke, dass Laura anscheinend gerade dieses Lied zuletzt gehört hat.«

»Mit wem wohl?«, fragte Martikka, aber Anna sagte, dass sie keinen einzigen Vorschlag habe.

»Stattdessen schlage ich vor, dass wir dieses offenbar nutzlose Gespräch ins *Schubert* verlegen. Falls Justus nicht bald nach draußen kommt, hinterlässt er ein Souvenir auf dem antiken Sessel, der wahrscheinlich mindestens fünfundzwanzigtausend Mark wert ist.«

Martikka widersprach nicht, aber gerade als sie gehen wollten, klingelte das Telefon. Martikka bat Anna, abzunehmen, und trat selbst ans Wohnzimmerfenster.

»Hallo«, Anna ahmte Lauras Stimme nach, lauschte zwei Minuten und grinste schadenfroh: »Für den Herrn Kriminalkommissar persönlich. Surprise, surprise ... Rate mal, wer ...«

Sie reichte den Hörer an Martikka weiter, der verwundert und fast amüsiert hinaussah, denn Maria Lindén war im selben Moment mit dem Hörer am Ohr an ihrem Fenster aufgetaucht und winkte, ehe sie zu sprechen begann.

»Ich entschuldige mich nicht für meinen Anruf, weil ich weiß, dass Sie dienstlich dort sind«, sagte Maria, und trotz der Entfernung glaubte Martikka so etwas wie ein Lächeln auf ihrem Gesicht zu erkennen. »Könnten Sie herkommen, sowie Sie dort fertig sind?«

»Ganz bestimmt. Die Absicht hatte ich schon den ganzen Tag.«

»Und übrigens«, fügte Maria hinzu, als Martikka bereits auflegen wollte. »Sie könnten Anna Laine mitbringen. Ich habe gesehen ... ich weiß, dass sie ebenfalls dort ist, und ich finde, sie ist ... Bringen Sie sie mit, wenn es ihr recht ist.«

Na, bestimmt ist es das, lachte Martikka in sich hinein. Falls Anna nicht schon vor Neugier platzt, ehe wir am Ziel sind.

Anna war sich gar nicht sicher, was sie eigentlich erwartet hatte, und dennoch spürte sie, wie die Spannung einer leichten Enttäuschung wich. Maria Lindéns Zuhause war ganz gewöhnlich und alltäglich, mit anderen Worten, zu gewöhnlich und alltäglich. Dort gab es nichts, was zum tragischen Wesen der Frau mit der Babypuppe im Kinderwagen gepasst hätte, nur die üblichen Möbel und Gardinen und Teppiche, und an den Wänden nichts sagende Bilder. Während sie Martikka ins Wohnzimmer folgte, entdeckte Anna immerhin durch die angelehnte Tür des anderen Zimmers ein weißes Gitterbettchen, doch es war mit Sachen voll gepackt und wirkte unbenutzt.

Auch Maria wirkte wie ein ganz normaler Mensch, als sie ihre Gäste bat, Platz zu nehmen und zuvorkommend fragte, ob sie Kaffee oder eventuell Tee wollten. Maria sprach und bewegte sich ruhig, aber ihr Gesicht war noch blasser, als Anna es in Erinnerung hatte. Und sie war ganz offensichtlich keine Hundefreundin, denn sie versuchte nicht einmal, ihren Widerwillen gegen den neugierig umhertrippelnden Justus zu verbergen, sodass Anna ihm befahl, sich auf den Boden zu legen, obwohl sie wusste, dass er sich später durch gezieltes Schmollen dafür rächen würde.

Erst als Maria in die Küche gegangen war, um die Kaffeemaschine in Gang zu setzen und Tassen zu holen, entdeckte Anna den Blumenstrauß auf dem Esstisch, die weiße Kalla zwischen den kleinen roten Rosen.

»Pfui Teufel ...«, murmelte sie. »Du kannst sagen, was du willst, aber Marias Mittagsgast ist Kirsti Halme gewesen, und entweder hat sie diesen grässlichen Strauß mitgebracht oder Maria hat wirklich ein besonderes Faible für Kallas, nicht nur an Geburtstagen. Sieh mal, hier stehen noch die Teller und Essensreste auf dem Tisch. Menschenskinder, ich habe ihr ja am Morgen in der Markthalle den Maränenrogen empfohlen, aber ich hätte nie erraten, wer zum Essen kommt – um einen alten Filmtitel zu zitieren ... Was mag die beiden Frauen wohl miteinander verbinden?«

Als sich Tassengeklapper näherte, unterbrach Anna ihre laut geäußerten Gedanken, aber sie ging nicht zu der Sitzecke, sondern setzte sich an den Esstisch. Sie wollte die Situation in aller Ruhe aus der Entfernung beobachten.

»Danke übrigens für den Tipp«, sagte Maria lächelnd, als sie Anna die Tasse reichte. »Der Maränenrogen war wirklich gut – auch Kirsti fand das.« Sie sah Anna aus den Augenwinkeln an und wunderte sich, dass diese nicht auf den Namen reagierte. »Ich habe nämlich Frau Halme heute zum Essen eingeladen«, erklärte sie dann dem Kommissar, während sie sich auf ihren Stammplatz am Fenster setzte. »Du liebe Zeit, so setzen Sie sich doch«, forderte sie Martikka auf, aber er dankte nur und blieb mit der Tasse in der Hand stehen.

Der Herr Kriminalkommissar versucht, mit seiner beachtlichen Größe einen autoritären Eindruck zu machen, dachte Anna amüsiert. Allem Anschein nach gelang es ihm auch, denn sehr bald stellte Maria ihre Tasse auf den Tisch und drückte sich in ihren Sessel. Sie schloss für einen Moment die Augen und saß völlig reglos da.

»Sie sind beide gute Freunde geworden oder kannten Sie sich schon vorher?«, fragte Martikka plötzlich, und Anna konnte keine Spur von Spott, ja nicht einmal Schärfe in seiner Stimme ausmachen, aber Maria riss die Augen auf.

»Wer? Ich habe keine Freunde. Und falls Sie Kirsti meinen, so kenne ich sie nicht einmal.«

»Aber Sie haben sie trotzdem zu sich eingeladen.« Martikka hob die Brauen und warf Anna einen Blick zu. »Sie hatten doch sicher einen Grund?«

»Nein ... oder doch, gewissermaßen. Ich wollte sie nur kennen lernen, aber dann ...« Maria stand abrupt auf und rannte geradezu in die Essecke. Martikka fürchtete um das

Porzellan, als sie mit heftigen Bewegungen das Geschirr zusammenräumte. Dabei fiel eine Gabel herunter, Anna bückte sich, um sie aufzuheben – und ihr Blick fiel auf die nackte, einbeinige Babypuppe, die, halb unter der langen Fransentischdecke versteckt, auf dem Fußboden lag.

Maria entdeckte die Puppe im selben Moment und ergriff sie blitzschnell, sie sah sich um, und da sie das fehlende Bein nirgends entdeckte, trug sie die Puppe rasch ins Schlafzimmer und warf sie aufs Bett.

»Die Puppe kommt auf den Flohmarkt«, sagte sie gleichgültig und bemerkte nicht, dass Anna und Martikka einen erstaunten Blick wechselten. »Das Bein muss erst repariert werden, aber ich habe keine Ahnung, wo man das machen lassen könnte. Weiß jemand von Ihnen, ob es noch irgendwo eine Reparaturwerkstatt für Spielzeug gibt? Früher war eine auf der Fredrikinkatu, aber die hat schon vor Jahren dichtgemacht.«

Anna und Martikka wechselten verstohlen einen zweiten Blick und schüttelten dann bedauernd die Köpfe, wonach Anna hilfsbereit die Gelben Seiten vorschlug.

»Danke für den Tipp«, Maria lächelte ein wenig kindlich. »Du hast anscheinend für alle Gelegenheiten Ratschläge parat, ob es um Maränenrogen oder eine Spielzeugreparatur geht.« Sie spähte unter den Esstisch, und als sie das fehlende Bein immer noch nicht fand, begann sie atemlos zu erklären, dass sie Patrik nicht mehr brauchte. »Deshalb will ich ihn weggeben, auch seine ganze Kleidung und das Spielzeug und den Wagen und das Bett.«

Annas Hände begannen zu schwitzen. In Marias gewöhnlichem Zuhause breiteten sich plötzlich unsichtbare dunkle Schatten aus, und nichts wirkte mehr gewöhnlich. Und trotzdem sprach und benahm sich Maria wie jeder x-beliebige Mensch, oder jedenfalls fast so. Auch jetzt zum Beispiel setzte sie sich wieder ganz ruhig in ihren Sessel und fragte Martikka, warum er sie hatte sprechen wollen.

»Ich habe Markus am Vormittag angerufen und er hat erzählt, dass Sie ein paarmal versucht haben, mich zu erreichen. Ich wollte einfach lange schlafen und in aller Ruhe das

Mittagessen vorbereiten. Ich habe sowieso nicht immer den Telefonstecker in der Wand«, ergänzte sie, und Anna konnte sich nicht verkneifen, Martikka einen schadenfrohen Blick zuzuwerfen. »Als ich Sie beide dann in der Wohnung gegenüber entdeckte, habe ich dort angerufen.«

Maria spricht nicht von Lauras Heim, sondern von der Wohnung gegenüber, registrierte Anna und wunderte sich, woher sie die Telefonnummer kannte, aber die Antwort kam von Maria selbst: »Die Nummer steht ja im Telefonbuch.« Anna schloss die Augen und schoss sich in Gedanken in den Kopf: wie dumm!

»Darüber wollte ich mit Ihnen sprechen.« Martikka trat ans Fenster und stemmte die Arme in die Seiten. »Von hier hat man einen geradezu erstaunlich guten Einblick in Halonens Wohnung, auch wenn man sich ein wenig hochrecken muss. Sie haben uns beide also dort gesehen?«

Martikka drehte sich zu Maria um, die sich mit einer Hand an den Hals gegriffen hatte. »Natürlich habe ich das«, sagte sie ein wenig unsicher. »Ich sagte ja gerade, dass ich Sie deshalb dort angerufen habe. Ich dachte, da Sie versucht haben, mich zu erreichen, könnten wir jetzt die Gelegenheit zum Gespräch nutzen.« Maria sah sich nach Anna um, aber die saß nur am Esstisch und reihte mit zerstreuter Miene Messer und Gabeln auf dem Tellerstapel nebeneinander.

»Richtig.« Martikkas kurzer Ausruf dehnte sich in Annas Ohren auf mindestens einen Meter Länge aus, und sie sah mit einem Seitenblick, wie Maria ihre Beine im Sessel anzog. »Sie haben also sofort bemerkt, dass wir beide dort herumliefen?«, Martikkas Stimme klang trügerisch sanft.

»Ja ... ich ...«, begann Maria heiser und fuhr erst fort, nachdem sie sich ein paarmal geräuspert hatte: »Sie sind ja beide so große Menschen, dass Sie sich wahrscheinlich schlecht verstecken können«, sie lachte grell.

»Und groß war auch der Mann, den Sie laut ihrer eigenen Aussage hinter jenen Fenstern in der Nacht von Samstag auf Sonntag gesehen haben«, donnerte Martikka, und in seiner Stimme war nicht einmal mehr versteckte Sanftheit. »Wer war der Mann?«

»Ich sagte ja, ich habe ihn nicht richtig gesehen, weil ...«, versuchte Maria hartnäckig, aber Martikka unterbrach sie sofort: »Die Fenster sind dieselben, die Entfernung zwischen den Häusern ist auch immer noch dieselbe wie in jener Nacht, drüben brannte Licht – die Bedingungen waren genau so wie heute. Die Frage lautet – und jetzt antworten Sie bitte: Wen haben Sie dort gesehen?«

»Es war zehn nach eins«, flüsterte Maria.

»Das haben Sie bereits erzählt. Hören Sie«, Martikka wechselte wieder in einen freundlicheren Ton, hockte sich vor Maria nieder und ergriff ihre Hände. »Ich werde tatsächlich nicht eher gehen, ehe Sie mir nicht erzählt haben, wer der Mann war.«

»Es war ...« Maria versuchte ihre Hände zu befreien und sah Hilfe suchend zu Anna, aber die hatte sich zur Abwechslung darauf konzentriert, einen unsichtbaren Fleck aus dem Tischtuch zu kratzen, und Martikkas Griff wurde nur noch fester.

»Es war Lauras ehemaliger Mann«, flüsterte Maria schließlich und starrte aufs Fenster, »Karri Mäntynen.«

Anna stieß einen leisen Schrei aus, aber falls Martikka erstaunt war, ließ er sich nichts anmerken. »Warum erzählen Sie das erst jetzt?«, fragte er streng.

»Ich hätte es auch jetzt nicht erzählt, wenn Sie mich nicht gezwungen hätten«, keuchte Maria. Sie entzog ihm ihre Hände und ballte sie zu Fäusten.

»Aber warum nur? Warum versuchen Sie Mäntynen zu schützen?«

»Weil man meiner Meinung nach einen Menschen, der die beste Tat seines Lebens vollbracht hat, nicht ins Gefängnis stecken darf«, zischte Maria mit hasserfülltem Blick.

Im Fahrstuhl war es mucksmäuschenstill, während Anna und Martikka nach unten fuhren. Anna glaubte den Kommissar schon seit Urzeiten zu kennen, aber sie hatte ihn noch nie so wütend gesehen. Er hatte kaum die primitivsten Höflichkeitsregeln beachtet, als er Marias Wohnung verließ. Er hatte nur irgendetwas durch die Zähne gezischt, was

Anna nicht verstanden hatte. Und Maria hatte die Tür hinter ihnen geschlossen, unschuldig lächelnd, aber mit dem Blick einer Rachegöttin.

»Fragen Sie Markus, er ist mein Anwalt«, hatte sie nur immer wieder gesagt, als Martikka zum Schluss versucht hatte, sie nach Lauras Testament zu fragen. »Ich sage kein Wort.«

Und sie hatte auch kein Wort gesagt.

Die Frau *ist* verrückt, dachte Anna, wagte es aber nicht laut auszusprechen. Unter Mühen hatte auch sie gelernt, dass es in bestimmten Fällen besser war, zu schweigen.

»Ich ruf dich an«, sagte Martikka an der Haustür und ging ohne nähere Erklärung in Richtung Iso Roobertinkatu davon. Also zu Karri, dachte Anna und rief seinem wütenden, breiten Rücken ein »Hei« hinterher. Martikka sollte wenigstens erst ein paar Häuserblöcke umrunden und sich beruhigen, ehe er ins Antiquariat stürmte ...

»Okay, Bursche, gehen wir nach Hause.« Anna bückte sich und tätschelte Justus, der wegen der unfreundlichen Behandlung in Marias Wohnung immer noch beleidigt war. Anna wiederum erinnerte sich an den nicht getrunkenen Cappuccino und beschloss, dass Martikka diesen mit Zins und Zinseszins nachträglich zu bezahlen hatte.

Martikka umrundete keinen Häuserblock und machte auch sonst keinen Umweg, sondern marschierte auf dem direktesten Weg zum Antiquariat. Schon als er in die Straße einbog, sah er, dass das Schaufenster des Ladens völlig dunkel war, auch die Nachtbeleuchtung war ausgeschaltet. Ein Schild mit einem nachlässig hingeworfenen *Geschlossen* war an die Tür gepinnt, aber trotzdem rüttelte Martikka an der Tür, dass die Scheiben klirrten. Er drückte beide Hände an die Schaufensterscheiben und spähte hinein, aber auch im hinteren Teil des Ladens war kein Licht zu sehen, nicht einmal der bläuliche Schein des großen Fernsehbildschirms. Verfluchter Mist ...

Martikka wusste, dass er völlig überflüssige Bewegungstherapie betrieb, als er über den Hof ins Haus ging und die Treppe zur zweiten Etage hochstieg. Natürlich wäre Mäntynen nicht zu Hause oder würde zumindest nicht öffnen. Der Farbgeruch hing immer noch im Treppenhaus, war aber bedeutend schwächer als am Sonntagabend. Vermutlich hatte Mäntynen an den vergangenen zwei Tagen Wichtigeres zu tun gehabt, als Streifen an die Wand seines Flurs zu pinseln ... Martikka betätigte mehrmals die Türklingel, wartete eine Weile und spähte dann der Form halber durch den Briefschlitz. Die Tür des Windfangs war geschlossen und er konnte absolut nichts erkennen.

Während Martikka wieder auf die Straße ging, wählte er auf dem Handy nacheinander sowohl Mäntynens Privatnummer als auch die des Antiquariats. Keine Antwort, natürlich nicht, und auf keiner der Nummern ein Anrufbeantworter, auf dem man eine Nachricht hinterlassen konnte. So ein gottverfluchter Mist ...

Es war kurz nach halb drei und Martikka ging in die Udenmaankatu zu seinem Auto. Im Vorbeigehen machte er am Eckkiosk Halt, kaufte sich eine Fleischpirogge und winkte ab, als die Verkäuferin freundlich anbot, sie aufzuwärmen. Meine Frau erfährt davon nichts, beschloss er, während er die ranzig schmeckende Pirogge kaute. Die Frau Ernährungstherapeutin ereiferte sich neuerdings sowieso viel zu sehr über seine hoffnungslosen Essgewohnheiten. Nun, wenn das Eheglück von Kalorien und Fettprozenten abhing, dann mochte es zum Teufel gehen – auch diesmal.

Um Viertel vor drei steckte Martikka fluchend den Strafzettel, der unter dem Scheibenwischer klemmte, ins Handschuhfach und wollte gerade starten, als sein Handy klingelte.

Er hätte mit jedem anderen Anrufer gerechnet, nur nicht mit Ilkka Halme. Halme hatte von Anfang an den Eindruck eines Mannes gemacht, der gewöhnt war zu befehlen und der davon ausging, dass man sich an ihn wandte – nicht umgekehrt.

»Ich müsste mit Ihnen reden«, sagte Ilkka kurz, und als Martikka ein noch kürzeres »Ja?« ausstieß, räusperte er sich und fügte hinzu: »Ich hätte da ... ich müsste über ein Detail sprechen.«

»Und was soll das sein?«

»Ich möchte nicht am Telefon … Könnten Sie in meinem Büro vorbeikommen, meinetwegen jetzt gleich?«

Typisch, schimpfte Martikka im Stillen. Natürlich nicht »Könnte ich?«, sondern »Könnten Sie?«. Aber bedauerlicherweise konnte Martikka nicht, denn er musste sich beeilen, um rechtzeitig bei Markus Palmroos zu sein, einem zweiten mindestens ebenso selbstsicheren und fordernden Mann.

»Könnten Sie nicht wenigstens ganz kurz reinschauen?« Die Frage klang schon eine Spur höflicher. »Es wird nicht lange dauern, aber es ist wirklich wichtig.«

Der Verlag liegt auf dem Weg, warum also eigentlich nicht, beschloss Martikka und steckte die mit Fettflecken übersäte Serviette, mit der die Fleischpirogge umhüllt gewesen war, zu dem Strafzettel ins Handschuhfach. Soll Palmroos ruhig warten …

Karri hatte das *Geschlossen*-Schild unmittelbar nach Martikkas letztem Besuch an die Ladentür geheftet und sogar die Schaufensterbeleuchtung ausgeschaltet. Er hatte drei Videokassetten aus dem Regal genommen und eine davon in den Rekorder gesteckt, diesen jedoch nicht eingeschaltet. Er hatte nur mit der Fernbedienung im Schoß dagesessen und hatte das Gefühl, dass er nicht einmal im Stande sein würde, die Hand zu heben. Die Zeit verging, aber er hatte keine Ahnung, wie langsam oder wie schnell. Es spielte keine Rolle, nichts spielte eine Rolle.

Schließlich stand Karri auf, um sich eine Pfeife aus der Schublade zu nehmen. Eine halb heruntergebrannte rote Kerze kam ihm in die Finger – übrig geblieben von einem Weihnachtsfest? – und er steckte sie auf eine leere, goldfarbene Whiskyflasche, die er einst wegen ihrer Form aufgehoben hatte. Nachdem er eine Weile das Arrangement betrachtet hatte, lehnte er das verblasste Paris-Foto an die Flasche und zündete die Kerze an. Er saß da, rauchte seine Pfeife und sah zu, wie das Stearin an der Flasche hinunter und auf das Foto rann. Als die Kerze endlich mit leisem Knistern erlosch, war Laura gänzlich unter Rot begraben. Karri nahm das Foto in die Hand, zündete es an und warf es in den Aschenbecher.

Er schaltete den Videorekorder ein und gleich wieder aus. Nein, er würde jetzt keinen Film ansehen und auch keine Musik hören, sondern nur still dasitzen, notfalls vierundzwanzig Stunden lang, und mit der Sache abschließen. Irgendwann musste er es sowieso tun, auch wenn er sich zeitweise mit Erfolg eingeredet hatte, alles schon vergessen zu haben.

Karri goss sich ein Glas Rotwein ein, ließ jedoch auch den stehen. Er brauchte jetzt nichts außer seinen eigenen Gedanken – und natürlich die Pfeife. Er war gerade dabei, sie zu stopfen, als jemand draußen an der Tür rüttelte, dass die Scheiben klirrten.

Karri hätte auch ohne hinzusehen gewusst, wer da am Drücker zerrte. Erstens versuchte keiner seiner wenigen Kunden jemals mit so wütendem Eifer in den Laden zu gelangen und zweitens hatte er irgendwie im Unterbewusstsein geahnt, dass Martikka heute noch einmal wiederkommen würde.

Er erhob sich vorsichtig von der knarrenden Bettcouch und spähte durch den Vorhangspalt. Da stand Martikka tatsächlich, das Gesicht im Schutz der Hände an die Fensterscheibe gepresst, dann klatschte er wütend gegen das Glas und ging. Nach fünf Minuten klingelte das Telefon, Karri spähte erneut durch den Vorhang und sah, wie Martikka mit dem Handy am Ohr in Richtung Albertinkatu davoneilte.

Karri zündete die Pfeife an und warf sich wieder auf die Couch, aber die Stimmung war zerstört. Die Fantasiebilder und Ereignisse entglitten ihm und überlagerten sich. Karri hatte jetzt nur noch einen einzigen klaren Gedanken im Kopf: Das Kind wäre in diesem Jahr dreizehn geworden. Er würde nie sagen können »mein Sohn« oder »meine Tochter«. Er wusste ja nicht einmal, ob es ein Junge oder ein Mädchen geworden wäre.

Wahrscheinlich wäre Kirsti Halme von dem unangenehmen Essen bei Maria direkt nach Hause gefahren, um sich von der Aufregung zu erholen, wenn nicht ein Taxi, das mit deutlich überhöhter Geschwindigkeit über den Boulevard raste, sie mit einer gewaltigen Schmutzdusche bespritzt hätte und ihr dann auch noch der Bus nach Lauttasaari vor der Nase weggefahren wäre.

Kirsti betrachtete verzweifelt ihren schmutztriefenden Pelz und die Handtasche, die ebenfalls etwas von der Dusche abbekommen hatte. Sie hatte immer leicht geweint, allerdings nur hinter verschlossenen Türen, wenn niemand sie sah, aber jetzt gab es kein Halten. Tränen rannen ihr über die Wangen und die Monatskarte für den Bus fiel in den Matsch, als Kirsti in ihrer Handtasche vergeblich nach einem Taschentuch suchte, das sie anscheinend bei Maria vergessen hatte. Dort hatte sie natürlich nicht geweint, sondern sich nur verstohlen die schwitzenden Hände getrocknet.

»Aber nicht doch, junge Frau ...«, sagte ein Mann im Vorbeigehen freundlich und verschwand gleich darauf durch die benachbarte Tür. Kirsti hob ihre Monatskarte auf und sah dem Mann nach. Restaurant *Bulevardia* – sie hatte kaum den Namen zu Ende gedacht, als sie auch schon durch die Eingangstür schlüpfte. Gott sei Dank befand sich die Damentoilette unmittelbar neben der Tür, aber es gab natürlich keine Handtücher mehr. Kirsti riss sich ein langes Stück von einer Toilettenpapierrolle ab, trocknete sich das Gesicht und ging hinaus, ohne richtig in den Spiegel geschaut zu haben.

An der Garderobe hingen einige Mäntel, aber ein Portier war nicht zu sehen, und dann entdeckte Kirsti ein Schild mit dem Hinweis, dass die Gaststätte keine Haftung für die

Garderobe übernahm. Natürlich nicht, Dienste dieser Art gab es heutzutage nirgends mehr.

In der Mitte des langen Saals, neben den zur Küche führenden Stufen, war ein kleines Mittagsbüfett aufgebaut, und an einigen Tischen saßen speisende Gäste. Der freundliche Mann war anscheinend nach hinten in die Bar gegangen, aber Kirsti war jetzt nicht nach Gesellschaft. Sie stieg die Wendeltreppe hoch und wählte oben einen kleinen Tisch an der Brüstung. Zum Glück war sie hier ganz allein und somit völlig ungestört.

Kirsti war kaum jemals allein auf einen Drink ins Restaurant gegangen, und schon gar nicht mitten am Tag. Natürlich war ihr das *Bulevardia,* das nach wie vor als eine Art Künstlerkneipe galt, ein Begriff, aber bisher hatte sie es nur im Vorbeifahren durchs Busfenster gesehen.

»Was darf es sein?« Die Kellnerin war wie aus dem Nichts aufgetaucht und Kirsti fühlte sich im Großen und Ganzen ebenso hilflos wie am vergangenen Abend vor dem Kassenschalter des Kinos.

Was trank man in solchen Lokalen? Bier oder Wein oder vielleicht etwas Gemixtes?

Herrje, warum bestelle ich mir nicht das, was ich selbst möchte, dachte Kirsti schließlich und bat die Kellnerin, ihr einen Gin Tonic zu bringen. »Einen Doppelten«, hörte sie sich selbst sagen.

Ihre Stimmung hob sich entschieden, als die Kellnerin kurz darauf das Glas mit den klirrenden Eiswürfeln vor ihr absetzte, und sie besserte sich noch weiter, als Kirsti ihr Getränk schnell hinuntergekippt und sich sofort ein zweites bestellt hatte.

»Ich ertrage es sonst nicht …«, erklärte sie der Kellnerin, die ihr nur teilnahmsvoll auf die Schulter klopfte und dann verschwand, um die Bestellung zu erledigen. Hier war man natürlich an allerlei Gäste und ihre Erklärungen gewöhnt, und Kirsti wunderte sich eigentlich gar nicht, als der freundliche Mann kurz darauf hinter der Kellnerin, die den neuen Drink brachte, heraufkam und leicht schwankend an ihren Tisch trat.

»Ich wollte Ihnen nur sagen, dass Sie eine schöne Frau sind«, sagte er mit der Hand auf dem Herzen so feierlich, dass die Schönschrift geradezu in der Luft vibrierte.

»Kann ich das schriftlich bekommen?«, bat Kirsti, vom Gin Tonic gelockert, und beobachtete erstaunt, wie der Mann einen Zettel, anscheinend eine zerknitterte Quittung, aus der Tasche holte, sich hinsetzte, die fünf Worte darauf niederschrieb und den Zettel mit der Hand glättete, ehe er ihn ihr mit einer tiefen Verbeugung überreichte.

»Sie sind eine schöne Frau«, las Kirsti laut, faltete den Zettel zusammen und steckte ihn in die Handtasche. Vielleicht könnte sie ihn sich beim nächsten Mal ansehen, wenn wieder die Welt über ihr zusammenstürzen würde. Es war völlig zweitrangig, dass der Satz nicht stimmte, denn Kirsti war nie schön gewesen. »Danke.«

»Sonst wollte ich nichts.« Der Mann erhob sich ebenso höflich, wie er sich gesetzt hatte. »Ich hatte nur den Eindruck, dass Sie das brauchten«, fügte er hinzu, ging wieder nach unten und sah deshalb nicht, dass Kirsti erneut die Tränen in die Augen stiegen.

Ja, das stimmt! hätte sie dem Mann am liebsten hinterhergerufen. Mein eigener Mann hat mich nämlich wer weiß wie lange vor meinen Augen betrogen, und ich habe mir das nicht einmal eingestanden, obwohl ich es die ganze Zeit gewusst habe. Und, hören Sie, wahrscheinlich ist mein Mann auch ein Mörder!

Selbst unausgesprochen erschien ihr der letzte Satz so beängstigend, dass sie den Gin wie Wasser trank und die Hälfte auf den Tisch spuckte, weil sie husten musste. Sie war an harte Getränke nicht gewöhnt und die Wirkung trat sehr schnell ein. Während sie dort saß und trank, verlor auch die Zeit ihre Bedeutung, und Kirsti überlegte sich, dass sie eigentlich gleich lernen sollte, Zigaretten zu rauchen, wenn schon, denn schon. Zu ihrer eigenen Verwunderung wurde weder lustig, noch deprimiert, sondern gesunde Wut gewann die Oberhand, je mehr sich ihr Glas leerte.

Frisch gewagt ist halb gewonnen, sagte sich Kirsti kühn entschlossen, während sie in ihrer Tasche suchte. Jetzt gehe ich einfach zu ihm hin. Sie wollte bezahlen, aber die Kellnerin war nirgends zu sehen, auch unten nicht, obwohl sich Kirsti fast über das Geländer hängte, um nach ihr Ausschau zu halten. Was mochte ein Gin Tonic in einem solchen Restaurant kosten? Kirsti hatte zwei doppelte getrunken und vermutete, dass ein Hunderter reichen würde, legte aber sicherheitshalber noch einen Fünfziger dazu. Sollte die Kellnerin den Rest behalten, als Dankeschön für die nette Bedienung.

Als Kirsti nach unten kam, winkte ihr der freundliche Mann von der Bar zu und klopfte auf den leeren Hocker neben sich, aber sie schwenkte nur grüßend die Hand und knöpfte den Pelz zu.

»Die schöne Frau geht jetzt«, murmelte sie, während sie gerade aufgerichtet hinausmarschierte.

Nach der Vorstandssitzung, die den ganzen Vormittag gedauert hatte, fühlte sich Ilkka, als wäre er einen schweißtreibenden Marathon gelaufen. Zu seiner Verwunderung war Lauras Tod nur beiläufig zu Beginn besprochen worden, und anschließend war man zur normalen Tagesordnung übergegangen.

»Wir lassen die Polizei in Ruhe arbeiten und machen aus diesem Fall keine große Nummer, nicht in der Firma und erst recht nicht außerhalb«, hatte der Geschäftsführer ruhig erklärt und dann den kaufmännischen Leiter gebeten, den gerade fertig gestellten endgültigen Verkaufsbericht des vergangenen Jahres vorzutragen.

Keines der Vorstandsmitglieder hatte auch nur entfernt irgendwelche Andeutungen gemacht, und trotzdem – oder vielleicht gerade deshalb – hatte Ilkka sich völlig ausgeschlossen gefühlt. Ich bin paranoid, hatte er sich gesagt, sich aber immer weiter eingeredet, dass über seine eventuelle Beteiligung oder über den Fall als solchen natürlich nicht in seinem Beisein, dafür aber umso mehr hinter seinem Rücken geredet wurde.

Die Sitzung war kurz nach zwölf Uhr zu Ende gewesen, aber Ilkka war nicht zu dem üblichen Lunch geblieben, sondern hatte dringende Arbeiten vorgeschoben und erklärt, dass er in seinem Büro rasch eine Kleinigkeit essen werde. Er hatte sich ein Sandwich mit Hühnerfleisch und eine Flasche Vichy mitgenommen und an seiner Tür die rote Lampe eingeschaltet.

Nachdem er das Sandwich in den Papierkorb geworfen und die Vichyflasche halb ausgetrunken hatte, hatte er seinen Sessel zum Fenster herumgeschwenkt. Er hatte dort gesessen, in den nebligen Dianapark gestarrt und sich vorgenommen, seine Gedanken einfach treiben zu lassen. Allerdings hatten ihm die Gedanken diesen Gefallen nicht getan, sondern sich immer wieder um ein und dasselbe gerankt – Laura.

Die ganze vergangene Nacht hatte Ilkka im Kaminzimmer gewacht, ohne von Moona Lahti und allem, was sie gesagt und angedeutet hatte – und von Kirstis erstauntem Gesicht am Fenster des Pubs –, loszukommen. Gegen Mitternacht war Kirsti endlich nach Hause gekommen und anscheinend sofort ins Schlafzimmer gegangen, denn danach war es im ganzen Haus still gewesen. Und morgens um kurz nach sieben, als Ilkka zur Arbeit aufbrechen wollte, war in der Küche ein lautloser, aber umso deutlicherer Protest sichtbar gewesen: Kirsti hatte kein Frühstück gemacht.

Nachdem Ilkka fast eine Stunde lang dagesessen und die Straßenbahnen beobachtet hatte, die die sanfte Steigung hinauf- und hinunterfuhren, versuchte er sich in seine Arbeit zu vertiefen. Er studierte Berichte, zeichnete Rechnungen ab und schichtete Papiere von einem Stapel auf den anderen, ohne sich auf irgendetwas konzentrieren zu können. Und schließlich, um Viertel vor drei, erkannte er, dass er absolut nicht weiterkommen würde, wenn er nicht handelte. Er suchte sich die Telefonnummer heraus und rief Martikka an.

Martikka, dessen Stimme verärgert klang, versprach, den kleinen Umweg zu machen und in Kürze vorbeizukommen, aber Ilkka hatte kaum den Hörer aufgelegt, als die Tür, trotz der roten Lampe, aufgerissen wurde.

Ilkka sah seine Frau keuchend hereinstürzen und glaubte, einen völlig fremden Menschen vor sich zu haben. Kirsti hatte hektische Flecken auf dem Gesicht, sie riss sich die Mantelknöpfe auf, pflanzte sich in den besten Besuchersessel und erklärte, dass nun endlich geredet werde.

»Worüber?«, gelang es Ilkka zu fragen, und zur Antwort bekam er zunächst nur ein hohles Lachen. Im selben Moment begriff er, dass seine Frau betrunken war. Das war so neu und ungewöhnlich, dass er um ein Haar in ihr Lachen eingestimmt hätte.

»Worüber, willst du wissen?«, spottete Kirsti. »Wäre Laura Halonen als Thema interessant genug? Vielleicht kannst du zunächst mal erzählen, wie oft du in den letzten Monaten die Wahrheit gesagt hast. Oder wie oft du in der Uudenmaankatu die Matratzen des Himmelbetts ausprobiert hast. Aber wahrscheinlich kannst du die Male gar nicht zählen. Weißt du vielleicht, ob es in dieser Stadt überhaupt noch einen Menschen gibt – außer mir –, der nichts von eurem Verhältnis gewusst hat? Und vor allem: Warum hast du mir das angetan?«

»Ich habe dir gar nichts angetan«, sagte Ilkka, so ruhig er irgend konnte. Kirstis Stimme hatte sich bei jedem Wort gehoben, die letzten Sätze hatte sie geradezu geschrieen. Auf dem Flur konnte man bestimmt jedes Wort verstehen und alle hatten natürlich das Ohr an der Tür – mit glänzenden Augen nach weiteren Neuigkeiten lechzend. Der Klatsch würde blühen und gedeihen, und in einer Woche wäre wieder Vorstandssitzung …

»Warum hast du Laura getötet?«, fragte Kirsti plötzlich und flüsterte die Worte so leise, dass Ilkka sie kaum verstand. Er hätte sich am liebsten auf seine Frau gestürzt und konnte sich nur mit Mühe beherrschen, er trat an seinen Schreibtisch und setzte sich.

»Martikka kann jeden Augenblick hier sein«, sagte er und starrte auf den gläsernen Briefbeschwerer. Das Licht der Schreibtischlampe spiegelte sich darin, es war ein schwerer Gegenstand, der gut in eine Hand passte und mit dem man … »Reden wir später zu Hause, wenn es recht ist.«

»Ist es nicht«, kreischte Kirsti. »Aber es ist mir sehr recht, dass Martikka herkommt. Ich weiß nicht, worüber er mit dir reden will, aber ich werde hier sitzen und zuhören. Ich werde mich nicht wegrühren.«

Und Kirsti blieb. Die Minuten verrannen unendlich langsam unter völligem Schweigen und Ilkka gewann den Eindruck, dass die Zeit tatsächlich stehen geblieben war. Aber als das Mädchen vom Empfang Martikka hereinführte, fühlte er sich zum ersten Mal seit Sonnabend wieder etwas ruhiger.

»Meine Frau kann es ebenso gut jetzt gleich erfahren«, sagte Ilkka und wunderte sich im Stillen, dass Martikka über Kirstis Anwesenheit nicht überrascht gewesen war, er hatte sie nur höflich begrüßt und sich dann auf den Stuhl gesetzt, den Ilkka ihm angeboten hatte. Aber wahrscheinlich waren die Polizisten in ihrer Arbeit an derlei gewöhnt.

Erst als Ilkka ohne große Einleitung erzählte, dass er Samstagnacht noch einmal in die Uudenmannkatu zurückgegangen war, schien Martikka überrascht, aber Kirsti schrie schrill: »Ich wusste es.«

Du weißt überhaupt nichts, seufzte Ilkka im Stillen und wiederholte dann im Großen und Ganzen Wort für Wort dasselbe, was Moona am vergangenen Abend in der Nische des *Angleterre* zu hören bekommen hatte.

Als Ilkka geendet hatte, versuchte er, Martikkas Reaktionen an seinem Gesicht abzulesen, aber die Miene des Kommissars blieb ausdruckslos. Er sprach sogar lange kein Wort, saß nur still da und nickte gleichsam vor sich hin. Schließlich stand er auf, trat ans Fenster und fing an, die ungewöhnlich schöne Aussicht zu bewundern.

Ilkka wollte seinen Ohren nicht trauen. Er hatte gerade sein Innerstes nach außen gekehrt und erzählt, wie er die große Liebe seines Lebens grausam ermordet aufgefunden hatte, und der Polizist, der den Fall untersuchte, stellte sich hin und bewunderte die Aussicht! Aber dann fragte Martikka, ob Ilkka Samstagnacht in Lauras Wohnung zufällig aus dem Fenster gesehen habe.

»Ich … ich war so furchtbar erschüttert, aber ich musste natürlich Ausschau halten, ob eventuell jemand … Laura hatte ja erzählt, dass Maria sie aus ihrer Wohnung beobachtete, und ich hatte sie aufgefordert, stets die Vorhänge zu schließen, aber Laura war nicht einverstanden ... Sie wollte sich nicht vor der Frau demütigen, wie sie sagte. Ich ... ich habe tatsächlich in der Nacht aus dem Fenster geschaut.«

»Und?«

»Ich habe nichts gesehen. Die Fenster waren dunkel.«

Aus den Tiefen des besten Besuchersessels ertönte lautes Schnauben, das an ein Schluchzen erinnerte, aber die Männer schenkten dem keine Beachtung.

»Wann genau sind Sie dort weggegangen?«

»Um Viertel nach zwei«, antwortete Ilkka prompt und fügte erklärend hinzu: »Ich habe irgendwie automatisch auf die Uhr gesehen ...«

»Haben Sie jemanden oder irgendetwas gesehen, ich meine, auf dem Weg von und zur Uudenmaankatu?«

»Nein ... Oder natürlich habe ich ein paar Leute und vorbeifahrende Autos, vor allem Taxis, gesehen, aber ich habe nichts Besonderes bemerkt, vor allem, als ich von dort wegging. Ich war so furchtbar erschüttert ...«

»Das hast du schon gesagt«, rief Kirsti schrill und wandte sich dann an Martikka: »Haben Sie jemals eine so unglaubwürdige Geschichte gehört? Dass der Mann hingeht, seine Geliebte ermordet auffindet und es nicht fertig bringt, die Polizei zu informieren, sondern feige abhaut und sich schließlich unter den Rockzipfel seiner Frau flüchtet?«

Doch, solche Geschichten hatte Martikka bereits mehrfach gehört, aber er machte sich nicht die Mühe zu antworten. Hingegen war er ziemlich überzeugt, dass sich in diesem Falle der Mann nicht länger nach dem Rockzipfel seiner Frau sehnte.

Martikkas Zorn legte sich vorübergehend ein wenig, als ihm bei Markus Palmroos eine leibhaftige kleine Primadonna die Tür öffnete. Er konnte sich nicht erinnern, jemals in so große Augen gesehen zu haben, nicht einmal bei den Kinderdarstellern amerikanischer Filme. Die Haare der Kleinen waren auf dem Kopf zu einem Ballerinenknoten geschlungen und in ihrem zyklamenfarbenen Trikot sah sie in der Tat so aus, als wollte sie gerade zum Tanztraining gehen.

»Vater wartet in der Bibliothek«, erklärte sie mit ernster Würde und tänzelte vor Martikka her, die Füße von den Zehenspitzen her abrollend wie eine Ballerina.

Palmroos saß in seinem Rollstuhl und hielt demonstrativ seine goldene Taschenuhr in der Hand, aber Martikka hatte keine Lust, sich für seine mehr als halbstündige Verspätung zu entschuldigen. Er wollte nur Fakten und ordentliche Antworten auf seine Fragen, und das genau nach seinem Zeitplan. Von jetzt an würde ihn keiner der Beteiligten mehr zum Narren halten, verdammt noch mal.

Palmroos war derselben Meinung – was ihn selbst betraf. Er erklärte sofort bei der Begrüßung, dass ihnen noch genau zehn Minuten Zeit blieben, höchstens, worauf Martikka bemerkte, dass sie genau so viel Zeit hätten, wie nötig war. Als Antwort paffte Palmroos wütend seine Havanna und rollte mit seinem Stuhl hinter seinen Arbeitstisch.

»Hatten Sie am Samstagabend noch in irgendeiner Weise Kontakt mit Maria Lindén, nachdem Sie sie mit dem Auto nach Hause gebracht hatten?«, fragte Martikka.

Palmroos schien verwundert. »Natürlich nicht. Oder Moment … ja, ich habe sie wohl später noch mal angerufen, um mich zu erkundigen, ob alles in Ordnung ist.«

»Und, war alles in Ordnung? Und wie viel später? Vielleicht in der Nacht? Und ist sie an den Apparat gekommen?«

»Was soll das eigentlich alles?« Aus Palmroos' Verwunderung wurde Gereiztheit. Er trank einen Schluck aus dem großen Kognakglas, das vor ihm auf dem Tisch stand, und Martikka dachte bei sich, dass der Mann hoffentlich nicht die Absicht hatte, sich an diesem Tag noch ans Steuer zu setzen.

»Ich werde bald abgeholt«, Palmroos lachte und hob sein Glas, so als hätte er die Gedanken des anderen gelesen. »Und was den Samstagabend – oder eigentlich die Nacht – angeht, so war Maria sehr wohl zu Hause und ist auch ans Telefon gegangen. Alles schien in Ordnung. Jedenfalls noch gegen Mitternacht, als ich sie anrief.«

Die Halonen wurde ja erst nach Mitternacht ermordet, dachte Martikka bei sich und stellte dann die Frage, die ihn während der vergangenen Tage hin und wieder beschäftigt hatte: »Letztens haben Sie erzählt, dass Sie die Lindén mit unregelmäßiger Regelmäßigkeit getroffen haben. Hatten Sie beide ein Verhältnis?«

Palmroos zuckte nicht mit der Wimper, er sah Martikka nur hochmütig lächelnd an und sagte, falls der Kommissar ihn und Maria meinte, so hatten sie in der Tat – eine Art Pflegeverhältnis.

»Allerdings verstehe ich nicht, wieso unser Verhältnis, welcher Art es auch sein mag, hierher gehört. Ich weiß nicht, inwieweit Sie über Lähmungen unterschiedlichen Grades informiert sind, aber auf meine Männlichkeit hat sich der Unfall tatsächlich nicht ausgewirkt, oder wenn, dann eher positiv. Ich brauche eine Frau, genau wie vorher. Nachdem meine Frau mich verlassen hatte, stand Maria zur Verfügung, und das tut sie immer noch, ab und zu – im Bedarfsfall.«

Wessen Bedarf? fragte sich Martikka und konnte nicht umhin, flüchtig darüber nachzudenken, wie sie das wohl anstellen mochten.

»Und jetzt stehen Sie Ihrerseits der Lindén zur Verfügung«, schoss Martikka zurück und genoss einen Augenblick die verblüffte Miene des anderen, ehe er fortfuhr: »Sie vertreten sie im Zusammenhang mit dem Testament. Dann nämlich, wenn es vollstreckt werden kann.«

Palmroos begriff vollkommen, was Martikka mit seinem letzten Satz meinte, kommentierte ihn aber nicht.

»Mit diesem Testament ist es allerdings etwas schwieriger als mit normalen Erbschaften«, erklärte er stattdessen mit der Sachlichkeit des Juristen. »Maria ist nämlich nicht gewillt, auch nur einen Pfennig von Lauras Geld anzunehmen, und es ist mir nicht gelungen, sie umzustimmen. Sie behauptet nur, dass es ihr genügt, dass Laura tot ist. Wie sie sagt, ist das der beste Lohn. Meine Aufgabe ist es nun, zu klären, für welchen Zweck oder welche Zwecke all die zu erwartenden Millionen am besten gespendet werden könnten.«

»Vielleicht ist ihr Widerstand nur vorübergehender Natur«, gab Martikka zu bedenken. »Ich meine, wenn sie sich erst an den Gedanken gewöhnt hat, kann ein Millionenerbe durchaus zu einer angenehmen Sache werden.«

»Das bezweifle ich. Sie hatte ja schon eine ganze Weile Zeit, sich an den Gedanken zu gewöhnen.«

Martikka wurde stutzig.

»Jetzt verstehe ich nicht. Meines Wissens hat sie erst gestern durch Assessor Grönberg von dem Erbe erfahren.«

»Hat sie das gesagt?«

Palmroos wirkte für einen Augenblick mindestens ebenso erstaunt wie Martikka. »Das stimmt doch überhaupt nicht«, sagte er dann mit einem Lachen. »Maria hat schon im Herbst von dem Testament erfahren. Und die Information kam nicht über einen Anwalt, sondern Laura hat es ihr persönlich erzählt. Sie hat eines schönen Tages bei Maria geklingelt, ist hereinspaziert und hat ihr erzählt, dass sie Millionärin wird – an dem Tag, da sie, Laura, sterben würde.«

Nachdem sich Anna vor Maria Lindéns Haus von Martikka verabschiedet hatte, war sie sich ziemlich sicher, dass dieser Dienstag ebenso schlecht enden würde, wie er begonnen hatte, jedenfalls hinsichtlich ihrer Arbeit. Eine quälende Unruhe plagte sie eigentlich schon seit dem Morgen, seit jenem Moment, als sie Maria zufällig in der Markthalle getroffen hatte, und die Begegnung mit Martikka hatte das Gefühl in keiner Weise verringert, ganz zu schweigen von Marias eigentümlichem Verhalten. Irgendwie schien die Welt wieder mal voll von Wirrköpfen und Halbverrückten zu sein.

Anna hatte eine Menge unerledigter Aufträge liegen, und die Deadlines näherten sich bedrohlich, aber der Gedanke daran förderte die Konzentration kein bisschen. Nachdem sie eine Weile über dem Entwurf eines Logos für einen neu gegründeten und auf die Mittelmeerküche spezialisierten Partyservice gesessen hatte, warf sie die Tusche in den Kasten und schaltete den PC aus. Wenn nicht einmal der Gedanke an Essen half, konnte sie alles andere gleich vergessen. Diesen Tag musste sie schlicht und einfach abschreiben, Punkt.

»Komm, wir gehen raus«, schlug Anna schließlich vor. Justus, der auf dem Bett lag, erhob sich träge und wedelte mehr der Form halber mit dem Schwanz. Frauchen und Hund waren sich immer noch nicht recht über die Dauer der Spaziergänge einig. Anna hätte gern weitaus längere Strecken zurückgelegt als Justus auf seinen flinken, aber sehr kurzen Beinen.

Während sie durch den scheußlichen grauen Matsch in Richtung Boulevard stapften, redete Anna sich selbst und dem Hund ein, dass das Wetter deutlich aufklarte, obwohl es bereits dämmerte. Und eines Tages müsste die Sonne einfach wieder scheinen, in jeder Hinsicht.

»Justus will dorthin, nicht ich ...«, murmelte Anna, während sie sich der Ecke Albertin- und Iso Roobertinkatu näherte. Beim Antiquariat verlangsamte sie jedoch nur ganz wenig ihre Schritte, denn der Laden war, einschließlich des Schaufensters, völlig dunkel. Karri, neuerdings Millionär, hatte es natürlich nicht mehr nötig, hinter dem Ladentisch zu sitzen, jedenfalls nicht in der Hoffnung auf Kunden. So recht glaubte Anna allerdings nicht an den Gedanken, denn Karri Mäntynens Liebe zu alten Filmen schien tief und echt und war sicher nicht mit Geld aufzuwiegen.

Anna ging bis ans andere Ende der Iso Roobertinkatu und von dort zum Dianapark, wobei sie überlegte, dass Martikka zumindest in einer Hinsicht Recht hatte: Alle Gäste, die an Lauras Privatparty teilgenommen hatten, lebten und wirkten tatsächlich auf einem sehr eng begrenzten Gebiet im Herzen der Stadt, mit Ausnahme der Halmes. Und genau in diesem Augenblick öffnete sich die massive, mit Holzschnitzereien verzierte Tür des Verlages, und Ilkka Halme trat heraus.

Anna blieb stehen und zog Justus zu sich heran. Es hätte mehr als geschmacklos gewirkt, jetzt hinzugehen, irgendwelche banalen Bemerkungen zu machen und sich nach seinem Ergehen zu erkundigen. So sah sie nur zu, wie Ilkka den Kragen hochschlug und dann, den Kopf eingezogen und die Aktentasche rhythmisch schwenkend, zum Parkhaus eilte. Ein zielstrebiger, erfolgreicher Mann ohne jede Sorgen ...

»Und jetzt nach Hause«, rief Anna Justus zu, der sich sichtlich über den Gedanken freute. So eilig hatte sie es dann aber doch nicht, dass sie nicht unterwegs noch das italienische Delikatessengeschäft am Boulevard aufsuchen konnte. Vielleicht würde ein Gläschen echtes Pesto auch beim Entwurf des Logos für den Partyservice helfen.

Zu Hause stellte Anna das Glas jedoch nur in den Schrank und schüttete Justus Hundefutter in seinen Fressnapf. Sie hatte nicht einmal Lust, sich zu überlegen, was sie sich zum

Abendbrot zubereiten oder ob sie sich eine Portion des herrlichen Zanders nach Schärenart im *Fisch-Rivoli* spendieren sollte. Sie war unruhig, gereizt und vor allem wütend über ihre eigene Antriebslosigkeit. Außerdem war der Besuch in Lauras Wohnung in der Uudenmaankatu in jeder Hinsicht unangenehm gewesen, alles, was dort geschehen war und was Martikka gesagt hatte ... Und was hatte er überhaupt gesagt? War da irgendetwas Wichtiges und Wesentliches gewesen, das sie vielleicht überhört hatte?

Gegen siebzehn Uhr griff sich Anna ein dünnes Bändchen vom Nachttisch, dass zum Kultbuch des Jahres erklärt worden war und das sie mindestens schon zehnmal angefangen hatte, ohne recht schlau daraus zu werden. Sie warf sich aufs Bett neben den leise schnarchenden Justus – und schlief sofort ein.

Anna erwachte wild zuckend aus einem seltsamen Falltraum, und es dauerte eine Weile, ehe sie begriff, welche Tageszeit es war. Die grünen Digitalziffern des Radioweckers standen auf halb acht, sie hatte also unwahrscheinlich lange geschlafen. Und trotzdem hatte sie noch den ganzen langen Abend vor sich.

Sie fühlte sich noch unruhiger als vorher, und die wirren Albtraumfetzen hatten sie ins Schwitzen gebracht. Anna warf ihre Kleidung aufs Bett und ging unter die Dusche. Es half nichts. Sie trabte im Bademantel zum Küchenschrank und goss sich einen Kognak ein.

Anna hatte immer Träume und deren Deutung geliebt, egal, ob es herrliche befreiende Flugträume oder schlimme Albträume waren. An Träume als Prophezeiung hatte sie nie geglaubt, aber Lösungen und Erklärungen für bestehende Probleme konnte man ihnen unter Umständen durchaus entnehmen. Die Träume hatten nur den Nachteil, dass man sich oft hinterher nicht mehr sehr genau an sie erinnerte.

Anna kauerte sich mit ihrem Glas in den Sessel am Fenster, schloss die Augen und versuchte sich zu konzentrieren. *Letzter Samstag ... Lachen und Gesang ... riesige schwarz gekleidete Frauen ... weiße Kallas, die vom Himmel regnen ... eine wild herumfuchtelnde Tina Turner, die eigentlich Laura ist … eine in Stanniolpapier eingewickelte Teigrolle aus Schokolade … Zoom auf das Schlussbild eines alten Films, aber der Titel ist mir entfallen … Lachen und Gesang und Hass und Liebe … bekannte und gesichtslose Gestalten … Blut und Champagner … ständig zuckendes Blitzlicht … ich lasse die Leute zum Gruppenfoto Aufstellung nehmen und tauche unter eine altmodische Kamera mit schwarzem Vorhang … fliehende Gestalten … wieder Blitzlicht …*

»Die Fotos!«, rief Anna laut und stieß den halb auf ihrem Schoß liegenden Justus unsanft hinunter. Nachdem sie rasch die Schnappschüsse, die sie Martikka gezeigt hatte, durchgeblättert hatte, holte sie die Nahaufnahmen von ihrem Arbeitstisch. Sie betrachtete eine Weile das versteinerte Gesicht von Kaufmann Eino Halonen, legte es beiseite und sortierte dann die Fotos jeweils nach den acht beteiligten Personen – Laura, Moona und Karri, Tuomela, Ilkka und Kirsti, Maria und Markus.

Während sie die Fotos in gerade Reihen nebeneinander legte, bekam sie das seltsame Gefühl, dass sie den Film eben erst entwickelte und darauf wartete, dass sich die Bilder genauer abzeichneten, damit sie sehen konnte – was? Ihre Finger fühlten sich kalt und feucht an, als sie zum Kognakglas griff.

Plötzlich stürzte sie sich fast auf die Fotos, vermischte sie wie die Karten eines Memoryspiels, atmete ein paarmal tief durch und sortierte sie dann betont ruhig erneut in acht Reihen. Aber nichts hatte sich geändert. Ihr Herz begann wild zu hämmern, während sie starrte und starrte, nämlich auf die einfache Tatsache, die sie quasi die ganze Zeit vor Augen gehabt hatte, wenn sie nur richtig hingesehen hätte. Alles war auf einmal so sonnenklar, dass sie in Lachen ausgebrochen wäre, wenn sie nicht so aufgeregt gewesen wäre. Sie verschwendete überhaupt keinen Gedanken an die nebensächliche kleine Frage, wie sie das alles beweisen sollte.

Anna trank ihr Glas aus und war schon im Begriff, sich nachzuschenken, als sie die Flasche plötzlich auf die Spüle stellte und in ihr Arbeitszimmer rannte, um im Telefonbuch zu blättern. Vor der Nummer stand nur ein Name ohne

Titel und Adresse, aber es war bestimmt richtig. Andere Karri Mäntynens waren nicht aufgeführt.

Das Telefon klingelte lange, aber Anna wartete ruhig und dachte, dass sie jetzt notfalls bis zum Weltuntergang Zeit hätte. »Geh ran, geh ran«, rief sie. »Sei um Himmels willen zu Hause, please.«

Schließlich wurde am anderen Ende abgenommen und Karri schien nicht einmal sonderlich erstaunt, als Anna ihr Anliegen vortrug und ihn fragte, ob sie mal eben schnell vorbeikommen könnte.

»Komm direkt in den Laden, dort habe ich sämtliche Kassetten«, sagte er nur. »Die Tür wird offen sein.«

Karri sah bleich und müde aus, aber Anna bemerkte es kaum. Sie hörte ein wenig ungeduldig und nur mit halbem Ohr zu, wie er stockend und sich die Haare raufend erzählte, dass er den ganzen Tag im Hinterzimmer des Ladens gehockt hatte, ohne zu essen und ohne etwas zu tun, ja nicht einmal ans Telefon war er gegangen. Erst vor einer halben Stunde war er in seine Wohnung hinaufgegangen und hatte festgestellt, dass er so gut wie nichts im Kühlschrank hatte.

»Eigentlich habe ich furchtbaren Hunger, ich konnte mich nur nicht aufraffen, essen zu gehen. Willst du nicht mitkommen, wenigstens auf eine Pasta irgendwo im Restaurant?«

Entgegen ihren Gewohnheiten lehnte Anna ab. Der CD-Player spielte *I'm A Fool To Want You*, aber die Sängerin war ihr nur entfernt bekannt. Shirley Bassey war es nicht, und obwohl die Frage Anna ein wenig beschäftigte, machte sie sich nicht die Mühe zu fragen, wer da sang. Sie wollte nur dringend den Film sehen, oder eigentlich sein Schlussbild, und leise seufzend schob Karri die Kassette in den Rekorder und begann, sie vorzuspulen.

»Was ist daran eigentlich so interessant?«, wollte er wissen. »Natürlich ist das *Ekel* einer von Polanskis besten Filmen, aber für meine Begriffe besticht die Deneuve eher durch ihre göttliche Schönheit als durch schauspielerische Qualität.«

Anna gab keinen Kommentar. Sie saß steif auf der Stuhlkante, starrte gebannt auf den Fernseher und winkte ungeduldig ab, als Karri die letzten Meter des Films auf den Bildschirm holte.

»Spul noch ein bisschen weiter vor …«, sagte sie heiser. »Warte … so, da ist es … halt!«

Eine scheinbar glückliche dreiköpfige Familie war im Bild, aber dann zoomte die Kamera langsam auf das blonde, langhaarige junge Mädchen im Hintergrund, schließlich waren nur noch ihre Augen zu sehen, und die starrten auf den Mann, der vorn im Bild in die Kamera lächelte. Es kribbelte Anna so heftig im Rücken, dass sie sich am liebsten gekratzt hätte.

»Sieh dir die Augen an«, flüsterte sie erregt und stellte sich ganz dicht an den Bildschirm. »Großer Gott, sieh dir den Gesichtsausdruck des Mädchens an«, sagte sie und trat wieder ein paar Schritte zurück. »Was siehst du da?«

»Hass und Ekel«, konstatierte Karri lapidar und musterte Anna erstaunt. Was war eigentlich mit ihr los? Was hatte es mit dieser Szene in *Ekel* auf sich? Warum war sie so verdammt aufgeregt? »In den Augen sieht man, dem Titel des Films entsprechend, bloßen bodenlosen Hass und Ekel«, ergänzte er jedoch.

»Richtig!«, rief Anna und warf begeistert die Arme hoch wie eine Lottogewinnerin. »Ich wusste es – oder habe es eigentlich erst vorhin begriffen, als ich aus einem seltsamen Grund von *Ekel* geträumt habe. Ich wusste, dass ein einziger Blick alles verrät – und besonders wenn es ganze zwölf davon gibt … Das ist es!«

»Nämlich was? Könntest du mir mal freundlicherweise erklären, worum es hier eigentlich geht?«, bat Karri, aber Anna bedankte sich nur für seine Hilfe und bedauerte, dass sie jetzt absolut keine Zeit habe, aber vielleicht an einem anderen Tag, möglicherweise. Jetzt habe sie es brandeilig. Sie müsse handeln, ehe der Verstand siege – oder die Angst.

Einige Sekunden später beobachtete Karri durchs Fenster des Antiquariats, wie Anna in Richtung Albertinkatu davoneilte, als trüge sie Siebenmeilenstiefel. An der Straßenecke blieb sie stehen und holte das Handy heraus, begleitete ihr Gespräch mit weit ausholenden Gesten, warf das Telefon in ihre Handtasche und verschwand um die Ecke.

Mein Gott, hat sie die ganze Zeit im Flur gestanden und gewartet? murmelte Anna nervös, als der Türsummer fast im selben Moment ansprang, da sie auf den Klingelknopf drückte. Der Fahrstuhl stand wartend bereit, es war genau so ein altmodischer, knarrender Korb wie in Lauras Haus.

Die an leichter Platzangst leidende Anna mochte diese langsamen und offenen Fahrstühle wesentlich lieber als die geschlossenen Stahlkabinen, die so schnell rasten, dass man Bauchkneifen bekam, aber jetzt wäre sie tatsächlich am liebsten in einem der letztgenannten Modelle zu Hause in ihr Dachgeschoss hinaufgefahren und und hätte die Wohnungstür hinter sich zugemacht. Wenn sie auch nur einen Funken Verstand besessen hätte, hätte sie das tatsächlich getan, aber sie hatte eben keinen Verstand. In ihrem Kopf kreiste nur ein Gedanke, der sich möglicherweise am Ende als leere, aber umso prachtvollere Seifenblase erweisen würde.

Du bist verrückt, sagte sich Anna, während der Fahrstuhl langsam in den vierten Stock hinaufratterte. Wenn in diesem Schauspiel Irre auftreten, bist du auf jeden Fall eine von ihnen. Was fällt dir ein, einfach hinzugehen und den Leuten Verdächtigungen und Anschuldigungen entgegenzuschleudern, ohne die Spur eines Beweises? Macht es dir Spaß, dich wieder lächerlich zu machen?

Aber sie antwortete sich nicht, sondern schlich stattdessen leise an Tuomelas Tür. Als sie das Ohr leicht an die Tür drückte, konnte sie drinnen gedämpftes Gemurmel hören. Im Fernsehen lief wahrscheinlich eines der endlosen so genannten Tiefeninterviews. Eigentlich war es gut, Tuomela in der Nähe zu wissen. So wäre wenigstens jemand zur Stelle.

»Der Lauschangriff ist eine Straftat, Künstlerin Laine«, rief Moona lachend und Anna blieb fast das Herz stehen, obwohl sie durchaus registriert hatte, dass sich gegenüber die Tür etwa eine Sekunde zuvor geöffnet hatte. »Oder gilt das heutzutage nur für das Abhören des Telefons?«

»Keine Ahnung, aber auf jeden Fall weiß ich, dass man alte Leute nicht erschrecken soll«, stieß Anna atemlos aus, während sie eintrat. »Du wirst dich noch wegen fahrlässiger Tötung verantworten müssen.« Sie warf Moona einen schnellen Blick zu, aber die lachte nur, und Anna bestätigte sich erneut, dass sie total verrückt sei.

Hätte Anna die Inhaberin nicht gekannt, hätte sie schwören mögen, dass sie in der falschen Wohnung war. Die Bude war geputzt worden, und zwar gründlich. Nirgendwo lagen mehr Papiere, Aktenordner, verstreute Zeitungsblätter, Kleidungsstücke, Schuhe oder Schminkutensilien herum, nirgendwo standen leere Flaschen oder schmutziges Geschirr. Zum ersten Mal konnte Anna sehen, welche Farbe der Küchentisch hatte, und der war natürlich schwarz. Mitten auf dem Tisch stand Moonas Laptop und daneben lagen irgendwelche Papiere, säuberlich aufgestapelt.

»Ich habe tatsächlich geputzt!«, erklärte Moona unnötigerweise und bat Anna, sich einen Stuhl auszusuchen, da sie ausnahmsweise mal die Wahl habe. »Ich muss mich langsam um die Akquisition neuer Kunden kümmern, und ich wollte vorher reinen Tisch machen. Ich habe ja nach Laura keine funktionierenden Geschäftsbeziehungen mehr ...«

Die beiden Frauen wechselten einen kurzen Blick und schauten ebenso schnell wieder weg. Moona goss Sekt in zwei Gläser – von dieser Gewohnheit wollte sie offenbar unter keinen Umständen lassen – und Anna setzte sich auf den Platz, der ihr am meisten entsprach, nämlich an den Küchentisch. Sie stellte ihre Tasche auf dem Fußboden ab, nachdem sie sich zunächst verstohlen davon überzeugt hatte, dass sie die Fotos wirklich dabeihatte.

»Ich war, ehrlich gesagt, verdammt froh, als du angerufen hast«, sagte Moona. »Ich hatte schon gedacht, dass du tatsächlich von der Illustration der Fortsetzungsgeschichte zurücktreten willst. Für mich ist die Sache schon deshalb wichtig, weil ich dadurch wenigstens noch ein aktuelles Projekt habe, obwohl ich selber eigentlich gar nichts mehr dafür tun muss, nachdem ich den Vertrag ausgehandelt habe und Laura unterschrieben hat ...«

Wieder sahen sich die beiden Frauen an, und diesmal viel länger, so lange, dass Moona plötzlich aufstand, in ihrem kombinierten Schlaf-, Arbeits- und Wohnzimmer verschwand, aber gleich wieder zurückkehrte und sich Anna gegenübersetzte.

»He, zeig doch mal die Entwürfe!« Moona rieb sich die Hände, aber ihr Eifer wirkte gekünstelt, und Anna reagierte auch nicht, sondern saß nur da und drehte ihr Glas auf der Tischplatte. »Oder hast du sie gar nicht mitgebracht?« Moonas Stimme hob sich ganz wenig, und als Anna nur langsam den Kopf schüttelte, stand sie erneut auf, verließ diesmal aber nicht den Raum, sondern blieb am Tisch stehen.

»So setz dich doch«, sagte Anna und nahm ihre Tasche auf. »Ich habe tatsächlich keinen einzigen Entwurf für die Fortsetzungsgeschichte dabei, die ich übrigens auf keinen Fall illustrieren werde. In dieser Hinsicht muss ich mich natürlich entschuldigen, denn es war ein bloßer Vorwand für mein Kommen. Ich möchte dir nämlich etwas ganz anderes zeigen.«

Moonas Atem war deutlich zu hören und gleich darauf ein noch lauteres Schlucken. Ihr Glass klirrte auf den Tisch nieder und sie starrte mit leicht geweiteten Augen auf den Stapel Fotos, den Anna aus der Tasche zog.

»Fotos!«, rief sie dann, wobei ihr die Erleichterung fast die Stimme zerriss. »Etwa von Lauras Fete?«

»Genau. Ausgewählte Schnappschüsse von Laura Halonens Geburtstagsfeier und der anschließenden Party bei ihr zu Hause.« Anna schob den Laptop und die Papiere beiseite, warf dann die Fotos ungeordnet auf den Tisch und lehnte sich zurück; sie beobachtete, wie Moona sich über die Fotos beugte, lachte und bewundernde oder verärgerte Ausrufe ausstieß.

»Prima«, Moona lachte. »Außer natürlich die Bilder von mir. Aber hast du denn nur die Gesichter fotografiert? Du bist doch andauernd mit der Kamera rumgelaufen. Auch Laura hatte ja gewünscht, dass …«

»Doch, ich habe auch andere Aufnahmen gemacht«, unterbrach Anna sie, wobei ihr wieder das bekannte Kribbeln über den Rücken lief. »Aber die sind nicht besonders interessant. Diese hingegen sehr wohl – wenn man sie richtig ordnet.«

Es knirschte, als Moona ihren Stuhl zurückschob. Sie sah verwundert von Anna zu den Fotos und wieder zu Anna. Sie schien nichts zu begreifen, aber sie war sehr erschrocken.

Sie legt wahrscheinlich Patience, dachte Moona nebelhaft, während sie zusah, wie Annas geschickte Finger die großen Fotos im Nu zu acht Reihen ordneten.

»Wie sieht es jetzt aus?«, fragte Anna leise und war unfähig, Moona anzusehen. Sie spürte mehr, als dass sie sah, wie jene sich über die Fotos beugte.

»Gut«, Moona flüsterte das Wort fast, worauf Anna übertrieben hochmütig sagte, dass die Aufnahmen selbstverständlich gut seien, da sie von ihr stammten. »Aber was siehst du wirklich darauf?«, fragte sie erneut, und diesmal sah sie Moona an. »Erzähl mir, was du auf deinen eigenen Bildern siehst.«

»Ein kaputtes Weib«, versuchte Moona zu scherzen, aber das Lachen blieb ihr im Halse stecken. »Also eine müde und etwas verdrossene Type, die das Fest vorbereitet hatte und dann nicht mehr richtig in Feierstimmung war.«

»Ach ja? Rat mal, was ich sehe. Hass, puren Hass auf allen zwölf Bildern. Ich habe sie zu ganz unterschiedlichen Zeiten und völlig planlos geknipst, sowohl im *Rivoli* als auch bei Laura zu Hause. Natürlich wirkst du auf einigen auch müde, was gar kein Wunder ist, aber auch dort ist der Hass offensichtlich. Und, Moona, du siehst beinah auf jedem Foto Laura an. Du hast jede ihrer Bewegungen verfolgt.«

»Und was soll daran schlimm sein?« Moona goss sich Sekt nach und kümmerte sich nicht darum, dass eine reichliche Menge über den Rand des Glases schäumte. »Laura war eine Partylöwin, wie du dich vielleicht erinnerst, alle haben sie angesehen.«

»Stimmt«, gab Anna zu. »Aber die anderen zeigen unterschiedliche Mienen und Stimmungen, da sind Freude und Lachen, Bewunderung und Staunen und natürlich Kirstis eifersüchtige Blicke, da ist Ernst und was weiß ich alles.

Maria und Markus sind ein Fall für sich, ihre Bilder erzählen also nichts Neues, aber diese hier ...«

Anna legte alle anderen Aufnahmen auf einen Stapel und ließ nur Moonas zwölf Bilder auf dem Tisch liegen. Sie verschob mehrmals die Reihenfolge, aber der Eindruck änderte sich nicht.

»Warum, Moona? Erzähl mir, warum du Laura so blind gehasst hast.«

Moona sagte lange kein Wort, schien aber plötzlich auf seltsame Weise zu erstarken. Sie machte den Rücken gerade und ihre Augen blickten nicht mehr so trübe. Es klatschte, als sie mit der Hand den übergeschäumten Sekt von der Tischplatte wischte. Die fast heruntergebrannte Zigarette glomm im Aschenbecher, aber Moona zündete sich eine neue an, ohne die Kippe auszudrücken. Sie blies Anna den Rauch gezielt in die Augen, und in diesem Moment sagte diese sich wieder, wie beruhigend doch der Gedanke war, dass Tuomela nebenan vor der Glotze saß – hoffentlich.

Plötzlich stieß Moona die Fotos beiseite und zog den Laptop zu sich heran. Sie tippte irgendetwas ein und schwenkte dann den Bildschirm zu Anna herum.

»Sieh mal nach!« Die eisige Stimme schrillte Anna unangenehm in den Ohren. »Öffne das Verzeichnis *Moonas eigene Texte.*«

Anna tat, wie verlangt. »Hier sind noch weitere Verzeichnisse«, sagte sie erstaunt, worauf Moona bemerkte, dass es auch so sein müsse. »Sieh dir die Titel an. Kommt dir vielleicht irgendeiner bekannt vor?« Auf ihrem Gesicht war ein boshaftes Lächeln aufgetaucht.

»Ja, hier steht *Magische Macht,* Lauras Buch also. Soll daran irgendetwas Besonders sein?«

»Es soll nicht nur, sondern es ist.« Moonas Glas war wieder leer, aber sie machte sich nicht die Mühe, nachzuschenken, sondern trank gleich aus der Flasche.

»Und?«

»Was ›und‹?«, schnauzte Moona. »Läuten denn noch immer keine Glocken im Kopf der Frau Künstlerin – Alarmglocken vielleicht?«

»Nein, sie läuten nicht.«

»Ist es denn gar nicht merkwürdig, dass sich der Text des verdammten Buches in meinem persönlichen Laptop findet?«, schrie Moona fast, und Anna begriff alles in derselben Sekunde, da die andere fortfuhr. »Er ist hier drin, weil ich das Buch geschrieben habe, verdammt noch mal!«

Die Zeit blieb stehen und Anna konnte nur Moona anstarren, die ihr mit lodernden Blicken und glühendem Gesicht gegenübersaß. Der Nebel, der sich inzwischen zu Wasser verdichtet hatte, rann in Tropfen am Fenster des französischen Balkons herunter und draußen im Flur schlug eine Tür zu. Anna wäre am liebsten hinausgestürzt, um nachzusehen, ob Tuomela womöglich wegging, aber sie war unfähig, sich zu rühren. Sie hatte sich innerhalb der letzten Stunden die unterschiedlichsten Erklärungen und Theorien zurechtgelegt, aber diese war ihr nicht eingefallen, obwohl das Ganze mehr als logisch war, jetzt, da sie es wusste.

»Aber musstest du sie deshalb töten?«

»Rat mal, wie mir in all den Monaten nach dem Erscheinen des Buches zu Mute gewesen ist!«, schrie Moona schließlich. Sie stand auf, um die leere Sektflasche in den Müll zu werfen und eine neue aus dem Kühlschrank zu holen. Es knallte und der Korken flog an die Decke und von dort direkt in Annas Glas. Keine der beiden Frauen kümmerte sich darum.

»Niemand hat etwas geahnt und niemand hat Zweifel geäußert«, schnaubte Moona. »Laura Halonen gibt ihre tolle Karriere auf, verkauft ihre Firma und schreibt einen Erfolgsroman – das war ja gleich von Anfang an ein Stoff für die Titelseiten! Und niemand ist auf die Idee gekommen, dass Laura kaum in der Lage war, etwas anderes zu schreiben als einen technischen Text, und selbst den verdammt schlecht und mit lauter grammatischen Fehlern. Oder doch, es gab einen ungläubigen Thomas, jedenfalls vermute ich es. Karri hat garantiert von Anfang an nicht geglaubt, dass Laura das Buch selbst geschrieben hat, aber es ging ihn ja nichts an. Obwohl Laura andererseits genau das gefürchtet hat, dass Karri eines Tages kommt und unangenehme Fragen stellt.«

Moona machte eine Pause. Alle Angst und Unsicherheit war von ihr abgefallen, sie bestand nur noch aus Trotz und Triumph. Und sie war wieder zur Hochsprache übergegangen, genau wie bei der Enthüllung des Froschbildes. Auch für jenes Kunstwerk gab es jetzt eine Erklärung.

»Von wem stammte ursprünglich die Idee?«, fragte Anna so alltäglich sie irgend konnte. Sie rekapitulierte in Gedanken Martikkas Handynummer, die sie auswendig gelernt hatte, nachdem sie von Karri weggegangen war.

»Von mir natürlich«, schnaubte Moona. »Auf so eine geniale Idee wäre Laura nie gekommen. Sie hatte ihre Firma total satt und wollte irgendetwas Schöpferisches tun, woran sich noch die Nachwelt erinnert«, spottete sie und versuchte Lauras Stimme nachzuahmen. »Als ich mir das eine Weile angehört hatte, bekam ich meinerseits ihre ewigen Klagen satt. Also habe ich eines Tages zu ihr gesagt, sie soll die verdammte Bude verkaufen und ein Buch schreiben – oder ich schreibe es und es wird unter ihrem Namen veröffentlicht, weil die Sache so mehr Öffentlichkeitswert hat. Der Rest ist dann Geschichte, wie es so treffend heißt. Ich habe geschrieben, das Buch wurde veröffentlicht, es wurde zu einem Ereignis und Laura zu einem Promi, in Großbuchstaben.«

»Und du hast es vermutlich nicht umsonst geschrieben ...«, äußerte Anna vorsichtig, was Moona nur überheblich bestätigte:

»Ich kenne natürlich meinen Wert und Laura hat wirklich gut bezahlt, eigentlich mehr als gut. Aber in der Praxis bedeutete das, dass ich vollkommen in ihren Diensten stand, rund um die Uhr. Meistens hat es auch richtig Spaß gemacht, aber meine anderen Kunden litten natürlich darunter und verschwanden nach und nach. Deshalb plane ich jetzt, wie ich neue werben kann.«

In den nächsten Jahren wirst du allerdings keine Kunden brauchen, denn der Staat kommt für deinen Unterhalt auf, dachte Anna verwirrt. Moona sprach eigentümlich kalt und sachlich, so als stünde sie neben sich. Sie betrachtete die Ereignisse anscheinend als eine Art Schauspiel, das sie zwar verfasst hatte, in dem aber jemand ganz anderer die Hauptrolle spielte.

»Was ist Samstagnacht geschehen?«, fragte Anna schließlich, weil sie es einfach fragen musste. Sie würde hier nicht weggehen, ehe sie es wüsste.

»Wieso geschehen?« Moona machte vor Verwunderung runde Augen und Anna fürchtete zu träumen. Das konnte nicht wahr sein ... Wollte die Frau etwa alles leugnen?

»Du hast Recht damit, dass ich Laura total satt hatte«, sagte Moona sachlich, so als spräche sie von einem neuen Bezugsstoff für ihr Sofa. »Und natürlich ... widerte sie mich auch irgendwie an, aber ich habe sie nicht getötet. Das ist nicht mein Stil.«

Das ist nicht mein Stil ..., wiederholte Anna in Gedanken erschöpft. Sie starrte Moona, die ruhig dasaß und rauchte, ungläubig an und ließ dann den Blick durch die kleine Wohnung wandern. Panik kam in ihr auf und irgendwo in den Tiefen ihres Inneren ertönte spöttisches Lachen. Mein Gott, wie sich die Leute amüsieren werden, wenn Moona ihnen nachher von meinem Besuch und meinen Anschuldigungen erzählt.

»Dann werd ich mal ...« Anna raffte die Fotos zusammen und steckte sie in die Tasche, warf noch einen beiläufigen Blick auf das alte schwarze Bakelittelefon, das auf Moonas Schreibtisch stand – und in diesem Moment glaubte sie die Trumpfkarte gefunden zu haben.

»Welche Nachricht hattest du Laura noch gleich an dem bewussten Sonntag aufs Band gesprochen«, Anna spürte, wie ihre Stimme vor Anspannung zitterte, »bevor wir hingingen und sie fanden?«

»Eine Nachricht?« Moona sah sie erstaunt an. »Ich, ähm ... tja, was habe ich wohl gesagt? Bestimmt, dass wir unterwegs sind und dass sie schon mal den Sekt kalt stellen soll, oder etwas in der Art. Wieso?«

»Du hast ihr keine Nachricht hinterlassen«, sagte Anna leise. »Das konntest du gar nicht tun. Lauras Anrufbeantworter war nämlich nicht eingeschaltet. Warum lügst du?«

»Ich ...« Die Mimik in Moonas Gesicht wechselte so

rasch wie in einem Film, der mit Übergeschwindigkeit läuft. Sie sog an ihrer Zigarette, die sie gar nicht angezündet hatte, dann lachte sie schrill und schluchzte gleich darauf, sie warf die Zigarette im hohen Bogen auf den Fußboden und trank wieder aus der Flasche.

»Warum, warum, warum?«, schrie Moona und knallte die Flasche auf den Tisch. »Weil ich es nicht mehr aushalte! Ich ...«

»Warum hast du Laura getötet?«, unterbrach Anna sie und beschloss, die Frage so oft zu wiederholen, bis sie eine Antwort bekäme.

Moona ging nicht zum Gegenangriff über, sondern saß ganz still da, für eine ganze Zigarettenlänge, und Anna trieb sie nicht, in diesem Moment hatte sie alle Zeit der Welt.

»Laura fing nach Weihnachten an, Schwierigkeiten zu machen«, sagte Moona schließlich mit ganz normaler Stimme. »Ich würde sagen, die *Magische Macht* war ihr zu Kopf gestiegen. Irgendwie hatte ich den Eindruck, dass sie selbst glaubte, sie habe das Buch wirklich geschrieben. Und ...« Moona zerknüllte die leere Zigarettenschachtel und nahm sich eine neue aus dem Schrank. Nachdem sie sich eine Zigarette angezündet hatte, schien sie gleichsam zu sich zu kommen, sie setzte sich wieder Anna gegenüber und beugte sich über den Tisch: »Warum erzähle ich dir das eigentlich alles?«, fragte sie sowohl sich selbst als auch Anna. »Du willst es ja eigentlich gar nicht wissen.«

»Doch, das möchte ich«, sagte Anna ruhig. »Und ich weiß, dass du Laura getötet hast. Ich weiß nur nicht, warum.«

»Ich sagte ja, Laura machte Schwierigkeiten«, wiederholte Moona, aber Anna war sicher, dass sie sich dem eigentlichen Grund – oder den Gründen – erst näherte. »Die *Magische Macht* war ihr tatsächlich zu Kopf gestiegen. Dann eines Tages, es ist ungefähr drei Wochen her, saßen wir zusammen und planten die Story des nächsten Buches. Und stell dir mal vor, was die Frau machte!« Moonas Stimme begann sich zu heben. »Sie erklärte doch glatt, dass sie das Buch selbst schreiben wollte. Sie brauchte mich angeblich nicht mehr, höchstens noch für die Vermarktung! Und das nach allem, was ich für sie getan hatte! Sie ...«

Moona konnte eine Weile nicht weitersprechen. Sie zitterte so heftig, dass sie ihr Glas mit beiden Händen festhalten musste. Sie trank mit kleinen hörbaren Schlucken – und dann konnte Anna gerade noch ausweichen, als das Glas gegen die Wandfliesen sauste.

»Ich habe ihr gedroht, aller Welt zu verraten, dass ich diejenige war, die die *Magische Macht* geschrieben hat«, fuhr Moona mit bebender Stimme fort. »Aber Laura hat nur gelacht und gesagt, dass das keine welterschütternde Neuigkeit wäre, zumal es sowieso niemand glauben würde. Und ich hätte leider tatsächlich nichts beweisen können, denn wir hatten keinen schriftlichen Vertrag oder irgendein anderes Papier aufgesetzt. Ich hatte nur ... ich hatte Laura einfach die ganze Zeit blind vertraut.«

»Und du hast trotzdem ihr Fest und alles andere organisiert, so als wäre nichts geschehen«, sagte Anna und dachte bei sich, dass sie eigentlich immer noch nichts Wesentliches gehört hatte. Sie warf einen kurzen Blick auf die Fotos, die oben auf ihrer Tasche lagen; für den Hass, der aus ihnen sprach, musste es andere Gründe als Geld oder Macht geben, so magisch Letztere auch gewesen sein mochte ...

Anna beschloss, unmittelbar zum Kern vorzudringen und fragte erneut, was Samstagnacht geschehen war.

»Es war insgesamt ein ganz schrecklicher Tag«, begann Moona mit wieder gefestigter Stimme und fast sachlich. »Marias und Markus' Auftauchen und Lauras wechselnde Stimmungen und das alles. Ich hatte mir jedenfalls vorgenommen, ich organisiere ein Fest, von dem sich Laura nie erholt und auf dem sie vor allem merkt, dass sie nicht ohne mich auskommt – in keiner Beziehung. Mein Gott, du warst ja selbst die ganze Zeit dabei«, blaffte Moona dann. »Wieso fragst du mich?«

»Ich war nicht bis zum Schluss da«, bemerkte Anna. Ich war nicht dabei, als Laura starb, fügte sie im Stillen hinzu.

»Laura und Tina Turner ...«, flüsterte Moona. Sie schien sich gleichsam irgendwohin zurückzuziehen, wo kein anderer Zutritt hatte. »Es war ein schrecklicher Auftritt, ich habe nie etwas so Makabres gesehen. Und Tuomela hechelte und glotzte sich fast die Augen aus dem Kopf, pfui Deibel. Er blieb ja als Letzter zurück …«

»… und ging wieder weg«, vervollständigte Anna den Satz. »Tuomela hat Laura nicht getötet.«

»Nein, Tuomela hat Laura nicht getötet«, wiederholte Moona gehorsam. »Ich … ich habe Laura spät nachts angerufen, es war bestimmt fast zwei Uhr. Ich war ehrlich besorgt!«, rief sie dann, als wollte sie sich verteidigen. »Laura sagte, dass Karri eben weggegangen sei, nachdem er überraschend zurückgekehrt war, und dass sie gerade schlafen gehen wolle. Laura klang so … ich weiß nicht, aber ich dachte in dem Moment, dass es hoffentlich von allen Männern dieser Welt nicht gerade Karri ist, die beiden konnten unmöglich noch etwas …«

»Und du bist in die Uudenmaankatu zurückgekehrt«, sagte Anna leise, als Moona mehrere Minuten lang dagesessen, heftig an ihrer Zigarette gesogen und auf den Tisch gestarrt hatte.

»Ja, das stimmt, ich hatte ja einen Schlüssel. Laura lag schon im Bett und wurde wahnsinnig wütend. Ich hatte sie noch nie so wütend und arrogant erlebt. Ihre Arroganz war das Allerschlimmste. Sie war arrogant und besoffen und wütend, es war grauenhaft … Dann fing sie auf einmal an zu lachen und sich damit zu brüsten, dass sie sich Karri zurückholen wollte, auf die eine oder andere Weise, sie hatte angeblich begriffen, dass sie nie aufgehört hatte, diesen Mann zu lieben, und dass auch Ilkka sich mit der Tatsache abfinden müsste. Und dann höhnte sie, dass … dass sie für mich keine Verwendung mehr hatte und dass ich mich zum Teufel scheren sollte. Nach dem Motto: Danke, das war's!«, schrie Moona wild. »Und das nach allem, was gewesen ist, stell dir mal vor! Herrgott, hab ich die Frau in dem Moment gehasst. Nein, sondern in dem Moment habe ich begriffen, wie wahnsinnig ich sie die ganze Zeit gehasst habe. Die schöne Laura, die tolle Laura, die reiche Laura, die erfolgreiche Laura, Laura, Laura, Laura …!, spottete Moona. »Und Moona, das treue kleine Hündchen, das mit dem Schwanz wedelt. Verdammt nochmal, sie hatte alles und ich nichts ...«

Moona sank auf dem Tisch zusammen und barg das Gesicht in den Armen, aber zuvor gab es ein gewaltiges Poltern, als sie den Laptop hinunterstieß.

Anna starrte eine Weile auf das Gerät, hob es dann vorsichtig auf und stellte es wieder auf den Tisch. Sie hatte keine Ahnung, woher die Eingebung plötzlich kam und ob die Sache überhaupt noch eine Bedeutung hatte, aber sie fragte trotzdem:

»Hast du die Stöhnanrufe bei Laura getätigt?«

»Ja, ich«, kam es unter den Armen hervor. »Ich wollte, dass sie Angst kriegte, dass sie in jeder Beziehung und zu allen Tages- und Nachtzeiten bei mir Hilfe suchen musste. Ein paarmal habe ich auch angerufen, als ihr beide gerade eine Beratung hattet. Ich wollte Laura ein Trost und eine Stütze und eine Sicherheit sein. Und dann hat sie ... Und ich habe jeden verdammten Tag um diese Frau geweint. Ich wollte sie ja nicht töten ...«

»Aber dann geriet dir die Teigrolle irgendwie in die Finger und du musstest einfach zuschlagen«, konstatierte Anna trocken. Ihr wurde auf einmal so übel, dass ihr der Magen schmerzte. »Und selbst das war noch nicht genug, sondern du musstest ihr auch noch gleichsam zur Besiegelung die grässliche Kalla in die Hand stecken.«

»Ja, genau so, es war ein Versehen!«, schrie Moona erregt und wischte sich das nasse Gesicht ab. »Natürlich war es ein Versehen, ich wollte ja nicht ... Und dann am Sonntag, als wir hingingen und ich Laura da auf dem Fußboden liegen sah, glaubte ich, selbst zu sterben. Ich begriff nicht ... Ich erinnerte mich nicht einmal mehr, dass ich die Kalla aus dem Müll geholt und Laura in die Hand gedrückt hatte ...«

Der letzte Satz kam wieder erstickt unter ihren Armen hervor.

Den Anblick würde Anna nie vergessen: wie Moona aus der Wohnung stürzte und sich auf der Treppe übergab, dass fast ihr Innerstes herauskam. Und es war nicht gespielt gewesen, sondern Ausdruck echten Entsetzens. Vielleicht hatte Moona in dem Moment tatsächlich selbst geglaubt, dass ein anderer Laura getötet hatte.

Anna rekapitulierte wieder Martikkas Telefonnummer. Ob jetzt der geeignete Moment da war, ihn anzurufen? Aber sie kam nicht so weit, denn Moona hob wieder den Kopf, ihr Gesicht war von der schwarzen Schminke verschmiert, ihre Miene leer. Sie fischte den Korken aus Annas Glas und füllte es dann bis zum Rand.

»Auf Laura«, Moona erhob das Glas so vorsichtig, dass sie keinen einzigen Tropfen verschüttete, und flüsterte dann leise: »Gott, habe ich die Frau geliebt.«

»Geliebt?«, wiederholte Anna erschüttert. »Aber du sagtest doch, du hast sie gehasst.«

»Wo ist da der Unterschied? Sag mir, ob es da einen Unterschied gibt.«

Zu Hause, Stunden später, nachdem Martikka in die Lönnrotinkatu gekommen war und Moona, die sich in völliges Schweigen gehüllt hatte, mitgenommen hatte, grübelte Anna immer noch über die Sache nach. Sie war schon fast eingeschlafen, als sie plötzlich hochfuhr. Jetzt wusste sie wieder, wer in Karri Mäntynens Antiquariat *I'm A Fool To Want You* gesungen hatte – Billie Holiday.

Eines Tages würde sie hingehen und sich das Lied noch einmal anhören.